她穿着男生风格的T恤、裤子、鞋子，
但跑起来有风
她的身体轻盈得仿佛要飞起来一样
像极了那天穿上白裙子的感觉
轻飘飘的，满怀欣喜的
她知道，这美好的感觉是源于杭臣，
她的好朋友，她最好的朋友，
两个人如往常一般，
在丁字型路口一东一西分别，
白妤挥手："杭臣，明天见啊。"

有爱的青春陪伴者

我们的夏天像电影

帘十里 著

江苏凤凰文艺出版社
JIANGSU PHOENIX LITERATURE AND ART PUBLISHING

图书在版编目（CIP）数据
我们的夏天像电影 / 帘十里著. -- 南京 : 江苏凤凰文艺出版社, 2025. 5. -- ISBN 978-7-5594-9422-1
Ⅰ. I247.5
中国国家版本馆CIP数据核字第2025QU5265号

我们的夏天像电影
帘十里 著

责任编辑	王昕宁
特约编辑	雪　人
责任校对	言　一
出版发行	江苏凤凰文艺出版社 南京市中央路165号，邮编：210009
网　　址	http：//www.jswenyi.com
印　　刷	天津睿和印艺科技有限公司
开　　本	880mm × 1230mm 1/32
印　　张	11.5
字　　数	504千字
版　　次	2025年5月第1版
印　　次	2025年5月第1次印刷
书　　号	ISBN 978-7-5594-9422-1
定　　价	45.80元

目录

你的梦想是什么？

白好在黑板上写下这行字后，瞥了一眼教室外渐渐站满的家长。

差不多了，下午三点整的家长会马上要开始了。

而“梦想”这个话题是今天她带的幼儿园大班一班最后一节课的内容。

微微失神过后，白好捏着粉笔转身，将双手撑在小讲台上。

她扬起笑容，看向底下坐得极其端正的小朋友们，用轻柔的声音说道：“现在从右边第一排开始，大家分享一下自己的梦想吧。”

第一个回答的是穿蓬蓬裙的女孩，她扎着干净利落的马尾辫，字字清晰道：“我的梦想是拥有一个大花园，每天醒来摘不同的花，里面还要有很多美丽的蝴蝶。因为我喜欢漂亮的花花和蝴蝶。”

第二个回答的是胖乎乎的小男孩，他说：“我的梦想是成为和迪迦一样的奥特曼，我要保护地球。”

第三个回答的是这个班的班长，她说：“我的梦想是当一名护士，帮助病人恢复身体的健康。”

紧接着是第四个、第五个……每一个人眼里都闪着光，说着自己的梦想。

白好认真地听着。

最后一个小朋友说完时，下课铃声正好响起。

仿佛在预示，关于梦想，就到这里为止。

白好为他们鼓掌后，开口道：“大家的梦想都很棒哦，以后千万别忘了今天自己想要实现的梦想。嗯，接下来大家排好队，跟着黄老师去操场上玩，老师要和你们的爸爸妈妈开一次小会。等会儿去操场上玩的时候要注意什么？”

小朋友们异口同声地回答：“注意安全！”

白好点头，一边再次强调注意安全，一边看着孩子们去教室门口排队。

孩子们从前门出去，家长们陆续从后门进来。

在这忙碌的空隙中，白妤外套口袋里的手机振动个不停。
是微信消息的振动。
白妤迟疑了一下，最终没有理会，直接关了机。

家长会在下午三点准时开始。
这头白妤在点名，那头小朋友们在滑梯上笑个不停。
2023年3月的最后一天，临近清明节，正是多雨的时节。
家长会结束时，夕阳隐在云层里，窥不得一丝亮光。没一会儿，黑云便压了城，一瞬间风起云涌。
小朋友们不情不愿地跟着老师回了教室，有点忐忑又有点期待地在班主任和家长的脸色之间来回看。
白妤把他们的心思瞧得一清二楚，说道："表现好的同学，老师有很认真夸奖哦。现在大家按照学号排好队，去门口找到自己的爸爸妈妈回家。"
小朋友们一听，脸上立刻笑开了花。
他们蹦蹦跳跳地朝爸爸妈妈飞奔而去，牵上手，兴高采烈地问父母老师都说了些什么。
白妤望着他们的背影，在原地站了很久很久。

因为家长会，所以今天放学比平常早一点。
同事们脸上都绽放着笑容，边收拾包，边聊天。
大家聊清明放假要去哪儿踏青，聊网络上的八卦，聊最近又买了什么好东西。
白妤听着，心中只有一个念头——这么快又要清明了吗？
她沉默着，开始收拾自己的东西。
她拿过手机想看看时间，按了几下没反应，才想起来，她把手机关机了。
关机是因为那个人发来了消息。
她内心挣扎了一会儿，还是将手机开机。
微信图标立马显示出未读消息十一条。
她缓慢地呼出一口气，神情也严肃起来。
微信名为"执剑饮酒烈"的男人给她发了十一条语音消息：
△你很久没回来了，今天回家一趟吧。清明你妈那边总要去的吧。
△晚上回来带只你那边的那种特色烤鸭，我看网上有广告，都在推荐。
△不是我想吃，是隔壁你健成伯伯想尝尝那个味道。我说不就巧了嘛，你正好在那个镇上班，带一只回来顺手的事情。
△哎，就刚刚，我出去看人打牌，碰到了好久没回来的大陈，一打听，人家现在在北京做高管呢，说他有个同事人很好，想找女朋友。人家在北京已经买了房子，每个月工资最少四万，我要了微信，发给你，你加上聊聊。
△你不要总是不加，错过了就没有了。
△你的条件放在乡里是不错的，但是和大城市的比起来，算不了什么。

△你也三十岁了，再老点谁要啊。

△不是爸爸打击你，这是现实，是社会法则，人，就该什么年龄做什么事情。

△你一个女孩子，总得有个依靠。爸爸这些年给你介绍的，其实都是优质男生，有车有房，工资不低，你嫁过去是享福的，爸爸也能跟着沾点光。

△看到消息了就要回复，身为子女怎么可以不回父母的消息？

△你只是个幼师，也没那么忙吧？尽快回爸爸消息。

白妤用的是语音转文字。

但即使是文字，她也能想象出白袁说话时的语气。

老到、自信、自大。

白妤想当作没看见。

她把手机胡乱塞进包里时，触到了里头的一张纸。

纸张仿佛有电一样，将她定格在那边。

挣扎许久，她还是给白袁回了信息。

她回：知道了。

简简单单三个字，却仿佛抽走了她所有的力气。

直到身边要走的同事拍拍她的肩膀："还愣着干什么，下班了呀，你今天怎么总是心不在焉？对了，外面下雨了，你带伞了吗？"

白妤回神，笑着摇头说："没带，没事，我去门口坐公交车。"

"好，周末愉快，拜拜。"

同事们挥挥手，相继消失在雨幕中。

白妤这才发觉，外头的雨已经很密了，如银针一般，飞速落下。

她挎上包，走出办公室。

外面有走廊，一直绵延到校门口，出了校门，往前跑几步就能到公交车站。

春天已到，站台边上一簇簇的栀子花树马上要长出青蕾。

再过不久，骤雨初歇时，它们将开遍江城，花香满枝头。

在她们那儿，所有白色的花里只有它才会被人戴在头上、别在胸口。

白妤记得，她的妈妈江雪梅最喜欢戴栀子花，就戴在盘好的发边。

妈妈唱歌时会轻轻摇晃脑袋，那朵洁白的栀子花也跟着晃啊晃，散发出阵阵淡雅香味。

她那时候年幼，问妈妈："为什么要戴这个花？"

她当时坐在自行车后座，江雪梅载着她在回家的路上，一路迎着春风，妈妈的眼睛弯起来，笑眯眯地回答道："因为这是香花，戴上去人香了，心情也好了。"

然后，妈妈哼唱起她最爱的歌——

"别的那样哟，别的那样哟，我的青春小鸟一样不回来。"

又是一年清明了。

今年是妈妈走的第七年。

从幼儿园所在的平湾镇到家乡所在的栀花镇，横跨两个区，坐公交车需要两个小时。

公交车上人不算多，白好找了个靠窗的位置，头微微靠着车窗。

她看了一会儿沿路的风景，不知不觉中闭上了眼。

她其实并没有睡着，她能清晰地感知到公交车行驶到哪儿了，还有多久她就要到站了。

她就要回到那个家了。

那个再也不会有妈妈迎接的家，那个回去一次就多一份失望的家，却又逃不开、躲不掉。

每次离开之后，她都要花许多时间才能回归到正常的生活。

可已经有很长一段时间，她都在问自己什么是正常的生活，像现在这样吗？

每天固定的时间起床上班下班，周旋在孩子与家长之间。

一眼就望到头的人生就是正常的生活吗？

这种疑惑，不知为何，在今天格外强烈。

模模糊糊中，下午那些小孩的声音代替了江雪梅的声音，争先恐后地钻进她的脑子里。

——“你的梦想是什么？”

——“我的梦想是拥有一个大花园……”

——“我的梦想是成为奥特曼保护地球……”

——“我的梦想是当一名护士……”

…………

那些小孩的声音，像是唤醒了她记忆深处的自己。

料峭的春风从玻璃窗户的缝隙里吹进来，夹杂着雨水。

白好紧紧闭着眼，依稀感觉到眼角沾了湿。

两个小时后，公交车响起提示音：“前方即将到达终点站——栀花镇，请乘客带好随身物品准备下车。”

白好缓缓睁开眼。

天已经完全黑了，镇上的商户早早关了门，路上没有什么行人，只剩几盏昏黄的路灯矗立着。

白好赶上了晚上八点前最后一班经过沁芳路站的公交车。

她的家就在沁芳路站的附近，过桥，绕过河流，走三分钟就能到。

雨还在下，到站后，白好慢腾腾地走回家。

沿河岸一整排的乡村建筑里，后门口正对着三棵高挺的水杉树的两层小楼房就是她的家。

一楼客厅的灯正亮着。

白好一路走来，街坊邻里的狗听到脚步声，接二连三开始号叫起来，认清是熟人后个个摇起了尾巴。

像是有某种感应，那头在屋里等着的白袁知道白妤回来了。

他推开门出来迎。

老旧的深棕色铁门发出长长的“咯吱”声，尾音落下的时候，白妤和他两两对望。

白袁“哎呀”一声，招手说道：“下雨了怎么不带把伞？快进来，发你微信又不回，你早说我就去车站接你啊。”

白妤沉默以对，别过眼，进了屋。

白袁一瘸一拐地跟了过去。

不等白妤整理自己，白袁看着两手空空的白妤，询问道：“让你带的烤鸭呢？我都和你健成伯伯说好了，你没买吗？”

白妤站在客厅的吊灯下，从头到脚都是湿漉漉的。

她回避着白袁的眼睛，淡淡地道：“没买。”

“你不买你就说一声，这搞得我等会儿还要跑一趟去说，做不到的事情就别答应别人。”

“哦。”

“你这孩子，那我说的相亲的事情考虑得怎么样了？”

“不怎么样。”

“这个的条件比之前的都好，你还挑？爸爸把你养这么大，你能不能听点话？”

白妤这才看了他一眼。

白袁年过半百，但保养得很好，哪怕不出去工作，整天在家也是穿着衬衫西裤，冒着油光的皮带往腰上一扎，整个人精神气十足。

白妤神色疲倦，累得一个字也不想说。

白袁重复着那些话，喋喋不休。

白妤长吸一口气，准备绕过他先上楼找件衣服换，却被白袁拦下。

白袁严肃地道：“爸爸在和你说话呢，你听到没？哪有女孩子三十岁了还不结婚，说出去别人都要笑话。你知道街坊邻里已经怎么说你怎么说我了吗？我走出去都觉得丢人，这些年为你结婚的事情我也是操碎了心，你却——”

“够了！”

白妤屏住呼吸，大声打断他。

紧接着，她拿出手机，找到他的微信号，转账了一万块钱给他。

转完，她举起手机给他看。

她轻声道：“我今天回来就是想正式地再告诉你一次，我不要相亲，我没兴趣。请你不要再和我说那些了。这也是我最后一次给你转钱。这些年，我应该还清了吧？”

白袁皱着眉，盯了她几秒，不满道：“你以为爸爸是要你的钱？我现在是和你说钱的事情吗？”

“难道不是吗？让我嫁人是为了你自己的面子，找有钱的人嫁是为了保障你以后的生活，有哪一点是真的为了我？”

白袁自顾自地开始讲道理：“是，我现在没办法挣钱，得靠你给生活费，但平心而论，你给的那点钱算什么？而且赡养我、帮衬我，是你作为子女的义务。我也是很辛苦才把你养这么大、这么优秀的！找个条件好的结婚不只是为了我，当然更是为了你自己！你为什么总是不懂我的苦心？小好，你现在怎么变成这样了？”

什么样？

她变成什么样了？

她也很困惑。

她现在到底是什么样子。

白好的目光落在白袁身后的玻璃窗上。

老式的绿色玻璃窗在灯光的作用下倒映出她的样子。

她扎着和从前一样的马尾，穿着和从前差不多的T恤，背着和从前相似的帆布包，但她却不再是从前的样子。

她看着这样的自己，心底由衷地觉得悲哀。

白袁见她沉默，便觉得是自己的话在理，推了一把白好。

他拔高声音道：“你不要用这副样子对我，你根本不懂作为父母的苦心。我知道你，你就是那时候谈了个男朋友，那边姓杭的那户人家嘛，叫什么杭臣是吧，到现在还忘不了人家是吧？好好的一个小姑娘，人生路那么长，干吗吊死在一棵树上。死了的人就该学着忘记！”

沉默许久的白好身体忽地猛烈一抖，她不敢相信地看向白袁，顿时呼吸困难。

一些往事翻江倒海袭来。

记忆碎片锋利的棱角将她划得遍体鳞伤。

白好咬着牙齿，竭力克制住自己。

但胸膛的起伏早就出卖了她，她颤着双唇反问：“死了的人就该忘记？所以你也把妈妈忘记了是吗？”

白袁一噎。

白好道：“我没想一回来就和你吵架……我已经有一年多没回来了吧，你有想过我为什么不愿意回来吗？我今天为什么又回来吗？”

白袁又想反驳说教，但白好也似乎猜到他要说什么，她快一步质问他：“你总说你辛苦把我养大，这些年我给的钱还不够还吗？从小到大，你在我身上花过多少心血？”

她往后退了一步：“我还清了吧？我还清了……我不欠你什么了。你要是真的想为我好，就别这么对我了。我要走了，以后大概也不会回来了，没什么事别再找我，求你了。爸爸。”

说到后面，她的声音已战栗不止。

“爸爸”两个字仿佛用尽了她所有力气。

白袁一愣。

只有他们彼此知道，这声“爸爸”有多陌生。

白妤很多年没这么喊他了。
他变得哑口无言，第一次觉得心里头空荡荡的。
但下一秒，他又恢复成了往日的神情。

白妤不想再听他说任何话，她攥紧包，头也不回地冲进雨夜里。
隔壁人家的狗听到动静又胡乱吠起来了，听清脚步声后又没了声。
只留下“沙沙”的雨声。
白妤一口气跑到公交车站，上方窄窄的遮雨棚为她勉强挡住一点风雨。
但春天雨夜的潮湿寒冷还是从四面八方侵入。
白妤站在风里，整个人哆嗦不止。
雨水顺着发丝贴着脸颊流淌，汇聚在下巴处，不停滴落。
她眼神空洞地望着前方无边的黑夜，心底的酸涩快漫出喉咙口。
她始终不明白，为什么他能做到几十年如一日的没心没肺。
而她为什么明知道他是这样的人，那时候却还想再相信他一次。
今天，她还妄想能平静地和他把话说完。
白妤痛楚地闭上眼，手紧紧揪住帆布包，里头的一份心理诊断书也因为用力而变得褶皱扭曲。
并且这再一次提醒着她，今天的她有多可悲。
可明明在很久以前，她不是这样的。
那时候，她健谈爱笑，珍惜每一天醒来后感受这个世界的不同。
那时候，妈妈和杭臣也都还在。
死了的人就该忘记吗？
不是的，不应该忘记，她也从来没有忘记过。
她记得妈妈戴上栀子花后笑起来的模样，记得妈妈最爱唱的歌，记得妈妈在她长大后依旧紧紧抱着她的感觉。
她还记得杭臣。
他说：“我叫杭臣，你叫什么？”
他说：“我的梦想是环游世界，如果你愿意，咱们以后可以结伴而行。”
他说：“喜欢。喜欢得要疯了。但我会死。”
印象最深的是第一次见到他的那天。
那天她一抬头就看见了他，他背着光，正眼含笑意地瞧着她。在她狼狈想逃时，他却和老师说：“我想和她做同桌。”
男孩手指一指，指着那个从来被当作透明人的她。
他说：“我叫杭臣，你叫什么？”
过往种种历历在目。
鲜活得就像在昨日。
可是……可是怎么一转眼，妈妈已经走了快七年，杭臣走了快十一年。
白妤紧闭着眼，死死咬着唇，却仍挡不住内心满腔的疼与涩。

不知不觉，泪已经盈满眼眶。
一行又一行，悄无声息地流下。
这就是她曾经无比期盼的长大吗？
失去杭臣，失去妈妈，现在失去自己，就是长大吗？
雨变大了，“噼里啪啦”地卷着风落下。
白妤抱着包蹲下，把头深深埋进膝盖间，终于再也抑制不住地痛哭出声。

第一章

如果故事有起点

如果故事有起点，白妤觉得那一定是从她有梦想开始。

她还记得自己的第一个梦想——快快长大，保护妈妈。

1993年的夏天，白妤在栀花镇上的医院出生。

没怎么折腾江雪梅，她十分乖巧地来到这个世界。

产后虚弱的江雪梅抱着瘦小柔软的白妤止不住地开心。

白妤的奶奶看到生的是个女孩，瞬间兴致缺缺，放下保温桶就走了。

病房里，其他产妇床边都围了几圈人，只有江雪梅那边空荡荡的。

来查房的护士感到奇怪，一边记录一边问道：“孩子的爸爸呢？你刚生完孩子，怎么可以一个人在医院？得需要人陪着的。”

江雪梅轻轻抚摸着白妤的小手，眼神中的黯淡转瞬即逝，回答道：“她爸常年在外地做生意，晚点想办法通知他。我父母大概正在来的路上。”

护士抿抿嘴唇，说道：“让你家人快一点，不能这么放你一个人待着的。”

江雪梅笑着说：“知道了，谢谢你。”

护士出去后，没人再和江雪梅说话了。

病房里有人在为新生儿欢呼喜悦，有人在体贴照顾产妇，有人提着鲜花果篮前来看望。

热闹非凡。

窗外的阳光穿过树荫，零零散散照进来，白色的长窗帘随着微风飘荡，光影温柔地抚过白妤。

江雪梅伸出食指，小心翼翼地牵起白妤的手，轻声道：“我很久没觉得夏天的阳光让人这么幸福了……宝宝，我是妈妈哦。”

后来，江雪梅会经常和白妤说起她出生的那一天是怎样的光景。

在江雪梅的描绘下，那一天白妤仿佛被这个世界的聚光灯照着，她无比重要，所有人都喜欢她。

但渐渐长大的白好还是感受到了，奶奶并不喜欢她。

白好记不清五岁之前的事情了，记忆里第一次感受到奶奶对她的厌恶是在六岁生日的那个夏天。

电视里都是那么演的，生日要吃奶油蛋糕，要吹蜡烛唱生日歌。

可奶油蛋糕到底是什么味道？

栀花镇上只有一家蛋糕店，私人老板开的，白好偶尔跟着江雪梅去镇上买菜时会被橱窗柜里花花绿绿的蛋糕吸引。

她很好奇那是什么，直到有一天打开电视，通过那老式黑白电视她才知道那是蛋糕。

可那究竟是什么味道呢，白好很好奇。

1999年的夏天，蝉鸣四起，阳光遍地。

白家坐落在河岸边上的两层小楼房的后院是绝好的乘凉之地，那里有着白好很多童年记忆。

有一天，白好正坐在后门的门槛上，在两个西瓜面前数公鸡，数到哪个就吃哪个。

江雪梅在刨瓜瓤，去了瓤洗干净晒去水分，就可以制成美味的咸瓜。

她突然想到一件事，笑着说："小好，你马上要生日了，又大一岁了哦。等过完这个夏天你就要上幼儿园了，但你还不会写自己名字呢，你过来，妈妈教你。"

夏风轻轻地吹，河岸边上的三棵水杉树轻轻摇晃，隐约传来松针的清香。

白好耳朵里听到"生日"二字，立刻睁大眼睛。

她凑过去，满心期待地问："妈妈，那我可以吃蛋糕吗？我想吃蛋糕！"

江雪梅愣了一下，想了半天回答说："那……妈妈明天买菜时看一下吧。"

白好把这当成了肯定的答案，兴奋无比。

看着这样期待的女儿，江雪梅心里头一时却很为难。

但在三天后白好生日这天，白好睡醒后一下楼就看到饭桌上有一个小蛋糕——花篮造型，精致可爱，最夺目的还数里头的两朵粉色花朵，白色奶油丝滑绕圈铺满，糖珠以假乱真，闪着耀眼的光。

隔着塑料盖，白好都闻到了奶油的香甜气息。

她盯着看了很久，根本不舍得吃。

看够了，白好踩着塑料拖鞋，踢踢踏踏地跑出去找江雪梅。

江雪梅的生活很单调，每隔两三天去镇上买菜，但只买一点点肉菜。应季的蔬菜白好奶奶都有种，肉贵且买多了没办法保存。

再然后，每天早上六点多，江雪梅在后院的水桥上洗衣服。

衣服不多，江雪梅自己的，白好的，白好奶奶的。

"啪——啪——啪——"

水桥上江雪梅拍打衣服的声音仿佛是引路声。

白好知道，妈妈就在那里。

她一路飞奔过去，停在水杉树下，气喘吁吁："妈妈，妈妈，那个蛋糕是给我的吗？"

江雪梅瞥了眼河岸边上湿滑的青苔，让白好往后退两步。

紧接着，她回答白好："是啊，你不是说想吃吗？"

"啊！啊！妈妈你最好了！"

白好举起双手高呼，又似风一样飞了回去。

江雪梅盯着她的背影弯了嘴角。

但没过一会儿，前院传来白好的哭声，停在电线杆上的麻雀都被惊到，"哗啦啦"飞走一片。

江雪梅心头一跳，连忙放下洗衣棍，小跑回去。

这短短的一路，她脑补出许多意外，比如白好不小心被碎碗片割伤，比如从高处摔下。

江雪梅跑到前院一看，小蛋糕被摔在地上，奶油溅得到处都是，奶奶正指着白好的鼻子骂："你有什么资格吃蛋糕！养你多费劲你知道吗？养了能有什么用？你和你妈都是不争气的东西，一个生不出儿子也赚不到钱，一个整天就知道吃吃吃玩玩玩，就这脑子以后读书也识不了几个字！你知道这蛋糕要多少钱？钱不是你们赚的，你们不心疼是吧？"

江雪梅听得心都要碎了。

她跑过去，一把捂住白好的耳朵，低声下气地说："妈，小好是小孩子，什么都不懂，不要对她发脾气。"

老人家虽然已半头白发，声音却中气十足。她继续扯着嗓子骂道："都这么大了还小？我像她这个年纪都下地干活了！我说的话有错吗？赚不了钱就别买这种好货吃，以为自己多大本领似的。要不是当初是我儿子中意你，我会让你进我家门？瞎了一只眼睛工作都找不到，生个孩子这么简单的事情还生出病来了，这病也白得，儿子都生不出！没用的东西！"

夏天的早晨安静和谐，奶奶的声音动作宛如敲醒这个早晨的大钟，惹得邻里都伸出耳朵来听。

江雪梅垂着脑袋，沉默着。

这样的光景，邻里也是见惯了。有人正好路过，劝道："范婶，好了，别说了，都是小事，小孩子嘛。"

但越劝老人家越带劲，絮叨着这些年的不满，试图让别人评理。

江雪梅依旧沉默着。

她的眼神没有任何波动，像一潭死水。

奶奶见江雪梅这副样子，更来火。

"你们根本就不配吃好的！"奶奶重复地骂道。

吼完，奶奶随手捞起旁边浸在桶里的咸瓜狠狠甩过去。

咸水飞溅，洒了江雪梅一身，有一些溅到了白好的嘴上。

白好始终依偎在江雪梅身边，哭得哆哆嗦嗦。
感受到嘴唇上的异物，白好舔了下唇。
很咸很咸的味道，比眼泪咸多了。
奶奶还在发泄，诉说自己的苦和儿媳妇的不争气。
清晨的沁凉总是转瞬即逝，日头越来越大，阳光越来越刺眼。
白好抬头悄悄看了江雪梅一眼。
背着光，她看到妈妈眼里隐隐有泪水在打转。
只有一只眼睛有泪水。
这是她记忆里第一次看到妈妈哭。

早晨激烈的谩骂很快过去，这个家恢复了以往的平静。
江雪梅利用空余时间做零活挣点小钱，白好努力拧电视机的开关找自己想看的电视，奶奶为了躲避夏天的烈日在后院的小床上呼呼大睡。
白好察觉到了江雪梅低落的心情。
换作以前，江雪梅会和她一起看电视，哪怕是大人都不喜欢的动画片，江雪梅也会极具耐心地和她一起看，还会和她讲解电视里面的内容。
可是今天，江雪梅一句话都不说，一直在安安静静地做事。
到了晚上，准备入睡了，江雪梅摇着蒲扇给白好扇风。
白好睡不着，眼睛眨巴眨巴，瞥着后窗外那三棵水杉树的黑影。
她想起早上她还很开心地跑去问江雪梅可不可以吃蛋糕。
她又想到江雪梅的眼泪，以及只有一只能流泪的眼睛。
她从来没有奇怪过江雪梅另一只坏掉的眼睛，因为它看起来很正常。
在她心里，妈妈的一切都是正常的。
那今天是因为妈妈有一只眼睛坏了，所以奶奶看不起她们吗？
妈妈是因此哭泣吗？
思及此，小小的白好翻身往江雪梅怀里钻。
江雪梅身上穿着雪纺面料的连衣裙，质地柔软。
白好闻到她身上怡人的花香味。
白好心想，这就是妈妈的味道。
她拱了拱脑袋说："妈妈，你的另外一只眼睛为什么会看不见？"
江雪梅一怔，随后温柔地回答："妈妈出生时它就坏掉了，天生的。"
"那你看得清吗？"
"看得清，看得很清楚。"
"如果你看不清楚了你要告诉我，我有两只，我可以给你一只。"
江雪梅被逗笑，拍她屁股。
"傻瓜，眼睛怎么给别人啊？"
"可以给的！"
白好为了证明，急切地爬起来，跪在江雪梅面前，郑重地说："喏，就像这样。”

她去抓自己的右眼，假装抓了，再往江雪梅的坏眼里一放，手掌轻轻一拍。

她说：“就是这样，我给你了！”

江雪梅更乐了：“好了好了，妈妈有了。”

“真的吗？”

“真的。”

“我看看。”

…………

母女俩你一言我一语，直到白妤终于困了，她再次投入江雪梅的怀中。

但她心中还有一句话来不及和江雪梅说——妈妈，我以后不吃奶油蛋糕啦。

不要吵架，不要被骂，不要流眼泪。

她也要快快长大保护妈妈。

对白妤而言，长大的标志之一是上学。

夏去秋来，到了9月份，六岁的白妤要开始上学了。

为此，江雪梅特意翻出去年给她买的一套衣服，这衣服平常都不舍得给白妤穿，只有走亲戚时才让她穿。

但找出来一比照，白妤已经穿不下了。

江雪梅惊讶了好一会儿，看看衣服再看看白妤，然后笑了起来。

白妤全身上下只有一条内裤，她焦急地道：“妈妈，新衣服呢？我要穿。”

江雪梅眼含歉意：“小妤长太快了，衣服穿不了了。”

“啊？那我是不是明天就可以长得和妈妈一样高了？”白妤耸起肩膀，嘴巴张得像鹅蛋一样大。

这滑稽的模样让江雪梅笑出了声。

“你这孩子，怎么总是这么可爱。”

说着，江雪梅伸手去摸白妤的脸蛋，眼神也随之一笔一画地描过白妤的脸。

都说女儿像爸爸，白妤是长得更像她爸爸一些。

白妤遗传到了她爸爸的大眼睛、高鼻梁，还有白皙的皮肤。

唯一像她的地方就是，白妤笑起来有酒窝。

可明明不久前她还只有热水壶般大小，黑黑皱皱的，头发也没多少。

时间竟然过得这么快。

“妈妈？妈妈？我有点冷，嘶！”

白妤戏精上身，环抱住自己假装瑟瑟发抖。

江雪梅回过神，心疼地给她套衣服。

“穿快点，别着凉发烧了。”

“嘿嘿。”

白妤张开手臂，任由江雪梅帮她穿衣服。

这套衣服也算新衣服，是这个夏天奶奶从别人家拿的。

奶奶一辈子没去过几个地方，但十里八村她最熟悉，谁家孩子长大了衣服穿不下了她就会去要。

但也不是每件白妤都能穿，有的太大有的太小，有的实在太丑。

每当江雪梅挑着给白妤穿时，奶奶就会扯着大嗓门训话："有得穿就不错了，还挑挑拣拣。你是不赚钱不知道小孩子长大要花多少钱。"

江雪梅回过神，垂了垂眼，浅叹一口气，尽量让自己不去想那些。

她整理好白妤身上的衣服，问道："那今天就穿这个，好吗？"

白妤跑到衣柜前照全身镜。

镜子里的她又矮又瘦，一头短发蓬松柔软，像顶着一个大香菇。

身上的T恤是棕米色的，胸前印着一颗大足球，裤子是七分休闲裤。

白妤看着这样的自己歪了歪脑袋。

她不知道这样是好看还是不好看，不过这些衣服都被妈妈洗过，有和妈妈一样的香味。

江雪梅又问："就穿这个可以吗？可以的话，我们现在就要出发了。"

白妤点点头，心里对上学的向往大过眼下一切。

江雪梅告诉她，上了幼儿园就是开始读书了，要听老师话，要和其他小朋友和谐相处。

尽管白妤还是很难想象出上学到底是什么样子，但是，去一个新的地方，开始像隔壁的大哥哥一样做作业，有自己的同学，听起来是件极其美妙的事情。

去学校的路和去镇上的路是同一条，白妤对这条路无比熟悉。

从家后门口骑车过桥汇入大马路，在数不尽的水杉树下骑啊骑，会路过一个废弃的小学，路过一个卖沙子的地，到了T字形路口，拐弯再往前一段路就是繁华的小镇。

学校在小镇的一条岔路里，被茂盛的夹竹桃挡得严严实实，偶尔能从树叶间隙里窥探到几抹鲜艳色彩。

还没彻底拐进岔路，远远地，白妤就看见了熙熙攘攘的人群。

她坐在自行车后头，探出脑袋，直勾勾地盯着路边的人看。

有男有女，年龄都和江雪梅相仿。

他们一定也是送小朋友来上学的。

她不禁开始想象，她的同学长什么样子？

园内禁止车辆入内，江雪梅把自行车停在路边，一把抱下白妤，牵着她入园。

没走几步，白妤就看到幼儿园大大的招牌，糖果色的字体，饱满圆润，惹眼得很。

江雪梅晃晃她的小手，指着招牌说道："看到了吗？这是幼儿园的大门，这个幼儿园叫栀花幼儿园。如果有一天你找不到妈妈了，又记不清家里的地址，你可以告诉别人你在栀花幼儿园读书。"

白妤点点头，黑葡萄似的眼睛里流露出几分对陌生地方的怯意。

江雪梅笑了笑，她知道，小孩子都是这样的。

她只求白妤在幼儿园的第一天别哭闹着找妈妈。

江雪梅心底刚冒出这个念头，就听前方传来一声撕心裂肺的哭声。

一个扎着小辫子的女孩正抱着她妈妈的大腿嗷嗷大哭，祈求妈妈别离开。

江雪梅悄悄观察白妤的神色。

小孩子的眼神藏不住东西，白妤很好奇地看着那个小女孩，仿佛在问她怎么了。

江雪梅顺势问道："等会儿妈妈把你送进去后，要到放学才来接你，你会哭吗？"

"妈妈一定会来接我吗？"

"一定，而且妈妈会提前在门口等你。"

白妤笑起来，酒窝浅浅。她轻快地回答说："我不哭，我等妈妈。"

江雪梅听得心里头直发软，忍不住夸赞她："小妤太乖太了不起了。那妈妈就送到这里？"

不知不觉中，她们已经走到了教室门口。

白妤松开她的手，用力点头。

在江雪梅的注视下，白妤安安静静地走进教室。

负责这个班级的老师迎上来，和江雪梅点头示意，随后蹲下来问道："这位小朋友，你叫什么名字？"

"白妤。"

"好特别的名字呀。我是你的老师，你可以叫我黄老师。来，那边靠墙第三个座位是你的。"

白妤顺着老师指的方向看去。

四四方方的教室空间利用得十分充足，前方是钢琴和黑板，两边摆满了小椅子，和黑板正对着的墙那边堆满了玩具，一格格的，非常规整。

而在他们坐的椅子后头也有一排格子柜子，似乎是用来放小朋友的东西的。

黄老师指的那个座位很靠近钢琴，第一和第二的位置已经坐了人。

白妤的目光落在那两个小朋友身上。

都是女孩子，一个穿着纯白色的公主裙，细软的头发被梳成长辫，五颜六色的皮筋穿插其中，再配上女孩本身雪白的皮肤，她坐在那儿宛如童话故事里的公主。

另一个穿着红白条纹的无袖T恤，底下搭配了一条牛仔短裙，头发梳成干净利落的马尾。

白妤不知怎的，忽然回头朝门口看去。

江雪梅还没走，她朝白妤摆摆手，示意白妤去坐好。

得到鼓励，白妤小吸一口气，走过去，学着她们的样子，坐得端端正正。

江雪梅见她适应得很好，笑着走了。

妈妈一走，白妤心里还是涌上几分空荡荡的感觉。

她不知道自己应该说什么做什么，只好这样挺直腰板继续坐着。

那头的黄老师忙得像只小蜜蜂，只在有空的时候朝她们这个方向看一眼，确保没有意外发生。

不知过了多久，穿红白条纹 T 恤的女孩忽然侧过头，出声问白妤："你叫什么名字？"

白妤确认对方是在问自己后，回答说："我叫白妤。"

那女孩眉头一皱，上下打量了一遍白妤，又转头和公主一样的女孩说："她居然是个女孩，她的声音是女孩的声音。"

"公主"也正在打量白妤，然后摇头说："不，是男孩。"

穿红白条纹T恤的女孩说："不，是女孩，不信你再让她说句话听听。"

两个人争来争去，白妤只好小声说："我是女孩……"

穿红白条纹T恤的女孩扬起眉梢，一副"我说对了"的骄傲感。

"公主"表情困惑道："可你的衣服、裤子、头发都像男孩子，你长得一点也不像女孩。"

白妤眨着眼睛，一脸迷茫。

她明明就是女孩啊。

隔壁的大哥哥因为她是女孩年纪又小，所以不和她玩。隔壁的叔叔阿姨见了她也会夸她声音甜，就连一向不喜欢她的奶奶都一天到晚说她：只可惜是个女孩来着……

此刻的白妤还不知道，性别之争开启了她被孤立的大门。

放学时，班级里的小朋友排成一列队，整齐划一地朝园外走。

白妤和她的座位一样，排在第三个。

隔着人群，她一眼就看到了江雪梅。

栽种在幼儿园两边的杨柳还未褪去夏天的青衣，纤长的柳枝荡啊荡，江雪梅扶着自行车站在树荫下，和别人正聊得开心。

一出大门，白妤便扑向她，喊道："妈妈！"

江雪梅怜爱地摸了摸白妤湿漉漉的额角，问道："今天玩得很开心？头发都湿了。"

白妤没有回答，只是笑了笑，两个小酒窝衬得她纯真可爱。

她爬上自行车后座，双手揪住江雪梅的衣服。

江雪梅脚一踩，车摇摆几下后便稳稳当当驶入马路。

白妤知道，等会儿会路过栀花镇的中心，然后是T字形路口，再路过卖沙子的地和废弃的小学，再在绵延的水杉树下骑一段时间就能到家。

沿路刚放学的不止她，还有许多不认识的小朋友。

白妤向路过的小朋友们投去目光。

似乎没有一个女孩子穿得像她一样，而她身上这件足球T恤刚刚路过的一个男孩有。

江雪梅感受到白妤今天的不活泼，有意将声音向后飘。

“怎么不说话，今天在幼儿园老师教了点什么？和妈妈说说。”

白妤回过神，回忆了一下，一五一十说道：“上午老师带我们参观了幼儿园，还让我们做了自我介绍，嗯……我们还午睡了，老师说以后每天都要睡觉的。对了对了，睡醒了有苹果吃，每个人都要吃完。”

“那下午呢？”

“玩游戏，老师说这个游戏叫老鹰捉小鸡。”

“怪不得你头发都湿了，开心吗？是不是比在家开心呀？”

“嗯！”

江雪梅松了一口气，夸道：“小妤真让妈妈省心，不吵不闹，妈妈今天还担心你会不习惯。”

得到表扬，白妤也有些小骄傲。

江雪梅又问道：“明天也要来幼儿园，你能做到和今天一样吗？”

“能！”

但是……

但是她不想一直做老鹰。

白妤晚上睡觉前还在想，她不要一直做老鹰。

班里小朋友太多，玩游戏的时候黄老师将他们分成了五组，一组六个人。

她那一组都是女孩子，大家都不愿意做老鹰，齐齐让她做。

她问她们：“为什么是我啊？我想做小鸡。”

扎着长辫子的女孩们七嘴八舌地给她答案，但总结下来就一句话：“因为你长得最像男孩，你和我们不一样，所以你做老鹰。”

白妤原本还想再争取一下，但是老师拍手让大家快速准备好。

随着一声“开始”，游戏拉开了序幕。

白妤这个老鹰抓了一下午的小鸡，抓到一个，大家还要耍赖说：“不行不行，刚刚我鞋子掉了才被你抓到。”

“不行不行，刚刚我没反应过来。”

“不行不行，重新来。”

身高最高的女孩当鸡妈妈，伸开手臂，眼神坚定，她对后头的小鸡们说：“我们要齐心协力，绝对不能被抓到。”

那一刻，白妤心里有说不出来的滋味。

她好像真成了老鹰。

一只盘旋于天空，孤独的老鹰。

可往往，越不想来什么越是来什么。

第一次的游戏规则在大家心里铺了路，所有人都默认，她们这个小组应该由白妤承担一些大家不愿意做的事情，因为她看起来就是个男孩子。

男孩子就是要多照顾一点女孩子的。

老师分配玩具的时候，白妤应该主动去搬过来；画画的时候，如果缺了蜡笔也应该由白妤承担这个缺口；用开心果壳做算术时，白妤应该做最难的那道。

“因为你是男生。”

“你就是男生，你的头发像男生，你的衣服是男生才穿的。”

“你是男生，你还应该去男厕所。”

一个学期下来，白妤都开始怀疑自己的性别了。

到了冬天的学期末，终于轮到他们班级上二楼的游乐园玩了。

女孩子们快速霸占“过家家”区域，而男生们将赛车道围得水泄不通。

白妤想当“妈妈”很久了，她努力往大家中间挤，把手举得高高的，朝老师勇敢说道：“我想当妈妈，我想当妈妈！”

黄老师心中有数，这些女生大多数当过一次“妈妈”了，这次也该轮到白妤了。

黄老师眯眼笑，温柔地道：“这次就由白妤当妈妈吧。”

白妤露出洁白的牙齿，圆润黑亮的眼睛里满是欣喜。

但是其他女生不满地“啊”了一声，纷纷窃窃私语。

最后，有个女孩抬起下巴，提出质疑：“老师，白妤没有妈妈的样子，她只能当爸爸。”

其他人也都附和说：“是啊是啊。”

黄老师解释：“每个人都可以当一次妈妈，要公平，轮流来。”

等黄老师一走，大家见这个决策没有办法再更改，女孩子们放下手中的婴儿玩偶和塑料蔬果，不约而同地离开“过家家”的区域，走去了平常无人问津的积木区域。

留白妤一个人站在小床前不知所措。

再回神，白妤已经看不清眼前的事物，大颗大颗的眼泪如珍珠一样落下。

“啪嗒——啪嗒——”

眼泪落在她老旧的男童款奥特曼运动鞋上。

傍晚放学时，和以往一样，江雪梅早早就等在了校门口。

白妤却和以往不一样，她耷拉着脑袋，磨磨蹭蹭一阵后才走向江雪梅。

江雪梅察觉不对劲，但问了几遍白妤都不愿意说。

直到回了家，在江雪梅的追问下，眼眶红红的白妤才终于把事情告诉江雪梅。

还未等江雪梅安慰，白妤仰起头，不解地问：“妈妈，我是女孩吧？我可不可以像她们一样，留长长的头发呢？我还想穿裙子……”

江雪梅眼眶也红了，几次欲言又止。

“妈妈？”

思忖许久，江雪梅摸着她的脑袋说：“那现在开始留长发吧……”

白妤眼眶里打转的眼泪一瞬间成了喜悦的泪水。

她伸出短短的手臂，一把抱住江雪梅的大腿。

“妈妈最好了。”

这一天，白妤的梦想是，她的头发要快点长长。

这个春节，江雪梅也有心收了两条亲戚家孩子穿剩下的连衣裙，虽然有点大，但是改改就行。

除夕夜，窗外传来连绵不绝的烟花声，白妤从被窝里跑出来，拉开深红色的窗帘后又似猴子一样窜回被窝里。

她抱着灌满热水的玻璃药瓶取暖。

光线灰暗的台灯下，江雪梅靠在床头一针一线地改裙子。

白妤问她："夏天什么时候来啊？"

江雪梅说："春天走了夏天才来呀。"

"那现在是春天吗？"

"现在是冬天。"

"那好吧，那夏天具体还有多久来呀？"

江雪梅笑了："有时候小妤是个烦人精。"

窗外漫天的烟花闪烁，白妤乐不可支地道："我想快点穿裙子！"

左盼右盼中，2000年的夏天就这么来了，蝉鸣依旧环绕，阳光依旧热烈。

再有一个星期幼儿园就要放暑假了。

白妤和幼儿园的小朋友们说了，等天热了她就可以穿裙子、扎头发，她是个女孩子。

夏天终于来了。

这天一大早，白妤屁颠颠地要江雪梅给她梳头发、换衣服。

棉麻质地的白色连衣裙像这个夏天的白蝴蝶，轻盈美丽，绕在肩头的镂空花纹是蝴蝶的翅膀，仿佛风轻轻一吹，她就可以飞起来了。

江雪梅费了很大劲才在她后脑袋给她扎起一个辫子。

梳完后，白妤照着镜子。她看不到辫子，但是用手摸，能摸到，短短的、翘翘的，像麻雀尾巴。

白妤有点自恋地问："妈妈，我好看吗？"

江雪梅打量她，心里感慨。

又是一年，白妤这么快又大了一岁，身体抽条许多，五官也比之前更舒展。

她穿上裙子梳起头发，真像个小公主。

江雪梅认真地回答："好看，小妤真的很好看。"

眼睛不会骗人，妈妈不会骗人。

白妤乐得捂嘴直笑。

在准备去幼儿园的空隙中，她兴致高涨，在院子里转了一圈又一圈。

江雪梅在给自行车打气，见女儿这样，她的心情也明朗起来。

但白妤的人生中，常常会在关键时候出现转折。

奶奶正好从外头回来，刚想问，这是谁家小孩在这儿玩呢，定睛一瞧是白妤后，脸色大变。

奶奶扔下扁担，竖起手指指向白好："谁允许你穿裙子的？谁让你留头发的？"

白好旋转的脚步戛然而止，她晕晕乎乎地看向奶奶。

眼前的奶奶仿佛一个张着血盆大口的怪物，要将她生吞活剥。

她往后退了几步，没站稳，"咚"的一声摔在泥地上，白裙子脏了一大块。

奶奶继续骂："谁让你搞成这样子的？江雪梅是不是你搞的？好好的穿什么裙子？搞成这样给谁看？让别人笑我家里没个好种吗？"

江雪梅听得心惊肉跳，扔下打气筒跑过去抱起白好。

那头自行车的气孔没拧，刚打进去的气没一会儿就溜走，轮胎瘪了。

就如这个早晨的美好一样。

在一阵又一阵的哭声和乞求中，白好被剪掉了头发。

最后，奶奶像成功完成掠夺的反派角色一样，把剪子狠狠扔在地上，眼神狠厉地道："以后再留头发穿裙子，我就一分钱不给你们，回头就让我儿子和你离婚！"

江雪梅跪在地上紧紧抱着号啕大哭的白好。

江雪梅像某种被驯服的动物，双膝之下，只剩对命运的妥协。

白好抽抽搭搭地说："妈妈，我和她们说好了穿裙子去，我如果没有穿的话，她们会不会笑话我？"

江雪梅没有回答，她痛苦地闭上眼，将白好抱得更紧。

不知道是不是错觉，白好听到妈妈在说对不起……

很快，这天也到了傍晚。

白好没有去学校，她跟着江雪梅浑浑噩噩睡了一天，醒来后红肿的双眼还隐隐泛疼。

身上出了汗，凉席顺着汗黏住皮肤，在身上留下一道道印子。

白好脑袋空空的，一些不愉快仿佛也随着眼泪排出了体外。

她就这么睁着眼睛一动也不动地看着身边的江雪梅。

她又看到妈妈在哭了。

妈妈那只完好的眼睛虽然紧闭着，但是总有泪水渗出。

一种直觉突然涌上心头，她觉得妈妈心底有很多难过的事情。

被奶奶骂一次，那些难过的事情就会翻出来一次。

胡思乱想间，她想起上次被奶奶骂时她的梦想——快快长大，保护妈妈。

她已经长大一岁了，过完这个暑假就要上一年级了，可是她今天却没有保护到妈妈。

想到这儿，白好伸手去摸江雪梅的眉心，软软的手指抚平了一些情绪。

江雪梅没有真的睡着，她睁开眼，哑声问道："怎么了？天好像要黑了，要不要吃饭，妈妈去做饭吧。"

说着，江雪梅要起身，被白好一把拉住。

白好笑着说："妈妈，我暂时不穿裙子了，我可以当爸爸，也可以做老鹰。老师说了，爸爸是一个家庭里很重要的角色；老师也说了，老鹰是很厉害很了不起的鸟。"

一直强忍着的江雪梅，在这一刻泪水仿佛决堤了一般。

她一手撑在床上，一手捂住眼睛，低低啜泣。

白好仍笑着，大大咧咧地说："哭吧，妈妈，我发现，只要哭一哭，很快就会重新开心起来！"

而且，没关系。

她马上要上小学了，她会认识新的朋友，她还有机会不做老鹰。

但直到九月小学开学，白好依旧没有交到新朋友和好朋友。

因为上小学的那些人就是幼儿园的同学，白好所在的班级有一些生面孔，可她们都有各自相熟的朋友。

一开学，一场小测验，班级的学生分了组，成绩也被分成了三六九等。

白好是那个离九还差点的小豆丁。

白好顶着男孩子的短发，穿着灰棕黑的衣服，坐在无人问津的角落里，做着她的透明人。

2002年的初秋，白好已经是一名小学三年级的学生了，那天班里来了个转学生。

那是个从大城市里转过来的男生，皮肤白皙，长相清隽，干净利落的短发在阳光下泛着淡淡的光泽，没有丝毫胆怯地站在老师和家长中间，笑起来眉眼似剪开的燕尾，好看又耀眼。

整个班有三十二个人，男孩手指一指，指向角落里的白好说："老师，我想和她做同桌。"

人们常常对于第一次的印象最深刻。

许多年后，白好还能清晰地记得第一次感受到奶奶的厌恶，第一次看到妈妈掉眼泪时心里的五味杂陈，而第一次见到杭臣，她永远也不会忘记。

在见到杭臣之前，白好在学校总是一个人。

一个人去食堂吃饭，每天和不认识的其他年级的学生拼桌吃饭；在漫长的午休时间里自娱自乐；坐在最后一排的位置上抬头看云看鸟，被老师批评不专心；成绩严重偏科，语文、英语不上不下，数学卷子常常空一大片。

每次家长会，班主任都会和江雪梅说："白好是个很安静的女生，人其实是聪明的，但就是不用心。"

白好也不知道怎样算用心，怎样算不用心。

她偶尔也羡慕成绩好的同学，他们的大脑仿佛与生俱来就是不同的，轻轻松松就听懂了老师说的内容，再轻轻松松写下答案，得到一个鲜艳的一百分。

她偶尔也担心江雪梅骂她。

成绩不好都是要挨骂的，隔壁的大哥哥从小就是被骂大的。

但江雪梅却一次都没有说过她。

还记得有一次家长会，白妤游走在教室附近的操场上，一会儿又趴在花坛边上，有一搭没一搭地揪着小草，注意力都放在了站在教室门口交谈的江雪梅和班主任身上。

不知道班主任说了什么，江雪梅脸上的表情肉眼可见地尴尬起来。

家长会结束后，江雪梅骑车带白妤回家。

白妤又长大了一些，坐在自行车后头，开始觉得后座硌骨头，于是左动右动。

江雪梅很艰难地稳住自行车，提醒道："别乱动啦，等会儿要出事的。"

白妤忍下不适感，小声问她老师说了什么。

江雪梅无奈一笑，说："老师说你很好很聪明，就是还不够用心。小妤，你上课经常开小差吗？"

白妤瞥向地上的影子，妈妈的长发飞舞着，而她的短发像一根根刺。

她没了声。

江雪梅也是第一次做妈妈，对于育儿心里没有谱，总是告诉自己走一步是一步吧。

她开始给白妤灌输一些道理。

"读书是有点累的，要专心用心了才能学好。我们这种人家，只有读书读好了以后才能生活得好一点。"

白妤如大多数小孩子一样，听是听到了，但是听不明白。

她把脑袋往江雪梅腰上一靠，闷闷地道："我知道了……"

江雪梅没有再多说，她内心祈祷，白妤能自己多思考，学着长大。

因为她能教给白妤的英文单词，只有三个——Apple、Banana、Orange。再过一年，数学题她就要看不懂了，认识的汉字也有限。

但眼下，这事儿就算过去了。

江雪梅蹬自行车的步子轻快起来。

她问白妤："等会儿回家吃鱼好吗？隔壁婶婶给了一条鱼，有鱼籽的。"

白妤仰头笑起来，稚嫩的声音在风中飘扬。

她大声说："我要吃红烧的！"

江雪梅也笑说："好好好，红烧的！"

"那妈妈骑快一点，我饿了。"

江雪梅卖力蹬着自行车。

拐进T字形路口后，是个下坡路，自行车顺着惯性一路向下。

江雪梅放松自己，由着惯性带她们往前。

正值温暖的春天，两侧的栀子花在一阵雨后纷纷绽放，洁白的花骨朵儿望不见尽头，空气里香味芬芳浓郁。

母女俩不约而同地深吸了一口气，眉眼微微上扬。

白妤还听到江雪梅在轻轻哼着歌曲。

“太阳下去明早依旧爬上来，花儿谢了明年还是一样的开。

“美丽小鸟一去无影踪。

“我的青春小鸟一样不回来。”

这首歌不久前音乐老师教了，白好也会唱。

她晃荡着细瘦的小腿，接着江雪梅的歌声往后唱：

“别的那样哟，别的那样哟，我的青春小鸟一样不回来。”

日子就这样过着，直到白妤迎来人生的转折。

见到杭臣的那天是三年级开学的一周后。

夏末初秋的余热包裹着小小的栀花镇，上午第三节的体育课时太阳已高高挂起。

体育老师让他们活动了一下后喊了解散。

那年的操场还没铺上塑胶，中间那圈是泥地，经过长年累月的踩踏，中间部分被踩得光滑结实，两端到春夏会长出一些杂草。外面那圈铺满碎石子，在上面跑步的话鞋里总会莫名出现小碎石。

这会儿解散后，白妤走到边上，熟稔地脱下鞋扣在地上倒石头子。

等穿好鞋，她遥遥望去，班里的同学早就分好队伍开始了自由活动。

男生偷偷带了卡片出来在比试，女生在泥地上画了格子跳房子，还有一些结伴坐在阴影处说话。

白妤站在原地发呆。

阳光晒在身上，没一会儿就发烫，她抬脚往脚边的松软小土堆踢了过去。

下一秒，白妤惊讶地发现，小土堆里有只虫。

它的城堡被毁后惊慌失措地躲进洞里。

白妤扒拉了几下洞口，没有找到它。

她顺着稀稀拉拉的草地看去，类似的小土堆还有很多。

白妤忽然想起在家时，她在后院也看到过这样的小土堆。

当时江雪梅在择菜，见白妤好奇，她随口说道：“这里面有一种小虫，你要是用边上这个草叶子放进去，就有机会钓出它。”

不过当时她钓了很久，都没有钓到小虫。

此刻，白妤定睛一看，果然，小土堆边上有妈妈说的那种草。

草叶细细长长，像韭菜一样，但比韭菜叶细得多。

她像发现了新大陆一样，心里的阴霾一扫而光，摘了片叶子，专心致志地开始钓虫。

叶子刚放进去，白妤就感受到底下有一股力在扯。

抓准时机，一鼓作气，白妤按压下“怦怦怦”的心跳，飞速将叶子抽了出来。

但那只虫十分狡猾，也飞速躲了进去。

小孩子较真的天性被激发。

白妤深吸一口气，再屏住呼吸重新试探。

她这副神秘兮兮的样子很快吸引了其他人。

班里有一个刚刚“大杀四方”，手里握着厚厚一沓卡片的男生路过白妤。

他随口问道：“你在找什么？”

白妤回答说：“我在钓虫子。”

钓！虫！子！

新奇的说法让胜负欲爆棚的男生蠢蠢欲动。

他停下脚步向白妤询问规则和方法。

白妤抬头看了他一眼。

她知道他，是班里男生中成绩最好的一个，也是最会玩的一个。但白妤和他平常没有什么交集。

他们偶尔也会和她说话，但他们都没有想和她变成一起吃饭、一起玩游戏的好朋友。

白妤抿了抿唇，还是将钓虫子的方法如实相告。

男同学听得眉毛乱飞，立刻组织了钓虫子大赛。

慢慢地，有越来越多的人加入。

还有一向排斥白妤的两个女同学——始终像公主的周慧文，以及始终酷爽的徐娇盛，她们是班里的风云人物，成绩好，家庭优渥，长得也好看。

从幼儿园开始，她们就是这样的存在。

很多女孩自愿为她们服务，跑前跑后，久而久之，无形中形成了一个团体。

她们两个是女王，其他人是下属、跟班。

白妤也曾做过小跟班，那段时间她极度渴望朋友，渴望不被边缘化。

但有一天，她去帮两位“女王”灌热水，盖子没拧紧，徐娇盛喝水时热水洒了一身后，团体立刻对她展开了批判。

徐娇盛坐在座位上，仿佛高高在上：“除非你跪在地上朝我磕头认错，不然就把你踢出去。”

白妤心底很是挣扎，如果被踢出去就没人和她说话了，但如果这样下跪，她不就成了电视里说的窝囊废？

见她久久不说话，徐娇盛恼了，手一挥，说：“以后她不是我们的人了，作业什么的不要给她看，她说话你们也都不许搭理。”

宣布完，两个“下属”将白妤狠狠一推，推出了她们划的界线。

白妤听到她们光明正大地说她坏话。

“本来就讨厌她，呆呆笨笨的，脑子差得要死。”

“要什么没什么，一天零花钱就五毛，给我们买个汽水都不够分。”

“就是，亏我还送了她一个挂件。”

话落，那人喊道：“喂，你把我送你的挂件还给我！”

白妤把挂件从书包上摘了下来。

还给她们后，白妤走回了座位，静静地坐在位置上。

教室里人声依旧，男生们不掺和女生的事情，其他的女生也有自己的圈子。

从此，白妤成了一个透明人，每天都按部就班地上课，期待放学，期待回家。

但被孤立的校园生活也不是没有好处。

白妤喜欢上体育课、美术课、音乐课，最棒的就数阅读课，她总是能接触到新鲜又有趣的事物。

偶尔，她也很会寻找有趣的事情。

比如钓虫子，足以让她快乐一段时间。

眼下，白妤聚精会神地盯着洞口。

而那两位“公主”的小团体霸道地占据了大多数土堆，惹得其他人不满。

吵闹中，白妤感受到叶子被扯动，她屏住呼吸，不同于之前的莽撞，这次她选择缓缓拉出叶子。

那只小虫没有被吓跑，牢牢依附在叶子上。

随着叶子彻底脱离洞口，白妤心中的喜悦溢了出来。

有人喊道：“快看啊，白妤钓到了虫子！”

“哇！”

大家都向她投来目光，让白妤有点不适应，同时又有点小骄傲。

徐娇盛扬眉，手肘碰了一下旁边的人，吩咐道：“把白妤的虫子拿过来。”

那人看了一眼徐娇盛，听话照做。

白妤还在观察虫子，身边突然多了一道阴影。

白妤看清是徐娇盛的小跟班后，问道：“有事吗？”

那姑娘语气还算好：“能不能把虫子给我？”

“不行……”

“为什么不行？”

“我好不容易才钓到的，你们要是想要可以自己钓。”

“可是不好钓啊，只有你一个人钓到了。”

“那也不行。”

白妤悄悄用手捂住虫子，开始准备撤退。

“丁零丁零——”

就在这时，下课铃声响了。

徐娇盛也急了：“白妤！你把虫子给我，我看一下。”

白妤摇头，头摇得像个拨浪鼓一样。

操场上的人渐渐散去，不约而同地往教学楼的方向走去。

白妤保护着虫子，快步离开操场。

她想，她等会儿要找个瓶子把虫子装起来带回家给妈妈看。

不料，还没走几步，徐娇盛的小跟班追着跑过来，喊道：“白妤！你把虫子给我吧！她就看一眼！”

白妤听得一个激灵，脚下生风，飞速溜走。

栀花小学不大，只有两栋教学楼，三年级的教室在二号楼的三楼。

白好拼命朝班级的方向跑，好像只要坐到了座位上，别人就拿她没有办法了。

等跑上三楼，拐进楼道，眼看三年二班的教室近在咫尺，白好却在门口被绊了一下。

是被自己的脚绊倒还是被门槛绊倒的，白好已经分不清了。

只听“扑通”一声，她摔了个结实，手里的虫子和细叶飞了出去。

偌大的动静把站在讲台那儿的班主任吓了一跳。

白好趴在地上疼得龇牙咧嘴。

班主任是一位三十多岁的女老师，戴着黑框眼镜，高挑美丽，但也很严厉。

她站在那儿不动，让白好自己爬起来。

白好听见班主任的声音，心凉了一半。

她不懂为什么课间班主任会在教室，明明下节课也不是班主任的课。

可一抬头，白好明白了。

讲台那边不止班主任一个人，还有一对母子。

女人和班主任差不多高，穿着时髦的碎花连衣裙，烫着甜美的鬈发，正笑盈盈地看着她。

而站在她身侧的男孩衣着干净，五官俊秀，眼神清澈，瞳仁是少见的琥珀色。

男孩也正饶有兴致地看着她，仿佛她是他发现的新大陆。

白好被这样热烈的眼神盯着，脑子短路了几秒，直到身上传来疼痛感。

她如受惊的小鹿一样，在羞耻和不安中艰难地爬起来。

她低头一看，两个膝盖已经摔破了皮，鲜血缓慢地渗出，手肘处也有蹭伤。

后头追白好的女同学也不知道班主任在，一边跑一边喊：“白好！你给我！”声音在她看见班主任后戛然而止。

班主任板起脸：“你们两个，追逐打闹，像话吗？都先给我在这边站着！”

两个人垂着脑袋，安分地站到边上。

后面陆陆续续进来的同学也停止喧闹，都乖乖坐到位置上。

班主任转头和女人说道：“杭臣妈妈，刚刚说到班级是吧？我现在简单说一下吧，因为马上要上课了。”

“您说。”

“咱们班一共三十二个人，年级里成绩靠前的几乎都在我班上，平常学习氛围蛮好的。小孩子嘛，有的调皮，有的安静。虽然我们这里不比大城市的学校好，但是像杭臣这样成绩优异的孩子，在哪里都可以很出色。您放心，我也肯定好好监督杭臣。”

女人咳了两声，声音哑哑的：“嗯，挺好的，谢谢老师。”

班主任笑了一下，低头对男孩说：“过段时间会集体调座位，这几天你就先——先——”班主任的眼神在底下睃着，试着找个好座位给他。

“就坐班长后面吧，有事也可以和班长交流。”班主任说。

班长是徐娇盛，她因为个子高坐在靠后的位置，而她的后面是最后一排，正好有空位。

在角落罚站的白妤把脑袋垂得低低的，时不时咬一下嘴唇。

当地上的虫子被说话的班主任一脚踩死的时候，白妤深深提了一口气，屏气几秒后，她的肩膀塌了下去。

没了，班主任脚挪开的时候，连尸体都没有了。

她不知道，她的细微表情都落入了男孩的眼里。

安排完座位，班主任转过身对她俩说："你们两个，下次不可以再追逐打闹了知道吗？多危险！放学之前，每人写一份检讨书给我。现在，回座位去。"

当众被批评惩罚，过于羞耻，还是在一个新同学面前。

白妤涨红了脸。

就在她跨出步伐顶着狼狈想逃走时，一直安静站在那儿的男孩却忽然开了口。他手指一指，指向白妤，说："老师，我想和她做同桌。"

男孩的声音清脆悦耳，坚定有力，似染着几分笑意。

像投掷进水里的一颗石子，余音在白妤耳边涟漪。

而他的动作，在余光里也是很难忽略的。

白妤朝他看去，看见他的手指是真的指向自己后，她僵住了。

底下的同学也都纷纷吸一口气。

这新同学好大胆啊，居然敢自己指定座位。

班主任瞥了一眼白妤，不自觉地皱起眉。

从私心角度，她不太希望杭臣这样的优秀学生和差生坐一起，容易被影响。

但她是老师，有时候不能太过功利。

她把目光投向杭臣的妈妈："这……"

杭臣妈妈脸上始终挂着温柔甜润的笑容，她摸了摸儿子的后脑勺，说："随他吧。"

班主任："那行，白妤正好也没同桌，你就暂时先和她坐吧。"

这事儿一拍板，白妤的心跳都快了几分。

她小心翼翼地再次打量男孩和男孩的母亲。

照老师的说法，他们应该是大城市来的，会不会很难相处？

可是……她有同桌了哎。

他为什么要和她做同桌啊？他认识她吗？

好奇怪的人。

白妤揣着心中乱跳的小鹿，僵硬地在一众注视下走回座位。

她的同桌就这么跟在她身后。

两个人的脚步声交叠，后窗沁凉的风吹进来，卷起蓝色窗帘的下摆，似烟云一样不断翻滚。

白妤觉得这短短几十秒比一节数学课还漫长。

等他们走到座位坐下，班主任和男孩的妈妈满意地朝他们看了一眼后就走了。
大人一走，教室立刻沸腾起来。
白妤有点慌乱，装模作样地开始准备下节课要用的书，但余光一直在她的同桌身上。
男孩的书包是空的，刚刚班主任给的新书还没来得及整理，他随手把书往课桌里放好，学着白妤的样子，在桌上摆了本语文书。
周围的同学纷纷投来目光，男孩都不在乎。
他朝白妤靠过去，放低声音："我叫杭臣，你叫什么？"
白妤被他突如其来的靠近吓到，她像只奓毛的猫，一瞬间，毛都竖了起来。
她惊慌地看向他。
男孩笑眸璀璨，眼里满是真挚与温柔。
眼睛不会骗人，这一刻，白妤忽然觉得他的眼睛和妈妈一样，不会欺骗她。
她绯红着脸，挪开视线，轻声回答道："我叫白妤。"
窗外的风吹啊吹，男孩低低重复着她的名字。
"白妤……"
他的声音听起来清脆又悦耳，很好听。
过了一会儿，他又问道："哪两个字啊？白色的白吗？"
白妤双手放在课桌下，局促不安地揪着衣服，她没说话，只是点了点头。
"那yú呢？"他又问。
白妤想开口告诉他，但一时说不清自己的妤到底是哪个妤。
她把自己的作业本挪了过去，指指封面上的名字。
男孩恍然大悟："原来是这个妤啊，我知道这个字，是漂亮聪慧的意思。"
白妤惊讶地抬眸："你认识这个字？"
他轻轻一笑："知道啊，电视剧里有个妃子的封号叫婕妤，就是这个妤。"
白妤心底惊叹他的知识储备量，感慨从大城市来的就是不一样。
因为她都不知道这个字的意思。
白妤对这个新同桌越来越有好感了，他从大城市来但不骄矜，说话的语气，笑起来的感觉，都让她觉得很亲切、很随和。
而且……是他主动提出要和她做同桌……

"丁零丁零——"
上课铃响了。
在白妤的胡思乱想中，开始了上午的最后一节课。
语文老师也发现班里来了新同学，很感兴趣。
这天要讲的课文是《富饶的西沙群岛》，老师抽同学朗读课文，故意抽了新同学。
男孩大方地站起来朗读，声音清澈明亮，且富有感情。
他的抑扬顿挫都恰到好处，悦耳万分。

白妤观察语文老师的神情，发现老师一直在点头，似对这位新同学格外满意。

这也不稀奇，老师都喜欢好学生。

随着杭臣的朗读，白妤把书翻到第二页。

他正读道："海滩上有拣不完的美丽的贝壳，大的，小的，颜色不一，形状千奇百怪。最有趣的要算海龟了。每年四五月间，庞大的海龟成群爬到沙滩上来产卵。渔业工人把海龟翻一个身，它就四脚朝天，没法逃跑了。"

渐渐地，白妤沉浸了进去，开始幻想。

她不知道海南在哪里，怎样才可以去这个地方。

只觉得，外头的风温柔缱绻，夏末阳光热烈却不灼人，空气里的香气馥郁芬芳。

她在杭臣的声音中好像已经去到了那座岛。

等朗读结束，一切回归现实。

存在于书上的所有美好景物只能在电视里看到。

老师在上头滔滔不绝，白妤习惯性地朝窗外的天望了一眼，但这次却没有神游想回家。

她的目光被窗户玻璃上的倒影吸引。

她的同桌正低头写字，神情略显认真。

她见过这种神态，在所有成绩优异的学生身上，比如徐娇盛。

这样的人为什么要和她做同桌？

好学生都不喜欢和成绩差的玩的。

难道他担心刚来这里，没有人和他做朋友吗？

不知怎么，白妤有种很强烈的直觉——班里的人都很想认识他，和他做朋友，特别是徐娇盛。她有注意到，当班主任让新同学坐徐娇盛后头时，徐娇盛眉毛挑得高高的，一脸得意，可当新同学要换位置后，徐娇盛嘴角下拉，明显憋着一口气。

想到这儿，白妤朝斜前排的徐娇盛投去目光。

徐娇盛背脊挺得很直，和新同学一样，在认真听讲。

但徐娇盛心里应该还是挺不开心的吧？

白妤心底滋生出几丝微妙的爽感。

可很快，她又变得不安。

她没有自信可以和新同学成为朋友，也许不久后，新同学会提出更换座位。

然后，她就又是一个人了……

在白妤的胡思乱想中，这节课结束了。

下课铃一响，教室躁动不已，因为到了饭点，要快点跑才不用在食堂排队。

语文老师是过来人，学生心里的小九九，老师都一清二楚。

老师用三角尺敲了敲讲台，故意慢悠悠地给大家布置课后作业。

当一声"下课"响起，教室里瞬间热闹起来，一转眼，人都跑光了。

白妤习以为常，慢吞吞地从书包里拿出饭票准备去吃饭。

而她的同桌对这些动静置若罔闻，他不知道在课桌抽屉里翻找什么。

白妤从座位上走出来后，顿住脚步，她盯着杭臣的背影欲言又止。

她也不知道自己在瞎担心什么。

她想问他，他是去食堂吃饭，还是他父母在校外已经订了餐馆吃饭。

如果是去食堂的话……要不要她带他去……

白妤纠结许久，犹豫着开口："那个……"

她话还没说完，男孩听到声音，忽然直起腰，看到白妤还没走，眼睛都亮了起来。

他长长地松一口气，问道："上课前班主任给了我一张饭票的，我只有那张，她说我的其余饭票她等会儿帮我去食堂办了才有。我刚夹在书里的，找不到了，你可以借我一张吗？"

"可以啊。"

白妤走回座位，从书包里又拿了一张。

他接过粉色的饭票，说："谢谢你。走吧，我们一起去吃饭啊。"

白妤："一起……吗？"

"对啊，我还有很多话想和你说呢。"

白妤的眼睛也亮了起来。

她弯起嘴角，脚尖踮了踮，轻快地道："那我们一起去吃饭吧。"

学校食堂设在校园的一个角落，要绕过大操场才能到。

这条弯弯曲曲的路在小小的他们看来十分漫长。

但杭臣享受其中。

他和白妤并排走在路上，身边路过的许多同学仿佛脚下装了风火轮，个个都火急火燎地往食堂跑。

他一边仔细打量这个校园，一边问白妤："为什么他们都这么着急？"

"食堂人很多，去晚了会排很久队，大家想快点吃完去玩或者做作业。"

"这样啊，那你呢？"

"啊？"

"我说你为什么不着急啊？"

白妤的脸有点发烫，她细声细语地回答："因为我……因为我……没什么特别想玩的吧。"

"扑哧——"杭臣笑了出来。

他哼了两声，说："你怎么还骗人呢？你明明有很好玩的东西。"

"什么骗人？我才不会骗人呢。"

"我都看到了。"

"你看到什么了？"

杭臣抬了抬下巴："你摔倒那会儿手里还抓着一只小虫子，你从哪里抓到的？"

原来是因为这个啊。

白妤见他感兴趣，便把钓虫子的事情从头到尾讲了一遍。

男孩听得很专注认真，眼里闪着光。听完，他惊讶地评价道：“你太厉害了吧，居然能钓到虫！等会儿吃完饭能不能带我去看一下？”

已经很久没有同龄人这么认真听她说话了，还很直白地夸赞她。

白妤心中的欢喜像一只逐渐吹大的气球，快要涨满整个胸腔。

她用力点头，说：“好啊，吃完饭我们一起去玩。”

话题由此打开。

他们一路走一路聊，一边吃饭一边聊。

白妤这才知道。

他的名字是杭州的杭，臣服的臣。

他之前一直生活在北京。

他的爸爸年轻的时候去北京安了家，但他爸爸和妈妈是江城栀花镇的人。

这次转学过来是因为他妈妈病了，需要一个环境好的地方疗养，而他妈妈也很想回来生活。

所以，他也跟着一起过来了。

白妤嚼着白米饭，在思考北京是什么模样的时候，杭臣拿着不锈钢饭勺在她眼前晃了晃。

他说：“你在想什么啊？我刚说的你有在听吗？”

白妤咽下米饭：“在听啊。”

“你又骗人，你都没在听。”

“你刚刚在说你已经回来有半个月了。”

杭臣嘴角一勾：“好吧，对不起，刚刚我还没说完呢，本来暑假时我就该跟着妈妈回来了，但是我妈说她估计这两年都不会出去旅游了，所以在回来之前带着我出去玩了一趟。你知道我们去哪里了吗？”

“哪里呀？”

“海南，还去了西沙群岛。”

白妤觉得自己这一天的嘴巴就没合上过。她震惊道：“语文书上的西沙群岛吗？”

“对啊。”杭臣挑眉道，“那边确实有很多贝壳，都超级好看。可惜不能带走，不过我妈在别的海边买了一袋贝壳纪念品，我明天送一个给你吧？你喜欢大的还是小的？”

白妤又被震惊了一下，一口白米饭呛在喉咙里。

“咳咳咳咳咳！”

她捶着胸口，咳个不停。

这模样把对面的男孩吓了好大一跳。

“白妤！你没事吧？”

“没……没……咳咳咳，没事……”

等平息下来，杭臣重复了一遍：“白妤，你喜欢大贝壳还是小贝壳？”

白妤眼神闪躲，支支吾吾。

杭臣："你不喜欢贝壳吗？那没事，我妈还给我买了海星，你喜欢海星吗？"

白妤仍给不出个答案。

半晌，饭吃完了，他们该走了。

杭臣跟着她排队放饭盒，他又问了好几遍她到底喜欢哪个。

白妤实在不知道该怎么说，只好转移他的注意力，故作轻松道："操场就在那边，我带你过去，等会儿要先找细细长长的草知道吗？"

果然，他一下子被吸引了，没再问她了。

其实她喜欢贝壳，她喜欢大大的贝壳，像小美人鱼睡觉用的那样的美丽贝壳。

可是像杭臣这样的人，这样了不起又闪闪发光的人，等过一段时间后，会发现其实和别人玩更开心吧。

到时候，就像还挂件一样，她还要把贝壳还给他。

好狼狈啊，比摔倒还狼狈。

想着想着，白妤不知不觉地停了脚步。

她站在操场的界线外，脚下是深蓝色的小石头，正值正午的阳光不给人留一点阴影，所有的一切都是明晃晃赤裸裸的。

杭臣在寻找白妤说的那片草地，但走了一会儿，发现身边没了人。

他一回头就看见白妤像根木头一样站在不远处。

她低着脑袋，肩膀塌着，神情落寞万分。

杭臣这才意识到哪儿有点不对劲。

身边来来往往的学生，都是三三两两结伴走的。

但是刚刚吃饭没有人喊白妤，现在也没有人找她。

还有，她的伤口……

须臾，杭臣挠了挠脑袋，抿着唇朝白妤走过去。

他径直走到白妤跟前，笑着说："你怎么啦？你吓死我了，我以为你丢下我走了呢。我还有好多话没和你说呢。"

白妤这样独自神游惯了，被打断，冷不丁一抖。

她抬头看他，睫毛微微颤抖。

"没什么，就刚刚想到了点事情，我、我也不会丢下你的。"

杭臣拍拍她的手臂："那就好，别丢下我就好，我对这里一点都不熟。走吧，我们现在先去医务室吧？"

白妤："医务室？"

"难道这里没有医务室？"

"有……但是一般大家都不去。"

"为什么不去啊？"

"为什么要去？"

"受伤了就要去啊。"

白妤反应过来，他在说她身上的摔伤。

她眨着眼睛，稀松平常地道：“我不用去医务室，这伤口过几天就会好的。”

一直都是这样的，磕点伤是常事。

白妤见他疑惑，没忍住，笑了出来。

她一笑，两个酒窝就露了出来。

如黑宝石一般晶莹的双眼弯起，比湖水还纯净。

杭臣看愣了。

白妤内心在为他的关心感到温暖。

她想，就算以后他更喜欢和别人玩那又怎样呢？

至少他是个好人，至少此时此刻他们就是很好的朋友。

白妤拍拍他的手臂，说：“走吧，我带你去钓虫子！”

正如白妤猜测的那样，班里的其他人都很想认识杭臣。

坐他们前头的同学传个作业就和杭臣搭上话了，他问杭臣：“你从哪儿转过来的啊？”

杭臣说：“北京。”

其余人听到，纷纷惊叹，不一会儿，杭臣桌边就围满了人。

也如白妤猜测的那样，杭臣不是个骄矜的人，他很随和健谈，对谁都是笑着的，有问必答。

白妤坐在他身边时常觉得如坐针毡。

在他们的谈笑风生中，她插不上话，只能假装去上厕所或者拿张纸乱涂乱画。

她以为再过不久，杭臣就会和他们一起吃饭，上体育课和他们一起玩。

但他并没有。

他依旧一到饭点只喊她一起吃饭。

别人招呼他说：“一起去吃饭啊！”

他说：“我和白妤一起吃。”

到了体育课，别人喊他一起玩游戏，他还是拒绝。

他说：“我和白妤有事情要做。”

她问他：“你有什么事情要做？还要钓虫子吗？现在已经没有了，天冷了，虫子要睡觉了。”她实在想不明白，他们两个一起能玩什么。

但站在她面前的男孩勾着嘴角，笑吟吟地道：“你那天用纸折的东南西北是怎么做的？你教教我，我把纸带下来了。”

久而久之，白妤发现，杭臣是个很喜欢玩的人，比他们所有人都爱玩。

并且，他好像都没玩过这些一样，动不动就是：

“哇，你太厉害了吧。”

“白妤，你怎么知道那么多好玩的？”

“白妤，我们今天玩什么啊？”

好像在他的眼中，她是游戏大师。

可明明都是些常见的游戏，大家都不怎么玩了，他却乐在其中。

白好很想问，为什么要和她做同桌，又为什么只和她靠那么近。

可不知怎么，她始终开不了口。

但在某一天，白好得到了答案。

第二章

杭臣，明天见

秋去冬来，三年级第一学期很快到了末尾。

懵懵懂懂中，大家仿若掌握了一些规律，比如冬天放的假期很短，叫作寒假，而夏天的假期很长，叫暑假。

无论长短，能放假就是最棒的，因为不用每天做作业了。

白妤也为此感到放松，她已经可以想象在暖暖的冬日艳阳下和妈妈一起晒太阳剥花生吃。

杭臣却和大家相反，他不怎么想放假。

白妤还记得，那天格外冷，没有太阳，云层压得很低，一大团一大团的云朵里似乎裹着沉甸甸的水，一不小心扯个口子就会倾泻而下。

午休时间，天太冷，大家都不愿意出去玩，教室门紧闭，不一会儿，玻璃窗就起了雾。

白妤站在窗前，缩着手在玻璃上划拉了几下。

杭臣在研究白妤前几天教他的折纸船，余光瞥见白妤站着，朝她看了一眼，但视线就这么被吸引了。

白妤在窗上画了个大大的风车。

他顿时也来了兴趣，凑过去。

“你在画什么？”

“啊？我瞎画着玩。”

“画得还挺好看的。”

又来了，白妤心想，他的赞美仿佛不要钱一样，张口就来。

但她很受用。

没有人被夸奖会不开心的。

杭臣和她并肩站着，手指也在玻璃窗上划来划去。

他画了一个地球。

杭臣说：“你们一般放假会干什么？”

白妤："我在家待着。"
"待着，然后呢？"
"嗯……看电视吧，放假看电视的话妈妈不会管。"
"不会腻吗？"
"不会啊，看电视多有趣。"
杭臣望着玻璃窗上透明的地球，呵出一口气，涂涂改改，突然问道："寒假我能找你玩吗？"
白妤怀疑自己耳朵听错了："什么？"
"我说寒假找你玩，你给我个你家的电话号码吧，我到时候打电话给你。"
"我家没有电话……"
"那我怎么找你？"
"你为什么要找我？"
"放假了就要和朋友一起玩啊。"
白妤偶尔会被他跳脱的思维惊讶到，但不难理解，应该是他在北京就是这样生活的。
白妤说："我们这里，放假后只待在自己家里，或者和爸爸妈妈走亲戚，爸爸妈妈不会允许我们乱走的。"
杭臣了解了，这里确实和北京有很多不一样的地方。
但他还是喜欢这里，喜欢道路两侧浓密的树荫，前段时间的落叶也十分美丽，也喜欢现在住的地方，安静舒适，能听见青蛙叫。
只是妈妈养着病，不会再带着他出去旅行了。
如果光是在家里做作业未免太无趣了。
男孩长长叹了一口气，失望地说："那有挺长一段时间见不到你了，我会想你的。"
"哧溜——"白妤手一抖，按在玻璃上的手指滑了出去。
她结巴了："什……什么？"
杭臣的嘴角牵起，大大咧咧地道："我说我会想你的。"
周遭仿佛静了一瞬。
白妤眨巴着眼，成了一个傻瓜。
突然，有人大喊道："外面下雪了！下雪了哎！"
惊喜万分的声音打破了这份静谧。
所有人昂着脖子朝窗外望去。
白妤和杭臣站在窗前对望，六角形的冰晶雪花似芦花一般飘下，纷纷扬扬，密密麻麻。
杭臣不在意这场大雪。
在其余人的喧嚣中，他歪着脑袋问白妤："那你呢，你会想我吗？"
白妤磕磕巴巴地说："想……我也会想你的。"
男孩的嘴角勾起好看的弧度。

他说："那你别忘了我，等开学了，一起吃饭一起玩啊。"

白妤咬了咬唇，郑重地点头。

但他像不放心似的，叹了一口气，重复道："我说真的，你别到时候不和我玩了。"

也许他是开玩笑，但这一瞬间白妤代入了自己。

她着急道："我不会忘记你的，我从不骗人。我们拉钩啊。"

她朝他伸出小拇指。

杭臣爽快出手，紧紧钩住她。

他们异口同声说出誓言："拉钩上吊一百年不许变，不然以后不相见。"

说完，两人对视，不约而同笑了出来。

外头的大雪很快给大地上了一层银色，倒映在白妤眼里，成了她眼里的亮光。

她弯着嘴角，白嫩的脸颊微微泛红。

她鼓起勇气问道："杭臣，你为什么这么想和我玩啊？其他人……"

她话还没说完，杭臣就抢答道："因为眼睛不会骗人！白妤，我知道，你在认真和我交朋友！和你在一起也很开心！"

白妤眼睛瞪得大大的，满是惊愕和不敢相信。

他居然……和她有一样的想法！

一模一样！

杭臣还想说点什么，一向文静的白妤却突然激动地握住他的手。

"对！杭臣，你的眼睛也不会骗人！我就知道！"

这是杭臣第一次见到白妤如此激动。

她仿佛全身发着光，眼里的炽热呼之欲出。

他觉得，这才是真正的白妤，如她的名字一样，美丽聪慧、活泼热烈。

是他在栀花镇发现的一个宝藏。

杭臣翘了翘眉毛，也紧紧握住她的手，坚定地说："对，眼睛不会骗人。白妤，从今天开始，我们就是好朋友。"

得到这个认真的回答，白妤的笑容加深。

她低低重复道："好朋友……"

等到放学时，路上的积雪已经有点深。

一脚踩下去，软绵绵的，发出"扑哧扑哧"的声音。

白妤和杭臣边走边聊天。

白妤说等以后家里装了电话，她就把电话号码告诉他。

白妤说她玩的那些都是她妈妈教的，她要回去再学一些和他一起玩。

白妤说等放假了她会每天想他的，吃饭想，看电视想，晒太阳也想。

杭臣听得直乐。

白妤头一回这么多话。

走到校门口，家长们早早就候着了。

这几年，白妤练就了一个本领，她能在三秒内精准找到江雪梅。

果不其然，今天的妈妈也没有晚来，她正站在电线杆边上张望。

但自从认识杭臣之后，白妤还多了个本领，她能在十秒里找到杭臣的家长。

他家和别家都不一样，别人大多是骑的自行车，只有他家是小轿车。

气派得很。

可今天，白妤找了许久都没有找到他家的轿车。

白妤戳了戳杭臣：“你看到你家的车了吗？”

“没……估计是下雪路上耽误了吧。”

“那你要怎么办？”

“我去小卖部等吧。”

“哦……那……”

杭臣：“我看到你妈妈了，你快回去吧。”

这时，不远处传来一道柔柔的女声：“臣臣……”

他们顺着声音望去，是杭臣的妈妈。

杭臣跑过去，问道：“妈，你没开车来吗？”

“没，雪太大了，不好开，今天我们骑车回去。”

原来是这样。

白妤站得离杭臣不远，她欲言又止。

杭臣的母亲注意到白妤，她记得白妤，是那天摔倒的小女孩，也是杭臣近期口中最有趣的人。

她朝白妤招手：“你是臣臣的同学吧，叫白妤是吗？”

白妤乖巧地点头。

杭臣的母亲继续问道：“你妈妈还没来吗？要不要阿姨和臣臣陪你等？”

白妤受宠若惊，一边感慨杭臣妈妈的温柔体贴，一边解释道：“我妈妈来了，在那边。”

她手指一指，大家都朝那边看去。

杭臣的母亲和江雪梅对上视线，虽然不认识，但都十分客气地笑了一下。

见孩子有人接，杭臣母亲便放心了。

白妤抿了抿唇，看向杭臣。

虽然不舍得今天就这么结束，但是没有办法。

她笑着说：“杭臣，再见，明天见。”

杭臣也笑：“明天见啊。”

告别完，白妤向江雪梅小跑过去，在雪白的路上留下一排脚印。

江雪梅问她刚才在和谁说话。

白妤把书包递给她后，一五一十地说了一遍。

说到最后，白妤挺起骄傲的胸膛，说：“妈妈，杭臣可是我最好的朋友。”

看到白妤这么高兴，江雪梅也笑了。

江雪梅骑着自行车载着白好走到栀花镇的中心地段时，白好一扭头却看见了骑在她们身后的杭臣和杭臣妈妈。

又行驶了一段，她再回头看去，他们还在身后。

白好这才发现，她和杭臣回家的路有一段是重叠的。

可能是因为以前他都是坐小轿车回去，所以他们从未在路上遇到过。

这新奇的发现让白好十分兴奋。

她喊他："杭臣，杭臣。"

听到声音，杭臣探出半个脑袋往前看。

他也很惊喜，笑道："这么快，我们就又见到了啊！"

"是啊！"她大声回应。

两个孩子聊了起来，江雪梅不得不骑慢一点等他们，而杭臣妈妈不得不骑快一点追上去。

等齐平后，男孩和女孩在后头叽叽喳喳，两位母亲也很自然地闲聊了几句。

几分钟后，他们在T字形路口分别，一个往左一个往右，是相反的方向。

白好伸长脖子朝杭臣他们要去的方向张望，仿佛想一眼看到杭臣的家。

分别后，白好还频频回头。

她问江雪梅："那边是哪儿啊？"

"哪边？"

"杭臣他们去的那个方向，我们从来没有走过那条路吧。"

"那边是栀花镇的西边，和这里差不多，就是路啊树啊房子啊。"

白好"哦"了声不说话了，她开始想象杭臣的家。

等到了家，白好跳下自行车，一脚陷在雪地里她才发现，下了好深好深的雪啊。

好大好大。

她兴高采烈地说："妈妈，我从来没见过这么大的雪。"

江雪梅哭笑不得："刚刚你在学校的时候不就下这么大了？"

"是吗？"

白好回想了一遍，似乎真是这样。

她好傻啊，她一定在学校只顾想着杭臣了。

白好乐呵呵地笑起来，她摘了围巾、手套在院子里跑了好几圈，大声说道："妈妈，我要堆雪人，堆一个你，堆一个我，再堆一个我的同桌！"

这是2002年的第一场雪。

她和他认识后的第一场雪。

后来，白好习惯了和杭臣一起吃饭、一起组队完成作业，如果哪天他妈妈心血来潮骑车来接他的话，他们还能一起放学回家。

白好在后座经常观察杭臣的妈妈。

杭臣是个好人，他妈妈也是。

他妈妈没有来自大城市的高高在上，笑起来眼睛弯弯如月牙，说话轻声细语的，偶尔还会发出银铃般的笑声，清脆得很。

她和自己的妈妈一样温柔。

只不过，还是有区别的。

白妤时常觉得江雪梅少了一些杭臣妈妈的从容和宽心。

如果……如果江雪梅也像杭臣妈妈那样能发自内心地快乐就好了。

六一儿童节那天，学校停课一天，并且安排了活动，每个学生发十张游戏票，能选十个游戏玩，成功的人可以获得相对应的奖品。

杭臣信誓旦旦地说要给白妤赢奖品。

白妤搓着小手一边等班长发游戏票，一边反复跟杭臣确认是真的吗？

杭臣眉毛一扬，说："等着吧！"

但发到他们的时候，少了一张绿色的游戏票。

徐娇盛想也没想，把最后一张绿票给了杭臣，连个眼神都没给白妤留就走了。

白妤愣在那儿，茫然地和杭臣对视了一眼。

下一秒，杭臣笑着把自己的票递给白妤，大方地举起手，说："老师，我少了一张。"

了解到情况后，班主任说："等一会儿，我去隔壁班问问。"

两分钟后，班主任回来了，递给杭臣两张票，说："绿色的票没了，但这个红色的多了两张，都给你吧。"

意外之喜。

杭臣接过后，捏着票对白妤晃了一下，说："好运的开始，今天我们要大杀四方！"

白妤为这个插曲松了一口气，也为他的幸运感到开心，用力地点头道："是的，好运的开始！"

上午八点，学校响起为儿童节特意定制的铃声。

在一阵童趣的音乐声中，学校爆发出小孩子们的欢呼声。

上午八点到十一点，一年级、二年级在一栋玩前五个游戏，三年级到六年级在二栋玩后五个游戏，等到下午再调换。

低年级有老师带着玩，高年级自由活动。

不一会儿，教室里就没人了，平常眼熟的同学一钻入人群，像会隐身术一样，一眼望去，都是其他班级的生面孔。

白妤跟着杭臣，形影不离。

白妤问他："我们先玩哪个呀？"

有滚铁环、蒙眼画画、打弹珠、猜谜语、打靶子。

杭臣摸着下巴思索许久后说："打靶子吧，我以前玩过。"

白妤乖巧点头："好，正好，我不是很喜欢打靶子，射击游戏我都不喜欢。"

两个人来到一楼靠东的教室，里头玩打靶子的多数是男生，现场并不热闹，而且游戏很快速，三分钟定胜负。

白好把自己的票给了杭臣。

杭臣整装待发。

轮到他的时候，他拿玩具枪的姿势看上去都十分熟练。

白好站在边上紧张地双手握拳，眼睛眨也不敢眨。

只听“砰砰砰”几声，子弹落定。

老师报出结果：“5分。”

白好不懂这个游戏规则，问道：“5分是好还是坏啊？”

边上一个男生嘲笑道：“八颗子弹打出5分，当然是不好啦。”

杭臣无语。

白好：“啊……”

白好瞥了杭臣一眼，安慰道：“你还有一次机会呢，我的那个名额给你了。你再试试看。”

杭臣冲她挑眉：“你放心，这次我认真点。”

“哦哦，你加油啊。”

话落，白好瞥见边上一组的人打出了漂亮的分数，老师递给他们一个香囊形状的东西。

她视线一直跟随着别人，看见别人从香囊里拆出一块橙色的小熊橡皮擦时，她不由得心动了。

好可爱啊，是她从来没见过的小熊橡皮擦。

她回过头，再看杭臣，他举起玩具枪，准备射击。

“砰砰砰——”又是几声。

老师报出结果：“4分。”

杭臣放下玩具枪，食指抠了下眉毛。

白好歪头看着他，充满了疑惑。

离开这间教室后，白好问他：“你不是说以前玩过吗？”

“是玩过，但是好久以前玩的了。”

白好叹口气，很快再次燃起斗志：“没事，我们去玩别的吧。”

结果一天下来，两个人都一无所获。

猜谜语那关杭臣差点赢了，但谁料最后一道题是方言的谐音题，奖品就这么拱手让人了。

下午三点，没有游戏票的两个人坐在教室里吹风。

杭臣在复盘，和白好分析每次失败的原因。

白好听不进去，她趴在桌上，丧丧地说：“你还说给我赢奖品……”

杭臣噎了一下：“……我也没想到这么难。”

“你以前学校的比赛你没有拿到过奖品吗？”

“拿到过啊，不过我们比的是做题目。”

“啊？”

好残酷啊，把做题目当作游戏。

白好晃晃脑袋：“算了，我也很没用，都没赢过一次。你还比我厉害一点呢，那道题就差一点。”

杭臣：“哎。那我们现在干什么去？老师说活动四点结束，我们要不要去问体育老师借那个铁环玩？我觉得所有游戏里那个最好玩。”

“也行，那个我也是第一次玩，我也觉得很好玩呢。体育老师之前一直藏着铁环，我在器材室看到过，他就是不给我们玩。”

“为什么啊？”

正聊着，教室里忽然进来两个不认识的学生。

那两人也是一愣，连忙走了，嘴里嘟囔着走错了。

被打断的两个人对视了一眼，下一秒，又同时大笑起来。

他们说笑间，又进来一些人，是自己班的人。

那几个男生个个都眉开眼笑的，满是意犹未尽，手上抛着刚得到的战利品。见到他俩，有男生打招呼说：“老杭，你们果真在这儿啊？我听说你们什么都没赢到，躲在这儿嗯嗯嗯那啥呢……”

说到后头，男生的表情忽然变得奇怪起来。

白好没懂他的“嗯嗯嗯”是啥意思，呆呆地看着他们。

杭臣也没懂，他玩着笔，问道：“你说什么？”

男生挤眉弄眼道：“别人说你们俩在这儿谈恋爱呢！”

谈恋爱？

白好的毛奓了起来，眼神变得很警惕。

她在消化这三个字。

她知道谈恋爱的意思，妈妈说过，结婚之前要先谈恋爱。

可是这关她和杭臣什么事。

而身边的杭臣比她懂。

杭臣一瞬间敛了笑，停了手中的笔，重复了一遍：“你说什么？”

眼看杭臣脸色变得极其难看，那男生意识到了不对劲。

他拼命否认：“没什么没什么。”

杭臣走过去，拉住那男生的手腕，强迫男生看着他。

杭臣问：“谁和你说的？”

男生：“就……就刚刚在楼梯间听到几个女生这么说呢，是隔壁班的。”

“隔壁班的，谁？”

“我也不认识。”

“走，你带我去认人。”

“啊？别啊，开玩笑的，你别生气，杭臣，你别生气。我和你道歉。”

但杭臣依旧板着脸，拽着人就往教室外走。

白好的心突突突地跳，她的预感告诉她，杭臣要惹事了。

白好从来没见过这样的杭臣，表情严肃得仿佛要吃人。

他一向随和爱笑的。

白好手忙脚乱地跟了出去。

还没等追上人，跑到楼梯转角的时候，白好骤然一顿。

因为底下传来女孩号啕大哭的声音。

白好放慢脚步，一点点地挪过去，她扒着扶手栏杆朝下望去。

下面一个女孩坐在地上，抱着自己的胳膊哭得惊天地泣鬼神，而她的胳膊好像有血渗出。

这段楼梯上头站着杭臣和说他们谈恋爱的男生，还有一个不认识的女生，好像是受伤女生的朋友。

只见那个女孩“噌噌噌”跑下去，试着扶起受伤的同学。

见扶不起来，她叉着腰指着杭臣他们说：“你为什么推她！我要告诉老师！”

白好的心“咚咚”直跳，已经开始想等会儿怎么帮杭臣解释了。

但站在那儿的杭臣不卑不亢，一副坦荡模样，他说：“我没推她，是她自己心虚没站稳滚下去的。”

“你胡说，就是你推的！”那女孩说。

“我没有。你们现在就去找老师，我正好想告诉老师，你们在背后乱说的话。”杭臣说。

那女孩一听傻了，与身边受伤的同学对视了一眼。

受伤的女孩哭声逐渐变小。

杭臣说：“走啊，找你们班主任还是找我班主任？我们说说清楚。”

底下两个女孩哪里见过这阵仗，犹犹豫豫着，受伤的女孩说：“不是我们说的，我们也是听徐娇盛说的啊，你们要找就找她，关我们什么事。”

说完，她们打量着杭臣的神色，爬起来一瘸一拐地跑了。

站在杭臣身边的男生也开始退缩：“杭臣，你要是生气，就去找徐娇盛吧，这事和我们都没关系。我刚刚那样说是我不好，是我今天兴奋过头了，对不起，对不起！”

那男生也一溜烟跑了。

杭臣在原地站了一会儿，抬头看向在上面的白好。

他神色淡淡，声音却镇定自若。

他说：“白好，我们现在去找班主任。”

白好紧紧握着生锈的栏杆，她能隐隐嗅到掌心汗水与铁锈味混合在一起的味道。

她问道：“真的要去吗？”

杭臣：“去啊，不能让人欺负我们。”

两个人找了一大圈才找到班主任。

白好像跟班一样跟在杭臣身后，她默默地不敢说话，光看一个背影白好就知道杭臣还在生气。

班主任本来在看班里的学生在玩串珠子比赛，见杭臣表情严肃地说有重要的事情要说，一时还有点愣怔。

然后，杭臣指了指在一旁串珠子的徐娇盛说："还有她，老师，叫上她，我们去办公室说。"

班主任看着杭臣，眼里不自觉流露出几抹欣赏。

谁都喜欢大大方方条理分明又勇敢的孩子。

她笑着朝徐娇盛招手。

那头，徐娇盛本来在那边谈笑风生，但抬头听到老师的声音，再看到杭臣的脸色，立刻笑不出来了。

等到了办公室，班主任关上门，气定神闲地往椅子上一坐。

"说吧，发生了什么事情？"

白好站在边上低着头一言不发。

杭臣往前站了一点，挡住白好，沉着开口，条理清楚地把整个事情讲述了一遍。

班主任嘴里的一口茶差点咽不下去，疑惑地看向徐娇盛。

班主任诧异道："谈恋爱？你们懂什么是谈恋爱吗？"

两个女孩子不说话。

杭臣不紧不慢地说："我懂啊，就是男生女生因为爱情在一起嘛。像我爸妈那样。"

班主任更诧异了，她语塞了好一会儿，问道："徐娇盛，那你为什么要向别人传播这样的流言？"

徐娇盛腰板挺得很直，细长的眼睛却瞥向一侧，她瓮声回答道："我不是故意的。"

班主任教导道："你们还太小，爱情这种情感你们还不懂。你们现在的情感就是好同学、热烈的友谊。杭臣，白好，老师相信你们。徐娇盛，以后不可以轻易传播流言，懂了吗？"

"懂了。"徐娇盛说。

班主任："你向他们两个道歉。"

徐娇盛瞥了他们一眼，不情不愿的表情显而易见。

"对不起。"

杭臣不领情，说："要两声，后头加上名字。"

"你！"

杭臣神情冷淡地看着徐娇盛。

班主任在心里叹口气，说："徐娇盛，你郑重地和他们两个道歉。"

徐娇盛咬了咬唇，咬牙切齿地说："对不起，杭臣。对不起，白好。"

躲在杭臣身后的白好不自觉地放松了身体，她慢慢地站得和杭臣一样直，平静地朝徐娇盛看去。

她隐隐冒出一种想法——在事实面前，人人平等。

办公室外，走廊上。

六月初午后的阳光像裹了热糖浆，滚烫炽热。

徐娇盛双手握拳垂在两侧，大步往前走。

杭臣和白妤并排走，两个人注视着徐娇盛的背影，将她浑身上下呼之欲出的气愤尽收眼底。

白妤小声问道："杭臣，她到底为什么要这样说我们？"

杭臣哼哼两声："她闲得。"

"啊？她不闲吧，她很忙的，她是班长，还有很多好朋友找她玩。"

"噗——"

杭臣被白妤一本正经的解释逗到。

他耸耸肩："管她呢。反正以后，她再也不敢那样说了。"

白妤表示怀疑："真的吗？"

"如果她再说，我就再告诉老师，大不了，把她爸妈请过来。"

"啊？"

白妤被他的思维震撼到，她望向杭臣，忍不住细细打量他。

不知为何，杭臣说话做事总是有一种无所畏惧的感觉。

小小的白妤心想，他真伟大啊。

他应该和那些伟人一样，挂在学校的展示墙上，但是挂在墙上的话又感觉怪怪的。

想到这儿，白妤笑了出来。

杭臣问她笑什么。

白妤摇头不肯告诉他。

"到底笑什么？"

"没什么没什么，我要是说出来你会打我的。"

"我怎么会打你，男子汉从不打女孩子。"

白妤还是摇头。

杭臣的好奇心被勾起来，催促白妤赶紧告诉他。

两个人追逐起来，白妤跑得飞快，往教室跑的时候路过徐娇盛身边，不小心撞了她一下。

仿佛找到了缺口，徐娇盛一下子奓毛。

她尖叫道："白妤！你干什么撞人！"

白妤停了脚步，下意识地道歉："对不起啊，我不是故意的。"

这语气、这话，落在徐娇盛耳朵里十分刺耳。

她觉得白妤在学她刚刚在办公室说话，还故意说得这样轻飘飘的。

白妤在嘲讽她！

徐娇盛跺脚："你就是故意的，你想撞死我！"

白妤：“……我没有，我没有，我真的不是故意的。”
杭臣追上来，站在白妤前面，对徐娇盛说道：“你乱吼什么，她本来就不是故意的，但是你在外面乱说话是故意的。”
欺软怕硬是人的天性。
徐娇盛腮帮子气得鼓鼓的：“我不是都道歉过了。”
“那她刚刚也道歉了。”
“你……杭臣！你为什么要一直帮她！干吗要和她一起玩，她一点都不好，我们都不和她玩的，你没看出来吗？和我们玩不好吗？”
杭臣觉得可笑：“那她到底哪里不好呢？”
徐娇盛：“她……她……”
她想了一圈，终于想到了。她高亢道：“她成绩差！她男不男女不女！”
杭臣平静地“哦”了一声，说：“那我觉得你头发太长，成绩太好，我不喜欢和你这样的玩，行了吗？”
徐娇盛哑口无言。
杭臣知道徐娇盛刚刚是要往教室去，所以他想都没想，转头拉起白妤的手腕往反方向走。
他不想接下来和徐娇盛在同一个空间。
杭臣走得很快，白妤跟不上他的速度，不得不小跑起来。
两个人穿过长廊从西边的小楼梯下去。
白妤跑的时候透过成排的玻璃窗看到自己此刻的模样。
她依旧穿着男生风格的T恤、裤子、鞋子。
但跑起来有风，她的身体轻盈得仿佛要飞起来一样。
像极了那天穿上白裙子的感觉。
轻飘飘的，满怀欣喜的。
她逐渐把视线投向杭臣。
她知道，这美妙的感觉是源于杭臣。
她的好朋友，她最好的朋友。

杭臣拉着她去了小篮球场的角落。
学校里的其余人几乎都在大操场和活动教室里，这个小小的篮球场只有两三个人游荡着。
在篮球场的角落安放着去年新装的滑滑梯，偌大的滑滑梯挡去了一部分阳光。
两个人就靠着围墙盘腿坐在绿油油的草地上。
白妤在平复呼吸。
杭臣有点不爽，他揪了一把又一把的小草。
白妤察觉到他的情绪，倾斜靠过去，试探道：“喂，你怎么啦？”
“我生气呢。”
白妤笑眯眯地说：“被说的是我，你为什么要生气啊？”

杭臣瞥了她一眼："你不生气吗？"

白好思考了一下："有点点吧，不过她一直都这样，她不喜欢我。"

杭臣恨铁不成钢，他扔掉手里的草，笨拙地朝白好的方向转过去，像个大人一样语重心长道："白好，你要生气。别人这样说你，你要生气，你要反抗。"

"那……那如果最后弄得很严重怎么办？"

"你说的严重指的是什么？"

"被叫家长。"

"被叫家长算严重的事儿吗？"杭臣反问。

白好静默了几秒，点头说："算。"

杭臣："可是你没有做错什么？就算被叫家长，爸爸妈妈也会理解你的，你妈妈……你妈妈很好啊，她不像是个只会责怪孩子的大人。"

"我妈妈当然很好啊，她是全世界最好的妈妈。"白好顿了顿说，"但是如果我妈妈知道别人这样说我的话，她会哭的。"

"什……什么？"

"她会哭的，我见过她哭。"

这下轮到杭臣沉默了。

良久，他问出自己的疑惑。

杭臣："所以……你妈妈一直不知道这件事是吗？"

白好："嗯，她不知道。"

"那他们仅仅因为你学习不好，穿男孩子的衣服就不理你吗？"

其实白好也想不明白，但追溯来源的话，似乎是这样。

白好手指绕着小草叶子转，简单说了下上学以后的事情，包括奶奶的事情。

杭臣听完更沉默了。

日暮西沉，一阵风从他们之间穿过。

杭臣问道："所以……你觉得这样是在保护你妈妈？"

白好认真地点头："是啊，只要像这样子忍一忍，就可以少去很多争吵，因为……只要奶奶一发脾气，妈妈就会哭。"

如果她继续吵着要留长头发，继续吵着要穿裙子，那那天的谩骂就会反复上演。

她怎么舍得看妈妈一直流眼泪呢。

她发誓要保护妈妈的。

"不对。不对……不对！"杭臣使劲摇头。

他盯着白好，一字一句说道："你不能这么想，你这不是保护，你这是助纣为虐。"

顺从不是保护，勇敢反抗才是保护。

杭臣说："我爸爸以前和我说过，世界上的人心里都会有恶念，当别人朝你露出恶念的时候，哪怕你的手很小很弱，你也要伸出你的爪子。久而久之，他们就会知道你是个不能欺负的人。”

白好眼睛眨啊眨，她把这段话翻来覆去理解了一下，但仍然有点不懂。

她说：“什么意思？杭臣，我不太懂。”

杭臣挠下巴：“举个例子来说，就像今天，他们在背后乱说我们，我带着你去找老师说明这件事。因为我们说了，所以我们得到了道歉。”

“那确实，你真的好勇敢的。我当时好紧张啊，我好怕老师骂我们。”

“你怕什么？你没有做错任何事情啊。”

“我也不知道……就是想到班主任心里就毛毛的。”

“可是她也是个人啊，是人就不用怕。”

“我做不到……我……我不是你。”

杭臣叹口气，但很快重整旗鼓。他低声询问道：“你做得到的，你想想你做过什么勇敢的事情吗？勇敢之后的结局是不是很好？”

“勇敢的事情？”

有啊。

当她拒绝徐娇盛问她要虫子，她就得到了那只虫子

当她勇敢问他为什么要和她做朋友的时候，她就得到了好朋友。

而杭臣，似乎一直是个勇敢的人。

他因为勇敢得到了幸运，得到了尊重。

想到这些，白好心底深处那颗名为“勇敢”的种子开始蠢蠢欲动，似要生根发芽。

这个世界真的是这样吗？

勇敢的人会得到好结果。

可为什么妈妈总是沉默呢？

杭臣看出她在思考在摇摆，他继续给她的种子浇水。

他说：“白好，勇敢的人人生才会有不同的路。”

远处厚重的云盘踞在天空，霞光在云层里翻滚，如一团正在燃烧的火焰。

橘红色的光乘着风落下，透过滑滑梯的缝隙，正好照在杭臣身上。

白好一抬头就撞进他涌动着碎光的眼里。

“勇敢的人人生有不同的路？”

“对。”

“杭臣……我不太懂这句话。”

“没关系，白好，当你下次勇敢的时候你就会懂的。我当时也不懂，爸爸就是这么和我说的，后来我发现，真的是这样。事实会证明一切。”

“哇哦……”白好由衷地赞叹，没过大脑地说，“杭臣，你以后真的应该像那些伟人一样挂在墙上。”

杭臣眉梢一扬，眼神困惑。

“什么？伟人？”

“哦……没什么……我夸你呢，夸你呢。”

“挂在墙上？”

她以为杭臣也会像她联想到的只有去世的人才会挂在墙上而生气，没想到下一秒，杭臣一扫刚刚的正经和气愤，捧着肚子哈哈大笑起来。

他捶着草地：“白好，你真的太有意思了，哈哈哈哈。”

白好撑着下巴看他傻笑。

过了一会儿，她冷不丁地问：“哎，杭臣，你刚刚在办公室说你懂什么是爱情，像你爸爸妈妈那样，你爸爸妈妈谈恋爱是什么样子呢？”

于是，杭臣眉飞色舞地讲述了父母的爱情。

他的父亲名叫杭大勇，听起来是个没什么文化的名字，但大俗即大雅，也确实是个心中有大勇的人。

他父亲在那个只有少数人能读书的年代里冲了出来，凭着一腔勇气就敢往大城市闯荡。

他的母亲，那个对谁都笑盈盈的母亲，叫张丽娟。

他们俩和那个时代的多数夫妻一样，父母之命，媒妁之言，但又有点不一样，时代推着人往前走，爷爷奶奶、外公外婆也会问他们一句，眼前这个人你想不想娶，想不想嫁？

谁知道，两个人对彼此都颇有好感，接触一段时间后就结婚了。

接着，他爸爸就带着妈妈飞往了北京。

杭臣说，他爸爸有读书人的幽默，时常把妈妈逗得直笑，有任何事都会站在妈妈面前，替她挡下一切。

偶尔还会说些情话，他听得都脸热。

但是他爸爸说：“如果爱一个人都不敢表达的话，算什么男子汉大丈夫呢？”

他觉得挺有道理的。

而他的妈妈也会如电视剧里那样，依偎在爸爸怀里。

说到最后，杭臣歪头，思考了一下后说：“别人我不知道，但爱情嘛，应该大差不差就是他们那样，因为有爱所以有了我。”

白好沉浸在这个故事里。

风凉了，她才清醒，捂搓着胳膊，和杭臣回教室。

教室里的同学这一天都玩得太过尽兴，身上的汗湿了干、干了湿，现下看起来灰头土脸的。

环视一圈，白好和杭臣发现，大多数人都有奖品。

有的是小熊橡皮擦，有的是三支连装的水笔，有的是精致小挂件。

白好看到这些内心已经没有波动了，她满脑子只有杭臣说的关于勇敢和关于爱情的描述。

杭臣不知道，见她心不在焉的，以为她是看到别人有奖品心里头失落。

放学的路上，杭臣观察着白好的神色。

见她还是那副样子，他突然开口道：“对不起啊，我食言了，没想到我玩游戏这么差劲儿。”

白妤愣了一会儿，反应过来：“没事啦，我也很差劲。哈哈。”

“真没事儿吗？”

“真的，我从不骗人。”

“那就好，那些小玩意儿我家也有类似的，要不明天我给你带点过来你挑？”

“不要啦。”

“可我想给你。”

白妤拗不过他，她忽然想起第一次见面那天他说的贝壳。

她笑着说：“那你把你去海南买的贝壳送我一个吧，其实……其实我很想要。我从来没有见过真的贝壳。”

杭臣也笑：“可以啊，那你喜欢大贝壳还是小贝壳？”

“大的！越大越好！”

“好！我挑个最大的给你！”

出了校门，两个人像往常一样朝各自的家长走去。

白妤心里像揣着一只小鸟，整个人轻盈得不得了。

可等走近，她却感觉到妈妈和之前不一样。

今天的江雪梅一个人推着自行车站在树下，无心和别人说笑，眼睛红通通的。

白妤垂下眼，爬上了后座。

很快，母女俩汇入车流。

江雪梅故作轻松地问她：“小妤今天开心吗？玩了什么游戏呀？有没有赢到想要的奖品？”

白妤现在不想说这些。

她用大拇指的指甲掐按食指，按得没地方按了后，才终于开口。

她问道：“妈妈你哭过了吗？你为什么哭？奶奶又说你了吗？”

她看到江雪梅的背脊一僵。

那就是她说对了。

白妤：“她这次又因为什么说你？”

江雪梅试图转移这个话题：“没什么，就家里头一点小事，都过去了。”

又是这样……

奶奶的谩骂这些年远不止那两次，生活中许多事都会激起奶奶的不满。

但她骂来骂去就那几句话，嫌弃江雪梅生不出儿子，嫌弃她身体的缺陷，嫌弃她不赚钱。

小时候白妤有很多话听不懂，但现在不一样了，她每一个字都能懂，每一句话都能理解。

每当奶奶骂人的时候，江雪梅就会沉默。

像是一种默契，目睹全程的白妤也不会再提这件事。

她知道，沉默是妈妈在维持摇摇欲坠的自尊，多问一句，就会破裂。

但是，妈妈因为沉默得到了尊重吗？

因为沉默得到了好的结果吗？

没有。

每一次，妈妈的顺从和沉默，都只换来下次变本加厉的侮辱。

杭臣的话突然浮现在脑海中：

——“你这不是保护，你这是助纣为虐。”

——“白好，勇敢的人人生才会有不同的路。”

勇敢的人人生才会有不同的路。

她们一到家，奶奶就气冲冲地从她的小屋里冲出来，指着江雪梅劈头盖脸一顿骂：“你个扫把星，儿子生不出，身上烂就算了，让你喂个鸡都能把鸡喂不见！你是专门来克我们家的吗？”

江雪梅知道白好已经长大了，不想让她听到这些。她拍了下白好的肩膀，用母亲的威严说：“你上去做作业。”

白好经过一路的思考，此刻勇气已经在胸膛里来回窜动，她快按捺不住了。

她站在江雪梅身边不动，说：“今天儿童节，没有作业。”

“那你上去看电视。”

“我现在不想看电视。”

“你……听话，你上楼去。”

奶奶在院子里骂骂咧咧，突然，她挎着一簸箕的小麦皮大步走来，狠狠朝江雪梅和白好扬去。

小麦皮是碾了麦子后专门留着平常喂鸡的。

它像灰尘一样飘浮在空中，又如静止的雨一样，在某一瞬间哗啦啦落下，刺得人睁不开眼。

江雪梅下意识地将白好按在胸前保护。

白好没吃到灰。

奶奶像泼妇一样坐在地上蹬腿：“你这个扫把星，那几只鸡卖出去有好几百块呢！我辛辛苦苦养了一年，每天起早贪黑的，我图什么啊我！我迟早让袁儿和你离婚！”

难听的话不绝于耳。

白好用力从江雪梅的怀抱中挣脱。

她抚去脑袋上的麦皮，尽管心在狂跳，还是张开双手像只老鹰一样勇敢地挡在江雪梅面前。

她学杭臣，板着脸看奶奶。

但一开口还有点不足。

白好磕磕巴巴道：“你……你不许这样说我妈妈！妈妈不是故意的！你个大坏人大笨蛋，你从今天开始都不许这么说我妈妈！不然……不然我就和你拼命！我真的会和你拼命的！”

稚嫩的童声回荡在房间里，字字坚定。

江雪梅低头看着白好毛茸茸的脑袋，胸腔一阵酸涩，不知不觉中咬破了自己的嘴唇。

而坐在地上的奶奶愣了一下，随后，她嚣张地笑起来，开始把矛头指向白好。

“好啊，你个白眼狼，我供你穿供你吃，我可是你亲奶奶啊，你要和我拼命？你拿什么和我拼命？你来啊你来！”

白好双腿打战，但她知道，她不能退后，如果她退后了她以后就再也保护不了妈妈了。

她咬紧牙齿，哆哆嗦嗦道：“你对我不好，你对我妈妈也不好！我不喜欢你！你、你、你以后再这样，我就拿这个打你！”

说着，白好瞥见边上有一把扫帚，她快速捡起来，双手握着，像握着一把剑。

奶奶鄙视地笑了：“来，来，那你打我！往我身上打！我倒要看看你这个小崽子多有本事！”

“这、这是你自己说的！呀——”

白好眼一闭，心一横，举着扫帚冲过去。

奶奶见她来真的，“哎哟”一声，赶忙爬起来就跑。

她一边跑一边喊道：“来人啊，救命啊！孙女打奶奶啦！没有天理了！”

白好追她追了两条街。

附近的街坊邻里都出来看热闹。

白好顾不上别人的闲言碎语，她只看着前面，一心只想战胜。

奶奶喊累了，随手拿起一根竹竿朝白好打去，美其名曰管教孙女。

白好眼睛通红，她握紧手中的武器，豁出去了——

“啊！我讨厌你！你不是好人，你不是好奶奶！以后你不准再骂我和妈妈！不！准！再！骂！”

她冲了过去，高高举起扫帚，用尽力气，稳稳扛住了奶奶的竹竿，再快速往上一翘，打掉了奶奶的竹竿。

她再次冲过去：“我和你拼了！”

上了年纪的哪里比得过小孩子的蛮力，奶奶扭头逃跑，她逃回自己的屋，抖着手把门反锁。

白好追得满头大汗，身上的T恤已经湿透。

她站在奶奶屋子的门前，大声质问道：“你输了！以后不准再骂我们！你听到了没！”

奶奶拉了灯：“你这个兔崽子，以后各过各的，你们等着！”

各过各的。

这就是结果。

白好放下扫帚，气喘吁吁。

那头的江雪梅跑过来，一把扔掉她手中的扫帚，抱起筋疲力尽的白好头也不回地回了房间。

白好已经是个大孩子了。

江雪梅抱她很吃力，但她像白好一样，用尽了全力。

白好的下巴搁在她肩膀上，呼哧呼哧地呼吸。

她坚定不移地说："妈妈，以后她不敢再说我们了。"

江雪梅的身子又是一僵，白好依旧感受到了。

白好环住江雪梅的脖子，反抱住她。

勇敢真好啊。

勇敢结的果子比糖还甜。

江雪梅烧了水给白好洗澡。

白好坐在红色塑料澡盆里，捏着滑不溜秋的肥皂。

江雪梅对于刚才的事情只字不提。

她只说："抬手。

"抬脚。

"转过去。"

一个热水澡让白好清醒了过来。

回想刚才发生的事情，她觉得自己好像演了场戏。

好不真实。

她觉得自己做的是对的。

可是妈妈似乎笑不出来。

她打量着江雪梅的神色，心里头忐忑起来。

等江雪梅给她搓背的时候，白好忽然叫她。

"妈妈。"

江雪梅："嗯？"

"你生气了吗？"

"没有。"

"那你怎么不笑？"

"妈妈在想事情。"

"想什么？"

江雪梅叹了一口气，手掌不轻不重地在她滑溜溜的背上拍了一记。

"我在想，你今天把你奶奶气成这样，以后你爸爸寄回来的钱，我大概是拿不到了，真要各过各的了。"

说完，江雪梅轻笑出声："你啊，哪里是安静的性格，我有时候想不明白，为什么学校的老师都说你文静。我们小好啊，明明像只小老虎。"

听到江雪梅的笑声，白好大松一口气。

她滑着水，"哧溜"一下转过去，面朝江雪梅。

她仰起脑袋，水灵灵的大眼睛眨也不眨地盯着江雪梅。

她说："爸爸又不是不回来了，等下次爸爸回来，我们告诉他，让他不要把钱打给奶奶。”

江雪梅：“他……他不知道下次回来是什么时候呢。”

白好对父亲的印象很浅，她不了解自己的父亲。

他几岁了，他喜欢什么颜色，喜欢吃什么菜？

白好都不知道。

白好记得，上次爸爸回来是半年前，过年的时候，待了没几天就又走了。

而他们父女之间没说多少话。

她的爸爸才不会像杭臣的爸爸，讲那么多有用的道理给她听。

她的爸爸也不会像杭臣的爸爸，说一些话逗妈妈笑。

当然，妈妈也不会依偎在爸爸怀里。

家里没有装电话，他们两个也理所当然地不会每天打电话。

这算爱情吗？

白好不知道。

上床睡觉的时候，白好开始询问白袁和江雪梅年轻时的故事。

江雪梅靠着床头在织毛衣。

白好看着一戳一戳的棒针，问道：“妈妈，你和爸爸是谈恋爱后再在一起的吗？你们有爱情吗？”

江雪梅的神色隐没在光里，白好看不真切。

只不过，隔了很久江雪梅才回答她。

江雪梅的声音如一缕青烟，抓不住看不透，语气平静万分。

江雪梅说：“我们是到了年龄，别人介绍认识了，就结婚了。”

“那和杭臣的爸爸妈妈一样哎，他们也是别人介绍认识了就结婚了。但是杭臣说，他爸爸妈妈之间是爱情。”

“杭臣连这都告诉你呀？”

“嗯，是啊，我们是好朋友嘛。不过……也不是突然告诉我的。妈妈，我还没和你说呢，我和杭臣今天碰到了好离谱的事情。”

“你们碰到了什么？”

白好比画着，说了一遍徐娇盛造谣的事情。

江雪梅小小地吃惊了一下：“谈恋爱？你们懂什么是谈恋爱吗？她这样说你们不好，你以后也不能这样随便说别人呀，小好，知道了吗？”

白好点头：“我知道的，老师也是这么问我们的，然后杭臣就回答老师了，他说谈恋爱就是像他爸爸妈妈那样。”

江雪梅眼里流露出几丝羡慕：“杭臣妈妈很幸运呢。”

“那你呢？妈妈，你遇到爸爸不幸运吗？”

江雪梅笑了一下，极淡的一笑。

白好盯着她，洞悉到一些东西。

她问：“妈妈，你不喜欢爸爸是吗？”

江雪梅不忍让孩子这么早认识到家庭的不和谐，她否认了。

但大人有时候的伪装实在拙劣。

白好又问："你有告诉爸爸，奶奶平常会骂我们吗？"

江雪梅回避道："好了，小好，你该睡觉了。"

白好："你告诉了。"

"快睡觉。"

"但是爸爸没有挡在你面前。"

"小好……"

"那我也不喜欢他。"

"不……不是，你怎么可以不喜欢爸爸呢？"

白好继续问："妈妈，那爸爸说过爱你吗？"

江雪梅被白好一连串的问题和思路整蒙了。

她结巴道："没、没有吧。"

白好："那你们这不是爱情。那你为什么不找一个像杭臣爸爸那样的人？杭臣说，他爸爸总是和他妈妈说爱她。"

"找一个这样的人吗？"

江雪梅陷入了沉思。

良久，她苦笑一声，温柔地摸了摸白好的额头，并没回答。

但白好懂了。

她忽然明白，为什么妈妈没办法像杭臣妈妈那样从容宽心。

因为她不被爱，也没有人挡在她面前保护她。

白好贴过去，小声问道："妈妈。那你爱我吗？"

江雪梅回答得很快："爱啊，妈妈最爱你了。"

还好，还好，妈妈是爱她的。

白好紧紧抱住她："我也很爱你。"

白好顿了顿，细声道："妈妈，我今天做得对吗？我勇敢吗？我觉得……我是对的，因为我很开心。"

"是对的。小好长大了，学会护着妈妈了。但是以后不能这样打人，自己会受伤的。"

"嗯，我知道了……"

得到肯定，白好放松下来，困意如浪潮袭来。

她打了个哈欠，迷迷糊糊地问："那妈妈……你小时候是什么样子啊？你有像我……嗯……像我一样勇敢吗？"

江雪梅哄着她睡觉。

许久许久，她轻轻地回答："每个人小时候都有过勇敢的时候。但是人会变……变成……小时候无法预知的样子。也许……她也不愿意变成这样。"

人会变成小时候无法预知的样子。

她以后会变成什么样子呢？

白好冥思苦想了一早上，实在想象不出，她脑袋一片空白。

中午吃完饭，白好和杭臣按照惯例，跑去小卖部买零食。

这周小卖部老板的新品是袋装的橘子水，冻在冰柜里，冰冰凉凉的。

关键是性价比很高，五毛钱能买俩。

白好毫不犹豫地选择了橘子水。

而杭臣每次都要纠结很久。

白好结完账在门口等了又等，五分钟后，她看见杭臣拿着一罐像小药丸一样的糖出来了。

她问杭臣为什么买这个。

这个不好吃，大家都不买。

杭臣倒了一颗出来往嘴里送，装作中毒的样子，说：“因为吃了这颗我就有救了！”

白好咬着橘子水吸啊吸，嗞嗞作响。

听到他的台词，她差点喷出来。

杭臣倒了一颗给白好：“你这病情比我还严重，快吃，不然性命堪忧啊！”

白好接过糖，盯着杭臣，认真地说：“杭臣，我觉得你病得比较严重。”

“哈哈哈哈哈哈！”

“哈哈哈哈！”

两个人笑着往滑滑梯的那个角落走去。

白好把橘子水分给杭臣，边吃边走边说话。

她把昨晚她的英勇事迹仔仔细细说了一遍。

她说：“我第一次觉得骂人打人是这么开心的事情！”

杭臣却开心不起来，糖果在嘴里滚来滚去，他一改刚刚吊儿郎当的模样，担忧道：“白好，你这样太危险了！万一和你对抗的是个男的呢？你肯定打不过的。”

“你和我妈妈说的一样。”

“对啊，因为我和你妈妈一样不希望你受伤嘛。这种事情要看碟下菜，我觉得智取大于蛮力。不过这次你还是很优秀的，我现在，咳咳，封你为江雪梅女士的护法大师！”

白好配合地上前听封。

杭臣又掏出那罐糖：“本座再赐你几颗仙丹，危急关头吃了它，能助你一臂之力。”

又来了。

白好有点无奈，但还是配合地收下了。

到了滑滑梯那儿，白好在昨天同样的位置坐下，她说：“你昨晚看了什么啊？怎么说话古古怪怪的。”

杭臣在她身边坐下：“武侠剧！金庸的，你没看吗？”

“没，昨晚都那样了，哪里有心情看电视呀。”

“也是。”

白妤往墙上一靠，鬼使神差地，又想到早上那个问题。

“哎，杭臣，你说我们以后会变成什么样子呢？”她问他。

这问题有点深奥，一时把杭臣问住了。

他思索了一会儿说：“具体的不知道，但是应该会成为了不起的人。”

“有多了不起？”

“像挂在墙上那样了不起。”

白妤知道他在逗她，她撇撇嘴：“我说认真的，你好好回答嘛，你懂那么多大道理，我想知道你的答案。”

杭臣皱眉：“但是这个没有标准答案嘛。那你说，你希望你以后是什么样子呢？”

白妤摇摇头。

杭臣说：“那我说说我的吧，我希望我能实现自己的梦想，自由自在地活着。”

白妤讶然：“梦想……那你的梦想是什么啊？”

“想当个大侠，找到属于自己的江湖。”

“……你又在胡说。”

“真的。”

“我不信。”

“你不信就算了，那你觉得我的梦想是什么？”

“我怎么知道你。”

“你猜猜嘛。”

冻成大冰块的橘子水有点融化了，一捏，质感沙沙的。

杭臣捏出一块送入嘴里，透心凉。

他用手肘戳白妤，催促道：“你猜猜嘛，猜猜。”

白妤：“你想成为科学家？”

杭臣：“不是。”

“老师？”

“不是。”

“警察？”

“不是。”

“那我不知道了，大家的梦想都是这些。”

杭臣抬眼，看了一眼湛蓝的天空。

栀花镇的天空和北京的很不一样。

这里的天蓝得清澈，蓝得广阔，就连飘浮的云朵都是自由自在的。

杭臣展颜一笑，眼里闪着光，说：“我刚没骗你，我真的想做个大侠找到自己的江湖。换成现代职业的话，就是环游世界，做一个大冒险家。我所到之处，就是江湖。”

这么一说，白好好像懂了。

但白好不敢想象。

她去过最远的地方是外公外婆家，走过最远的路是校园组织的春游，听过最远的故事是杭臣说的北京和海南。

她问杭臣："为什么你的梦想是这个？"

杭臣想了想说："可能是每次我爸妈带我出去旅行，我都觉得很开心吧。白好，你不知道，外面的世界真的很精彩啊。"

"你还去过别的地方？"

"对啊，我们还去了云南、四川、新疆、上海……还出过一次国，去的夏威夷。"

"啊……"白好捧着橘子水都忘了吃，感叹道，"杭臣，你现在就是个了不起的人了。"

"那你呢，你有想过以后做什么吗？你有什么梦想吗？"

梦想。

她有过许许多多短暂又奇怪的梦想。

她想快点长大保护妈妈。

想穿上裙子留起头发。

想拥有一个绝世好朋友。

想不上学、想每天看电视、想吃很多好吃的东西……

可这样的梦想似乎一点都不伟大。

至少得是科学家这种才配叫作梦想吧。

白好说："我不知道我以后会做什么，我也没有伟大的梦想。"

杭臣吃完最后一口橘子沙冰，看向白好，爽朗道："别想了，如果你愿意，咱们以后一起去环游世界呗。"

"一起环游世界……"

白好被说得隐隐有点兴奋："那我们要去哪里？什么时候开始呢？"

"嗯……等到工作的年龄就可以去了。我想过了，环游世界的第一站是尼亚加拉瀑布。"

"这是什么？"

"是位于加拿大和美国交界处的瀑布，特别壮观。"

"……我第一次听到这个地方，你真的懂好多啊。"

杭臣抬抬下巴："这有什么，下次上阅读课的时候，我找地理书讲给你听啊，你听了也会懂。"

白好抿着唇，期待地点头。

"那杭臣，这些也是你爸爸讲给你听的吗？"

"是啊，北京的家里有很多书，看着看着，他说着说着，这些自然而然就记住了。"

"你爸爸也好了不起。"

“你妈妈也很了不起啊，她懂这么多好玩的东西。”

白好一怔。

是啊，每个人都有他了不起的地方。

她不由得骄傲地挺起胸膛：“当然啦，我妈妈是最好的妈妈，是很了不起的人。”

杭臣拨弄着小草，笑着，琥珀色的瞳仁里盛满了阳光。

白好看着这样的他，不禁失神。

他真耀眼啊。

而她呢？

她既不伟大也不耀眼，还没有笃定的梦想。

她一点都不了不起。

白好陷入了和早上一样的迷茫中。

十年后，二十年后的白好，到底是怎样的呢？

她开心吗？

她依旧勇敢吗？

第三章

长大真好

寒来暑往，时光在不知不觉中流逝。

很快，白妤和杭臣迎来了小学的尾声。

而白妤始终没有忘记过那天的对话。

终于，六年级第二学期的这一天，她解开了关于未来的迷茫。

那天上午第一节课是语文课，语文老师踩着铃声来到教室。

她在黑板上写下今天要学的课文——《一千张糖纸》。

六年级的老师不喜欢让同学念课文，每一篇新课文都会让同学们先默默自己看一遍。

按照这惯例，大家纷纷低头看起课文来。

这个故事白妤在开学不久后就看完了。

现在再看一遍，她还是觉得很生气。

她和文中的作者一样不理解。

她不明白为什么大人要用一千张糖纸的谎言去欺骗小孩子，为什么最后可以轻描淡写地道出事实，为什么连一句道歉都没有。

课文最后的一句话是：我们已经长大成人，可所有大人不都是从孩童时代走来的吗？

白妤在心里反复念着这句话，心中只有一个念头。

她要记住现在的感受，她以后绝对不要成为这样的大人。

下课后，白妤还沉浸在课本里头，她闷闷不乐地问杭臣：“你说，大人为什么总觉得小孩子什么都不懂呢？”

杭臣在准备下节课的英语默写，他没听明白白妤这突然的问题。

他转着笔，不解地“嗯”了一声。

白妤指了指语文书：“我在说刚刚上课的那篇课文。”

杭臣看着她笑：“你怎么这么生气？就因为一篇课文？”

“不是因为一篇课文，是因为这是真实的事情。我不理解。你说，我们长大了也会这样吗？我们会忘记我们小时候的事情和感受吗？”

杭臣凝视着白妤，转笔的速度慢了下来。

忽然，他凑过去，嘴角勾起一抹笑，说：“哎，白妤，我发现你变了不少。”

“什么啊？”

白妤双手撑着下巴，心不在焉的，一心在思考刚刚的问题。

杭臣说：“你还记得你幼儿园时的样子吗？”

“幼儿园？有点记不清了。你怎么这么问？”

“我在回答你刚刚的问题。”

白妤缓缓转过脑袋，和他对视了一眼。

所以……等再过几年，她也会忘记小学的很多事情吗？

等再大一点，她会忘记她的童年吗？

不，她不要。

白妤反驳道：“我没有全部忘记，我记得一些很美好的瞬间的。”

杭臣却说：“这也是你刚刚问题的答案。”

白妤呆住了。

杭臣缓慢地说道：“人的记忆区域容量有限，总会忘记一些东西的。只要别把重要的东西忘记就好了。嗯……像我的话，我就不会忘记第一次见到你的那天……你在地上摔了个大马趴哈哈。”

白妤被气笑，捞起手边的书装模作样地要打他。

杭臣也跟着笑。

打打闹闹间，杭臣说：“白妤，你真的变了，你都敢打我了！”

“你也变了呢，你以前都不会嘲笑我的！”

“那我又没说错，你确实摔了个大马趴嘛。”

“那我也没打错，就打你个讨厌鬼。”

过了一会儿，杭臣投降：“我错了，我错了。”

闹够了，白妤垂下眼，轻柔且坚定地说：“杭臣……我不知道自己以后会成为什么样的人，但是我可以选择不去做怎样的人，这样我就会越来越好，你说对不对？”

杭臣低低笑着，眼睛盯着英语书，声音却飘向了白妤。

他说：“当然啊，你现在就已经很好了。”

“我哪里好了。哎，等会儿的默写我又要错好多了……不说了，我也背会儿单词吧。”

杭臣用余光看她，嘴角始终挂着笑。

有时候旁观者清。

他能清楚地看到这两年白妤的变化。

她不再缩着脖子躲避老师的提问，也不再习惯性地发呆。

她的成绩一天比一天好，人一天比一天开朗。

盛夏的风也一天比一天热烈。

小学毕业那天，班主任捧来一摞学习手册。上面有老师的点评，班主任和各科老师都写好了，从前没有写的同学点评，这次班主任却让他们每个人交换写。

同桌与同桌之间交换写。

杭臣给白妤写的是：我们都有光明的未来。

白妤给杭臣写的是：希望我们初中能在一个班级。

白妤在杭臣的鼓励中开始畅想美妙的初中生活。

捧着小学毕业证书，迎着燥热的风，最后一次一起像这样放学。

白妤的步伐十分轻快，她看着身边愁眉不展的男孩非常不解。

“喂，杭臣，你怎么啦？”

杭臣轻哼一声，懒洋洋地道：“如果我们初中不在一个班级怎么办？”

白妤理所当然地说：“如果不在一个班级，那我们还是可以一起吃午饭一起放学，课间的时候我可以去找你，你也可以找我。”

这话也有那么点道理。

杭臣低头看她：“那你别到时候忘了我啊。”

白妤：“不会的，我怎么会忘记你呢，我们是好朋友啊。我从不骗人。”

聊着，两个人应该要分别了。

杭臣忽然叫她：“白妤。”

“嗯？”

白妤一抬头就撞上杭臣故意弹过来的手指，“嗒”的一声，她的额头被弹得隐隐作痛。

白妤倒吸一口气，不满地看向他。

“杭臣，你干什么啊？”

杭臣扬唇欠欠地说：“怕你忘记，做个约定。”

白妤：“……我看你是欠打。”

杭臣笑起来，瘦削干净的手在她额头那处快速揉了一把，弄乱了白妤额前的头发。

他说：“走了走了！两个月后见！”说完，他生怕白妤反击，一路朝在那边等待的母亲跑去。

白妤揉着额头，向上吹了口气，吹开遮住自己视线的头发。

等瞳孔聚焦完毕，她只看到杭臣的一抹挺拔的背影。

没来由地，白妤脑海里突然闪过上回杭臣说的话。

他说她变了不少。

可是有变化的难道只是她吗？

他也变了不少。

仅一个学期而已，杭臣就比她高了，他的脸也少了一些圆润稚气。

像什么呢？

像夏天河岸边的芦苇，稚嫩的小苗苗在风吹雨打中逐渐挣脱外衣，露出结实青葱的身躯，虽然依旧青涩依旧不够强壮。

想到这儿，白好低头看了眼自己的影子。

她也是这样，她也在长大。

“小好，小好……”

不远处，江雪梅在朝她招手。

白好回过神，莞尔一笑，向江雪梅快步走过去。

那头的江雪梅看着白好向她一步步走来，有点恍惚。

似乎每一年她都要感慨一次，一转眼，她的小好都这么大了啊。

恍恍惚惚间，她看见白好的成长缩影，随着白好的靠近，小不点的白好变成了如今亭亭玉立的样子。

只是……这样即将步入青春的女儿，却还穿着男孩子的衣服。

等白好走到跟前，江雪梅接过她的书包放在车篮里，再回头看她，忍不住摸了摸白好的脑袋。

还好，这两年，头发留起来了，她的小好终于扎上了梦寐以求的小马尾。

白好并未察觉到江雪梅的异样，她迫不及待地摊开毕业证书递给江雪梅看。

“妈妈，你快看呀，上面还有校长的签名呢。”

江雪梅配合地看了一眼，夸奖道：“那从今天开始，小好就是个小大人了哦。”

白好傻笑起来，脚一踮，轻而易举地坐上了自行车后座。

母女俩慢悠悠地行驶在路上。

身边的汽车、电动车飞驰而过。

白好望着明媚的天空，乐呵呵地哼着小调。

她问江雪梅：“妈妈，你说初中是什么样子呢？”

“妈妈没去过，不太了解，但初中三年很快，到时候要中考，得好好学习。”

“中考是什么？”

“嗯……是你们人生第一个很重要的考试，如果考不上高中的话，以后可能就没办法出人头地了。”

“为什么啊？谁规定的呢？”

“没有人规定，但是这个社会就是这样的。等你再大一点就明白了。”

“好吧……那我要出人头地，我会好好学习的。”

江雪梅很是欣慰：“小好是真长大了，知道自己要什么了。”

白好头一歪，天真活泼地说：“对啊，妈妈，我想以后成为了不起的人。”

“好啊，妈妈相信你以后会成为了不起的人。”

不做麻木的大人，拒绝平庸的未来。

不忘初心，依旧勇敢。

这些，是她从杭臣那边学到的。

所以啊，长大真好。

长大会拥有好朋友。

长大会有力量保护想保护的人。

长大会……慢慢明白自己要什么。

所以啊，我们一定会拥有光明的未来。

白妤紧紧抱着毕业证书，满腔热血，壮志凌云。

前头的江雪梅也一鼓作气下了个决定。

她说："小妤，妈妈存了一点钱，改天带你去街上买新衣服好不好？"

白妤惊喜地叫出声："真的吗！"

"真的啊。"

但下一秒，白妤摇头说："算了，妈妈，先不买吧。"

江雪梅问："为什么啊？你长大了，妈妈不能再让你穿捡来的衣服了，你……你也到了爱美的年纪了，妈妈不想让你在学校被看不起。"

午间炽热的风呼呼地吹，白妤的马尾晃啊晃。

白妤澄澈的双眸短暂地暗了几秒。

等再抬起头，她脸上又挂上灿烂的笑容，说："没关系的妈妈，我不在意她们怎么看。等爸爸回来了，有钱了，我再买新衣服吧。"

江雪梅久久没有说话。

白妤是知道家里情况的。

这不怪江雪梅。

她的妈妈永远是她心里最好的妈妈。

要怪，就怪她那天和奶奶宣战了。

那天以后，奶奶真的和她们母女各过各的了，并且从此以后再也没有把白袁寄回来的钱给过她们。

江雪梅因为身有残疾，在乡下找工作有局限，她结婚后一直没有正儿八经地工作过，偶尔接点细碎的手工活挣点零用。

没了那笔钱，白妤的上学费用成了问题，日常开销也成了问题。

江雪梅不得不支棱起来，她接了很多零活，没日没夜地做。

白妤也渐渐长大，她懂得体谅江雪梅的辛苦，懊恼当时自己的冲动，每天写完作业就会和江雪梅一起做手工。

她曾和江雪梅道歉。

江雪梅却笑着说："不怪小妤，现在这样也好，虽然日子紧巴点，但是心里头宽松。要怪，也只能怪妈妈没有本事。"

怎么会呢？

妈妈是无所不能的。

只是，她的爸爸在哪里呢？

他不单单是爸爸，他还是个丈夫。

他在哪里。

他已经三年没有回来了。

白好还曾问过江雪梅："爸爸不会死了吧？"

江雪梅眼里闪过担忧，让白好不许胡说。

白好到现在仍不懂江雪梅对白袁的感情，似乎不是爱情，但又似乎有着浓浓的牵挂和依赖。

带着她这个年龄段无法理解的问题，越过了这个夏天，吃完那碗生日面，十三岁的白好正式踏上新的征途。

2006年9月，早秋的风还算温柔，白好骑上江雪梅的自行车，一路飞驰来到栀花中学的校门口。

沉寂一个夏天的中学随着报名人数增多，整个学校沸反盈天。

白好推着自行车走在林荫道上，像出洞的兔子般，小心翼翼又好奇地打量着这所学校。

她看见明显比他们个子高很多的学长学姐倚靠在走廊栏杆上说笑打闹，如果不是脸还有点幼稚，光看身高的话真像个大人啊。

她以后也能长这么高吧？

正胡乱幻想着呢，白好的肩头突然被重重一拍。

"白好。"是熟悉的声音。

白好顺势看去，果不其然，是杭臣。

他和她一样，也是骑自行车来的，不过又不一样，他的车是现在很流行的赛车款式。

白好欣赏不来。

杭臣朝她笑："老远就看见你了，我追了一段才追上你。"

林荫道两侧的香樟树有些年头了，长得枝繁叶茂，斑驳的光影稀稀散散从树叶间隙中落下，随着风轻轻晃动。

杭臣说话时，那些光斑温柔地配合，让他看起来和以前有点不一样。

哪儿不一样呢。

白好陷入了思考，压根儿没听清一旁的杭臣在说什么。

直到杭臣在她面前打了个响指。

"想什么呢？"

白好侧过脸，视线上移，和他对视。

她有些奇怪地问："我们只有两个月没见吧？"

"对啊。"

"那你怎么又长高了呢？"

身高是每个男生的自尊。

杭臣笑得有点得意，他嘴角弧度渐深，悠悠地道："谁知道呢，哎，你怎么一点没长？"

不仅长高了，讨人嫌的功力也渐长。

本来白好还想说，这样的他……有点点小帅气呢。

白好吞下原本的话，改口道：“指不定我以后长得比你还高呢，你不要现在就这么得意扬扬。”

杭臣被她鼓着脸生气的小表情逗笑，腾出一只手去揉她的脑袋。

他说：“你还是这么有趣。对了，你既然一直不长个子，又这么小，我以后叫你小白好了。”

白好的脸更鼓了：“你别以为我不知道小白这个名字，我暑假也看了，蜡笔小新嘛，我看了的。”

“哈哈哈哈！”杭臣继续逗她，“小白，小白，你走快点，我们去看看分班情况。”

白好被惹急了：“杭臣，你再这样，我就不想和你在一个班了。”

走在前头的杭臣果真慢了步伐，他回头看白好，似有些不乐。

等白好和他齐平后，杭臣朝她投去试探的目光。

“你刚刚说真的？真不想和我在一个班级吗？”

“哦，真的啊。”

“呵，哦。”他学她。

白好无语。

杭臣假装自言自语道：“有些人之前还说什么好朋友，不会忘记什么的呢，不过如此。”

白好受不了了，说：“杭臣。你怎么越来越幼稚了，你以前明明懂那么多大道理，你怎么……你现在干吗这样？”

杭臣见她这样，立刻服软道：“我开玩笑的，嗯？你别不开心。”

她也不是真生气……就是……就是……

好吧，其实她也不知道自己怎么了。

杭臣哄她开心，又说道：“等会儿报完名，我请你喝橘子水，好不好？”

“我不是……哎呀。”

“我知道，我都知道的。你就说喝不喝？”

白好看他一眼，不知怎么，一下子真的又不恼了，反而还有点小开心。

她嘴角忍不住地弯起：“喝呗，明天我请你。”

两个人继续往前走，说起这个暑假的一些趣事。

等停放好了自行车，他们满怀期望地走到公告栏前一看，瞬间，两个人都笑不出来了。

白好在一班，杭臣在三班。

不按成绩排不按名次排，随机打乱。

确定完班级分配，两个人顺着人流往教学楼走。

杭臣的闷闷不乐都写在脸上。

白好走在他身边，时不时瞄他一眼。

蓦地，白好笑了起来，说：“杭臣，其实该苦恼的应该是我吧。”

杭臣笑不出来。

白妤说：“你看你，你去哪儿都有人围着说话，而我呢，他们不会想和我说话的。我们不在一个班级了，该苦恼的应该是我呀。你在你的班里会交到别的好朋友的。”

杭臣眉毛微动，听到白妤这么说心里头挺不是滋味的。

他朝白妤看去，看到白妤因为走路一抖一抖的短马尾，黑亮的头发在阳光下泛着淡淡的光泽。

她时而低头时而看前方，脸上没有任何低落的情绪，那些话说得也十分坦荡。

她好像真的不再是当初那个畏畏缩缩的小女孩了。

杭臣呼出一口气，嘴角翘起一个浅浅的弧度。

他说：“我要什么别的好朋友，我们不是说好了吗？就算不在一个班级也可以一起吃饭一起放学。怎么，你那时候是骗我的？”

“才不是呢，我说过了，我从不骗人，更何况是你。只是我们……情况不一样嘛，你也许后面会发现，你没有那么需要我的。”

“你怎么知道我不需要你？那这样吧，你等着，我证明给你看。”

白妤继续笑，眼睛弯成月牙：“那好吧，那我等着！”

到一班的教室门口了，白妤要进去。

杭臣突然叫住她。

“白妤。”

似曾相识的感觉。

白妤下意识地回头。

“嗒——”

她的额头被他弹了一下。

白妤捂着额头，有点生气：“杭臣！你干什么呀！这样真的很痛的！”

杭臣背着光，懒洋洋地偏头，轻笑道：“这是上次说的约定，现在，正式开始。等会儿报完名，一起回家，我们有一段同路的，你知道的。”

忽地，额头好像不痛了。

白妤抿抿唇，心底的愉悦难以掩盖。她笑着说：“好啊，那等会儿如果我放学早我就等你，如果你放学早你就要等我。”

“一言为定。”

白妤摸着额头，笑盈盈地走进了一班教室。

好座位已经陆续被占了。

她环顾一圈，只有第一排、第二排空得比较多，再不然就是最后一排。

白妤远远地就看见坐在中间趾高气扬的徐娇盛。

唉，不是冤家不聚头。

白妤没再往前走了。

就近原则，她在第一排第一列的位置坐了下来。

没一会儿，人差不多都到齐了。

虽然都是打乱排的班级，但是也有一小部分熟面孔。

白妤没什么想法。

交得到朋友也好，交不到也罢，都没关系，她还有杭臣。

班主任没一会儿也走了进来，是一位笑容满面的年轻男老师。

他站在讲台上，说着开场白。

他说：“我姓陈，喊我陈老师就可以了。我刚毕业没多久，心里头有一把火，在未来的一段时间，希望我们能达成和平协议，我心里头的这把火不会冲出来烧到你们。懂了没？”

大家眼神迷惑，但统一地说：“懂了。”

白妤同样不懂，但她心底发出一声小小的感叹：哇——初中的老师都这样的吗？好像，这个老师没有把他们当作学生，而是和他一样平等的人类。

这也是长大路上的惊喜吗？

接下来就是常规的领书发书。

等一切整顿完毕，班主任高喊一声：“同学们，后天见！路上注意安全，解散！”

白妤心里头又是一声“哇”。

放学这么简单吗？不用再排队了吗？

白妤背着沉甸甸的书包，在附近电线杆上小鸟的叽叽喳喳声中前往三班的教室。

还没走近，白妤就听到三班教室里传出的人声。

她偷偷瞥了一眼。

杭臣的班主任是个中年女人，一头短发，身高不高，穿得朴素简单，但看上去很和蔼。

这些老师身上似乎都流动着一种气质——松弛。

白妤坐在台阶上等杭臣。

教学楼前头是操场，篮球场和操场连着。

虽然整个学校只有这两个操场，不如小学的多，但是比小学的大多了。

真好啊。

说不上具体哪里好。

但是真好啊。

她发着呆，时间流逝得很快。

白妤盯着远处树梢上的一只鸟看，没察觉到边上多了道阴影。

直到杭臣使坏，他双手挪到她眼前，快速地拍了一下。

白妤条件反射地往后一仰，眼睛眨了眨。

“杭臣……”白妤压着声叫他的名字，似有点埋怨。但她声线很甜，这样喊人显得十分娇憨。

杭臣知道她没生气，笑着说：“走吧，一起回去。”

学校不仅操场大，自行车车棚也大得离谱。

他们明明记得就停在那边的，但是不知道谁给挪了，溜达了几圈才在最东边找到。

两个人推着车往校外走。

说起自行车，白好问杭臣：“你们老师有没有说，每个班级有固定的停车位，我们班在西边第二间。”

杭臣说：“有啊，给了表的。”

“老师还说会有偷车贼，要我们记得上锁。”

“我们也说了。”杭臣打量白好的自行车，“你这辆我记得是你妈妈的吧，你回去问问你妈，有没有锁。”

“应该没有，估计要去配。”

“你现在骑了你妈妈的车，你妈妈出门怎么办啊？”

白好：“我问过她，她说有事就借邻居的。”

杭臣：“这也不是个办法，你爸爸……还没有消息吗？”

“没有，不过我家要安装电话了。”

“嗯？你怎么才说啊。”

白好不太高兴地说：“我妈要给我买新衣服，我没要，过了一段时间，她说那家里得安装个电话。我觉得太贵了，以后每个月还要交电话费。但是我妈妈说，她怕我哪天上下学出事，别人却联系不到她。”

“我觉得你妈妈还是想得比较周到的。”

“可是这样……她好辛苦。”

“对了，你知不知道，我们学校是有奖学金的？小白，如果你想帮你妈妈，可以赢奖学金啊。”

白好霎时瞪大双眼：“奖学金？”

出了校门，两个人迎着午后热烈的风往回家的方向骑。

风灌入喉咙，偶尔呼吸困难，偶尔发腥。

但白好听杭臣说着关于奖学金的种种，心“怦怦”跳，她仿佛要乘风飞起。

了解规则后，白好冲杭臣笑，没头没尾地来一句：“长大真好啊。”

杭臣嘴角微扬，双手慢慢离开自行车把手，在风中张开。

他附和着说：“长大当然会很好啊。”

“啊啊啊！杭臣，你这样太危险了！”

白好转头看到他这样，惊慌失措地叫起来。

边上的杭臣却笑得更甚。

在吵吵闹闹中，他们骑车路过小学，路过幼儿园，路过栀花镇的中心，最后要在T字形路口分别。

杭臣握着刹车，单脚撑地，说：“别忘了后天一起吃午饭。”

白好点头："你别忘了才是。"

"谁忘谁是小狗。"

白好嫣然一笑，脸颊两侧漾起浅浅的酒窝："后天见啊，杭臣。"

杭臣忍住摸她头的冲动，低声道："后天见。"

正式开学后，日子和从前有些一样，有些又很不一样。

一样的是，她还和杭臣一起吃午饭，一起放学。

不一样的是，课表上都是密密麻麻的主课，课间十分钟短暂又仓促。

大家再也没有闲心在走廊里跳皮筋，也没办法对副课提起兴趣。

如海绵里挤水一般，所有人都习惯低头，在每一分一秒里抓紧完成功课。

杭臣也如白好说的那样，在班里人缘极好，又因为成绩优异，老师也格外喜欢他。

他只要往那儿一站，仿佛就有某种特殊磁场一般，大家都不自觉地想靠近他。

而白好也和小学一样，她依旧是一个人。

女生们不太愿意和她亲近的理由不再是因为她看起来像个男孩子，而是觉得她穿着旧衣服很脏。

她们的眼神里透着嫌弃。

白好不在意，也不想去理解。

因为，她的衣服很干净、很香。

随着青春期的到来，大家虽然不再爱跳皮筋，不再玩卡片，但是他们开始把注意力转移到悸动的心上。

女孩子开始在意自己的外貌衣着打扮，男孩子开始使劲浑身解数在女生面前刷存在感。

不过这些悸动里没有白好的份。

白好依旧不在意，她在埋头刷题读书。

她一定要拿下这学期的奖学金。

在立冬的那一天，她的课桌上忽然出现一份名单，上头只有手写的他们班女生的名字。

递给她名单的女生说："呃，班长说为了公平公正，也需要你投票。"

"投票？"

"大家在评选班花，你在你觉得最好看的名字后面打个钩就可以了。"

白好低头一看，徐娇盛的票数最多，其余的零零散散也有几票，只有她那行上一票都没有。

白好心里的天平忽然开始倾斜，她没有办法做到绝对的不在意。

她……很难看吗？

她有这么糟糕吗？

她咬着唇，随便在一个女生名字上打了个钩。

但越想越委屈。

放学时，她一改往日风格，无论杭臣说什么，她都提不起劲去听。

杭臣察觉到了她的异样。

她就像一只落水的小狗，浑身湿漉漉的，眼睛也湿漉漉的。

“你怎么了？”杭臣问。

白妤摇头。

“今天作业做得很糟糕？”他又问。

白妤继续摇头。

“身体不舒服？”

白妤心不在焉地摇头。

在杭臣想怎么哄她时，白妤突然长长地叹了一口气，问道：“杭臣，你说，我真的很丑吗？”

杭臣了然了。

他知道最近年级在搞些什么东西，一会儿要评班花，一会儿要选级花。

说到最好看的那个校花，班里男生都蠢蠢欲动，口径像被统一了似的，说初三的一个学姐最好看。

他猜，白妤的班级今天也在投票。

杭臣笑着说：“你不丑啊。”

白妤依旧垂头丧气：“你在安慰我，是不是？”

“不是，我说认真的。”

被打击到的白妤听到他这么说，有点儿不信但又想被进一步安慰。

“刺——”

她忽然刹了刹车，下车，停放车，动作一气呵成。

杭臣也跟着停下：“你干什么呢？”

白妤说：“你过来，你站我面前。”

杭臣照做。

两个人面对面站在马路边，初冬的风吹得并不温柔，冷风直往鼻腔里灌。

杭臣看着她，脸上的笑意加深，反复问道：“要干什么啊？”

白妤往他跟前走了一步。

顿时，两个人几乎快贴到一起。

杭臣笑不出来了。

“小白……你这是……”

白妤仰起头，直勾勾地盯着他看。

杭臣忽然话都说不出来了。

眼前的白妤脱了幼时的稚气，脸和之前比起来清瘦许多，那双清澈黑亮的眼睛却不曾变过，始终纤尘不染。

今天是周一，他们都穿的校服。

干净的白，明亮的蓝。

在傍晚的夕照中，将她衬得更加明眸皓齿、清丽可爱。

杭臣浅浅地吸了一口气，不自觉地别过脑袋和视线。

他刚想喘口气，白妤就立刻强行把他的脸掰了回来。

她捧着他的脸不许他逃避。

白妤牢牢盯着他，一字一句道："杭臣，你看着我，认真看着我，再回答我一次，我丑吗？"

冷风吹得他舌头打结。

"不、不丑。"

白妤在他双眼之间来回睃着，见杭臣模样呆呆的，眼神也呆呆的，不像说假话的样子，她想起小时候的至理名言——眼睛不会骗人。

她的心被宽慰到，连带掌心都热了几分。

而杭臣，像个傻子一样被她固定在那儿，只要她双手微微用力，他的嘴巴就能被压成嘟嘴状。

白妤"噗"的一声笑出来，恶作剧似的故意挤压了两下杭臣的脸。

她说："我相信你说的话，我不丑。"

虽然……可能……不算漂亮。

说完，白妤松开他，肩膀高高耸起又落下，似是试图让自己忘却这件事。

她用平常的语气说："走吧，天要黑了，回家。"

白妤踢了脚撑，准备上车时隐约觉得身边的人没动静，她回头看去。

只见杭臣还像个傻子一样杵在原地。

白妤喊他："杭臣？杭臣？"

那边的杭臣如梦初醒，颤着眼皮，心慌意乱地走到自行车边上。

白妤见他来了，率先一步驶入风中。

杭臣压着身子，艰难地稳住自行车，跟在白妤后头慢悠悠地骑。

寒风瑟瑟，不知不觉中吹红了人的鼻子、耳朵和一些人的脸颊。

两个人如往常一般，在T字形路口一左一右分别。

白妤挥手："杭臣，明天见啊。"

杭臣却像今日的白妤一样，一改风格，只是木讷地应了声。

白妤觉得奇怪，回头瞧了他好几眼。

杭臣不知道自己怎么回到家的。

他进了屋，周围没了冷风的窜动，脸却依旧热得很。

白妤掌心的温度像刻在了他脸上一般，挥之不去。

张丽娟这两年在研究做菜，一天之中最开心的事情就是给儿子做早餐和晚餐。

见杭臣回来了，她堆起温柔的笑，说："洗洗手吃饭喽，妈妈今天准备了川菜，不知道学得像不像。你还记得一年级的时候带你去四川吗，那时候……臣臣？你发什么呆呢？"

"啊？哦……我知道了，我去洗手。"杭臣低着头，闪进了卫生间。

张丽娟举着锅盖感到奇怪："不是……厨房也能洗啊……"

下一秒，只听“砰”的一声，那头卫生间的门被用力关上。

张丽娟笑着摇摇头，没有探究，回身继续看她的料理。

那头的杭臣慌乱地锁上门，快速拧开水龙头，冷水哗啦啦地流出。

他弯腰低头，捧了一把又一把的冷水搓脸。

但是脸上的热意和心底的燥意像是怎么都洗不掉一样，不知从哪儿源源不断地冒了出来。

杭臣双手撑在洗手台上，大口大口地呼吸。

微微缓过来一些后，他抬头朝镜子里的自己看去。

水打湿了额前的碎发，滴滴答答地往下淌，睫毛被敛成一束束，眼眶隐隐泛着不知名的红。

他咽了咽喉咙，一片寂静里，他能听到自己的心跳在打鼓。

张丽娟把毛血旺端上桌，见杭臣久久不出来，喊道：“臣臣，吃饭了。”

十秒后，杭臣握着一条干毛巾出来了。

他被打湿的头发还没干，白皙的皮肤上透着淡淡的粉，显然，是被他用力搓红的。

这么冷的天，外套还敞开着。

张丽娟却笑了起来：“这是怎么啦？在学电视里的男主角耍帅吗？”

边说，她边走到杭臣面前，帮他拢紧外套。

这一拢啊，张丽娟发现，她居然都要仰头看儿子了。

像所有母亲一样，她说：“臣臣长大了，都长这么高了。”

心不在焉的杭臣却被这句话点醒。

他猛地抬头，看向张丽娟，对上母亲的眼睛后，心虚地看向一边，含糊道：“咳咳，吃、吃饭吧。”

真是一桌的川菜。

毛血旺、麻婆豆腐、辣子鸡、夫妻肺片、水煮鱼……

杭臣一句话都不说，闷头干饭。

张丽娟有点讶然，她打量着儿子的表情，欣喜道：“臣臣，妈妈今天做的菜是不是很好吃？”

杭臣点点头，继续吃，继续不说话。

张丽娟快哭了。

自从回栀花镇养身体后，她一直在找一些事情丰富自己的生活。

刚回来那几年，她跟着村里的阿姨学打麻将，后来又学会了种菜，虽然都不尽如人意，但也是有收获的。

就在这时，村里的阿姨嗑着瓜子对她说：“小娟，你也该学学做饭了，总不能一直花钱让别人来你家做饭啊，你老公一个人在北京赚钱多辛苦，小臣也渐渐大了，营养要跟上的。这乡下地方，哪有正儿八经的保姆好好给你做饭吃，炒来炒去就那几个菜。”

她当时说年轻的时候学过，但做的饭菜总是不好吃。

但这日子总是要找点事情做。

她就在网上找菜谱试着做，虽然依旧不尽如人意，但是杭臣也没说不好吃。

只是……只是没有一次像今天吃得那么香。

感动完，张丽娟发现菜已经被杭臣扫了一半。

他一碗饭也吃完了。

“你……臣臣，不辣吗？”

杭臣喘着粗气回答说：“辣，挺辣的。但挺好的，辣了才好吃。”

说了一通莫名其妙的话后，杭臣拿上书包上楼去了。

张丽娟放下筷子，立刻给杭大勇打电话。

她现在和杭臣住的是她家的老宅子，住进来前修葺过一番，不算豪华但也简洁明亮。

张丽娟握着小灵通缩在贵妃椅上，笑眯眯地对电话那头的杭大勇说：“老公，臣臣说我做的川菜好吃呢，等过年你回来，我做给你吃。”

杭大勇沉默了几秒：“真的假的？”

“真的呀，刚刚臣臣吃了好多呢。”

“……这。”

“你不信的话，我等会儿拍了照片用彩信发给你看。”

“好吧……那老婆，儿子是不是心里有事啊，吃这么猛。”

张丽娟知道他在明里暗里说她做饭不好吃呢。

她不气也不恼，顺着杭大勇的话说：“能有什么事呀，臣臣一直很开朗阳光，平常学校里有点事情回来也都会和我说……”

话说到这里，张丽娟忽然觉得哪儿不对劲。

她朝楼梯的方向望了一眼，脑海里浮现出刚刚杭臣的异样。

杭大勇：“老婆？老婆？”

张丽娟回过神，压低声道：“老公，臣臣今天好像是有点不一样。”

她把刚刚所有的细节都和杭大勇说了一遍。

那边的杭大勇又沉默了。

半晌，他笑了一声，说：“长大喽，小鸡仔要长成雄鸡喽。”

张丽娟再单纯也能听得懂：“这……那我该怎么办啊？要不你什么时候抽空回来，给臣臣普及一下性教育？”

“没事儿，去年我就和他说过了。”

张丽娟惊讶丈夫的先见之明，随后也笑了起来，说：“时间真快啊，一转眼，我们臣臣也要长大了。”

楼上坐在书桌前的杭臣一边深呼吸抵抗胸腔里翻滚的燥意，一边努力聚精会神赶作业。

但思绪总是会飘到一些模糊的画面上。

白妤的手……白妤的眼睛……白妤的笑脸……

晚上十点，窗外寒风呼啸，被窝里的人辗转难眠。

直到后半夜，杭臣才睡着。

他做了个有史以来最奇怪的梦。

还是那个马路边，两侧的路灯一盏比一盏暗，冬日里秃了的大树参天，寒风一吹，送来一阵迷雾。

白妤穿着校服，低着头站在那儿，似是很落寞。

他赶忙下车，想告诉她，她一点都不丑，真的一点都不丑。

就在这时，白妤忽地抬起头看他。

她乌亮清澈的大眼睛扑闪着，糯声道："杭臣，杭臣，你看着我。"

"看、看、看着呢。"

"都没有人喜欢我，你喜欢我吗？"

"喜欢啊。"

"真的吗？"

白妤嘟起嘴。

他顺着看过去。

白妤的唇瓣薄薄的，线条柔美，在温暖的橘色光下，似樱桃一般红润鲜嫩。

他喉结滚了滚："真的。回家吧，我们还是回家吧。"

得到他敷衍的答复，白妤失落道："杭臣，你不喜欢我。"

"怎么会，我喜欢你的。"

"你骗人。"

"我没有骗你……"

"那你为什么眼神闪躲？"

"不是……"

"你不喜欢我。"

"我喜欢的。"

两个人陷入反复的对话。

突然，白妤哭了起来。

他从来没有见过白妤哭，一时间慌了神。

"你、你别哭啊。真的别哭……"

杭臣哄着她。

在某一刻，他胸腔沸腾的火达到顶峰。

清晨六点，闹钟响起。

杭臣猛地睁开眼，呼吸急促万分。

梦里的画面在脑海里回荡。

冬日早晨的另一端，白妤在洗漱时特意照了一会儿镜子。

她看起来确实平平无奇。

白好叹了一口气，甩甩脑袋，快速下楼，喝粥、换鞋一气呵成，握上抄好的古诗小字条踩上自行车在灰蒙蒙的天里扬风而去。

到了教室，她自顾自地背着书坐到座位上，但教室就这么点地，别人声音稍微大一点，那些话不想听也会如风一样使劲往耳朵里钻。

徐娇盛那帮人捧着语文书，边背书边闲聊。

狗腿子1号说："盛盛，昨天投票你票数最多哎，不过我觉得你不只是班花，是校花啦。"

狗腿子2号说："二班昨天也投票了，票数最多的是和你以前玩得不错的周慧文，不过她没你好看。"

白好不知道徐娇盛什么表情，但听她语气就知道，她一定昂着下巴一副沾沾自喜的傲娇模样。

那边的徐娇盛说："周慧文还可以吧，她蛮白的，衣服品位也不错。"

狗腿子1号说："但我觉得还是没你好看。"

狗腿子2号："是啊是啊。哎，对了，你们知道我们学校的校草是谁吗？"

徐娇盛："谁？"

狗腿子2号："我听说是初二的一个男生，名字不知道，回头吃饭的时候找找。"

狗腿子1号："好啊好啊。不过我们年级好像最帅的是杭臣。"

"杭臣"两个字让白好背不进书了。

她耳朵竖起往后伸。

徐娇盛颇有意味地说："杭臣啊……还行吧。"

狗腿子1号："反正我觉得我们班里没有男生比他帅。"

狗腿子2号："他成绩也很好，而且他家境也很好的，他爸爸是做生意的，妈妈都不上班的。"

徐娇盛哼笑一声："有什么用，没看到人家都只和那谁玩啊，一下子把自己降低好几个档次。"

话落，她们聊天的声音变小，发出断断续续的笑声。

白好低下头，努力不再去听。

但第三节课结束后，白好眼前又多了一份名单。

还是昨天那个女生，她说："评班草，你选一个吧。"

白好扫了一眼，她看到有个男生和她一样，没有一个人选。

也许是感同身受，白好给那个男生投了一票。

但她的思绪飘到杭臣身上，杭臣一定是他们班票数最多的吧？

想着想着，白好脑海里浮现昨晚在路边，她盯着杭臣看的场景。

他确实有点好看。

他有一双澄亮深邃的眼睛，有少年的阳光，也有超越这儿同龄人阅历的老练，看人的时候总是带着三分笑意，偶尔正经，偶尔调皮，偶尔温柔。

不似她，脑袋空空，眼睛也空空。

他还有将近完美的皮肤，白皙干净，连打篮球出汗后的样子也是清爽的。

不像她，一热一出汗脸就会发红，太冷也会泛红，一点都不好看。

别人会因为他和她一起玩而看不起他吗？

到了中午，下课铃一响，大家都飞奔出去。

白妤知道每周的这一天上午最后一节课杭臣班级会拖堂。

她慢悠悠地收拾了下作业，随后走出教室靠着墙壁等三班下课。

没一会儿，三班那边传来躁动声，下课了。

白妤在校服人群中一眼就看到了耀眼的杭臣。

他正和这节课的老师说着什么，两个人都笑着。

接着，老师拍了拍他的肩膀，两个人一个东一个西分开走了。

杭臣也一眼就看到了在一边等着的白妤。

她穿着校服，双手背在腰后，靠着墙，肩膀微微弯着，像犯错的小孩。

她也许是感应到他了，抬头在人群中望来，一眼就和他对上。

杭臣的笑一丝丝敛了起来，他浅浅吸了一口气，低头咬了咬牙后才再抬头看向白妤。

他一定是疯了，竟然觉得此刻白妤的眼神有点像昨晚梦境里的眼神。

等走到白妤身边，他抬手摸了摸后脖颈，磕磕巴巴地说："走、走、走吧……"

白妤"嗯"了一声，心事重重地跟上他。

一路，两个人各怀心事，都异常沉默。

白妤沉浸在一些有的没的想法里，等两个人买完饭团往回走时，她才发现今天的杭臣很奇怪，比她还奇怪。

她想到昨晚分别时，他似乎也是这样的奇怪。

午间艳阳暖和柔软。

白妤咬了一口松肉饭团，试探道："你怎么不说话啊，你平常不是话很多的吗？"

她突然发声，杭臣心猛地一跳，一口饭团差点呛喉咙里了。

"咳咳咳——"

白妤学着妈妈的样子，给他拍背顺背。

"你怎么了？要不要去买瓶水？"

杭臣摆摆手，艰难地说："没事儿。"

见他缓过来了，白妤继续问道："你今天没话和我说吗？"

"呃……有啊，我怎么会没话和你说。"

"那你说啊。"

说什么？

说他昨晚梦到她？

那还不如杀了他呢。

杭臣清俊的脸庞上泛起几抹异样的红。

白妤却心里一紧，一股脑地问了出来：“杭臣，是不是别人说你了？他们是不是因为我笑你？所以……所以你现在不知道和我说什么……”

“嗯……嗯？”

杭臣这才注意到白妤的不对劲。

他朝她投去目光，问道：“什么笑不笑的？你遇到什么事了？”

白妤：“你班里的同学有没有……因为我不好看，你经常和我在一起，因为这些嘲笑你的？”

杭臣：“没有啊，没有人这样说。你听到谁这么说了？”

白妤不敢说是徐娇盛，她怕杭臣像上次那样直接冲去质问。

原本也只是一件小事。

没有人说他就好。

白妤松了一口气，怕杭臣深究，故意转移话题，问道：“没什么，我瞎问问。对了，我们班上午选了班草，你们班选了吗？”

杭臣答道：“选了。”

“是你，对吗？”

“呃，是的。”

“你不感到开心吗？”

“还好吧，也就那样。其实这也不准，不都是大家闹着玩的。”

“不是闹着玩的，大家都很认真呢。”

白妤声音轻轻的，杭臣听出弦外之音。

他知道，白妤还没跨过昨天的槛儿。

他拍拍白妤的后脑勺，力道不轻不重。

“你别乱想了，我昨天说的是认真的。你真的不丑。你难道没有发现你的五官很好看吗？”

白妤被拍了一下，却莫名觉得心中一轻。

她将信将疑地看向杭臣。

杭臣继续夸道：“你看你的眼睛，又圆又大，亮亮的，像星星，还有你的皮肤，白白粉粉的，像桃子，还有你的嘴唇……你、你、你的嘴唇……”

白妤被他说得有点不好意思，明明在她自己看来都是缺点，却在杭臣眼中是优点……

但是，还有嘴唇，嘴唇是怎样？

她睁大眼睛，一脸期待地看着他。

杭臣的视线落在白妤的嘴唇上，只觉得脸上刚刚好不容易消下去一点的热意，这会儿重新涌了上来。

他不自觉地咽了咽喉咙。

白妤见他说不出话，问道：“是不是我的嘴巴不好看？没关系的，我本来就很普通。”

"不是！"杭臣几乎脱口而出，"很好看，像樱桃一样。"

说完，他立刻后悔了。

但白好却笑了起来，她低低地重复道："樱桃……樱桃……"

白好："我没有吃过樱桃哎，也没有见过。你吃过吗？什么味道啊？"

杭臣紧紧握着饭团，不太自然地说："吃过……"

"什么味道啊？"

"很甜。"

"比西瓜还甜吗？"

"嗯。"

"比草莓还甜？"

"嗯。"

白好想象着，说："以后有机会我一定要尝一尝。"

说完，白好低头咬了口饭团，里头油滋滋的馅料染上嘴唇，显得晶莹饱满。杭臣瞥了一眼，浑身瞬间紧绷起来。

为什么？

为什么今天的一切哪儿哪儿都像梦里？

他会不会还在做梦？

两个人进了校园，和往常一样，遛弯进了林荫道旁的小花园里，里头有一张古风圆桌。

平常几乎没人来这里。

他们推测，因为高年级没时间闲聊，而同年级的更喜欢待在教室里。

不过也挺好，白好最喜欢一边吃饭，一边像这样静静地和杭臣说会儿话。

这会儿，被杭臣夸过，白好有点美滋滋的。

她吃完饭团的最后一口，掏出纸巾擦嘴巴，笑脸盈盈地说："哎，杭臣，明天又是周末了，你打算干什么啊？"

还没等杭臣回答，白好惊奇出声："杭臣！你的脸怎么那么红啊？你很热吗？可是今天太阳不大啊，我脸都还没红呢。"

杭臣躲避她的眼神："就是太热了，我穿多了。"

他越躲，白好越想靠近。

她凑过去，认真地盯着他的脸看："杭臣，我好像是第一次看你脸红，你脸红的样子也很好看哎。怪不得大家都投你的票，你真的很帅气。"

杭臣的心一颤，饭团嚼着已经没了味道。

视觉攻击，幻想攻击就算了，怎么偏偏这时候还要加上语言攻击。

杭臣一噎。

白好："你怎么不笑啊？是不是我夸得不如你好？但我是真心的。"

杭臣："……呃，哈……哈。"

白好："你笑得好勉强啊。嗯……那我想想，那我像你一样夸吧。杭臣，你的眼睛像宝石，你的皮肤像陶瓷，你的——”

话音未落，她的嘴突然被杭臣捂住。

他似很不自在，低低地道：“好了，我知道了，别再说了。”

白妤听话地点头。

但脑袋上下摇摆时，她的唇瓣碰到他的手。

软软的，似云朵一样，轻飘飘地挠着人的心尖。

杭臣像触电一般，快速缩回手。

不知道该做什么该说什么的他，低头三两下吃完饭团，微微喘着气说：“我们回教室吧？我今天……嗯……作业挺多的。”

白妤猜他是有点不好意思。

她笑笑说：“好啊，那我们回去吧。”

到了教室门口，白妤笑眯眯地道：“晚上等你放学呀。”

杭臣的背影狠狠一愣。

立冬一过，2006年迈至2007年的钟声很快响起。

期末考试那两天，白妤格外紧张，结束后回去的路上一直在和杭臣对答案。

以杭臣为标杆的话，一些有标准答案的题目她没错多少。

杭臣觉得她问题不大，但白妤还是忐忑不安。

从第五十名跨越到第二十名或许是容易的，但是要从第二十名前进到十五名以内，不起眼的一两分都是关键。

整个冬天都在焦虑考试的白妤没有发现杭臣的异常。

而杭臣，花了一个冬天才从一开始难以控制的悸动不安变成现在的收放自如。

虽然偶尔，他还是会情不自禁地心跳加快。

领成绩报告单那天，是个大晴天。

白妤坐在座位上不敢看讲台上的班主任，一颗心“怦怦”直跳。

等那张班级排名和年级排名的单子发到手上时，她的心跳得更快了。

她定睛一看——班级名次第三名，年级名次第十名。

班主任在讲台上说着什么，白妤已经听不清了，耳边只有“嗡嗡嗡”的轰鸣声。

十分钟后，她从巨大的喜悦中反应过来，放在桌底下的小腿不自觉地蹬了两下。

她好想立刻告诉杭臣，告诉妈妈。

年级第十意味着，等开学后，她能站在升旗台上领奖。

班主任在台上表扬考得好的同学，重点表扬那些和期中成绩对比进步很大的同学。

“这次白妤同学进步最大，总分比期中考试进步了六十多分。有时候身边人就是例子，你们现在还小，就像棵小苗一样，只要你想，就来得及。”

听到自己的名字，白妤心花怒放。

就像那天勇敢时尝到的甜味一样。

她的价值正在被体现。

表扬完了，班主任开始批评一些同学，其中竟然有徐娇盛。

虽然班级第四的名次对很多人来说已经很好，但对成绩一向优异的班长来说是个危险信号。

白好听了更为浑身舒畅。

自己是第三，徐娇盛是第四。

和自己在一起玩的杭臣才没有掉档次。

她以后，会越来越好，无敌的好。

放学后，白好收拾东西，按照惯例在教室门口等杭臣放学。

班里几个不与徐娇盛为伍的女同学频频朝白好看去，推搡着，犹豫着。

白好装作没有看到。她不知道她们到底在说什么，按以往的经验，应该不是什么好话。

也许又在窃窃私语她的衣着外貌。

那几个女同学过了一会儿还是走到了白好面前。

白好躲不掉，抬起眼，无措地看着她们。

对视了一会儿，站在中间的女生尴尬一笑，软声问道："那个白好……能告诉我们，你怎么突然进步得这么快的吗？"

白好松了一口气，她思索该怎么回答。

女生以为她不愿意说，心想也正常，平常大家都不和她说话，这会儿突然要她分享学习秘籍，是显得很功利。

那女生说："你不想说也没关系，我们就瞎问问。走吧走吧。"

她们准备要走，白好却叫住她们，轻声道："我……我不是不想说，其实也没有什么特别的方法，就是多花时间去背书做题，不懂的一定要去问。"

那几个女生羞涩一笑："知道了，谢谢你，白好。我们走了。"

白好点头："噢……好的。再见。"

"再见。"

望着她们远去的背影，白好滋生出一种微妙的感觉，难以形容。

她摇摇头，不再多想。

转过头时，三班也放学了。

杭臣见她嘴角的笑根本压不住就知道她考得一定很好。

他小跑过去，第一句话就是："第几名啊？"

白好手里攥着名次单，眉开眼笑地晃着。

"你猜！"她说。

杭臣："年级前十肯定有吧？"

"噔噔噔噔！"

白好把单子举到他眼前："正好第十名！"

杭臣看清名次后把单子往下压，单子后面白好那双熠熠生辉又水亮的眼睛就这么露了出来。

杭臣耳根微烫，他豁然一笑，抬手不着章法地揉了一把她的脑袋。

“小白，皇天不负苦心人啊！奖学金肯定稳了。”

白好拨开乱糟糟的头发，也不气恼。

两个人边聊边往车棚走。

白好脚步轻快，像只小兔子。

她幻想着奖学金的金额，假如有一百块要怎么分配，假如有两百块就更好了。

迎着中午温暖的阳光，两个人惬意地骑在路上。

幻想到最后，白好说：“不管有多少，等给家里交完电话费后，剩下的钱，我请你吃东西！”

杭臣配合地“哇”一声：“那我得好好想想吃什么了。”

白好始终笑着：“在我能力范围内，你要吃什么都可以。杭臣，谢谢你啊，要不是你总是耐心地帮我讲题，我一定考不到这个分数的。”

杭臣嘴角一扬：“微臣的荣幸。”

“哈哈哈哈！”

两个人在T字形路口分别，约好了开学再见。

白好眼下只想火速回家给江雪梅看成绩单，没顾得上和杭臣多说几句话。

停在路口看着白好越来越小的背影，杭臣挑了挑眉毛，小声地嘟囔：“现在都不好意思问你放假会不会想我了。”

等她没影了，他握紧自行车龙头，脚一蹬，驶入风中。

十五分钟后，杭臣到了家。

一进院子，他就看到杭大勇的轿车。

他心里一乐，边推门进去边喊道：“爸！你回来了？”尾音戛然而止。

客厅里的杭大勇正紧紧拥抱着张丽娟。

这样的画面让处于青春期的杭臣无比尴尬。

杭大勇却坦然得很，听到儿子的声音，回头看去，朝儿子张开双手，直接抱了过去，也晃了两下。

“哎呀，几个月没见，又长高了，像个小男子汉了。”

杭臣沉默。

张丽娟在一旁笑着说：“你爸爸刚回来呢，正好，准备吃午饭了。我今天又做了川菜，快，盛饭准备碗筷，我去盛菜。”

这下杭大勇也沉默了，和杭臣对视了一眼。他拍拍杭臣的肩膀，一副“儿子你这两年受苦了”的表情。

父子俩在张丽娟的星星眼中慢吞吞地吃完了饭。

午后，父子俩坐在沙发上看电视，茶水一杯接一杯。

张丽娟收拾了一下后上楼去午睡了。

杭大勇见妻子上楼了，也不装了，猛给自己灌水。

杭大勇：“嘶……哈……真辣啊。”

杭臣：“……嗯。”

杭大勇：“你妈光学到了辣。”

杭臣：“好像是的。”

而冬日暖阳的另一头。

白好越临近家越兴奋，她迫不及待地要告诉江雪梅她的进步，以及她可以帮家里分担经济压力了。

但骑到三棵水杉树那儿，拐弯进院子时，她听到了嘈杂的人声。

她握住刹车，下了自行车，推着车慢慢往院子里走。

街坊邻里见她回来，莫名其妙给她让出一条路。

白好看到院子正中央的推车上躺着一个人，河底的淤泥水草挂了一身，隐隐能看见毫无血色的嘴唇。

白好的心一哆嗦，走近一看，看清人后，大松一口气。

不是妈妈。

但是……是奶奶。

她正蒙着，江雪梅焦急慌乱地从屋里跑出来，大声问道：“小好，那本电话簿你放哪里了？我找了好久都没找到。快，我要打电话给你爸爸，你奶奶……你奶奶淹死了！”

第四章 夏天多好运

江雪梅从未操办过丧事，给白袁打完电话后六神无主，呆呆地站在院子里，被太阳晒得出了一身汗。

好在街坊邻里都有经验，有人联系殡仪馆安排后事，有人联系厨子去备菜，稍微有文化一点的人主动担当起会计一活，把每一笔支出精准记账。

而白妤，她也和江雪梅一样，脑袋像被放空了一样，呆愣愣地站在角落看大人们忙进忙出。

一个午间的工夫，事情都差不多整顿好了，许多人闻讯赶来。

在他们的交谈中，白妤知道了奶奶淹死的原因。

每年春季，这儿的家家户户都会购置一点鱼苗投入河里养着，等到快过年的时候有些人会自告奋勇去摸鱼，大多数时候是电鱼，比较省力。大伙也不贪心，捞到的鱼大家平分。

但奶奶从来没掏过这份钱，她说她不爱吃鱼，邻居都知道她是小气，不舍得这点小钱。大家不愿计较，偶尔看她、江雪梅和白妤有点可怜，又是大过年的，心善的人会送一两条给她们。

而今天早上，奶奶趁着天没亮，大家都在睡觉，一个人去河里电鱼，结果脚滑摔进了河里，年纪大了，深陷淤泥爬不出来，没被电死，却活活被淹死和冻死。

像是情景喜剧一般，荒诞又合理。

把奶奶的遗体送入棺材后，白妤安静地坐在边上守着，偶尔帮着做一些小事情，不声不响地履行着作为亲人的职责。

江雪梅到了半夜才稍微缓过来，接受了这突然的变故。

深夜，整栋房子的灯都开着，有一桌人在隔壁房间打牌，白妤和江雪梅隔着棺材两两相望。

母女俩现在才说上话。

白妤问道：“妈妈，爸……爸爸什么时候回来？”

江雪梅：“如果没有你奶奶这事，本来再过个四五天就回来，中午打电话他说明天晚上能到家。”

江雪梅一开口声音泛着哑。

白好心疼她：“妈妈，你要不要喝点水？我去给你倒。”

“不用。”江雪梅摆摆手，“喝多了要上厕所，太麻烦了。小好，你该去睡觉了，这里我一个人就可以了。”

白好没了声响，过了好一会儿才说：“我不睡，我不困，我陪你。”

说完，白好起身，披着厚长的袄子笨拙地挪到她身边。

江雪梅摸了摸她的手：“冷吗？妈妈给你去烧个热水袋好不好？”

白好摇头。她想了一会儿，偏头朝江雪梅靠过去，低声问道：“奶奶她，她为什么突然要去摸鱼？”

或者说，她为什么要突然去偷鱼。

江雪梅还握着白好的手，她犹疑着开口道：“家里装了电话后不是联系到你爸爸了吗？你奶奶白天的时候总是溜进来偷偷给你爸打电话。我不想和她计较这种小事，毕竟是打给你爸爸。上个月，你爸不是说过年回来吗？然后你奶奶就一直盼着他回来……不只是鱼，你奶奶屋里还堆了很多肉。”

白好哽住。

原来是为了爸爸。

这也不奇怪，奶奶一直视自己儿子为宝贝，经常说得那是天上有地下无，还经常在外说她儿子是多么多么有出息。

可是别人又不傻，只看一眼她和妈妈的处境就知道白袁并不是那么厉害。

白好对这件事不做任何评价。

她低头看了眼袄子上的纽扣，像是想起什么似的，小心翼翼克制着兴奋说道：“妈妈，我还没和你说我今天的成绩呢！我开学后可能会拿到奖学金，我给你交话费！”

江雪梅今天第一次笑，问：“考了多少呀？”

“你等一下。”

白好站起来，小跑去隔壁房间找自己的书包，左右摇晃的样子像只企鹅。

江雪梅微微笑着。

片刻，白好捧着成绩手册回来。

她坐在江雪梅身边，一页页翻给她看。

“喏，这是语文成绩，93分，班里就一个人语文成绩比我高，这次语文卷子他们说挺难的，还好我做出来了。这是数学成绩，这里有班主任的评语，今天老师还当着全班的面夸我了！”

深夜朦胧，气温下降，冷风从大厅半开的门里一股脑地钻进来，母女俩依偎在一起时不时笑一下。

第二天中午，白袁提前赶了回来，亲戚朋友都和他打招呼。

正在守灵的白好情不自禁地站起来，随着众人的视线抻着脖子朝外头望去。

江雪梅比所有人都热切，紧着脚步走了出去。

白好看到他们在灵堂大门口相遇，江雪梅撑了一天一夜的肩膀下塌了一些，她克制着自己的情绪，用平常的语气对白袁说道："把行李给我吧，我给你放楼上，你先给你妈磕个头。"

白好站在原地打量着白袁。

太久没见了，幼年里父亲的记忆也有些模糊。

江雪梅曾告诉她，爸爸是在广东做生意的，而白袁的形象符合白好对一个生意人的认知。

油光水亮的加绒皮夹克衫敞开着，里头深灰色的毛衣崭新干净，带有标志的金扣牢牢锁着皮带孔，西裤被熨烫得没有一丝皱纹。

他拉着的小皮箱都散发着生意人的味道。

他对每个亲戚都是笑眯眯的，仿佛大人物来巡查一样，一个个握手拍肩寒暄。

他转了一圈，准备进灵堂磕头时，白好和他的视线对上。

白好不自觉往后退了一步，迅速垂下眼睫，装作刚刚没有在看他的样子。

白好以为他会认出她，和她打个招呼或者说点什么。

但他没有，他也收回了眼神，在蒲团上磕头跪拜。

放完行李下来的江雪梅忙个不停，她帮白袁点香，白袁接过后快速拜了拜。插上香后，江雪梅明显神色轻松了一些。

她看了一眼白好，招呼她："小好快过来呀，有没有喊爸爸？"

白好像乌龟一样慢吞吞地挪过去，拘谨地站在江雪梅身边，酝酿着让自己喊出"爸爸"这个称呼。

但白袁快她一步，他惊讶地张大嘴巴，拍了两下手，惊呼道："哎呀！这是小好啊！爸爸刚刚都没认出来！快让爸爸看看，怎么一转眼都长这么大了？个头都快赶上你妈了，长得也越来越像你妈了。"

他摸着白好的脑袋，笑呵呵的。

白好注意到，他做这些动作的时候挂在他腰间的一串钥匙丁零当啷地响。

旁人说："白袁，我觉得你女儿更像你啊，你看这眼睛、这鼻子。"

又有人附和说："是啊是啊，一个模子刻出来的。"

白袁："这么一说，是像哈。挺好的，比小时候好看多了。成绩怎么样啊？"

有人喊道："好着呢，雪梅说她考了第三名。"

白袁笑着："真厉害啊，不错不错。"

白好心底里那声徘徊的"爸爸"淹没在人声里。

整个葬礼按照流程走，很快结束，白好作为一个小孩子很少有人管她，她听着安排，偶尔观察别人的神情。

直到火化下葬，白袁都没有流过一滴真眼泪，只是象征性地哭丧几声，反倒是这几年受了不少折磨的江雪梅在奶奶要火化那一刻偷偷红了眼睛。

白好不懂为什么父亲没有眼泪，也不懂母亲为什么要哭泣。

葬礼结束后，白好帮着江雪梅在家清理残留的物品，白袁不知所终，每晚很晚回来。

白好感到好奇，问了江雪梅才知道，是因为他好几年没回来，有很多朋友很久没见了，所以每天都出去和别人聊天吃饭。

白好心里有点不痛快，一边用力扫地，一边问江雪梅："妈妈，那他至少和我们一起打扫完再出去玩吧……他都回来了……为什么还是只有我们在做这些事情？"

江雪梅不太在意："他确实好几年没和朋友见面了，打扫什么的是小事，你要是觉得累就去玩吧，妈妈一个人就可以。"

白好瞧着江雪梅的松弛模样，感到更奇怪。

她问："妈妈，爸爸回来了你是不是很开心？"

江雪梅说："是啊。"

白好："那你有没有告诉他，奶奶以前怎么对我们的？他有没有觉得抱歉呢？"

冬日艳阳下，江雪梅蹲在院子里捡啤酒瓶盖儿，听到白好的问题，她身体明显一顿。

站起来时，她感觉眼前黑了两下，她勉强撑住，等视线恢复清明后，转过身笑着对白好说："都过去了，只要以后好就行。"

白好问："那对奶奶呢？你也不再讨厌了吗？"

江雪梅还是类似的话："人死了，就过去了，只要以后好就行。"

白好不说话了，把心里的不解和不开心都发泄在扫帚上。

她不理解为什么江雪梅能将过往那么多痛苦的日子轻飘飘地带过，原谅真有那么容易吗？

那些痛苦委屈的瞬间，每次回想起来明明都清晰得让人心悸。

以后身为父亲的白袁，身为丈夫的白袁会履行他的职责吗？

白好说不清自己对白袁的感受，有很多埋怨，可又想靠近。

几天后的一个傍晚，白袁终于不在外面吃饭，江雪梅做了好几个菜。

白好从未见过江雪梅做这么多菜。

江雪梅似乎懂她的疑惑，眉开眼笑道："快过年了，到时候妈妈会做得更多。你有什么想吃的和妈妈说，妈妈去买，今年还给你买烟花好不好？昨晚，你爸还说年后还有一笔钱要打来，到时候我带你去买新的自行车、新的衣服好不好？"

白好懂了。

之前白袁寄回来的钱都攥在奶奶手里，现在奶奶走了，钱自然而然回到了她们手里。

白袁一筷鱼肚肉一口白酒，吃得很舒坦。

他挥了挥筷子，说："想买什么就买吧。你一个女孩子总穿这些也不好看，别人要说我们的，挺没面子的。"

白妤扒着饭，半晌才憋出一个“好”字。

喝了几口酒，白袁有点上头了，手指乱舞着说道：“你要什么，尽管和爸爸说，爸爸都能给你买。等你穿新衣服时，别人问起你，你可以挺起胸膛自豪地说我爸买的，我爸在外做大生意的。”

白妤忽然觉得这一桌菜都不香了，她朝江雪梅投去目光。

江雪梅装作没听到这些话似的，笑着给白妤夹菜，说：“多吃点。我差点忘了，我还要给你买牛奶，他们说长身体的时候多喝牛奶好。”

四四方方的木头桌上堆满了菜，一盏灯照下，热气直冒。家里的门窗紧闭着，温热的气流与屋外刺骨的寒风形成鲜明对比。

舒适的温室与盛大的晚餐却比不上曾经一个寻常夜晚。

吃完饭，白妤恹恹地回到房间。

上初中后，白妤和江雪梅分开睡了，这间最大的卧室留给了白妤。

现在江雪梅和白袁睡在隔壁的一个小卧室。

白妤躺在床上心不在焉地看着电视里的综艺节目，她听到他们两个先后在楼下梳洗完，挨个上楼了。

“砰砰”两声，是白袁开门关门进房间了。

但还有由远及近的轻轻的脚步声，果然，下一秒，白妤的房门被打开。

“小妤，妈妈把收的衣服给你放这里了。”江雪梅捧着一堆衣服说。

“好。”

江雪梅察觉到白妤的异样，自从白袁回来后她似乎一直没有太开心。

江雪梅想了想，弯腰开始叠衣服，没有放下衣服就出房间。

白妤知道这是江雪梅想和她聊天的信号。

但两个人都没有很快开口。

冬夜的一片寂静中，只有电视里的人的嬉笑声。

许久，江雪梅问道：“妈妈看你闷闷不乐的，能告诉妈妈原因吗？”

白妤瞄了一眼在那儿叠衣服的江雪梅。

她的家很老旧，卧室也很粗糙，全屋只有一个吊灯和一个书桌灯，那吊灯用了很久了，已经不像之前那样明亮。

江雪梅的背影在吊灯光线的衬托下，显得十分纤弱。

白妤心里头更闷了，她往下滑了一点，拉住被子遮住自己半张脸。

江雪梅说：“不想和妈妈说话吗？”

“不是。”

“那和妈妈说说吧。”

白妤咬着唇，闷闷地道：“爸爸不是我想象的样子。”

江雪梅并不惊讶，平和地问：“那你想象的爸爸是什么样子？”

“至少是个正常人吧。”

江雪梅笑了：“你爸爸现在哪儿不正常了？”

白妤：“他吹牛的样子就不正常。”

“他……他就这样，喝多了容易说点胡话。习惯就好了，你别讨厌他，他到底是你爸爸。”

“可他也没对我很好啊。”

“那是因为之前没回来，钱也被你奶奶控着。你看现在回来了，我们的日子是不是好过起来了？”

说到这个，白好更不开心了。

她说：“是我们吗？那你有想过给自己买一件新衣服吗？你一定没有想过自己……”

明明妈妈也像她一样不会忘记自己受过的委屈，却说都过去了。一拿到钱，妈妈想的都是如何用在她身上。

听到江雪梅在饭桌上那样欣喜地说着要买什么买什么，白好就知道妈妈可以原谅所有的苦难都是因为她。

江雪梅懂女儿在说什么，她叠完最后一件衣服，缓缓转过身看向白好。

江雪梅柔声道：“妈妈这些年亏欠你太多了，妈妈能力有限，怎么努力都没办法让你过上正常小孩的生活。现在你爸爸回来了，妈妈就想，一定要让你开心点。你开心了妈妈就开心了，妈妈不在乎现在有没有新衣服穿，有没有好吃的吃。妈妈……只是想让你在最好的年纪能够开心点。”

江雪梅文化有限，翻来覆去就那几句话，那几个词。

但妈妈不会骗人。

白好吸了吸鼻子：“可是妈妈，我也想你对自己好点。”

江雪梅知道，这是哄好了。

她放下衣服走过去，坐在床边，轻轻拉下被子，让白好露出完整的小脸。

白好黑亮的长发散着，如铺开的海藻，巴掌大小的脸在朦胧夜晚里散发着别样的柔软。

江雪梅凝视着她，认真地说：“妈妈会对自己好的。而且啊，你爸爸这次回来了就不会走了，等先添置完你的东西，存好你未来的学费，剩余的钱，如果有多的，嗯……妈妈也给自己买喜欢的东西好不好？”

四目相对，白好点头。

紧接着，白好问：“爸爸不去广东做生意了吗？”

江雪梅也是早上才知道他这个决定的。

她轻抚着白好的额头，解释道：“那边的生意没了，你爸爸说打算在这附近找个工作。妈妈觉得这样挺好的，你觉得呢？”

“我不知道……”

“你这样想，以后每天我们一家三口可以一起吃饭，也不会那么缺钱。爸爸在的话，还可以帮你做很多东西，比如你以前怎么都做不好的兔子灯、木头蜻蜓，房间灯泡坏了妈妈也不用再找隔壁叔叔来换了。哎，你房间这个灯泡，明天就让爸爸换了，怎么样？”

白好想象着这样的生活，但缺少太多事实依据，她无法想象。

但看向那枚灯泡时，她能想象出它一点点变得明亮的样子。

她问道："他会换吗？"

江雪梅打包票："会！要是明天他不给你换好，妈妈就揍他！"

白妤"扑哧"一声笑出来，她好像第一次看到这样的妈妈，有点点小调皮的妈妈。

这样俏皮亲密的话，有一瞬间让白妤有种他们是爱情的错觉。

可他们不是，白妤很清楚。

偶尔她想，如果是因为爱情才有的她就好了。

如果爸爸很爱妈妈，妈妈也很爱爸爸就好了。

如果能像杭臣的爸爸妈妈那样和睦快乐就好了。

临睡前，白妤想着的是，如果没有爱情，明天他能把灯泡换好，也很不错。

还有，杭臣这几天在干什么呢？

她还没有告诉他她家发生了好多大事。

明明自从她家安了电话后，杭臣几乎每个周末都会给她打一个电话，告诉她几点会有什么精彩电视剧，又或者隔着电话给她讲题。

怎么放假这么久一个电话都没有呢？

第二天上午，白妤和江雪梅贴完春联后，拨通了杭臣家的电话。

这一次，她不用打过去三声再挂断，然后等杭臣反打过来接通了，现在这点话费不用再省了。

也许这就是妈妈说的，日子好过起来了吧。

"嘟"了五声后，电话被接通。

她以为那头是杭臣，想也没想，清脆地喊道："杭臣！"

那头迟疑了几秒后，恍然大悟道："我是杭臣的爸爸。你是臣臣的同学吧，你等一下，叔叔去叫他来接电话。"

白妤吓了一跳，随后反应过来。

刚刚那个声音就是杭臣爸爸的声音啊，听起来和杭臣描述的差不多，一听就知道是个好脾气又开朗的人。

等啊等，等了好久，那边传来窸窸窣窣的声音。

接着是一声吃力的"喂"，是杭臣的声音。

但白妤不太确定："杭臣，是你吗？"

"是我。"

"你的声音怎么听起来怪怪的？你生病了吗？"

杭臣："呃……差不多是吧。"

白妤："啊？你怎么了？你发烧了吗？"

杭臣："……小病，没事，嘶——"

"你、你真的没事吗？"

"嗯。"

“噢……那你要注意休息啊。”

“过几天就好了。你找我有什么事情吗？”

白好捧着电话，犹豫地道：“我本来是想找你说点事情的，我家最近发生了很多事，但我下次和你说吧，你好好休息。”

杭臣似怕她挂电话，着急地道：“我没事的，你说，我听。”

白好刚想说话，但她听到那头传来低低的笑声，似乎不是杭臣的声音，还有一句：“好样的，身残志坚！”

她想听得更清楚点，但那边像被捂住了话筒，她最后只听到杭臣在说：“爸！你出去行不行？”

须臾，杭臣的声音重新清晰地传递过来。

他说：“好了，你说吧，刚刚我爸偷听。”

白好：“噢，那他说什么身残志坚，你病得很厉害吗？”

杭臣：“……不说这个，说你的事情吧。”

白好没再多想，从头到尾把最近的事情讲了一遍。

说到最后，她靠着墙，玩着卷曲的电话线，忐忑又期待地说：“现在他去镇上了，不知道什么时候回来，不知道买的灯泡够不够亮。”

话落，白好下意识地朝大门外张望了一眼，原本是想瞅一眼有没有白袁回来的身影，但没想到，她看到硬币大小的雪花在飞舞。

她愣了一下，以为自己看错了。

仔仔细细瞧了后，她握紧电话，对杭臣雀跃地道：“杭臣杭臣！外面下雪了哎，好大的雪花啊。你还记得我们上次看雪吗，在教室里！”

杭臣在二楼父母的卧室，电话机的位置距离窗户有一段距离。

他听到下雪后，努力朝窗外看。

他回答白好说：“我记得的。”

白好忽然心情大好，她笑着，低声说道：“我给你打电话还想和你说新年快乐，我从来没和你说过新年快乐呢。还有，友谊长存，下次下雪的时候我们也要一起看。”

杭臣也忽然觉得不疼了，他扬起嘴角，一字一句说道：“新年快乐，友谊长存，以后也一起看雪。小白。”

这是2007年的第一场雪。

也是她和他一起看的最后一场雪。

年过完后很快开学。

白好穿着鹅黄色的羽绒服，背着时下流行的书包，踩着粉色的自行车，一路止不住地期待来到学校报名，期待杭臣见到她崭新的模样。

同时，她又有些紧张畏惧，怕班里的人会盯着她看。

如白好所料，领书那会儿，周围的视线有意无意都落在她身上。

她深呼吸着，一心只想着等会儿放学去找杭臣。

但这天白妤没有等到杭臣，她有点蒙，明明昨天在电话里说好报名后见面的。

回家后，白妤拨通了杭臣家的电话，是杭臣接的。

他支支吾吾地说："病还没好，反正，反正明天肯定会去上学的。"

白妤十分疑惑："什么病要这么久？好吓人啊。"

杭臣含糊了过去，扯东扯西，白妤就这么被糊弄了过去。

白妤一手握着电话，一手拉着自己的羽绒服衣摆，她有点失落地说："本来想给你看看我穿新衣服的样子的。"

杭臣一向捧场："明天就可以看到了，我猜一定很好看。"

白妤"嘿嘿"笑了两声："我觉得有句老话说得一点都没错呢，人靠衣装佛靠金装。我觉得我稍微打扮一下，也不丑呢。"

杭臣几乎能想象白妤的美丽，他低声道："你本来就不丑啊。"

白妤被哄得更开心了，忍不住感慨道："杭臣，长大真好啊。有钱真好。"

杭臣笑："那是不是你爸爸回来了，还是不错的？"

"还可以吧……"

还可以吧。

爸爸帮她换了灯泡，换了窗帘，买了很多新的东西。

但有时候，她又隐隐觉得这些只是物质上的给予，在情感上白袁不爱江雪梅，也不怎么爱她。

在一个冬日暖阳的午后，她和江雪梅一起剥花生吃。她问江雪梅："爸爸现在回来了，我们现在这样算很好了吗？"

江雪梅眯着眼睛，说："很好了。"

但白妤觉得不是的。

江雪梅仍不像杭臣妈妈那样快乐。

江雪梅唯一大松一口气的是不再那么缺钱，但她其余的东西和曾经没有太大差别。甚至，她多了个要伺候的人，要帮白袁添饭，要帮他洗衣服晒鞋子，帮他做好一切琐事，包括每天起床泡一杯茶。

白妤有时候看不下去，她自己自从上初中后就不用江雪梅帮她做这么多事情了。

她有一天问白袁，可不可以自己添饭呢？

白袁像是没听到一样，和江雪梅说起自己打算在栀花镇做的事情，而江雪梅也条件反射一般站起来去给他盛饭。

一个刻在骨子里的等人伺候，一个刻在骨子里的伺候别人。

所以，白袁回来，只能用"还可以"来形容。

等了一个假期，杭臣一想到终于可以见到白妤了，晚上还有点兴奋到睡不着。

第二天去学校，杭大勇开车送他去的，送完他后，杭大勇拾掇拾掇要飞往北京了。

在校门口分别时，杭臣有些舍不得，那些热烈直白的话他已经不好意思说出口，想了想说：“爸，一路平安。”

杭大勇瞧着儿子的稳重样子笑起来，坐在车里朝他挥手：“知道了，你快进去吧，爱你。”

说着，他对杭臣做了个飞吻。

杭臣忍着下半身时不时传来的一丝疼痛，无语地笑了下，转身进了学校。

早上六点五十分，他知道这个点白好一定已经到了教室在早读。

他故意绕路，路过一班再往三班走。

走到一班窗户边，他又故意放慢脚步，视线在第一排的身影上扫视，只一眼他就认出了白好。

她的马尾似乎又长了一些，乌黑靓丽的黑发垂在一侧，羽绒服帽子边上的绒毛蓬松柔软，让她看起来软得像一块棉花糖。

这应该就是她昨天所说的鹅黄色的新衣服。

和他想象的一样好看。

杭臣的嘴角情不自禁地弯起。

而坐在那边的白好正捂着耳朵，低头聚精会神地背书。

进了教室后，开学第一天大家都静不下心，聊天声快把教室天花板掀开。

杭臣扶着桌子小心翼翼地坐下，刚坐下，他的同桌便转过身来问道：“你怎么昨天报名没来？你知不知道寒假老许干什么去了？笑死我了，他居然去割包皮了……”

老许是杭臣和他同桌的后桌。

听到这话，杭臣一点都笑不出来，僵硬地转头和老许对视了一眼。

同桌立刻反应过来：“啊，难道你也……”

杭臣：“……没。”

同桌：“我不信，走，去厕所我检查检查。”

杭臣：“你有病啊？”

同桌：“那我换个说法，等会儿一起去上厕所吧？嗯？怎么样？兄弟真诚邀约，很久没一起上厕所了。”

杭臣没接话。

调侃了一阵，同桌突然拍他肩膀，问道：“哎，杭臣，平常和你一起去吃午饭的那个女生叫什么来着？”

杭臣这才将注意力放到他身上，眼神打量着他。

杭臣问道：“做什么？”

同桌跷着二郎腿，嘚瑟地道：“如果我没猜错应该是那个妹子，昨天报完名，高年级有几个男生下来问呢，说那个穿鹅黄色羽绒服的女孩子是谁？”

杭臣嗅到了一丝危机：“什么高年级？你和他们说了？”

同桌：“我没说啊，我又不确定，这不是现在在问你嘛。我是没看见，但有不少人说一班有个穿黄色衣服的女生长得很好看，我一开始还以为说的是徐娇盛呢，可放学的时候我看见徐娇盛穿的是蓝色衣服。”

杭臣再次不接话，只冷哼着笑了一声。

那些人不读书了吗？问东问西的。

杭臣莫名其妙生了一上午的气，下课铃响时，他慢腾腾地起身，准备去找白妤吃午饭。

但刚跨出教室门，他就和白妤撞了个满怀。

这是她第一次来他教室门口找他。

杭臣手疾眼快，稳住自己也稳住了白妤，见她满脸通红，他下意识觉得有哪儿不对劲。

他心中有个小人在大喊：不妙！

“你怎么了？”杭臣问。

白妤结巴道：“你、你……我们先不吃饭，你跟我来，我有事情要和你说。”

白妤把他拉去了之前一起吃饭的无人小花园。

两个人围着圆桌坐下。

刚刚那一撞，杭臣心底疼得龇牙咧嘴，缓了好一会儿才听清白妤在说什么。

事情就发生在刚刚，白妤下课后想在自个儿教室门口等杭臣，但没想到有几个人率先在那儿等她，一见到她从教室出来，他们立刻围上来，不由分说地把一些信塞给了她。

临走时，他们还千叮咛万嘱咐道：“一定要记得看啊！”

等他们走远一点，白妤才敢向他们看过去，看气质和身形应该是高年级的男生。

她低头再把信一拆，信开篇的第一行字几乎就把她吓死。

上面写的是——“嗨，我是初三（1）班的某某某，那天见到你，我就一直想认识你”，她立刻塞了回去，六神无主地直奔杭臣的教室。

杭臣一目十行，几十秒就看完其中一封信，字迹拙劣，前后不通，估计是哪里抄来的。

他莫名有点烦躁。

白妤沉浸在自己的焦急中。她往前凑，双手拉住杭臣的胳膊，问道：“我要告诉老师吗？”

“你想告诉老师？”杭臣敛下情绪，反问。

“我不知道啊，我觉得现在这些事情好像告诉老师没有用。”

特别是高年级的，他们好像根本不在意这些。

杭臣也知道，就算告诉老师，把他们训一顿又怎样，他们要找白妤自然还是会来找。

杭臣思索了一圈后，说：“这样吧，把这些直接扔了吧，当作没收到。下次他们递给你你别收，也别给他们任何回应。”

“这样行吗？”

“先观察一段时间，我觉得他们就是临时起意，你越是有反应别人越觉得有希望，冷处理最好，让别人觉得你是个清醒且不可高攀的人。”

白妤觉得他的话有道理，点点头：“那我们把这些扔了，我装作什么都没发生的样子。”

杭臣看着她慌乱的样子，心不由得软下来，他摸了摸她的脑袋，安抚道：“没事的，我帮你一起解决。”

白妤放松下来，她慢慢坐直身体，仍然有点愁眉不展。

“杭臣，你说他们为什么突然给我递信啊？”

她捧着脸颊，忧愁地盯着天空看，白云蓝天倒映在剪水似的双瞳里，格外明净清澈。

杭臣不着痕迹地笑了下，嘟囔道：“因为你很优秀，又很好看啊。”

“你说什么？”她没听清。

杭臣毫不遮掩地重复道：“因为你很优秀，又很好看啊。”

这回听清了。

白妤缓缓放下手，抿着唇朝他看去，不知怎么，在杭臣说了那么多次她好看的话里，好像只有这次他的语气有点奇怪。

她歪着脑袋，使劲儿盯着杭臣看，似要把他盯出个洞来。

杭臣被看得心虚：“你老看我干什么？”

白妤说：“你好像不情愿我变好看。”

“我没有……”

他不是不情愿，因为他没有资格阻止一个人变好，这样很可耻。他只是……只是嫉妒别人这样做，也有点害怕。

白妤神秘一笑，说：“那你是嫉妒吧？”

杭臣被说得心一跳，以为被洞悉了，正要解释。

白妤不慌不忙地接着说道：“你还没有收到过，你看到我收到了，你嫉妒。”

杭臣一噎。

白妤：“被我猜中了吧？”

杭臣被气笑，顺着她说：“对啊，我嫉妒，嫉妒得要疯。”

“我就知道，哈哈哈！”

杭臣看她这么傻，也跟着笑起来，心中那点气一点点消失。

说笑一阵后，两个人起身去校外买午饭。

林荫道两侧的树木还未发新芽，大片阳光从树枝中间散落。

白妤冷静下来了，深吸了一口气说：“这不是好事，杭臣，你不要嫉妒，这一点都不好，只有烦恼。我觉得他们的欣赏……也很廉价。”

这个评价让杭臣心花怒放。

他附和道：“对啊，他们根本不懂什么是欣赏。”

白妤：“你懂啊？”

杭臣一怔。

白妤笑道：“你确实应该懂的，你爸爸妈妈感情那么好。那你有喜欢的女孩子吗？”

话题转得猝不及防。

杭臣忽然觉得颈后一阵热，他不太自然地看向别处，说：“没有。”

白好问道：“也是，我都没听你说过。那你想过以后找什么样的吗？是不是像你妈妈那样好的？”

杭臣咳了一声，回答道：“我不知道，大概应该是长头发的，眼睛大点的，皮肤白点的，可爱点的……吧。”

白好“唔”了一声，没有深入思考，拉着杭臣说：“你快看，那边新开了汉堡店哎！汉堡！”

杭臣见她因为汉堡眼睛变得闪闪发亮，再次被气笑。

傻子。

可爱的傻子。

而白好，对那句话对号入座是在一年以后。

2008年春，初二下学期开始。

仅一年，大家的变化又是翻天覆地，纷纷如雨后春笋一般蹿个儿，男生的声音渐渐变粗，女生的身体也开始发育。

男生女生之间的互动也不如从前那样自然亲密，仿佛有道天然的屏障将他们隔开了。

白好坐在第一排，偶尔靠着墙看书时会侧过去看他们一眼，她发现大家已然不如从前单纯，心事不会再写在脸上。

白好知道，最近关于“爱情”这个话题异常火热，有人爱上了帅气的男偶像，有人偷偷注意起隔壁班的同学，有人沉浸在美好的爱情故事里。

她也对这些感到好奇，但内心下意识认为没有人会和她分享，所以通常都是装作不经意地听几句。

班里的女生不知从何时开始不那么孤立白好，会在不经意间问白好一句：“你知道这个偶像团体吗？”

白好不知道，所以自然而然话题就这样结束了。

放学回家的路上，白好会问杭臣：“你知道这个偶像团体吗？”

男生和女生的兴趣爱好也从这两年开始有了明显的区别。

杭臣根本不看偶像剧也不关注那些，他的周末除了做作业，就是看一些自己感兴趣的科普视频。

初二开学时，张丽娟给家里装了电脑，杭臣能很方便地搜到想看的东西。

听白好说了那个偶像团体名后，杭臣回家搜索了一下，把记得的内容都和白好复述一遍，白好听完觉得也就那样，她不是很感兴趣。

后来，白好又问他，你知道某个偶像剧吗？知道某本小说吗？

杭臣每次都会在网上查了后告诉白好。

白好的感想是：有电脑真好。

而她家里，连卫星锅都没装呢。

栀子花即将盛放的时候，白袁大概觉得自个儿家里还没装卫星电视有点丢脸，喝了口酒拍桌说："明天我去装一个。"

江雪梅有点不愿意，在饭桌上支支吾吾，最终没有阻止。

这时候的白好还不知道家里的财政情况，她一直不求多好，但总以为爸爸回来了，就能像过年的时候说的那样，日子会好起来。

直到装了卫星电视后的某一个周末，白好才知道具体情况。

那是五月母亲节前的周末，外头在下雨，栀子花花苞已有了形状，偶尔有几朵已提前绽放，淡雅的香味顺着微凉的空气一缕缕从纱窗缝里飘来。

白好和江雪梅吃完午饭躺在床上看电视，周末午后的黄金档，放着时下最热门的偶像剧。

青春靓丽的主角，浓郁的青春气息，一下子就抓住了在调频的白好的视线。

而江雪梅从来都是白好看什么她看什么。

白好看清电视剧名后奋力坐起，指着电视机兴奋地道："妈妈，我知道这个电视剧，最近大家都在说这个。"

说着，白好看向江雪梅，只见江雪梅一边微笑着一边在揉额头。

她知道，这是妈妈的偏头痛又犯了，一到阴雨天就会痛。

江雪梅曾经轻描淡写地说过，这是坐月子没休息好落下的毛病。

换而言之，这是生她才落下的毛病。

白好换了个位置，给江雪梅揉脑袋。

白好说："妈妈，明天学校就发奖学金了，我给你买个按摩仪吧？"

她在镇上的精品店看到过，头部颈部按摩，一百五十九元。

今年她的名次比去年好，所以奖金也会比去年多，能买下那个按摩仪。

江雪梅摇头拒绝，让白好把钱用在自己的文具开销上。

白好不愿意，执意要买。

江雪梅叹了一口气，瞧了眼已经有独立思想的女儿，几经挣扎，最后还是把家里的实际情况告诉了白好。

白袁回来时确实带回来一些钱，再加上奶奶留下的钱，家里和从前比起来确实好了些。但白袁留在栀花镇，他选择了在镇上跑车，买个面包车就花了好几万，这一年多也没有把本钱赚回来，平常吃喝穿衣添置反而花出去更多。

在入不敷出的情况下，江雪梅又变得买东西缩手缩脚，精打细算，所以她一开始并不同意安装卫星电视，每年要交好几百。

白好听完后，不可思议地问："可我记得镇上跑车生意应该很好啊，爸爸很难接到单吗？"

江雪梅说："我不太清楚，你爸爸每个月拿回来的钱反正就那么点。"

江雪梅没有过多地指责丈夫，只是温柔地拍了拍白好的手，说："所以啊，小好辛苦得到的钱买点自己喜欢的、有用的东西吧。算是帮妈妈的忙了？嗯？"

白妤低头看两个人搭在一起的手。

江雪梅的手上戴着去年她拿了奖学金后买的假金戒指。

戒指都掉色了，但妈妈没有摘下过。

白妤心里一时五味杂陈。

她噘了噘嘴巴，反手搂住江雪梅，小声道："我以后会赚很多钱的，我给你治好头疼病。"

江雪梅的笑容徐徐漾开："好啊，那妈妈等你赚很多钱给我看病。哎哟，还是我们小猪最好了。"

"我才不是小猪呢。"

"怎么不是，这么大了还和妈妈撒娇。"

"反正我不是。"

说说笑笑间，母女俩忽然同时噤了声。

电视屏幕里男女主角正在淋雨热吻。

白妤尴尬地红了耳朵，她试图转移注意力，说："妈妈，我再给你按一会儿吧？"

江雪梅说："不用了，没刚才那么疼了，你好好看电视。"

白妤瞄她："妈……"

江雪梅说："没事的，你看吧，妈妈不是古板的人。你们这个年纪喜欢看这些都是正常的。"

话题的口子被打开，白妤听到江雪梅这么说，瞬间不再那么尴尬，反而多了一份好奇心。

她盘腿坐着，怀中抱着厚软的枕头，试探地问道："妈妈你以前也爱看吗？"

江雪梅笑道："我像你这个年纪的时候哪有彩电啊，有电视机的人家都是少数。"

"那你们那时候看什么？"

"那时候啊……那时候我们已经出去打工了，没有电视没有手机，妈妈偶尔会和朋友偷偷溜出去看电影。"

白妤更好奇了："那时候就有电影吗？"

"有啊，就是比较简陋，黑白的。"

白妤从江雪梅的眼中窥探到一丝不同寻常的笑意，不是母亲疼爱子女的笑，不是生活压力得到缓解的笑，是只属于她自己的笑。

江雪梅继续说道："那时候啊，我们还会骑车去看日出，攒钱去别的地方玩。那时候我最好的朋友住外婆家边上，她和我同龄，我们在一个服装厂打工，有好吃的好玩的都会想着对方。有一次我们啊……"

江雪梅越说笑得越深。

白妤静静地看着她，听她讲那遥远的故事。

这是十四岁的白妤第一次意识到，妈妈不是生来就是妈妈，她也曾是个少女，像现在的她一样，会哭会闹会有不安分的心。

白好想象着那时候俏皮活泼的妈妈，迫不及待地问："那后来呢？"

江雪梅的笑容就在这一瞬间戛然而止。

她又回到了妈妈的身份。

她沉默了许久，看向白好时，扬起淡淡的笑容，说："后来啊，后来到了该结婚的年龄，认识了你爸爸，就结婚了，再然后啊，就有了你这头小猪猪。"

白好不喜欢这样的结局。

她问出了和小时候一样的问题。

"为什么不找一个好一点的人结婚呢？如果妈妈你换一个人，你现在会不会完全不一样？"

江雪梅看着水灵灵的白好，心底发出和以前一样的感慨——长大了，孩子真长大了。

那些从前不愿意回答的问题，在这一刻却松动了。

江雪梅一五一十地说："家里穷，我又是个残疾人，很多家庭是不要我这样的，你外公外婆为我操碎了心，介绍了很多人，只有你爸爸家愿意娶我。"

白好立刻反驳道："不是的！妈妈你那么好，可以找到更好的！"

江雪梅："也许吧，但是现在已经是这样了……"

白好陷在为江雪梅惋惜的情绪里，她自顾自地说："如果你没有嫁给爸爸就好了，如果你没有嫁给他，你就不用一直待在这个地方，你还能看电影，你也不用头疼。"

江雪梅笑她："可如果妈妈不嫁给爸爸，就没有你了啊？"

白好大声道："我愿意你没有我！"

这一吼，把江雪梅吼蒙了。

白好补充道："如果没有我，你一定比现在快乐。"

恍惚间，江雪梅想起白好诞生的那个夏天。

她垂了垂睫毛，温柔且坚定地说："不是的，有了你妈妈才快乐。"

白好低下了脑袋，她始终觉得，如果妈妈的人生没有她，一定比现在好。

江雪梅知道她那股倔劲又上来了。

江雪梅哄道："妈妈没骗你，妈妈有你不知道多高兴。有时候人啊，活在这世上就是求这么一个相知相伴的人。嗯？对不对？我们小好体贴妈妈，理解妈妈，还心疼妈妈，妈妈生你就是对的。"

白好向来难以抵挡江雪梅的糖衣炮弹，三言两语就把她攻陷了。

白好抱着枕头倒在江雪梅的肚子上："那好吧……"

江雪梅摸着白好顺滑的长发，打趣道："我们小好越来越好看了，以后别像妈妈，得找个好点的人结婚。"

白好哼哼两声："我才不结婚。"

"为什么啊，人都是要结婚的。"

"我才不要给别人洗衣服做饭。"

"那找一个不用你洗衣服做饭的，找一个把我们小好疼到骨子里的。"

“有这样的人吗？”

江雪梅想了一会儿：“会有的。会有这样一个人，知道你喜欢吃什么，喜欢做什么，永远站在你这一边，永远会陪着你。像妈妈一样。”

白好在江雪梅柔软的肚皮上滚了滚，一边想象着妈妈形容的人，一边看电视。

她几乎脱口而出：“你说的好像是杭臣，杭臣他对我就是这么好。”

江雪梅笑着说：“是吗？杭臣这样的好孩子，确实少见。”

而电视里，男主角正因为男二给女主写情书而生气，恶狠狠地把情书拍回男二怀里，男二没站稳摔了一跤。

男二内心的独白台词是：可恶，他竟然力气这么大。

“哈哈……”这“中二”的台词让白好不禁笑了出来。

但就是这一瞬间，和电视剧相似的一个现实情节闪过白好的脑海，她的笑容就这么猛然顿住。

去年开学，她被高年级的递了信后按照杭臣所说的，冷处理。

但那些男生却没放弃，三天后，他们在午休时跑下来在她教室门口等她。

她当时被堵在走廊上，不知所措，边上陆陆续续站了些看热闹的学生。

高年级的男生吊儿郎当地问她：“你看了信吗？”

她想着自己得勇敢点、坚定点。

酝酿了一会儿，她十分正式且官方地回答说：“……我不认识你们，你们别再找我了。难道要我告诉老师吗？”

他们压根儿不把这些放眼里，笑得放肆：“你太可爱了吧。”

嬉笑声刚落下，说话的那男生的胳膊肘被狠狠撞了一下。

大家的目光不约而同朝那个方向看去。

她看见杭臣穿过人群不动声色地站在了她面前，将她挡住。

印象里，这画面似曾相识。

而杭臣，他的个头几乎和那几个男生齐平，他冷着脸，那双狭长的眸子在那刻显得分外冷漠。

初三的男生相互看了一眼，问他：“你是谁啊？”

杭臣昂着下巴，说：“我是谁关你屁事。”

杭臣居然说了脏话。

这是她第一次听杭臣说脏话。

还没等她消化，就听杭臣对那几个男生发出一连串的质问。

杭臣说：“你们还有两三个月就中考了，能考几分啊？不读书的话又打算去哪儿高就打工？还是家里很有钱？”

那几个男生觉得面子挂不住，纷纷用笑掩饰。

杭臣没有撕破脸，拉起她的手要走，顺带撇下最后一句话给他们。

他说：“她要读书的，别再来找她。”

那几个男生挠了挠脑袋，小声说：“搞这么严肃干什么，没劲，走了走了，吃饭去。”

闹剧就这么散场了。

后来再也没有人给她递过信。

当时她还哄了杭臣很久，虽然她也不知道他为什么生气。

她问他不开心的理由，他憋了半天说不出个所以然。

她以为是他担心她误入歧途，一边咬着汉堡，一边发誓哄他说：“你放心，我发誓，我会好好读书。”

发完誓，杭臣才笑了，虽然笑得有点勉强。

杭臣当时的表情眼神和电视剧里的男主角不说一模一样，但算得上异曲同工。

所以……他那时候难……

应该不是吧，是她想多了吧。

可恍惚间，又一个画面随着内心的惊涛骇浪冲向大脑。

“你有喜欢的女生吗？”

“没有。”

“那你以后想找什么样的？”

“……大概应该是长头发的，眼睛大点的，皮肤白点的，可爱点的吧。”

白好一个激灵，抱着枕头猛地坐起，背脊挺得直直的，像被雷击中了一般。

江雪梅习惯了她的一惊一乍，没当回事。

但江雪梅没想到，下一秒，白好跳下床，拖鞋都不穿赤脚跑了，关键是，怀里还抱着那枕头呢。

江雪梅疑惑道：“小好，你去哪儿啊？”

话都没问完，人已经没影了。

白好脚下生风，死死抱着枕头冲进了卫生间里。

新装修好的卫生间干净明亮，大块的镜子上没有一点水渍，清晰地倒映出她的样子。

她的头发是长的……

眼睛似乎是挺大……

皮肤是比以前白多了……

是她吗？

啊。

呃。

白好看着镜子里的自己，不自觉地屏住了呼吸。

没一会儿，缺氧的她，脸开始一点点涨红。

这一周，白好都睡得不太好。

平常晚上做完作业如果有空余时间，她会靠着床头看一会儿图书馆借的书，但这几天她静不下心看书，盯着天花板发呆时总是会想起杭臣。

胡思乱想一通后，她会拉上被子把头蒙住。

不超过一分钟，她又会猛地掀开被子，“呼哧呼哧”地大口呼吸。

五月的夜晚多柔情，皎月更是温柔轻盈，静静地透过窗帘缝隙照亮少女的心事。

很快，又到了一年一度的六一儿童节。

当然，这种节日自从小学毕业后就和他们再也没关系了。

十几岁的他们无比渴望长大，模仿着大人在这个小社会里沉浮，谁喜欢象征幼稚的儿童节呢，就连谁喜欢粉色凯蒂猫都要被小小嘲讽一番。

白妤也很久没想起这个节日了，但今年她却在家里翻箱倒柜找一个东西。

晚上，江雪梅在她房间叠衣服，见她把老旧的书桌抽屉柜子翻得乱七八糟，忍不住问：“在找什么呀？”

白妤回答得很快：“找以前杭臣送我的贝壳。”

江雪梅从来不乱动白妤的东西，更是知道，孩子大了，有自己放东西的逻辑，也生怕自己的愚昧给孩子弄丢什么重要物品。

但贝壳，她似乎在哪里见过。

回忆了半晌，江雪梅说：“床边柜里有没有？我记得那边有个盒子，你用来装小时候的玩具的。”

“对哦！”

被点醒的白妤快速飞了过去。

果然，那枚淡黄色的贝壳和她小时候最喜欢玩的布娃娃在一起。

白妤捧着盒子跪在地上，不知想到什么，脸上的欣喜渐渐消失，头低了下去。

江雪梅叠完衣服，去检查纱窗。现在虫子多了起来，如果不关牢，虫子会顺着光源从缝隙里钻进来，还好白妤不怕虫子，只是觉得飞来飞去恼人。

江雪梅随口问道：“怎么突然要找杭臣送你的东西？”

白妤缓过神来，拿出那枚贝壳，接着盖上盖子，把纸盒放了回去。

她有点疑惑地问：“我都忘了我是什么时候把这些玩具收起来的，这几年也没有想起过它们，我以前还觉得我不会忘记这些呢。怎么会这样呢？妈妈。”

江雪梅轻轻一笑：“长大了就会这样啊，会觉得娃娃不好玩，会觉得糖果太甜，会累，会不想出门。”

白妤的体会还没这么深，她迷茫地看向江雪梅，摇摇脑袋叹了一口气，攥着贝壳坐回了书桌前。

短暂的惆怅后，白妤盯着贝壳忽地笑了出来。

海蓝色的台灯安安静静地给她提供光芒，照得她眼睛亮晶晶的。

她抚摸过贝壳的纹路，想着明天中午要和杭臣吃什么呢？

她知道，杭臣最喜欢吃汉堡，最爱喝运动饮料。

她还知道，杭臣最喜欢的颜色是纯粹的白，最爱的运动鞋牌子是耐克，最喜欢的球星是科比。

他最坚定的梦想是——找到自己的江湖，开启属于他人生的冒险。

应该不会有人比她更了解他了。

也应该不会有人比他更了解她了。

白好的笑容倒映在夜晚下的窗户玻璃上，明媚灿烂，毫不掩饰。

江雪梅检查完窗户后准备离开房间，关门时习惯性回头看了一眼白好，只一眼，她霎时都了然，但她只淡淡笑了下，并未多说什么。

关上门后，江雪梅在白好房门口停顿了片刻。

她看向另一头的房间。

那边光线微弱。

那边一成不变。

许久，江雪梅垂下眼，向那边迈出了步伐。

六一过后，栀花镇断断续续下了很久的大雨。

语文老师说："六月雨三泼，遍地出黄金。"

学生们不太懂，一心只想着即将到来的暑假。闷热潮湿的天气下，大伙在教室低低地笑。

老师不乐意了，书一放，脸一板，说："还笑，马上就要初三了，马上就要中考了还笑。明年这个时候你们笑得出来，那才是好的。"

大伙依旧不太懂，依旧在笑。

雨如泼墨般落下，窗外的天昏昏沉沉，树枝被大风吹得左右乱晃，仿若一只被掀翻了怎么都不能翻身的螃蟹。

白好仍坐在第一排，这一周她的位置正好轮到靠墙靠外窗那列。

她听着语文老师在讲台上说题外话，偶尔跟着笑，偶尔瞧老师一眼，偶尔撑着下巴望向外面的雨。

她惊奇地发现，今年她对这种狂风骤雨天有了不一样的感受。

小时候一到这种天，电视不能看，还要担心院子里晒的东西没有及时收，只能坐着躺着强行睡觉打发时间。

现在是真不一样了，天线换成卫星锅后，不会再那么容易吹歪，妈妈也不再晒一些谷物。

但她却很想睡觉，像小时候那样，窝在散发着阳光香味的松软被窝里安静地睡一天。

想到这儿，白好打了个大大的哈欠，眼里的泪花泛了泛。

她的视线往老师那边瞟去时，正好对上了。

白好立刻合上嘴巴，端正坐姿。

语文老师也不在意，继续教育道："马上就要期末考试了，考完后这个暑假好好想想自己的目标，想想该怎么最后冲刺一下。你们啊，长大了就明白那句诗了——少壮不努力，老大徒伤悲。"

白好对这句诗也没有多大感触，倒是听进去了前头那些话。

恍然间。

她想起准备上初中时她问妈妈关于中考的话。

时间真快啊，一转眼，就快到她要面对这些的年龄了。

可到底什么是中考，为什么非得走这条路，白好仍然迷茫。

也许不止她，也许大家都迷茫。

他们只是遵循着大人制定的规则罢了。

但这却一点都不妨碍他们渴望长大。

期末考试那天早晨，被水洗过的天瓦蓝晴朗。

老规矩，四门考试过后，暑假正式开始。

时间还早，白好不想这么早回家，于是拉着杭臣去镇上新开的炸鸡店买炸鸡壳吃。

白好觉得炸鸡壳是比炸里脊肉更好吃的存在。

炸鸡店开在小镇主河道边上，再往里走是从前一些废弃的工厂。

两个人把自行车停在杨柳树下，车前头的篮筐里躺着透明的文件袋，是考试用剩下的草稿纸和笔。

等飘香四溢的炸鸡壳做好，白好迫不及待地用扦子插了一块往嘴里送。

“烫烫烫！”

她手托着嘴巴，吐也不是咽也不是。

杭臣跟着手忙脚乱，但又忍不住笑起来。

他打趣道：“你怎么跟小狗一样，别烫伤了，快吐了吧，随便吐哪儿都行，或者吐我手里也行。”

说罢，他伸出手。

白好一边跺脚，一边强行咽了下去。

她直直地望着杭臣，呼进呼出几个回合后，大松一口气，说：“真的好好吃啊。”

今天的白好穿的自个儿的衣服，是一件明黄色的假两件T恤，黄色波点蛋糕风格的吊带裙套在T恤上，清爽甜美。

她明亮的大眼睛在说话间扑闪着，傍晚似火焰一般的阳光在她瞳仁里流淌，衬得她尤其灵动。

杭臣颠了颠手上的炸物，等热气散了些后递给白好。

他笑道：“慢点吃，等开学了还能买，不急这一次。”

“哎。”

白好捧着炸鸡壳边吃边走回了自行车边上。

她轻轻坐在自行车的后座上，双脚撑着，能很好地稳住重心。

杨柳枝条荡啊荡，蝉鸣声隐隐约约。

她插了一块递给杭臣后问道：“你说初三会不会很恐怖呢？我听他们说初三放学都会很晚，天都黑了老师还不肯放人的那种。你说，我应该考哪个高中呢？怎么样才能判断我能考上呢？”

杭臣没有这种烦恼。

他听到白好说这些，反而笑意变得更深，神秘兮兮地道："我就知道你有这些疑惑，我这几天刚好和我妈研究了下各个学校往年的录取分数线。"

"什么？"

白好惊讶地忘记了咀嚼，但转念一想，这放在杭臣身上是很正常的。

杭臣的爸爸妈妈懂很多，而她的父母就是众多普通人里的一个。

不过没关系，她的妈妈已经很努力给她快乐了。

白好咽下炸鸡，竖起耳朵："你快告诉我，是怎么个录取法。"

杭臣拿过车筐里那份文件袋，从里头抽了一张干净的草稿纸。

他在纸上写了这个县城他们能去的所有高中，从重点高中到普高，以及去年的最低录取分数线。

如无特殊情况，每年每个学校的录取分数浮动在两到三分。

杭臣拿笔尖点了点排名第一的高中——"铭德高中"。

他说："这是最好的高中，平均每门功课能失分十分左右，等这次期末考的成绩出来，你可以估算下，哪门功课能多拿点分，而哪一门可以适当为自己多留点空隙。当然，如果这次考得有点失误也没关系，我问了老师，初三后面会有模拟考，就根据那个考试成绩填志愿。"

白好听得极其认真，小鸡啄米似的点头。

她问："你都问过老师了？"

"对，因为也没别的渠道去了解，直接问老师是最清楚的。"

白好不由得再次感慨。

杭臣从来没变过，他尊重老师却不畏惧老师，爱玩爱冒险却也不会落下功课。

白好也不由得感慨自己，她好像也没有变过，还是从前那个有点胆怯偶尔放肆的小女孩。

见她忽地发起了呆，杭臣拿笔敲她的额头："想什么呢？"

"哦哦……嘶……没想什么，就是觉得你好了不起，想着自己……希望自己以后也能这样。"

"你在说什么？什么了不起？"

杭臣的眼神变得探究起来，但这种真诚且没有预兆的彩虹屁很合他心意，他眉角眼梢里满是笑意。

他催促着："嗯？什么？"

本来白好还是愿意说的，见他这样自恋，她不乐意了，头一歪，悠然自得地吃美食。

杭臣哼笑一声，眯起眼睛："好啊，小白，我对你知无不言，你连多夸我几句都不愿意。咱们还是最好的朋友吗？"

说着，他把纸笔攥成一团，一手撑住白好自行车的后车座，一手稳住自行车的龙头，身子微微前倾靠过去。

灼热的气息逼近，似威胁又似逗弄。

傍晚的热风一吹，吹起少女的长发，吹起少年的衣摆，纤长的柳条簌簌响动，成了夏天的背景板。

白妤吃不下去了，舌头也麻了，说不出一句话。

但身体灵敏得像老鼠，“哧溜”一下就从杭臣的胳膊肘底下钻走了。

站到了安全距离的位置后，白妤压下紊乱的呼吸，刻意轻松道：“愿意夸你的人多了去了，我才不夸你呢。除非——除非，你再给我买一份炸鸡壳。”

背对着她的杭臣嘴角牵起，慢悠悠地直起腰板，一副被强迫的表情说：“那好吧，再给你买一份吧，等会儿要是没听到好听的话，我就把这份中考秘籍扔喽。”

杭臣举起手晃了晃手中的纸，故作要松手。

“哎，不行啊，太多学校了，我还没记住呢，你千万别扔，真的，我晚上要带回去研究一下的。”

白妤怕他玩过头，等会儿真飘走了，飘走了还要再写一遍怪麻烦的。

她走到他面前，伸手去拿。

她正儿八经地道：“说真的，杭臣，别玩了，吃完这个我们就应该回去了，等会儿弄丢了再写一遍真的很麻烦。”

杭臣还在晃，还配音：“咻——咻——”

“杭臣！”白妤被气笑，可爱的酒窝浅浅浮现。

“杭臣！

“杭臣——

“杭臣……

“啊！杭臣……”

见她真的有点生气了，杭臣见好就收，把这张纸叠好交给白妤。

他揉了把她的脑袋，长腿一跨：“我去给你买吃的。”

白妤小心翼翼地将纸收在自己的文件袋里。

忽然，那头的杭臣脚步一顿，回身看向她，不轻不重地说：“小白，我给你买两份，然后……我们考同一个高中，怎么样？”

白妤的回答是：我一百个一千个一万个愿意和你考同一个高中。

这一天，白妤的梦想是，要和杭臣上同一个高中。

暑期到来，和以往没有太大不同。

三棵水杉树长得郁郁葱葱，贯穿这个村子的河流被抽干了一段时间，沉淀的淤泥被掘出，散发了好一阵的腥味。

白妤跟着江雪梅沿着河岸从淤泥里翻找小虾小鱼，捡了一箩筐。

江雪梅没有阻止她，只说：“会弄脏手的，妈妈来就好。”

白妤直接脱了鞋，卷起裤脚，毫无顾忌地拨开了淤泥。

“我不怕脏呀。”她说。

再后来，河水重新被灌了进来，很快恢复成了以往那样深沉静谧的模样。

隔壁邻居自种的西瓜熟了一波又一波，价格不断下降。

邻居前前后后给白妤家送了许多过来。

西瓜放太久容易烂掉，几乎一天就要消灭一个。

红色的瓜瓤松软清甜，咬上一口，汁水能流一手。

白妤经常在傍晚站在后院门口一边和江雪梅聊天，一边啃西瓜，她把西瓜籽吐进菜地里，怎么造次都没有人说，而江雪梅则是雷打不动地在那儿择菜。

夏天的故事都在这里发生。

不曾变过。

只不过这个夏天白妤没能频繁地和杭臣联系。

事情发生得突然，跟随着杭臣父亲生活在北京的爷爷在某个早晨忽然脑溢血倒地了。

一个电话打过来，杭臣的母亲立刻带着杭臣飞往了北京。

竭力救治了一个夏天后，爷爷还是没扛住走了。

办完葬礼，杭臣打了个电话给白妤，他的声音很平静，但在某些瞬间，白妤还是能听出他的难过。

安慰了一通后，白妤忽然发现，杭臣是用的栀花镇家的电话给她打的电话。

一问，原来葬礼是在栀花镇办的。

杭臣说："人快不行的时候，也不知道哪里来的力气，拉着我爸的手再三重复说要回家，回老家，要埋在家乡。"

白妤试着用课本上理解到的故土情节回答说："好像年纪大了都会眷恋故乡，他们讲究落叶归根。"

杭臣说："可能是吧。"

可能是吧。

他父母结婚后不久，父亲便赚了钱，一高兴就把父母也接了过去。

那一辈的人镇子都不常去，更别说光辉灿烂的大北京了。别的城市也就算了，可那是北京，他们想去看看天安门，想望一望长城，想见一见伟人。

于是，两位老人家乐呵呵地跟了过去。

中间回过栀花镇几次，但他们对北京的生活早就习惯了，甚至还学会了一些北京话，想了想，就在北京留下来了。

他以为，他的爷爷奶奶比起小城镇无聊的日子更喜欢大城市的繁华，所以当爷爷拼着最后一口气说要回家的时候，他心底涌上一股难以描述的感觉。

生命垂危，呼吸困难，干枯的手像藤蔓一样紧紧握住父亲的手，颤抖着，一字一句地说要回家。

杭臣觉得自己可能永远无法忘记这一幕。

杭臣问白妤："小白，你说我们老了也这样吗？"

白妤在那头手指缠着电话线，颇为认真地思考了一下。

她说："可能吧，我觉得哪儿都不如家里舒服。我记得以前我妈让我在外婆家小住，我住不了两天就想回家。即使家里灰扑扑的，也还是觉得家里最舒服。"

但白妤话锋一转："但杭臣你有两个故乡呢，你从小在北京长大，小学的时候来了栀花镇，你老了想回哪一个？”

杭臣毫不犹豫地回答说：“肯定是栀花镇呀。”

“为什么？”

“还能为什么，自然是因为在这里的回忆比较多。”杭臣轻笑了一声，说，“转学之前的事情有点记不清了。你知道吗？回到北京的时候觉得哪儿哪儿都是陌生的，又哪儿哪儿都是熟悉的。但就是……记不太清了。”

白妤也跟着笑：“你忘啦，你以前说过的，人的记忆容量有限，是会忘记一些东西的，但是只要记得一些重要的东西就好。”

“这个没忘，我记得的，你那时候因为一篇课文气得不行。”

“我也没忘，我记得我当时说过的话。”

她绝不会成为那样的大人，她会一直牢记自己的初心。

九月正常开学，沿路人家自种的金桂早早飘香。

白妤捧着沉甸甸的初三课本陷入了沉思，外头的桂花再香，她都提不起兴趣。

同学们也变了。

开学第一天，班主任做了一通思想开导，就是这番听了无数遍的话，在这个早晨忽然都钻进了大伙的心尖里。

白妤回头望去，从大家的眼里窥见了勃勃野心。

暮去朝来，一晃眼，2009年的春天在一场春雨后正式到来。

光秃秃的水杉树冒出了嫩芽，雨珠挂在尖叶上，树梢晃动，哗啦啦洒下一片。

T字形路口往前笔直的柏油路两侧栀子花如约结苞。

在某个周末早晨，白妤醒来下楼，一眼就看到妈妈买了放在桌上的一把栀子花。

白妤伸头望去，妈妈也和从前一样，一边在院子的水池边上剥笋，一边哼唱她为数不多能记住词的歌曲。

“太阳下去明早依旧爬上来，花儿谢了明年还是一样的开。

“美丽小鸟一去无影踪。

“我的青春小鸟一样不回来。

“别的那样哟，别的那样哟，我的青春小鸟一样不回来。”

白妤有点儿听腻了，睡眼惺忪地回到自己房间，打开电视机，没有目的地调着频道，直到某个音乐节目让她驻足。

里头放的是今年的新歌曲，蔡依林的《花蝴蝶》。

旋律动感，MV画面绚丽，几乎一下子抓住了白妤的听觉和视觉。

她跟着轻轻哼唱抖动。

一曲毕，像被打了气，白妤也不知道心里哪儿冒出来的亢奋感，脑子里只有一个念头——我今天要超级高质量地完成作业！

黑板上的倒计时一天比一天少，是解脱还是背水一战，每个人心里自有答案。

六月的雨如约而至。

中考那两天是整个六月里雨下得最大的两天。

杭大勇撇下生意，从北京飞回来陪杭臣一起作战。

白袁没去镇上跑车，泡了一保温杯的茶开车送白妤去考场。

白妤和杭臣在一个考点，但在不同的教学楼。

在陌生校园的分岔路口，两个人对视一眼，胸有成竹地迈入考场。

雨不知疲倦地下着，地面腾起一阵又一阵的水花。

两家人分别在各自的车里休息着。

白袁微微眯着眼，手指不停地在新买的手机上戳动，偶尔哼笑一声。

江雪梅则是把手工品带上了车，一边为白妤祈祷，一边忙不迭地做手工。

白袁大概是被她这重复的小动作弄烦了，喝了口茶后说："和你说了多少次，别弄这些了，又赚不了多少钱，费眼睛。"

江雪梅头也没抬，淡淡地说："赚点水电费。"

"家里又不缺那点钱。"

江雪梅的一口气提在胸口，想反驳，但最终还是以沉默应对。

夫妻俩关于钱的问题争执过许多次。

白袁不是大嗓门的人，但喜欢讲道理摆事实，总是一套又一套。

而她自个儿呢，同样不是善于吼叫的人，试图好好把家里的经济情况说明白，但口才拙劣。

常常以她的疲倦结束。

白袁见她这样，缓缓开口道："你别愁眉苦脸了，不就是钱吗？正好，我打算过完今年重新回广东去。"

"什么？"

"我说我打算回广东去。"

江雪梅凝视着他，似已经将他的心思一网打尽。

许久，她说："随便你。"

另一边的杭大勇拿着一份旅行简介，对张丽娟说："老婆，咱们好几年没出去玩了，你现在身体也好了，等臣臣录取通知书拿到了，咱们去玩吧。欧洲怎么样？那边有你最喜欢的买买买。"

张丽娟笑容甜美，她望着雨幕，轻快地点头。

杭大勇指着地图说："先去瑞士看个草坪，再去威尼斯划个水，嗯……然后再去法国看看塔。"

"你这人，这么浪漫的事情，被你说得像在村里旅游一样。"

"指不定就是呢，搁我们这是出国见识，搁他们那边就是寻常。"

张丽娟笑笑，依靠过去，聊起其他。

她说："老公，你有没有想过以后的儿媳妇是啥样？"

杭大勇瞬间从她这话里听出了端倪。

他挑眉道：“这小子，早恋了？”

“哎呀，没，我就是无聊，和你瞎聊聊。”

“那就是有中意的姑娘了。”

张丽娟轻推了他一下：“我也不确定呢，就是平常见他总是在打电话，虽然聊的都是学习。还有，你猜怎么着，有天下大雨，我说开车送他去学校，他非说不用，说和人家约好了一起上学。”

杭大勇：“没耽误别人学习吧？”

“没，那姑娘也是我看着长大的，越来越好了，长得也是乖巧水灵，叫我阿姨时，那个声音，甜得我心都化了。早知道当初再生一个了，生个女儿。”

“哦，原来绕了半天，就是想和我再生一个啊？”

“你又开始不正经了，不说了。”

“哈哈哈。好好好，那你说说那姑娘，等会儿指给我看看。”

“指什么呀，多没礼貌。你应该知道，就是和杭臣关系很好的那个姑娘。”

杭大勇思索一阵：“噢，我知道了。听过声音，确实甜。这小子……算了，孩子才多大，相信儿子自己有分寸的，咱们别多管，只要别越界就行。”

张丽娟靠在他肩头：“哎呀，我就是感叹下……多纯粹的感情呀。”

杭大勇：“你啊，从前就爱看爱情故事，现在不仅爱看，还代入起儿子了。你说你，咋这么可爱呢？”

张丽娟耳朵通红，抿嘴笑个不停。

紧张的两天考试过后，雨停了，天晴了，知了开始鸣叫。

风开始一浪比一浪热。

夏天正式来了。

白妤躲在新装了空调的房间里，房门都不肯出一步。

终于，大半个月后，分数出来了，可通过电话查询。

夜晚，她和江雪梅屏气凝神拨打了查询分数的号码，输入自己的身份证号后，只听电话那头官方机械的女声传来答案——“575分。”

“啊——”白妤惊讶出声，但立刻捂住了自己的嘴巴，她看着江雪梅眼里的惊喜与笑意快冲破这个夜晚。

江雪梅着急道：“多少啊？小妤。”

白妤怕是自己听错了，又拨打了一遍。

结果还是575分。

挂了电话，白妤激动地握住江雪梅的双肩摇晃：“啊啊啊啊啊！妈妈！你知道多少吗？”

江雪梅瞧她这样子知道大概是考得不错。

江雪梅被摇得晕头转向：“哎哟，快告诉妈妈，多少呀？”

“575分。”白妤又强调了一遍，“575分！去年铭德高中录取分数线是565分。”

“哎哟，哎哟，我的天啊！你考这么好？我的老天爷啊，我去外面拜拜，妈妈去拜拜。”

白妤哭笑不得：“你要拜谁呀？”

江雪梅的声音飘来：“拜老天爷拜祖宗！”

白妤乐得原地转圈。

兴奋完了，她给杭臣拨去电话。

那头很快接通。

两个人异口同声道：“你考了多少？”

两个人又不约而同道：“575分。”

“581分。”

最后颇有默契地一起安静了下来。

三秒后。

杭臣：“小白，我们能去同一个高中了。”

白妤：“是啊，我们又可以在一起了。”

杭臣嗓音里滚着笑，他“嘁”了一声：“我们不是……一直在一起吗？”

白妤绯红着脸：“那又不代表以后能一直在一起。”

“我们还可以考同一个大学啊。”

“那等大学毕业了还是会分开啊。”

“那可不好说。”

白妤的一颗心“怦怦怦”直跳，口是心非道：“谁要永远和你在一起啊。”

杭臣直言道：“你啊，要和我永远在一起。”

九月，两个人收拾好行囊准备踏上新的征途。

铭德高中的新校区搬到了隔壁镇，在栀花镇这一站坐车过去仅需半个小时，这一变动解决了江雪梅的难题。

旧校区太远，原是要住宿的，现在能每天来回走读了，省下了未来三年的住宿费，减轻了不少压力。

江雪梅拿着这笔原定的高一住宿费给白妤买了手机。

白妤选择了相对便宜的那一款。

江雪梅对白妤说：“妈妈给你准备好了钱的，不要怕用。”

白妤玩着手机，笑得灿烂：“没有呀，这个手机颜色我很喜欢，还能玩贪吃蛇呢。”

江雪梅端详着她的表情，一时分不清女儿是在宽慰自己还是真话。

白妤说的是真话。

但想省钱也是真的。

因为白袁这两天在卖车，他准备去广东了。

白妤对这件事没有太多想法，仿佛很早她就知道会有这一天一样。

第五章

命运的伏笔

九月初报名那一天早晨，白袁的朋友开着车来到家里，白袁拎上新买的皮箱上了车。

他头发梳得光亮利落，手一挥，象征性地叮嘱道："你们在家好好的，我会定期打电话来的。小妤在学校要好好读书，有事打爸爸手机。我走了。"

江雪梅站在白妤身后，双手按在白妤肩上，低声道："和爸爸说再见。"

白妤轻声说道："爸爸，你路上注意安全。"

"哎，好。"

"砰"的一声，车门被关上，尾气留了一院子。

像一场梦一样。

白妤站在院子里，竟然回想不出白袁在这儿生活的具体画面。

她耸了耸肩，回屋拿书包，江雪梅也快速整理好心情，拎上那只买了好几年的便宜小包准备送白妤去学校。

前阵子台风刚过，吹得道路两侧的树木胡乱摇晃，树叶落了一地，地面还泛着雨水的光泽。

母女俩沿着路边走，穿过家附近的桥，来到去年新修建的一个公交车站点——沁芳路站。

江雪梅早早打听清楚了路线。

以后白妤上学，早上就在这儿等公交车，再坐到栀花镇换乘前往铭德的公交车即可。

江雪梅心情开阔，仿佛今儿要上学的是她自己。

她站在沁芳路站的站台下，忍不住说："真巧了，你要上高中了，这里就修了个站台，考上了铭德，新校园就搬到了附近。"

白妤也觉得巧合得很。

是什么时候她的生活只剩下了好运？

想到这儿，白妤在心里朝老天跪拜。

既然这么好运，再让她好运一次吧。

她想和杭臣在一个班。

沁凉早晨的另一边，杭臣也有些忐忑。

张丽娟开车送他去学校，瞧着古里古怪的儿子，问道："你是去报名不是去高考，你在不安什么？"

杭臣手肘撑在车窗那儿，挠了挠太阳穴："不知道，反正等会儿就知道了。"

张丽娟笑着摇摇头，心想，孩子越大心事越多，做父母的真是一点都看不懂了。

杭臣吹着风，心乱如麻。

"咳咳！"

无意中还被风呛了一口。

早上八点，铭德高中门口挤满了人，每一个家庭都是眉开眼笑的，家长之间偶尔还能遇见过往老同学。

白好站在气派的新校区大门口，情不自禁地"哇"了一声。

江雪梅也睁大了双眼，露出欣喜的神色。

"小好，你以后就在这里读书了。"

"嗯！"

母女俩相视一笑，心潮澎湃。

"小白！白好！"

母女俩刚要跨进去，只听身后传来熟悉的声音。

她们回头望去，果然是杭臣，还有他母亲。

白好扬起笑容，朝他挥手。

等人走近了，白好微微红着脸喊了一声"阿姨"。

张丽娟摘下墨镜，露出温柔的双眸，她看看白好再看看杭臣，意味深长地道："巧了呢，正好碰上。"

杭臣不动声色地用手臂戳了下母亲，示意她别这样。

张丽娟低笑起来。

江雪梅也笑，看着杭臣夸奖道："杭臣一个暑假没见，怎么好像又高了点。现在多高了？"

杭臣瞄了眼白好，恭敬地回答说："有一米八了。"

江雪梅："哎哟，好好好，是标准身高。"

张丽娟拍拍杭臣的背，开玩笑说："像他爸，但是可别再长了，万一蹿到一米九，不得跟个野人一样。"

白好"噗"的一声笑了出来，察觉到不礼貌后抿紧了嘴巴。

杭臣将她的小动作尽收眼底，心底哼笑了一声。

说笑间，四个人走进了校园。

白好和杭臣走在后头。

杭臣趁家长不注意，揉了一把白妤的脑袋，侧身低声道："刚刚是不是在嘲笑我？"

白妤："没有哦。"

"那你笑什么？"

"没有笑。"

"一个暑假没见，你还学会说谎了。"

白妤眨眨眼："没有呢。"

杭臣："没有没有没有，这么久没见，只有这两个字对我说？"

白妤声音轻了下去："有啊，我有很多话想和你说。但是谁让你那么忙啊。"

暑假时，杭臣一拿到录取通知书就被杭大勇和张丽娟拉上了飞往国外的飞机。那时候白妤还没买手机，而杭臣虽然买了，但是国际长途打到家里话费太贵，两个人都承担不起。

这几天杭臣回来了，才联系上。

杭臣低眉看她："对不起啊，等会儿，等报名这些弄完了，我们去学校附近逛逛？"

"谁要你道歉了，和你说笑的呀。等会儿的话……我得问下我妈妈，本来是要一起回去的。"

"我来问。"

话音刚落，杭臣几步上前，落落大方地道："江阿姨，等会儿报完名我想和白妤在附近逛逛，熟悉一下环境，顺便玩一会儿。下午四点前保证到家，行吗？"

江雪梅和张丽娟对视了一眼，淡淡一笑，说："那你们注意安全，不要随便和陌生人说话，更不要跟陌生人走。"

杭臣笑："一定，您放心。"

江雪梅回头看白妤："那……下午你自己坐车回来？"

张丽娟抢着回答说："晚点我来接他们吧，我到时候送小妤回家。"

江雪梅："那怎么行，太麻烦你了。"

张丽娟笑："都是小事，只要孩子开心。"

大人们推来推去，杭臣悄无声息地挪到白妤身边，干咳了两声。

白妤静静地走着，脸蛋红得像苹果，就连脖颈都染上了一层淡淡的粉色。

她不好意思地瞥了一眼杭臣，眼里有羞涩，有嗔怨。

他是真的一点都不顾忌啊，万一……万一被家长误会怎么办？

思及此，白妤小声地哼哼唧唧，故意和他保持了一步距离。

杭臣洞悉了她的心思，她挪一步他就靠过去一步，她挪两步他就靠过去两步。

两个人在人群中像是左右横爬的螃蟹。

快走到公告栏时，白妤绷不住了，不轻不重地推了他一下。

四目相对，悄然一笑。

杭臣望着不近不远的公告栏，心里头又忐忑起来。

他拉住白妤，偏了下脑袋，低声问道："如果我们不在一个班级怎么办？"

白妤想起小学毕业那会儿他也是这么问的。

她笑着给了他和当年一样的回答。

“如果不在一个班级，那我们还是可以一起吃午饭一起放学，课间的时候我可以去找你，你也可以找我。”

接着，她快速补充道：“并且，不管怎样，我不会忘记你的，因为我们……我们是最好的朋友。”

说到后头，她的气息弱了下去，莫名有些羞赧。

杭臣也想起小时候。

但谁想一直做好朋友。

“你们俩在干什么呢，快过来找找自己被分在哪个班了。”不远处的张丽娟招手道。

公告栏上数十页纸，两个人挤进人群，仔细查看。

三分钟后，白妤激动地指着高一（5）班的名单：“杭臣，杭臣你快看。”

顺着她手指的方向看去，两个人的名字一个在高一（5）班的第一格，一个在这一列的最后一格。

中间十几个人名像是一条银河，他们站在两端。

白妤欣喜道：“我们真的可以一起上学一起放学了，我们还能做同桌呢。真是好运啊！”

杭臣附和道：“是啊，真是好运啊。”

拥挤的人潮下，两个激动的人掌心贴着掌心，紧紧握在一起。

感受到这股力量的白妤瞬间再难自然地笑了，她傻乎乎地呆在原地，所有感知都汇聚到两人相握的手上。

滚烫的，炙热的，带有夏末香气的。

她听到他低声说：“真的在一起了哦。”

这是她第一次这样和杭臣牵手。

少年的手修长干净，骨节分明，使劲儿扣着她的手，又像怕握疼了她，不安地颤动。

同时，掌心灼热的温度丝毫不留余地地传递给她。

几乎将她灼烧。

白妤说不出一句话，傻愣了一会儿猛然发现，大庭广众的，不远处两位妈妈还在看着。

她也不知道自己哪儿来的蛮劲，猛地抽出手，似笑非笑地看了一眼杭臣后快速逃跑了。

杭臣压下嘴角，跟着她走出了人群。

不远处，张丽娟和江雪梅在聊天，没有注意到两个人的异样。

见他们回来，她们问道：“看到在哪个班级了吗？”

白妤低头看脚不说话。

杭臣说：“我们都在五班。”

张丽娟笑道：“这不赶巧了。走吧，那我们一起去五班报名。”

新校区占地接近三百亩，崭新气派的教学楼之间由连廊层层连接，远远望去，像镶嵌在蓝天中的云梯。

移植的绿植树木也都有些年头，高耸入云，苍翠欲滴，挡去了夏天大部分的烈日。

四个人兜兜转转才找到高一（5）班。

见家长都在外头候着不进教室，张丽娟和江雪梅也学着样子，把报名费交给他们，由他们自己操作。

张丽娟等了一会儿，和江雪梅说：“要不我们先走吧，他们大了，自己会处理好的。”

江雪梅隔着窗户看了一会儿欢天喜地的白好，低笑着说：“走吧。”

她的女儿长大了，越来越好了。

可又总觉得，她还是个孩子。

白墙灰帘的教室里，担任这个班级的班主任是个年轻且有威严的男人，他弯腰趴在讲台上收报名费，收一份报名费顺带看一眼人认人。

白好和杭臣进去时，教室的位置已经被占了一半，大家稀稀散散地坐着，都有点拘谨，不敢贸然坐在别人身边，但那种打量的眼神无不透露着大伙儿渴望能建立新的友情。

白好环视一圈后看向杭臣，眼神示意他——我们坐哪儿？

杭臣盯着她，弯着嘴角指了指唯一剩下的最后一排的两个座位。

他说：“我不能坐太前面，就算坐前面了老师也会把我调走的。”

确实，白好现在都需要仰头看他了。

不过还好，通过这几年江雪梅的牛奶生长大法，她也蹿高了不少。

前几天用卷尺一量，她都有一米六四了。

她坐后头应该不会被老师调走吧？

这么想着，白好吸了一口气，抱着空书包在里座坐下。

一坐下，前面的人不约而同地有意无意地看过来。

白好那口气顿时卡在喉咙口。

大家微妙的眼神只传递了一个信息，他们觉得她和杭臣关系不一般。

她知道，正值青春期的大家对男女之间的界线很敏感。

但她始终无法用这种界线去衡量她和杭臣。

她已经习惯了他的存在。

白好瞥了一眼杭臣，他似乎没察觉到别人的目光，神情自然地在数张丽娟给他的钱。

她也学着让自己镇定下来。

杭臣很快数完，他出声问道：“我上去交报名费，你去不去？”

"去。"

"要不我帮你交，省得你排队了。"

"也行。"

白好把装着钱的信封交给他。

讲台上，没一会儿就轮到了杭臣。

班主任在打钩的时候停顿了一下，仔仔细细地看了杭臣一眼，随后说道："你是第一名，那就由你先做班长吧，你等会儿带男生去搬书。"

杭臣从小担任这种职位习惯了，波澜不惊，笑着说："知道了，老师。"

班主任说："抓紧，下一个，谁交？"

杭臣再次凑过去一沓钱，班主任疑惑皱眉。

杭臣说："帮她交的。"

他指了指底下的白好。

而白好也看见杭臣手朝她指了过来，她立刻坐正，想给老师留个好印象。

班主任看清白好的长相后，找到她的名字打了钩。

班主任直言不讳地问道："你们什么关系？"

杭臣流畅答道："从小一起长大的好朋友。"

班主任摆摆手示意下一个。

从小一起长大的好朋友。

白好听到这个回答时脑海里忽然闪过这些年的一些画面。

不知不觉间，小学已经成了小时候，他们这么多年的情谊可以用"一起长大"来形容。

好像长大真成了一瞬间的事情。

待她回神，前方和左手边同时落下两道阴影。

一个是她的同桌杭臣，一个是坐她前头的新同学。

白好不禁朝前面的同学投去目光，是个女生，身形纤瘦，扎着和她相似的马尾，耳边的碎发下是一副银边眼镜。

一种强烈的直觉告诉白好，这个女生应该是个很好相处的人。

白好打招呼的心蠢蠢欲动，但挣扎一番后白好还是把话锋转向了杭臣。

她低声问道："老师应该没有误会什么吧？"

杭臣靠着椅背，双手在卷着费用收据玩。

他轻轻笑着，耸肩道："没有，我说的是事实，不是吗？"

"是，好朋友嘛。"

"嗯，好朋友。"

临近中午，报名差不多结束。

大家忙着整理书时，一个男生喘着气冲到了教室门口，紧张地喊了声报告。

班主任在名单上一扫，问道："你是陆潭吧？"

男生抹了把汗，点头。

班主任："就差你一个了，进来吧。"

白妤闻着新书淡淡的纸墨香，视线莫名在这个叫陆潭的男生身上停留了一会儿。

她想了想，和杭臣说："我觉得这个人好熟悉，好像是我们初中的吧？"

杭臣没印象。

白妤说："好像是和我一个班级的。"

杭臣笑："从前和你一个班的你都不记得吗？"

白妤说："我记得的呀，但是感觉他……我有点不确定。"

初中三年，她和女生都没有怎么亲近，那些男生更没有什么交集。

杭臣见她心不在焉，拎过她的书包说："别想他了，老师说解散了，走吧，我们去附近逛逛。"

白妤跟上他，小声解释："我没有想他。"

杭臣逗她："那你想谁？"

又来了。白妤抿抿唇。

下楼时，白妤故意加快脚步，先行一步，像兔子一样，轻盈地跑了下去，留杭臣背着两个书包在后面追她。

跟在大部队后头的陆潭朝他们的方向看了一眼。

新校区占地面积较大，所以选择了在郊区建设，周边设施还没完善，但有一条沉寂许久的商业街因为学校的搬迁而重新活了过来，想赚钱的商家纷纷入驻，开起了美食一条街。

两个人溜达了一圈。

杭臣说了些旅游的见闻。

他说瑞士的食物吃不习惯，威尼斯也不全是水，法国的塔前人山人海。

他说走哪儿都是中国人，身在异乡莫名亲切。

白妤难以想象这些书本中的景色，就算亲耳听杭臣描述也想象不出。

艳阳下，她看到的听到的仿佛是一种难以达到的境界。

两个人走到大草坪上的一棵巨树下，凉爽的阴影扫去一些炎热。

白妤有点羡慕地问杭臣："那你开心吗？"

"开心。"

杭臣单肩背着自个儿的书包，手里拎着白妤的，神情温柔地看着白妤，继续说道："本来我爸想带我去加拿大的，但我拒绝了。"

白妤脱口而出："他想带你去看尼亚加拉瀑布？你为什么拒绝啊？这不是你的梦想吗？"

杭臣拎起书包在她眼前晃了晃。

"小白，等这三年我们把这些书好好读完，等我们考上理想的大学，我们可以在大学期间申请留学。又或者我们可以在大学期间自己攒钱去，工作后也行，最主要的是……我想和你一起冒险。”

梦中的远方，心中的江湖，他只想和白妤一起到达。

午后微风缱绻缓慢，头顶的巨树顶天立地，墨绿色的繁茂枝叶簌簌响动，周遭无人来往，寂静一片。

白妤仰头看着他，耳朵里听到的是他不曾忘记的约定，眼里看到的是立体鲜活的他，以及他身后宽阔无垠的绿地蓝天。

他口中的未来仿若触手可及。

白妤的心不自觉热起来，连带着耳朵也爬上淡淡红晕。

她笑了又笑，心中莫名涌上几股小女生的拧巴。

白妤故作矜持道：“你这样安排……那我们不是真的要永远在一起了？”

杭臣将她的小心思尽收眼底。

他弯下腰，顶着同样绯红的耳根似笑非笑地靠近白妤。

他说：“对呀，难道……你不想？”

夏天的风夹杂着少年的气息，毫无预兆地扑到白妤脸上。

她偏过头，道：“是你说的，好朋友嘛，当然要永远在一起。”

杭臣笑了一声，说：“那好朋友，我们再逛一圈？还有，好朋友，你渴不渴，要不要喝点水？”

白妤被他逗笑，娇嗔道：“我不渴，你也不许再这样说了。”

“不许说什么，好朋友，我没听懂。”

“杭臣！”

“怎么了，好朋友。”

“……你再这样我就生气了。”

“不要生气，我最怕好朋友生气了。”

“我看你是找打！”

杭臣低眸看她，柔声道：“好了，不逗你玩了。”

他声音一低，白妤的心瞬间酥了。

两个人沿着刚才的路线，慢悠悠地闲逛了一圈。

但这一次，似乎所有的风景都慢了下来，令人不禁开始憧憬大人口中最热烈的三年。

靠近学校时，杭臣指着教学楼之间的云梯说：“以后中午我们可以一起在那边吹风。”

白妤回答说：“好啊，吹风最舒服了。”

走到美食街时，杭臣说：“以后我们在食堂吃腻了就来这里，这里有你喜欢的红豆包、汉堡，还有你最近特别喜欢的炸鸡壳。等放学了，你要是想吃零食，吃这些，我们就晚点回去。”

白妤回答说：“好啊，我们一定要把这里的食物都尝一遍。”

走到公交车站时，杭臣说：“小白，我和我妈说好了，之后上下学我会自己骑车到栀花镇的车站，再坐公交车去学校。就坐从你家的方向开来的那班公交车。如果哪天我不小心骑车太慢错过了，你别等我。”

白好笑着坚定地说：“不，我要等你。”

过了一个休息日后，在铭德高中的学习生涯正式开始。

白好早晨从家里出发时会给杭臣发一条短信，他收到短信后便会从家里骑车出发。

不久后，两个人能精准地在栀花镇车站碰头。

这辆公交车未达栀花镇之前人烟稀少，白好总是能坐到喜欢的位置。

靠右手边倒数第二排的双人座是她最喜欢的位置。

等靠近栀花镇的站台，白好会提前打开窗户，探出半个脑袋在人群之中提前寻找杭臣的身影，像是身体里自带的设定一般，她总是忍不住向杭臣挥手。

两个人坐在一起，说昨晚的作业，说今天吃的早餐，说明天的天气。

有一天，白好朝杭臣分享她贪吃蛇最新的高分记录，她歪着脑袋笑盈盈地说：“长大真的好好啊，我都有自己的手机了。”

关于手机，班主任私下应允大家可以带去学校，但有个条件，在校期间不能开机。他答应大家是为大家放学后的安全考虑。

当时底下的同学没有一个不窃喜的。

他们对于长大的理解既简单又直率。

长大，就是不再被家长拘束，拥有自主选择权利，且被尊重理解。

那天的晨光楚楚动人，光斑轻柔地晃动在充满烟火气的车厢里，秋天微凉的风前仆后继地从窗户缝隙里飘进来。

缥缈的金光晕染进杭臣的眼底。

他扬唇笑道：“长大当然很好啊。”

白好冲他笑得甜美。

她热烈地期盼接下来自由又飞扬的生活。

但其实，铭德的学习生活并不自由，也不飞扬。

刚开学那一周，各科老师还是手下留情了，大家都是各个初中的尖子生，应对这种强度的作业都游刃有余。

一周后，老师们仿若商量好似的，急速变脸，每一节课后的黑板都是密密麻麻的字，每一堂课都把知识点塞得满满的。

坐在后排的白好悄悄打量班里的同学，她从来不觉得自己是非常聪明的学生，她只是一个全靠咬牙努力的普通人。

而班里的大部分同学都和杭臣一样，从小到大都是佼佼者。

在她还不适应这种高强度学习时，大家已经快速调整好了自己的节奏。

杭臣也是。

白好曾经问过杭臣他的学习方法，他也没有什么特殊的捷径，他的学习方法极其简单——跟着老师的节奏走，认真听课。

人与人之间的参差就在这时候体现了出来。

白好沉默了好些天。

某个周五的黄昏，她轮完值日和杭臣一起去车站坐车回家。

夏天已落幕，秋天的黄昏缱绻艳丽，习习凉风吹过，落叶纷飞，百鸟归巢。

学校里已经没什么人了，寂静得很。

白好背着书包，双手插在校服上衣口袋里，偶尔踢一脚脚下的落叶。

杭臣瞧出她有心事，出了学校后带她拐个弯去了美食一条街。

那家炸鸡壳前几天开了，香气隔着街道都飘进了校园里。

白好本来还兴致勃勃地说要去尝一下，结果刚说完，第二天莫名开始闷闷不乐。

他问她，她摇头只说没什么，她需要自己想想。

以前无论有什么事情白好都会和他说，现在却开始揣起了心事，怪新鲜的，也怪让人不安的。

炸鸡壳店的门口围了一些人，不算多。

白好满脑子只有周末高高堆起的作业，她拉了拉杭臣的衣角，说："要不算啦，我们改天再吃吧，等会儿回去好晚了，现在天也黑得早了。我还打算晚上把数学写完的。"

杭臣："是谁之前说要和我把这里的食物都尝一遍？没事的，来都来了，我给你买。如果你回家害怕，我等会儿送你回去。"

"不是啦，我怎么会害怕……"白好肩膀塌了塌，叹气道，"我只是一想到那些作业有点烦。"

杭臣边付钱边问："今天的课有没听懂的地方？"

"听懂了，但又感觉没听懂。"

杭臣笑说："你这话，我也觉得自己听懂了却像没听懂。"

白好再次叹气，无奈一笑，转身望向镶了金边的落日，碎光波光粼粼，她不由得眯起眼睛，默默调整自己的心情。

杭臣低眸注视她，用手揉了一把白好的脑袋。

两个人相视一笑。

三分钟后，老板把剪成小块的炸鸡壳递上，笑眯眯地说："好吃再来啊！"

杭臣说："好。"

他接过颠了颠鸡块，让烫人的热气散了些后才转手递给白好。

白好双手捧着热乎乎的炸物，心里头不由得也暖了一些。

两个人往车站方向走，途中经过一家即将开业的面包店，面包店装修走的日系风，大面积的落地玻璃上贴了一张白色柯基狗的图案。

白好眼睛一亮，指着面包店说："呀，那个店好好看啊，还贴了小狗呢。"

杭臣说："那我们等它开业就来尝。"

他们凑近一看，店铺门口的小黑板上写着"即将于11月20日开业，欢迎光临"。

“20号……”白妤一算，“那就是下周一。”

“那我们周一中午不去食堂了，就来这儿买面包。”

白妤本想点头说好，但是一想到周一密密麻麻的课表心就沉了下去，炸鸡壳带来的温暖也随之消散。

她思考后说：“再下次吧，周一都是主课，中午作业最多，还是食堂吃饭比较快一点。反正……面包店就在这里，也不会跑，以后有的是机会吃。”

说完，白妤捏着扦子戳了戳鸡块，抬头朝杭臣笑了下，示意他继续往前走。

通往车站的大道两侧栽满了梧桐树，阔叶被季节染成层次不同的枯黄色，地上一不留神儿就会被秋叶铺满，一脚踩上去，沙沙作响。

杭臣观察着她，几步路后，他忽然意识到了问题所在。

他用手肘拱了一下白妤：“你是不是觉得高中的节奏太快？”

白妤的步伐一顿。

四目相对，杭臣知道自己猜对了。

他又问道：“这几天的不开心也是因为这个？”

白妤的关注点却在别处。

她反问道：“啊？我表现得很明显吗？”

“非常明显。”

“唉……”

杭臣说：“别憋着，有什么烦恼和我说，说出来就畅快了。”

白妤长吁一口气，故作轻松道：“其实也没什么啦，我只是觉得作业有点多，也像你说的，节奏有点快，我学得有点吃力。但我看大家都很厉害，我就有点害怕了……”

杭臣从未想过白妤在学习方面会有这些问题，因为每次白妤的书面作业都接近完美。

他拍了拍她的后脑勺，轻笑道：“害怕什么？害怕有一天一不小心就落下了？但是你有没有想过，你可能在别人眼里是非常厉害的，也许别人也觉得你学得很轻松呢？”

“不会吧……我可差劲了……”

“别自怨自艾，你在我心里是很优秀的。”

白妤嘴角不禁翘起一个弧度。

这么多年，杭臣的赞美对她还是那么受用。

她插了一块炸鸡递到杭臣嘴边，甜丝丝地说：“那我哪里优秀呀？”

杭臣会心一笑，弯腰咬下鸡块，右边腮帮子一动一动。

他说：“嗯……我们小白长得像仙女，说话的声音是甜的，用功的时候眼神很迷人，老师长辈都喜欢。”

白妤仰头看他，他轮廓分明的下颚线下是微动的喉结，仿若金光下的雪山。

她还闻到一种只属于杭臣的味道，温热的，柔软的，像春天绵软的云朵，像夏天切开的青柠，像冬天干净的雪花，像现在秋天最舒适的阳光。

莫名地，那些烦恼好似真蒸发了。

白妤呆呆地看着他，杭臣感受到身侧的目光，随着感觉低头望去，两个人的视线撞了个正着。

他笑道："我说得对吧？"

白妤却一秒破功，"扑哧"一声笑出来。

她说："你怎么吃得嘴角都是油啊。"

杭臣还在看她，声音不由得放低，回答说："哪里啊，我看不到。"

白妤说："就在这里啊。"

两个人同时停下脚步。

她伸手帮他去抹，他配合地再弯下一点腰。

白妤的手机械般动着，眼里只剩杭臣纤长的睫毛、灼热的目光，以及他泛着水光的红唇。

白妤咽了咽口水，眼神开始闪躲。

在一阵慌乱的心跳下，她猛地收回手，不知道哪儿来的牛劲，一把推开杭臣，故作矜持地往前快走了几步，还装模作样回头说："我们还是快点回家吧，太阳都要下山了，天……天也有点冷呢。"

杭臣深深笑了一下，几步追上去。

头顶遮天的梧桐枯叶时不时飘下，落在他们并排走过的路面上。

白妤还在欲盖弥彰："今天好像是立冬，那现在都不算秋天了。我发现，每年一到立冬时间就过得飞快。"

她说："立冬要吃饺子，我看了书才知道立冬要吃饺子，我们家都没有这种习俗。"

她说："好久没下雪了，不知道今年下不下雪。"

杭臣笑着，静静地听她说话。

残阳将两个人的影子无限拉长。

公交车行驶到栀花镇的站台时，天已经完全黑了下来，道路两侧稀稀散散的路灯灯光微弱。

车门一开，一阵刺骨的凉风窜进来，白妤心口一冷。

她叮嘱杭臣道："天真的冷了，你下次记得多带件外套吧，路也很黑，你骑车要小心啊，到家给我发短信。"

杭臣已单肩背着书包起身，听到白妤的话，他稍作停顿，有些恋恋不舍。

他说："好，走了。"

"嗯！"

白妤重重点头，也是同样依依不舍地目送他下车。

司机关门后发动车的一瞬，白妤推开小窗，探出半个脑袋，眉眼弯弯道："杭臣，周一见。"

刚说完，呼啸的风贴面而来，她的碎发被吹起，耳边一阵噪声。

她没听到杭臣的回答，只看到他站在路灯下，眉目含笑地朝她挥手，可下一秒，不知是呛了风还是着了凉，他突然手握拳抵在嘴巴上咳了两声。

白好立刻掏出手机给他发短信，再次强调，下周一开始他需要再带件外套。

杭臣说好。

但两天后的周一，白好没有等到他。

很多年后，每每白好回忆起这一天，她都不禁为之战栗，像是命运微妙的伏笔，那样残酷，毫不留情地击穿了她。

2009年11月20日，周一，气温骤降，厚重的雾湮没了这座城市。

白好像过去的早晨一样，五点五十分起床，换上校服，洗脸刷牙，拎上热好的包子和牛奶前往沁芳路站。

她坐在倒数第二排的窗边，边啃包子，边背英语单词。

等公交车从T字形路口拐入栀花镇中心方向，她的早餐正好吃完，单词也复习得差不多。

她收起单词本，习惯性地望向窗外，兴致盎然地在雾化的玻璃上画画。

公交车广播提醒道："下一站，栀花中心站，要下车的乘客请提前做好下车准备。"

白好快速抹去胡乱作的画，透过车窗朝车站看去，那儿都是雾，看不真切。

她心里算着路程，在公交车即将抵达时，拉开窗户，缩着脖子伸头张望。

站台下，和以往一样，站了许多人，有刷着老年卡要去别的镇的老人，有和他们一样要坐车去学校的学生，但和以往不一样的是，她没能一眼就找到杭臣。

她再三巡视，依旧没找到。

公交车到站，车门两头一开，人如罐头里的沙丁鱼一般，簇拥着挤上来。

白好心底涌上一股难以言说的忐忑。

她早上出发给杭臣发短信后，他没有回复她。但以往他都会回复一个"好"字。

白好掏出手机想再次确认有无短信回复，可公交车车门即将关闭，焦急中，大脑一片空白，身体给出最自然的反应。

她抓起书包，一个箭步冲下了车，身后车门关闭的汽音夹杂着里头的热气喷了她一后背。

等车一走，周遭凛冽的空气瞬间将她包围，令人忍不住倒吸一口气。

沉了沉呼吸后，白好四处张望，但仍然一无所获。

她点开两个人的短信对话框，给他发去一条信息。

她问他在哪儿。

上学时的早晨的每一分钟都极其珍贵，白好时不时打开手机看，但三分钟过去，那头还是静悄悄的。

她的手指百无聊赖地不断上翻两个人的短信聊天记录。

自从有了手机后，他们不再用家里的座机沟通，但也不会用手机打电话，因为话费太贵。两个人通常只用短信沟通。周一到周五，他们会彼此报平安确认对方有无安全到家，还会报备几句自己的行动，比如刚吃完饭，刚洗完澡，现在准备写作业，写完了准备睡觉，诸如此类的消息。

周末休闲时间比较多，都有空的时候会聊些有的没的，相互插科打诨斗嘴。

周日晚上的最后一句一定是——晚安，明天见。

不知不觉，白妤已经把短信翻到了最初，翻不动了，她退出界面，重新点进去，依旧没有新短信。

踌躇几秒，白妤背过身低头给杭臣打去电话。

那边每多响一下，白妤悬着的心便紧一分。

下一班公交车在二十分钟后抵达，只要能赶上这班车，他们就能踩点到学校，不会迟到。

但白妤一连打了三个电话都无人接听。

等她转过身朝热闹的街市望去，大雾不知何时散去了许多，沉寂初冬的遥远天际露出朦胧的晨光。

白妤眯了眯眼，心底的焦躁化作一股热气从四肢百骸散出，她无意识地扯了几下毛衣领口。

是睡过头了还是自行车坏了？

她不得而知。

她根本无法知道杭臣怎么了。

她能做的就是不停地给他打电话。

还有十分钟公交车就要来了。

白妤呼出一口气，一边张望T字形路口的尽头看是否有杭臣的身影，一边按下复拨键。

大雾散尽，那条路的尽头隐约可见的时候，电话那头的“嘟嘟嘟”声变成了一种杂音。

不抱希望的白妤猛地竖起耳朵，焦灼地抢声喊道：“喂？杭臣？杭臣？”

一阵窸窸窣窣沉重的杂声后，手机那头传来杭臣喑哑沉闷的声音。

他吃力地呼吸着：“嗯……小白？”

这声音听得白妤一蒙。

白妤问道：“你、你怎么了啊？你病了吗？”

杭臣咳了几声，迷迷糊糊地说：“发烧了。你怎么打我电话？是不是我睡过头了，现在几点了……”

白妤：“六点半了。你怎么会发烧啊？我打了你好多电话，我都不知道你怎么了，吓死我了。”

“我也不知道，大概是着凉了吧。”

“周末就发烧了吗？”

“嗯。”

“那你怎么不和我说啊？”

“吃了退烧药的，以为烧两天就好了，怕你担心就没说。”

谁知道，今天不仅睡过了头，还越发严重了。要不是白妤的这通电话，他大概能一觉睡到大中午。

杭臣咽了咽喉咙说：“那我今天不去学校了吧，脑袋有点重，我等会儿让我妈给班主任打个电话。你……你在哪儿？在车上吗？”

白妤回答道：“在栀花镇的车站，想等你的。”

杭臣混乱的思绪稍稍清晰了一些。

他顶着浓重的鼻音笑了一下，一笑，头昏脑涨得更厉害。

他说：“傻子，别等我啊，别迟到了。”

白妤低声道：“我等会儿坐下一班车走，不会迟到。你以后要和我说啊，不然才是让我担心呢。”

杭臣说：“好，我下次一定和你说，咳咳咳。”

听他咳嗽，白妤不自觉握紧了手机，柔声低语道：“那你在家多喝点热水，把被子盖好，可能出身汗就好了。如果退烧药没用，去诊所或者医院，你妈妈开车去很方便的。你……你要快点好起来啊。”

那头的杭臣闭着眼，昏昏沉沉的，听到白妤的温柔叮嘱，忍不住再次笑起来。

他干涸的嘴唇动了动，一些话到嘴边改了口。

他忽地问她：“今天见不到我，会不会很想我？”

周围街市人声喧闹，每个人都来去匆匆，人间烟火，好不真实。

但耳朵里灌进的声音却低低沉沉的，带着一点渴望，一点撒娇，一点独属于他们之间的微妙。

白妤的耳朵瞬间绯红，压低声唱反调说：“不想……”

杭臣说：“哎呀……那我好不了了。”

白妤被气笑：“你还有心思开玩笑呢。”

他说：“那你重新说，你会不会想我啊？嗯？”

白妤低下脑袋，羞涩地回应道：“会啊。”

那头的杭臣满意地笑了。

打完这通电话，远处的公交车摇摇晃晃正好开来，白妤整理好心情上了车。

她到教室时，班里的人差不多都到齐了，在埋头早读。

身为班长兼数学科代表的杭臣的课桌上堆满了各组的数学作业。

白妤帮着整理了一下。

按照以往习惯，这堆作业要在上第一节课之前送到老师办公室。

但她不是什么组长，也不是任何一科的科代表，如果擅自送过去，不是特别好。

思及此，白妤探头寻了下副班长的身影，那个总是沉默寡言的男生——陆潭。

见陆潭在座位上，白妤从后绕了过去。

她猫着腰，轻轻拍了下陆潭的手臂。

正在聚精会神背书的陆潭没有被吓到，仿佛习惯了一般，淡然地侧头看去，但见到是白好的一瞬间，他沉静的双眼有了些许波动。

教室里的念书声此起彼伏，干净明亮的玻璃窗上被他们的热气呵出一团团云雾，宁静的晨光一丝丝地晕进来，落在半蹲着、仰着脑袋的白好身上。

陆潭看着她，捏着书页的手指微微收紧。

而白好，开学这么久，和班里的男生没有过多交集，有也只是点头之交。

她和陆潭对视着，莫名有点不好意思。

她指了指杭臣的空位置，小声道："杭臣生病了，不能来，他的作业你可以帮他交一下吗？"

陆潭瞥了一眼那边，点头说好。

白好笑起来，露出小酒窝。

她说："谢谢你。"

陆潭垂下眼："不用谢，但我还要交物理作业，拿不下这么多，你和我一起去吧。"

"哦……哦，好，可以的。"

"那走吧。"

"好。"

两个人捧着高高堆起的作业前后出了教室。

老师的办公室在另一栋楼，要穿过镂空的连廊。

接近零度的冷风像刀片一样刮着人脸，作业本被风掀得"哗哗"作响。

白好一手托着作业，一手试图去压本子，怕被风吹走。

她没注意到走在前头的陆潭放慢了脚步，直到他出声。

他的声音和他的人一样，偏冷偏静，如一杯纯净冰水。

他问："杭臣怎么病了？"

白好一抬眼，撞上他静若深潭的双眸，她反应了一下，回答道："他发烧了，本来想来的，但是早上还是不舒服。"

"这样啊。"陆潭说，"那这几天的作业我会帮他交的。"

"好啊，谢谢你。"

"不用谢，但我拿不下，你明天还是和我一起吧。"

"可以呀。"

"嗯。"

他没有再说话了。

白好也没有话和他说，一路跟着他到物理老师办公室门口，等他交完物理作业，再把数学作业给他，跟他一起走到数学老师办公室。

完事后，两个人沉默着再一起走回去。

白好心里担心杭臣之余，忍不住悄悄打量起陆潭。

那天报名后，她回去翻了初中的毕业照，她在男生那一排的最右边找到了陆潭这个名字和这个人，确认无误，他和她是一个班级的。

但他太过沉默，让白妤记不得这样一个人，哪怕现在在一个班级里，他也依旧独来独往。

陆潭唯一比较合群的时候，大概就是体育课和杭臣他们打篮球。

杭臣说过，他觉得陆潭是个不错的人，虽然话少，但为人踏实靠谱。所以尽管成绩上他不是最优秀的，班主任还是选了他做副班长。

白妤也觉得陆潭是个不错的人。

因为，眼睛不会骗人。

思潮起伏间，不知不觉又要穿过两栋楼之间的连廊。

藏在连绵云层后的太阳露出一大半，像一颗淡黄色绒毛小球，冷风一吹，云片儿徐徐远去，冷峭空气使劲儿往人鼻腔里灌。

白妤被风灌了个透心凉，眼睛却忍不住向太阳望去。

她忽然想起，开学后的繁忙让她和杭臣根本没有时间来这里吹风，渐渐地，随着天气的变冷，这里也不适合吹风了。

等春天吧，等春天温暖的时候，她一定要和杭臣来吹风。

她也得快点调整好自己的状态，跟上这里的节奏。

然后……然后他们还要去吃红豆面包。

寒风呼啸的另一边。

杭臣挂了电话后，还未来得及喊张丽娟说请假的事情，胸口便突然传来一阵疼痛，随之而来的是胃里的翻江倒海。

像是身体的某种预感，他猛地支起身体，匍匐在床边，手疾眼快地捞过垃圾桶，呕吐不止。

一阵昏天黑地后，他艰难地睁开眼，率先映入眼帘的却是两行滴滴答答不断流下的鼻血。

他以为是自己的错觉，伸手抹了鼻子一下又一下，苍白的手很快被鲜血浸染。

血腥味也很快在周遭蔓延开来。

而隔壁房间的张丽娟也刚和班主任打完电话，她提前帮杭臣请了假，所以没有叫醒他去上学，她想让他多睡一会儿。

可刚和班主任说完再见，她便听到杭臣房间传来的动静。

等她推开房门一看，杭臣满头的汗，趴在床边呼吸急促，正无措地看着沾满血微微颤抖的双手。

张丽娟的心脏都要跳出来，握着门把手的掌心瞬间出了一层汗。

一种不知名的恐慌在这个宁静的早晨席卷了她。

张丽娟处理好呕吐物和血迹带杭臣下楼去医院时，客厅里的时钟指针正好指在七点整。

外面厚重的雾已经散开，留下一道不明不暗的阳光，照得人喘不过气。

张丽娟把杭臣扶进副驾驶座，反复给他拢紧大衣确保他不会冷，但杭臣却抖得越来越厉害。

张丽娟的心不禁也跟着抖。

她轻轻地喊他："臣臣？臣臣？是不是还是很冷？妈妈再给你去拿件衣服吧？好不好？"

杭臣紧闭双眼蜷缩在座椅上，清俊的面孔在阳光下没有一丝血色，额头上细汗涔涔，双唇微微翕动，莫名地，始终无法发声回应张丽娟。

张丽娟再次意识到事情的不对劲，几分钟前杭臣还不是这个状态。

她急切地呼唤道："臣臣？臣臣？你不要吓妈妈啊，你怎么……"

邻居大婶喂鸡回来，见张丽娟站在车边神情古古怪怪，似要哭出来一般，于是朝张丽娟喊了一声："丽娟，你这是怎么了？"

张丽娟双目无神地寻找声音的源头，看清人后，她像是寻到了依托，颤着声线道："阿姐，臣臣不知道怎么了，一直发抖，叫他，他也不回我。"

大婶一听，赶紧放下簸箕小跑了过来。

她一摸杭臣的额头，"哎哟"一声，说："这么烫？臣臣发烧了？"

"对对，周五晚上开始发烧的，我刚刚看他症状越来越严重了，想着带他去医院，但是……怎么现在……我该怎么办啊，阿姐，我我我……"

大婶说："丽娟，别慌，估计是烧晕了。这孩子一直发抖是打寒战呢，有些人发烧了就这样。你别慌，医保什么的带好了吗？带好了就赶紧送孩子去医院，挂急诊。你一个人行不？算了，算了，你等一小会儿，我去拿个钱包，我和你一块去。"

张丽娟连声答应，喃喃着谢谢阿姐。

但等她把视线重新转移到杭臣身上，她的心莫名跳得很快，像在敲空心的鼓，余震在胸腔里散开，压迫了呼吸。

开车去医院的路上，张丽娟努力让自己镇定下来。

可每当余光飘向杭臣时，她的脑海总是不受控制地跳出一些陈年旧事。

在没有生下杭臣之前，她在北京有一份简单的工作，生下杭臣那一年恰逢杭大勇的事业初步成功。

杭大勇请了阿姨帮忙照顾月子里的她和孩子，在1993年他们还并不富裕的时候。

她也以为自己可以稍微轻松一点，谁知道那时候专业靠谱的阿姨太罕见。

一天夜里，阿姨没有给杭臣盖好被子，导致还在襁褓的杭臣连夜发起高烧，一听医生朋友说小孩子的高烧很容易变成肺炎后，敏感脆弱的她一连哭了好几天。

她抱着杭臣在儿科输液，轻轻地哄着他，心里的每一秒都在祈祷：我愿意用我的健康换取臣臣的健康。

如每一个母亲最初的愿望那样，她的孩子不需要名列前茅，不需要多了不起，只要他健康开心就好了。

一场高烧让初为父母的他们精疲力竭，也让她无法脱手对杭臣的照顾。

她辞去了那份工作，在杭大勇的支持下，专心投入母亲这个角色。

有一天，她惊讶地发现，她的臣臣特别聪颖懂事，不会哭闹顽皮，有的只是男孩子天生的好奇心和探索欲。

她和杭大勇说："臣臣好乖啊，和故事里的小男孩一样。"

杭大勇乐得不行，他一乐，那笑声感染了小小的杭臣，杭臣也跟着傻笑。

接着，她也笑起来。

在她没有生病，没有带着杭臣回栀花镇之前，在北京的那几年，杭臣也生过几次病。

小孩子各方面都没有发育完全，特别容易被病菌侵入。

但随着他们渐渐适应父母的角色，懂得如何去照顾孩子，这些小病处理起来也算得心应手。

打针、抽血、吃药、输液……每一个让小孩子抗拒恐惧的流程，杭臣都能欣然接受。他偶尔有点小自负，会举着手臂骄傲地说："妈妈，刚刚医生叔叔给我用的是最粗的针孔，我一点都不觉得疼。"

大家又都笑起来。

护士笑着夸奖说："是啊，你好棒。"

陪同的奶奶竖起大拇指说："我的好孙儿，你就跟电视里的兵一样，顶呱呱！"

她搂着小小少年单薄又挺拔的肩膀，说："臣臣已经是个男子汉了呢。"

再后来，来了栀花镇，小少年一年比一年像个真正的男子汉，也不太生病了，就算是感冒，四五天就能好。

她都快忘了那种心吊在嗓子眼的感受。

车子在半个小时后到达离栀花镇最近的大医院。

张丽娟太过瘦弱，全靠大婶才能搀扶起几近晕厥的杭臣。

大婶从来是个大嗓门，一进医院便扯着嗓子喊道："来个人啊，来个人啊，孩子高烧晕过去了！帮帮忙！"

闻言，急诊的护士们赶紧扶着推床去接人。

张丽娟看着远去的推床，听着那轮子碾过地板的紧急声，不禁晃了又晃。

数十年前，她的双亲也是在这家医院，这样被着急忙慌地推进了手术室。

大婶是个在乡下见过许多风浪的人，她一眼就瞧出张丽娟慌了神。

她拍拍张丽娟的肩膀，说道："丽娟？丽娟？别愣着了，赶紧去挂号，我先去帮你看着，等会儿医生开了单子你再抓紧去缴费。"

"噢……"张丽娟下意识摸了摸大衣口袋，又蓦然想起，医保卡和钱都在小包里。

大婶说："去吧，丽娟，别慌，孩子只是发烧。别慌哈。"

张丽娟愣了一下，"发烧"两个字点醒了她。

对，只是发烧，发烧而已。

想到这儿，她还算轻松地笑了一下，握紧小包去了挂号窗口。

这个上午，张丽娟几乎跑遍了医院的各个楼层，等拿到所有检查报告时已临近正午。

冬天的医院一向格外萧瑟，阴云时不时遮掩住微弱的阳光。

张丽娟握着报告，高跟靴“嗒嗒嗒”的声音回荡在医院的走廊里。

仿若某种倒计时的声音。

在去医生办公室之前，张丽娟先去瞧了一眼杭臣。

杭臣还没醒，安静地躺在那儿，但他不再打寒战了。

大婶正守着杭臣，见张丽娟回来，关切地道：“丽娟，拿到报告了吗？快给医生看看去。我估摸着，等烧退了，人醒了就好了。”

张丽娟忐忑的心情又被安慰了一点，她再次淡淡地笑了一下。

医生办公室里，张丽娟用这种笑容看着医生。

医生点头朝她示意了一下，但接过一张张检查报告后，镜片下的双眼却变得越发沉重。

在长时间的寂静中，张丽娟渐渐笑不出来了。

她攥紧小包，问道：“医生……情况怎么样？”

医生打量了几眼张丽娟，沉下一口气，把血常规的单子先摆在张丽娟面前，缓缓说道：“你看这里，他的血小板指数已经低于10了。白细胞几个指数都有不同程度的上升，正常男性的血红蛋白参考指标为120～160g/L，他这里已经低于这个指标了，结合你说的他流鼻血的症状，他应该已经出现了贫血出血症状。”

张丽娟不懂，在心惊肉跳中期盼地询问道：“那这些……等病好了就好了吗？”

医生沉默了一瞬，接着把B超单和CT单推到张丽娟面前。

他言简意赅道：“初步判断，您的孩子应该是患了血癌，俗称白血病。我建议先办理住院，然后赶紧把骨髓穿刺做一下，这样就能精确白血病的类型，好为后续治疗做方案。目前情况还是比较紧急的，要尽快。”

“什……什么？”

张丽娟不敢置信地猛地站起来，椅子和地面摩擦，发出刺耳的声音。

医院是个人间冷暖无时无刻都在交织的地方，有人痛哭流涕为命运的转折，有人虚惊一场开怀大笑为人生的好运，有人要做的是在这两者之间学会适当麻木。

医生静静地看着张丽娟，等待她消化完这个信息。

许久后，摇摇欲坠的张丽娟瘫软在椅子上，哀切道：“不可能，为什么啊？为什么会生这个病？我儿子身体一向很好的！”

医生回答说：“这涉及生物、化学、物理、遗传等诸多因素，目前的研究还没办法确定具体病因。”

“怎么会……怎么会呢？”

医生见她已经接受了，带点宽慰的语气说道：“别灰心，目前还是有许多病例在治疗后痊愈的。”

“痊愈”二字让满眼绝望的张丽娟稍稍抬起了头。

但等她了解后走出医生办公室时，双腿还是止不住地颤抖。

每往前走一步，她的世界就崩塌一块。

万一、万一治疗后没有办法痊愈呢？

她要怎么做，才能确保万无一失。

又为什么会是杭臣，为什么？

医院里人来人往，每个人都步履匆匆，麻木且习以为常地看着那些失声痛哭的人。

张丽娟停在杭臣病房的门口，里头煞白的灯光从门口流淌出来，分割出两个世界。

她没有勇气在此刻走进去，身体犹如被抽光了所有力气一般，顺着墙壁滑了下去。

她蹲在地上，一手握着七八张报告，一手无力地掩上自己的面孔。

眼泪无声无息地从指缝中溢出。

恍惚间，那些陈年旧事再一次浮现在脑海中。

她还记得她身为一个母亲最初的愿望——她的孩子不需要成绩优异，不需要多了不起，只要开心健康就好了。

第六章 他才十六岁

从小到大，白妤都不是很喜欢周一。

周一，总是无聊且漫长。

上午四节主课上完，杭臣的空座位上堆满了课后作业。

下课铃一响，民以食为天，大伙跑得飞快，带出的风吹动他桌上的卷子，白妤手疾眼快地按住。

但看着这堆作业，白妤不受控制地出神。

记忆里，好像她很久没一个人吃饭了。

上次因不可抗因素一个人吃饭是什么时候？

白妤想不起来了。

甚至觉得上次这样孤单是在遇见杭臣那天之前。

想到这儿，白妤才耸肩一笑。

她边从课桌掏饭卡，边安慰自己。

其实一个人吃饭也没什么，等过几天他病好了就回来了。

她还可以吃快一点，然后回来赶作业。

而且如果今晚可以早点把作业写完，她还能和他短暂地通一次电话。

从教学楼到食堂，要穿过一条不长不短的银杏路。

走在银杏道上时，白妤时而抬头看一眼灰蒙蒙的天，时而低头踹一脚落叶。

这周正好是学校银杏叶最美的时候，挂满枝头的灿灿金叶温柔地在两侧延展，地面松软的落叶堆成厚厚一摞，铺出一条散发光辉的路。

秋季银杏叶的观赏周期很短，前后最多一个月，这一周是更短的黄金周。

她不知道杭臣能不能赶在观赏结束前回到学校。

如果不能，她可以放学偷偷过来拍一张照片发给他看，但是晚上放学天都黑了，应该拍出来也不好看。

她走到食堂门口，沸腾的人声让她回到现实。

白妤惊觉，这是今天短短半日她多少次想起杭臣呢？

要是被他知道，他一定会很嘚瑟地打趣她。

但是……但是她从不骗人，她在很认真地想他。

很认真。

白好排在一列最短的队伍后头，恰逢穿堂风迎面扑来，萧瑟冷风让前头的每个人都倒吸一口气，只有她顶着发红发烫的脸蛋觉得这风令人浑身舒畅。

她忍不住轻轻踮起脚尖。

“白好？你在笑什么呢？”

身后忽然传来一道略感熟悉的女孩声音。

白好回头一看，是她的前桌马盈薇，还有坐在杭臣前面的女生姜素。

像是秘密被戳破一样，白好的脸臊起来，不太好意思地说：“没笑什么……就是、就是想到了昨天看到的一个笑话。”

戴着银边眼镜的马盈薇是个小个子，声线干净轻柔有力，像是一根无限蔓延永远不会弯曲的射线。但她平常话不多，偶尔说几句总是能一针见血地指出问题所在。

她没有继续追问，只是静静地看着白好，问道：“本来想叫你和我们一起吃饭的，但我和姜素为了最后一道选择题起了争议，一回头你人已经不见了。”

短发大眼的姜素笑着点头。

白好指了指自己：“叫我吗？”

马盈薇说：“是啊。班长不是发烧了吗，所以想叫你和我们一起吃饭。”

白好心底的臊意退去，她又忍不住踮了踮脚，笑着说：“好啊，那我们一起吃饭。”

三个人排队打饭，马盈薇扶了扶眼镜，问白好：“刚刚数学卷子的最后一道选择题，你有没有觉得答案不是选A？”

“嗯？”白好回想了一下，“老师给的答案不是A吗？”

马盈薇：“我觉得老师算错了。”

姜素：“白好，你别理她，我觉得她这两天有点走火入魔。”

白好的笑意更深，她的视线在马盈薇和姜素之间游走。

她问道：“盈薇，你为什么觉得不是A？老师哪里算错了？”

马盈薇现在纸笔不在手，觉得解释起来有心无力，抿了抿唇说：“等会儿吃完饭回教室了我算给你看。我觉得我等会儿还得去找一趟老师。”

白好回答说：“嗯，如果真有问题，我可以陪你一起去。”

在记忆里，除了杭臣，白好似乎没有和其他同学一起吃过饭。

原来，没有想象中那么困难和局促不安。

也可能是因为她在这里是全新的白好，没有人带着偏见的眼光看她，从一开始马盈薇和姜素就在用正常的朋友的语气和行为对待她。

她们是她和杭臣的前桌，学习生活中经常有接触。

她们往后递卷子时会礼貌又轻柔，会帮她和杭臣捡掉下去的笔，会谦虚友好地请教题目。

体育课上，当杭臣在篮球场驰骋的时候，也是她们和她站在一起说话。

有时候不止她们，还有许多班里的女生。

大家会一排排坐在垫子上，躺在垫子上，话题说到哪儿算哪儿。

不算很亲密坚定的友情，但足够舒适。

这些，超出了白好对高中生活的期待。

有一次放学，她感受着这些平凡的情谊，笑着对杭臣再次感慨长大真好。

杭臣的回应也是意料之中的答案。

“长大当然很好啊。”

傍晚六点放学时，白好背着厚重的书包一个人穿过梧桐道，一个人等回栀花镇的公交车，一个人坐在后排靠窗的座位。

她有些不习惯，但她又不是几岁的孩童。

她已经长大了，拥有独立的能力。

思及此，白好一边给杭臣发短信，一边暗自想，一直都是他在逗她，她等会儿也要逗逗他。她要告诉他，她一点都不想他，今天过得非常非常好。

但她心软，不知道那边的杭臣到底身体怎么样了。

发的第一条短信是温柔的关心。

她问他：你好点了吗？吃晚饭了吗？我现在坐到车了。

杭臣一直没有回复她。

白好猜他可能在睡觉。

发烧的人都这样，浑身无力，昏昏沉沉，需要不断睡觉恢复体力。

白好把手机的静音模式调成常规模式，这样放在口袋里如果他发来短信她能及时收到。

公交车一路摇摇晃晃，停站离站，车门关了开开了关。

在一盏又一盏转瞬即逝的路灯灯光加持下，白好做完了英语阅读理解，背完了语文注释。

回去再做完两个练习册的题目，她就能和杭臣打电话了。

或者说，她有更多的时间等待他。

南方十一月下旬的夜寒气逼人，白好为了暖脚，把书桌挪到了床边。

她还从家里翻出一块长度宽度正好的复古深红布料，整整齐齐地铺在泛黄掉皮的书桌上，通透明亮的台灯一开，这块小天地似是北欧城堡里提供温暖的壁炉，让人感到心绪平和。

白好奋笔疾书，几乎进入无人之境，甚至忽略了放学到现在杭臣还未回她的信息。

她握着笔，一笔一画在练习册上写下答案。

“咚咚咚！”

打断白好思路的是外面江雪梅小心翼翼的敲门声。

她抬起头时，江雪梅转了把手进来了。

以前江雪梅进她房间虽然也轻手轻脚，但从来不会敲门。

白妤也忘记了，是从哪一天起妈妈学会了敲门。

江雪梅一进屋就打开她房间的大灯，是那年白袁还在时给她换的灯。几年过去，灯泡又有了些问题，光芒不再，但再怎么不济，也还能将这个房间照亮一点。

江雪梅把一个灌了热水的红色热水袋塞到白妤脚边，又扯了扯被子，将她腿脚边的空隙塞得严严实实。

她下意识地叮嘱道："写作业得把灯都开着，不然对眼睛不好，家里再穷也不能省这点钱的。"

白妤听多了，不太在意地说："我只是不想等会儿下床去关灯，这个开关太远了。"

江雪梅叹了一口气，笑笑说："你啊，真是个小懒猪。那你写完作业喊妈妈，妈妈过来帮你关。"

白妤也笑了。

她才不会在半夜把劳累一天熟睡的妈妈喊起来给自己关灯。

江雪梅把晒干的棉袜翻好，放在白妤不睡的那头的枕头底下，又像突然想起什么似的，轻轻地"呀"一声，从自己大衣口袋里掏出两片银色包装的东西。

她递给白妤，说："真是年纪大了，差点忘了。这是今天去队里上急救知识课，和我坐一起的一个阿姨给我的。她说这叫暖宝宝，贴在身上就能暖。她女儿和你年纪差不多大小，上课就贴这个，说是这样不会太冷。"

白妤放下笔，接过来一看，双眸不禁微微睁大。

"我在电视上看到过，这个牌子……好像不便宜。"她说。

江雪梅："你先试试看，好用的话妈妈托那个阿姨买一些回来。"

白妤捏在掌心，有点舍不得用。

她说："那等再冷一点的时候用吧，现在还没到零下呢。而且妈妈，其实现在比之前上学暖和多了，坐公交车比骑自行车舒服，就是教室大，冷了一点点。"

江雪梅弯弯嘴角："你先试试，好用妈妈给你买。快写吧，妈妈不打扰你了，早点写完早点睡觉。"

"好。"

江雪梅缓缓关上门。

白妤重新拿起笔，挪了挪盘着的腿，把热水袋捧到了肚子前。

黑色水笔顶着下巴，一下，两下。

她试着重新找回刚刚的思路，余光却瞥见一旁安静得毫无生气的手机。

她盯了手机几秒，接着拿了过来。

她点开页面，未读短信一条都没有，未接电话也没有。

好奇怪啊。

已经三个小时了，他中间没有醒过一次吗？

想了想，白妤又发了条短信过去：我快写完作业了，你要是醒了，可以打电话吗？

发完短信，她捧着手机发呆了十分钟。

白妤甩了甩脑袋，深吸一口气进入最后的作业冲刺阶段。

夜晚十一点，白妤按照明天课表的顺序，做好准备工作，完事后，书包拉链一拉，将其放在了书桌侧边。

她看着书进入睡眠，在昏昏欲睡彻底进入这个夜晚前，她给杭臣发了今天的最后一条短信：我坚持不住了，要睡了。你要是看到我的短信一定要回复哦。我很担心你，还有，今天，有经常想到你。晚安。

这是个没有风的夜晚，且黑得伸手不见五指。

像一颗巨大、濒死的心脏，弥漫的薄雾是微弱的呼吸。

有什么在安静地痛苦地挣扎。

次日，薄雾散去，天光大亮，沉闷的光线穿透整个病房。

光亮落在杭臣身上时，他仿若在噩梦中找到出路一般猛地睁开眼睛，瞳孔因不适应突如其来的光，不知所措地颤动了几下。停顿三秒后，他又如劫后余生一般，身躯开始贪婪地吸入新鲜空气，胸腔随之急促起伏。

被架空的意识这才一点点回来。

与此同时，许多模糊的杂乱画面一股脑地重新涌入大脑，来回剧烈碰撞。

高烧带来的昏痛感在碰撞中苏醒，像是有千百只蚂蚁在啃食神经。

一时让人分不清现在是现实还是梦境。

直到瞳孔渐渐聚焦，眼前的白色向四周不断蔓延，向大脑呈现一个完整的空间。

白色的墙壁，带有透明玻璃板的木门，标准的病床床位。

杭臣反应过来，这里是医院。

他闭了闭眼，吃力地回忆自己怎么会在医院。

刹那间，所有记忆倾泻而来。

周五晚上和白妤道别——回去后发了烧——早上流了鼻血……再然后，应该是张丽娟带他来了医院。

这种明确在现实世界的感觉令他急促的呼吸缓和下来，紧绷的身躯也跟着放松下来。

那颗沉寂一夜的心脏也终于开始正常跳动。

但下一秒，熟悉的翻江倒海的感觉席卷了胃部，他几乎是条件反射般用尽所有力气撑起身体侧向床边。

很久没吃东西了，吐不出什么，只是酸水里混着浓稠的血。

胸口下部处又在隐隐作痛。

杭臣看着地上那摊几乎可以用血水来形容的呕吐物皱了眉。

他咽了咽喉咙，试图让自己冷静下来，但随着唾液滑入喉咙的是浓重的血腥味，是牙龈出血了。

“吱——”

这时，病房门突然被推开。

杭臣抬头望去，和站在病房门口的张丽娟、杭大勇四目相对。

仅一眼，杭臣的眉头忽然一跳。

一种不太好的感觉涌上心头。

如果没记错，一周前他和父亲通过电话，杭大勇明确表示工作太忙年前无法回来看他们。

而现在，他怎么会突然出现在这里？

今天又是周几？但肯定不会是周一了。

夫妻俩站在门口，看着满身虚汗又吐了的儿子都像被抽走了灵魂一样，木讷地呆在那儿。

张丽娟率先反应过来，泪花在眼里泛起，但等她快步走近杭臣时眼泪被她压了下去，她扬起一个微笑。

张丽娟温柔地问道：“是不是才醒？刚刚爸爸妈妈在外面讲话，听到病房里有动静就知道你醒了。是不是还有点恶心反胃？医生说最近流感，发烧的人太多了，要好好注意。”

她边说边扶起杭臣，让他慢慢躺下，顺带抽了一些纸把地上的酸水擦了个干净。

杭臣没有回答，侧眸看了眼边上空着的好几个床位，然后把视线落在还站在门口的杭大勇身上。

杭臣也笑了一下，苍白的嘴唇微动，很轻地叫了一声“爸”。

心事沉沉的杭大勇身子忽然一颤，连应答的声音也颤了起来。

恍惚间，他想起自己也应该像妻子一样学会伪装，双手不自然地摸了摸裤袋又在自个儿脸上摸了一圈。

在找什么？他不知道。

于是，他干笑了两声，一步步走向儿子。

价格不菲的真皮皮鞋踩在医院的大理石砖上，声音脆亮又沉重。

等他走近，杭臣忽地发现，凛冽的十一月，他的父亲身上只穿着单薄的西装，连件大衣都没穿。

这样的装扮只有在杭大勇开会的时候才有。

杭臣还是问了出来。

他说：“很着急地赶了过来吗？我没事，只是发烧。”

杭大勇望着杭臣的眼睛，一阵酸涩快从嗓子眼顶出，但被他强行憋了回去。好一会儿，他深吸一口气，笑着回答说：“是你妈说你晕得快醒不过来了，所以我会还没开完就订了最近的机票飞了过来。我下飞机腿都软了，乘务员扶着我下的。我当时在电话里听你妈哭，我心想，完蛋了，我儿子要是有什么事情那我的万贯家财谁来继承？我一辈子白干了！到了医院一问，就是发个烧。所以我这……这不是……”杭大勇努力装作语气轻松。

张丽娟低下头道："都怪妈妈不好，妈妈不太会照顾人，都怪妈妈不好……"

杭臣看着张丽娟布满红血丝的双眼，轻轻笑道："妈，我没事，我可能是这几天降温着凉了，是我自己不好，没多穿件衣服。"

杭大勇搂过张丽娟，紧了紧她的肩膀，爽朗道："好了好了，不就发个烧嘛，有什么好自责的。你都一天一夜没休息了，眼睛都熬肿了，反正现在臣臣醒了，也没啥事，要不你先回家睡一觉吧。"

张丽娟说："我晚点回去，我再陪陪臣臣。"

杭大勇："你听话，你现在打车回去睡觉。"

"可是……"

"没什么可是的，你相信我。"

夫妻俩对视一眼，张丽娟情绪险些没有控制住。

杭大勇瞧出她的摇摇欲坠，搭在她肩上的手再次收紧，说："放心，我强着呢，也会照顾好儿子的，你好好照顾好你自己我心里就没什么惦记的了。"

张丽娟别过头，缓慢地点了点头，稍微平息后她拿过小包快步离开。

走到病房门口时，杭大勇却突然叫住她。

张丽娟哽着喉咙回头。

杭大勇叉腰做了个飞吻："放心吧，老婆。"

张丽娟这才勉强笑了一下。

等她走了，杭大勇轻轻在床边缘坐下，怜爱地看着杭臣，粗糙的手掌划过杭臣汗湿的头发和额头，轻笑着骂道："臭小子，搞得老子紧张一晚上。现在终于把你妈支走了，想吃点什么，爸给你去买。差点就要吃你妈做的毒饭了，怎么样，爸爸够意思吧！"

杭臣假装配合，弯唇笑道："还好有你，老爸。"

幽默的话语，逗人的语调，一家人见面，让这个沉闷的早晨畅快了些。

虽然几分钟前。

杭大勇和张丽娟还在病房门口克制着声音争吵。

一切要追溯到周一的晚上。

是几点，张丽娟记不清了。

她只记得她在病房门口呆坐了很久，眼泪一行接一行地流下，怎么都擦不干净。

这十几年的点点滴滴像毒药一样在血液里横行。

她反复问上天，为什么是她儿子，为什么？

在某个瞬间，她又忽然清醒过来，哆哆嗦嗦地摸出手机，给杭大勇拨去电话。

那头的杭大勇在加班开会，室内的热风让他觉得心生烦躁，正和其他人激烈讨论时手机突兀地响起。

他以为是什么垃圾电话，想挂掉，看到是张丽娟后犹豫了下还是接了。

但很奇怪，接通后，张丽娟久久不出声。

他甚至怀疑是不是她误拨了。

打算挂掉时，电话里终于传来张丽娟战栗的声音。

她哭得泣不成声地说："臣臣病了，快回来。"

快回来……

快回来。

那几秒是什么感受？

他也记不清了，只觉得铺天盖地地冷。

他落地江城，再赶到医院已然是后半夜。

深夜无法进病房探望，他就在急诊大厅坐到天亮。

明明和自己的妻子隔得不远，却破天荒地，两人颇有默契地互相没有联系。

初冬的日出是那样晚，夜晚是那样漫长。

杭大勇觉得自己仿佛等了半个世纪才等到日出。

环顾四周，他对这个医院既熟悉又陌生。

熟悉的是，他从小生活在这片区域，小时候有个头疼脑热，会来这里看病，曾在这里送走过妻子的双亲，也在这里送走了自己的父亲。

陌生的是，这里不停地扩大改造，无数条通道交错在一起，走得人迷路。

他摸索好一阵才站在住院部的楼底。

寒风卷过，冻僵了骨头。

楼下的保安说还没到时间，不能进去。

一夜的冷静就这么崩塌。

他指着保安，厉声道："天亮了，凭什么不让我进去？我儿子得病了！得了……那种病，你凭什么不让我进去！"

冷风让他牙齿打战，他泪流满面。

保安还没来得及说什么，他忽然蹲下哭了起来。

这种场面保安见过太多，他叹了一口气，让杭大勇登记好信息后，还是放了他进去。

寂静的走廊里，空无一人。

他的脚步声尤其明显。

可守在病床前的张丽娟充耳不闻，直到杭大勇站在了她身边，手搭在了她肩上。

失神一晚的张丽娟抬起头，看到来人后眼泪再一次夺眶而出。

为了不吵到儿子，两个人挪到病房外说话。

要说些什么，却始终相顾无言。

清冷的晨光将他们的影子拉得很长。

许久，杭大勇先开了口。

他问她："会不会，有没有可能这个医院做的检查不准？这里毕竟不是什么大医院。"

这个问题，他电话里问过了。

张丽娟说："我不知道。"

接着，又是一阵久久的寂静。

没有预兆地，张丽娟的表情忽然冷漠起来，她认真地说："我当初不应该嫁给你，我不嫁给你，生的孩子可能就不会生病。"

这是她少有的神情。

杭大勇没有反驳，看着她平静地说："对，你说得对，都是我不好。"

张丽娟沉默了一瞬，又莫名激动起来，自我反驳道："不对……是我不好！一定是我当初肺上生了病，过了病菌给臣臣，是我不应该把他带过来，是我没有好好学会做饭，没有给他很好的营养！是我！是我以前翻修房子，让不好的东西被臣臣吸了进去！都是我不好……都是我不好……"

她狠狠拍着自己胸脯，一字一句道："我就不配做妈妈，我就是个废物，我才应该去死！"

"丽娟！"

"我去死！我可以去死的！只要臣臣好好的，你懂不懂！我可以去死的！"

"你乱说什么……这不怪你，丽娟，不怪你的。"

"怎么不怪我？哪个妈妈会把自己孩子照顾到生绝症？"

"不是这样的。"

张丽娟一动不动地看着他，激动的语气和动作让她呼吸急喘。

但下一秒，她又像泄了气的皮球，双肩猛地塌下来。

她疲惫地反复询问："你说，为什么……为什么是臣臣，为什么……"

杭大勇憋不出一个字，心如刀绞，最后一把将她拉进怀安抚。

他说："医生不是说有的能治好吗？我们带臣臣回北京治，找最好的医院最好的医生，我们有大把的时间和钱，大不了把所有房子和车子都卖了。丽娟，你相信我。"

张丽娟静静地流着眼泪。

杭大勇说："相信我，这么多年，我们什么风浪没遇过。我答应你的，什么时候没做到过？

"丽娟，等臣臣醒了，我们就回北京检查，万一是误诊呢？

"丽娟，你忘了吗？我有个好兄弟在北京做外科医生，很有威望的，我到时候托他去和血液科的好医生打个招呼，你看，我们还有路子呢。

"记不记得，臣臣小时候烧得很厉害的那次，我们两个什么都不懂，于是找了我兄弟带着我们看病，他当初还笑我们小题大做呢。我等会儿就联系他！

"丽娟，你相信我。"

话落许久，张丽娟缓缓伸手回抱住他，艰难地从喉咙里挤出一个"嗯"字。

大人有时候的伪装实在拙劣。

杭大勇去买饭时，杭臣躺在病床上这么想。

同时，他还想起许多小时候的事情。

大人为了哄孩子打针会说：“一点都不疼，就像蚊子咬。”

大人遇到难事时会不吭声，会对小孩说：“你不会懂的。”

大人试图向家里病人隐瞒真相时会反复提及这只是小问题，顶着他们那双红肿的眼睛。

显得那么虚假。

可，他今年十六岁，有喜欢的朋友，有想奔赴的梦想和远方，有判断是非感知情感的能力。

他今年才十六岁，能生什么很严重的病呢？

迷迷糊糊地，杭臣只觉得身体异常疲惫，无法控制地睡了过去。

一睡又是七八个小时。

他再醒来时天色已暗，输液针也被拔了。

不同早上那会儿的晕沉，他这次整个人很清醒，甚至还觉得有点饿，只不过一睁眼吓一跳。

杭大勇什么也不做，就坐在病床边直愣愣地盯着他看。

杭臣缓过神来后虚弱地喊了一声“爸”。

杭大勇仿佛才是那个睡醒的人，如梦初醒般应了声。

他立刻站起来，弯腰靠过去，低声道：“怎么了？哪里不舒服吗？还是想上厕所？”

杭臣嘴角含着浅笑，一边搭上父亲的手借力起来，一边说：“精神多了，感觉烧退了，想吃点东西。”

杭大勇一听，立刻喜笑颜开，麻利地扶起儿子。

他说：“爸爸想着你吐过，不能吃太油腻的东西，就买了点白粥和菜汤，但是现在冷了，我拿去热一热，热完了吃行不？”

杭臣点点头，试图下床：“爸，我想去洗漱一下。”

“行，来，慢点，我搀着你去。”

站在洗漱台前，杭臣和镜子里的自己视线对上的瞬间，笑容不自觉地慢慢消失。

他想起早上的问题。

思及此，他透过镜子看了边上的杭大勇一眼。

爸爸……是不是……哭过了？

杭臣的凝视让杭大勇不自在起来，他结结巴巴地问：“怎、怎么了？”

杭臣垂下脑袋寻找牙膏牙刷。

他回答说：“没事，只是看你好像有点累。要不晚上你也回去吧，我一个人没事的。”

“哦哦。爸爸没事，这算啥，老爸年轻的时候可以好几天不睡觉呢。”

杭臣笑了下，开始刷牙。

杭大勇又开始盯着他看，眼里情绪翻涌。

杭臣避开镜子，机械地来回刷牙。

牙龈出血，或者还有胃部出血的情况。

胸下方不知名疼痛。

高烧。

呕吐。

父亲衣服都不换连夜飞过来，夫妻俩都哭红了眼睛。

流感的谎言。

是什么？

杭臣猜不到。

漱口时那股血腥味还在。

牙膏泡沫不是白色的，是和血融合之后淡淡的粉色。

是什么？

是什么。

回到病床上，杭臣接过杭大勇递来的热水，时不时喝一口。

杭大勇见他看起来精神不错，放心地端着粥和汤出去找护士加热。

门一开一关，偌大的病房就只剩杭臣一个人了。

他回头朝那面玻璃窗望去，冬夜暗得极快，外面一点光亮都没有，像化不开的浓墨。

没有时钟看时间，但他隐约觉得这会儿白妤应该正好到家。

她应该给他发了很多信息，也许还打了电话。

她应该很担心他。

杭臣低头看向手中的一次性塑料水杯，热气缓缓上升，烫得只能捏着边缘拿，是这样真实宁静。

他莫名地笑了一下，轻松的，抽离的。

“吱——”

门再次被推开，如早上一样，进来的是杭大勇和张丽娟。

两个人携进一些寒气，但很快就消散在温暖的病房里。

张丽娟左手挂着一件厚重的羽绒服，右手拎着两个保温桶。

杭大勇则是小心翼翼地端着热好的粥和汤。

两个人的神情比早上自然一些，仿佛和从前一样。

张丽娟一边放东西，一边说：“老公，你等会儿把衣服穿上，别孩子好了，你又发烧了。臣臣，这是妈妈下午托李婶婶炖的鱼头汤，放了豆腐，很可口，你吃一点吧。”

杭臣说：“好。”

张丽娟把鱼头汤分好，父子俩一人一碗。

撇去略微的油花，露出奶白鲜香的汤底，葱花略作点缀，一入口，杭臣感觉整个人都有了力量。

张丽娟浅浅笑着，问杭臣：“味道怎么样？”

一碗下肚，杭臣出了一层薄汗，嘴唇有了些许红润气色。

他说：“李婶婶的鱼汤是她最拿手的菜。”

杭大勇又插科打诨道：“你妈这几年尽研究川菜了，还好没给你端一碗毛血旺来。”

张丽娟知道丈夫是开玩笑，没在意，只温柔地说：“那妈妈现在和李婶婶学一下做鱼汤吧，妈妈肯定能学会的。”

说到这儿，杭大勇敛了笑，犹豫再三，忽地叫她。

“老婆。”

“嗯？”

杭大勇尽量轻松乐呵地说道：“你最近怕是学不了了，咱们得去北京。”

他顿了顿：“臣臣也去。”

杭臣那口粥停在嘴边，他放下勺子，也尽量轻松随意地问道：“我也去？我还要上学呢。”

杭大勇擦了擦嘴巴，眼神闪着，声音却是郑重的。

“暂时请假几天，你这次发烧肺部有点感染炎症，这里医院不好，不能在这里看。要是不好好治，以后会有很多小毛病的，你才多大，得打好健康基础。”

张丽娟打量着父子俩的神色，附和道：“其实这里也不是不能治疗，但是臣臣，我觉得你爸爸说得对，炎症这种事情可大可小，咱们去北京的好医院好好做个检查，一次性给它根治好。”

杭臣沉默着，连喝了几口粥后才开口道：“好，那正好回去看一看奶奶。”

杭大勇说：“那就明天去吧，早去早回。我等会儿订个机票。”

张丽娟默认这个时间，没出声。

杭臣继续喝粥，也没出声。

三个人，各自低头，互相视线躲避。

简单的晚餐在诡异的和谐和沉默中吃完。

医院规定只能一个家属陪夜，张丽娟和杭大勇互相说要自己留下来。

争了许久，最终决定杭大勇留下来，因为张丽娟需要回去收拾行李。

张丽娟问杭臣需要带什么。

杭臣望着窗外的夜，有些出神。

张丽娟喊了他名字好几次，他才听到。

杭臣把玩着一张餐巾纸，想折成千纸鹤，但纸太柔软，成不了形，想折成玫瑰花，但是他学艺不精。

这种玩法，白妤最会了。

所以，他说：“书包带着吧，我不能脱离大家的进度太久。还有手机和充电器。”

这个夜晚杭臣一夜未眠。

他想，大概是这两天睡太久了才睡不着。

辗转反侧，他看到沉闷的夜色，看到父亲的背影。

借睡在隔壁病床的杭大勇始终背对着他，安静得只有呼吸声。

可他记得，父亲自从爷爷去世后睡觉会打呼噜。

所以。

是什么？

到底是什么病。

他才十六岁。

天一亮，杭大勇就从床上弹跳起来，利索地系皮带穿衣服，快速有条理地整理好病房中所有要带的东西。

他摸了摸杭臣的额头，毅然决然地带杭臣离开了医院。

一家人在机场大厅会合，是上午十点的飞机。

张丽娟和杭大勇忙着托运行李确认物品，便将杭臣安置在边上的座椅上。

杭臣长按开机键，打开了手机，手机电量满格，他猜昨晚母亲应该帮忙充了电。

一开机，立刻跳出许多封未读短信，许多个未接电话。

2009年11月20日，周一。

小白：你好点了吗？吃晚饭了吗？我现在坐车了。

小白：我快写完作业了，你要是醒了，可以打电话吗？

小白：我坚持不住了，要睡了。你要是看到我的短信一定要回复哦。我很担心你，还有，今天，有经常想到你。晚安。

2009年11月21日，周二。

小白：你还没醒吗？醒了一定要给我回消息啊，我昨晚做了好恐怖的梦，但我一醒来就记不清了。只感觉是，非常恐怖的梦。

小白：我放学了，你没事吧？我今天比昨天更担心你。

小白：我写完作业了，今天英语讲了新的内容，我抄了两份笔记，明天给你带过去放课桌上。

小白：今天，也有想你。

2009年11月22日，周三。

小白：你怎么这么久都不回我消息，电话也不接，后面直接关机了？你别吓我。

周三的信息来自十分钟前。

杭臣点进回复框，打打删删，最后发出去几行文字。

清晨上早读课的白好心不在焉地背着书，心乱如麻时校服口袋里的手机忽然振动了一下。

她整个人也跟着一震，心跳猛地快起来。

直觉告诉她是杭臣的信息，她心里头有点紧张。

她环顾了下周围，还有走廊，确保没有老师，没有人看着她后，偷偷摸摸地从口袋里掏出手机放在课桌里打开。

那封未读短信果然来自杭臣。

他说：在医院躺了两天，手机没带。现在准备和爸妈去一趟北京，有点轻微炎症，他们不放心，所以去看看。你好好学习，好好做笔记，帮我记一份。如果之后不能及时回复你信息，也别担心，我可能只是有一点点忙。还有，小白，我也有想你，还梦到了你，虽然记不清梦到什么了，但很美好。

第一遍看的时候白好觉得安心，他终于有了消息。

第二遍看的时候白好心中微甜，因为他也想她。

第三遍看的时候白好笑不出来了，高烧带来的轻微炎症需要跑去北京？

是这样吗？

她对病理没有太多概念认知，她自己和周围的人从小到大没生过什么大病。印象里，只有爷爷奶奶那辈的人因为重病需要去一线城市治疗。

但杭臣肯定不会说谎。

也许吧，也许只是炎症。

白好回复他：那大概多久回来呀？

一分钟后，手机再次振动。

杭臣：会尽快回来的。

白好：那你们还是坐飞机去吗？几点出发呀？

杭臣：是的，正在办理托运，十点整的航班。

白好：那多久到呢？

杭臣：大概两个小时。到了告诉你。

白好：好啊。

杭臣：快上第一节课了，别和我聊天了，记得关机，小心被班主任发现。

白好：好^-^。

十点整的时候，第二节课正好结束，下课铃响起，喧嚣一阵。

白好放下笔，长舒一口气，目光落在身边空着的座位上，下一秒，她像是突然记起来这是杭臣起飞的时间，猛地抬头看向窗外。

深秋初冬的天气萧瑟压抑，连续好几天没好天气了。

今天也是如此。

都快中午了，日头还是阴沉沉的，灰白的云像某种瘴气，沉甸甸地伏在天上。

白好单手托下巴，凝望着这片不美好的天空，思绪乱飘，像回到了小时候一个人时那样。

她想，应该起飞了吧？

会路过她看到的这片天空吗？

快点好起来，快点回来。

第七章

一切都是梦吧

飞机冲上云霄，轰鸣声震耳欲聋。

杭臣坐在靠窗的位置，灵魂游离在外。

飞行平稳后，张丽娟询问他有没有哪里不舒服，杭臣笑笑说没有。

一切随着云层穿梭而暂时平静下来。

两三天没有休息好的夫妻俩昏昏欲睡，脑袋东歪西倒。

空姐路过时，杭臣轻声叫住她，要了两条毯子。

空姐帮坐在外侧的杭大勇盖，杭臣帮张丽娟盖。

他低声道：“谢谢，我爸妈最近太累了，麻烦你了。”

空姐标准一笑：“您客气了。”

不算漫长的旅途，杭臣始终清醒。

奶奶将北京的家打扫得一尘不染，掩盖了岁月带来的裂痕。

一进门，奶奶也准备好了午饭，有他爱吃的红烧肉，满满一锅。

但奶奶眼含泪水什么话都说不出来。

明明每年寒暑假过来时，她都会大大咧咧地说一句：“我的大孙子回来啦！”

吃过饭，张丽娟说出去买一些生活用品，奶奶说她也一起去，杭大勇说公司还有些事情要处理，要去一趟。

就这样，家里暂时只剩下杭臣一个人。

他还是睡不着。

暮色将至时，又到了吃饭的时候。

也许是距离下午的午饭才过去没多久，大家都没什么胃口，说笑几句后，便挨个去洗漱。

在医院邋遢了两天，这会儿冲了热水澡，杭臣才觉得自己整个人好受些，就连难以言说的心情也轻松了点。

他吃完药关上房门，躺进了温暖的被窝里。

现在傍晚六点多，是白妤刚放学没多久的时间。

他靠在床头，给白妤发去消息。

他说：坐到车了吗？

白妤回复很快。

她说：刚坐到。

他说：今天有想起我吗？

白妤：你猜啊。

杭臣眉眼弯起，修长的手指飞速敲击，发过去：我猜你很想，很想和我一起坐车，很想和我一起吃饭。

白妤说：你好自恋。

他回：这叫自信。

白妤：噘。那……晚上可以打电话吗？

杭臣：可以啊，等你写完作业。作业多吗？

白妤：别提了，今天的体育课又被占了。数学老师说这周他讲完这节内容，下周要挑个时间做一次小考试。我猜是下周三，因为体育课正好和他的数学课挨着。

杭臣：哈哈，那我得周三后再回来。

白妤：不允许！

在琐碎的对话中，白妤到家了。

杭臣放下手机后也打算给自己找点事情做，百般无聊之下，他翻出放在床头柜抽屉里的一本地理杂志，是爷爷去世那年他带到北京来的。

晚上九点五十分，杭臣放在身边的手机传来短信提示音。

白妤说她做完作业了，可以打电话，问他睡了没。

杭臣放下杂志，快速回复：没有睡，可以打电话，稍微等我三分钟。

发完，他下床，出了房间。

这套房子是小户型的三室一厅，哪儿都挤挤的，哪儿都小小的，隔音也不好，并且只有一个卫生间。

他的房间在最里头，要去卫生间必定会路过奶奶和父母的房间。

奶奶还没睡，在看电视，应该是什么家庭纠纷栏目，里头的声音像极了吵架声。

张丽娟他们也没睡，也像是在……争吵。

杭臣的步伐就这么停滞。

他能清晰地听到他们房间里的对话。

张丽娟哭着，克制着声音：“你下午找他的时候不是说包在他身上了吗？怎么这会儿又打电话来说有点难办？”

杭大勇说：“丽娟，你不能怪他，人家是外科的，而且他也不是我们要去的那个医院的医生。你别急，我们明天先带臣臣去正常挂号看病，万一能挂到呢？”

张丽娟说：“万一挂不到呢？北京医院里看病的人这么多，医生的号那么难挂，臣臣的病等不起！”

杭大勇说："你别总往坏处想，万一一切很顺利呢？"

张丽娟说："我已经很努力往好处想了，你不知道这两天我有多努力在安慰自己。但……我控制不住我自己……"

杭大勇深深叹息。

"滴答——"

"滴答——"

跟随在叹息声后的是客厅的老式时钟，秒针转动的声音极其清脆，也极其刺耳，毫不留情地盘旋在杭臣耳边。

等不起，他的病等不起。

什么……叫等不起？

杭臣咽了咽喉咙，在混沌中试图冷静地去思考，但大脑始终一片空白。

再有意识时，他低头看到自己的手不知何时握上了门把，颤颤巍巍的。

一种念头直冲脑海。

现在，只要转动一下，打开这扇门，他就可以直接问父母，到底是怎么回事。

但这些年他以为他已经战胜的情绪突然通通都杀了回来。

害怕、逃避、畏惧、怯懦……

这些情绪将他周围堵得水泄不通，动弹不得。

最终，他只能像个胆小鬼把手缩了回去。

而房间里没有说话声了，只有张丽娟压抑的抽泣声。

杭臣双肩下塌，他忽然觉得答案是什么已经不重要了。

总之，他的人生要开始偏航。

他一步一步僵硬地走回了房间，关上门，扣上锁。

看着灯光温馨的卧室，脑袋里却浮现出一个问题，他现在要做什么来着？

是不是应该休息一会儿。

病人不都是这样，要休息。

想明白后，杭臣眼梢扬起，短促地笑了一下。

他抓了抓头发，深吸一口气又呼出，拖着脚步走到书桌前，安安静静地坐下。

只是坐在那儿。

时间一分一秒地流逝，不知呆坐了多久，他又忽然站起来，静静地躺回被窝。

被褥依旧松软温暖。

这才是现实该有的温度。

他闭上眼，困意袭来，放松地陷进了梦乡。

这一晚，彻夜难眠的是白好。

她的短信和电话都石沉大海。

她想象不到有什么事情能让杭臣一个字都不回，一个电话都不接，在他们约定好的情况下，并且电话始终是可以被拨通的。

大晚上的，家里来重要客人了？

又发烧昏睡过去了吗？

有急事出门，没带手机吗？

好奇怪。

这根本不像杭臣的作风。

第二天，白妤如常坐车去学校，如常上课。

陆潭和她继续帮杭臣交着作业。

只是这一天，在办公室外的走廊上，班主任正好看到他们，招手把陆潭叫了进去，并且待了很久。

白妤手里捧着物理作业本和数学作业本，手都捧酸了，见他出来，赶紧说：“快走吧，还有三分钟要打铃了。”

陆潭一向是个话不多的人，接过她手里的作业本后突然问道：“杭臣……你们应该有联系吧，他还没好吗？”

白妤说：“还没有。”

“哦，这样啊……”

“怎么了？”

“没什么。”

回到教室后，陆潭站在讲台上，不疾不徐地说：“班长这几天身体不舒服，可能还需要休息一段时间，班主任让我暂代班长职务，数学作业这几天就直接交到我桌上吧。”

底下有男生开玩笑说：“升职了啊，老陆！”

陆潭不仅话不多，还是个不苟言笑的人，他没理会，淡然地回到自己座位开始看书。

白妤并不惊讶，她知道，杭臣去北京最少一周是要的。

倒是坐在前头的马盈薇和姜素转过头来，小声问道：“班长还没好吗？”

白妤摇摇头：“可能高烧引起了一点肺炎，还需要再看看。”

周五早上，陆潭交作业的时候还是叫上了白妤。

白妤觉得他既然已经正式代理杭臣的事情，她这样和他一起去交作业怪怪的。

但转念一想，归根结底是帮杭臣的忙，陆潭一个人拿这么多作业也确实很辛苦。

一左一右，一高一低，两个人穿过连廊。

陆潭问了和昨天差不多的问题。

他说：“杭臣好点了吗？”

白妤的回答也差不多：“不知道……”

以为话题就此结束，没想到陆潭又问：“他没告诉你身体情况吗？”

白妤本不想和他多说，因为不太熟。

但她已经焦虑了两个夜晚了。

她小声说：“我突然联系不到他了。”

陆潭并不擅长安慰，道：“也许他忙着好好休息，你……你别太难受。”

白好勉强一笑：“谢谢你。”

“不客气。”

又一个周一。

两个人又一起交作业，陆潭欲言又止地问：“杭臣好点了吗？你们……联系上了吗？”

白好眼眶红红的，失魂落魄地说：“我还是联系不到他。”

陆潭凝视着她，一些话哽在嗓子眼。

他不知道该怎么说，只能沉默回应。

后来，周二，周三，周四……

一周，两周，三周……

天气越来越冷，断联越来越久，久到好像遇见杭臣是场梦。

久到白好开始怀疑他是否真的在她生命里存在过。

12月25日，圣诞节，一个充满喜庆氛围的周五。

班主任自费掏腰包给大家买了苹果，白好拿了两个，一个放进了自己的书包，一个放在了杭臣桌上。

她有点生气地继续给他发消息。

她说“班主任发的平安果给你放课桌上了，如果烂掉之前不给我回消息，我就”……

就怎样呢？白好也不知道。

十六岁的她第一次发现，世界真的好大啊，当身处两地，哪怕科技再飞速发展，哪怕交通再便捷，哪怕通讯再先进，如果对方要突然消失，还是毫无办法。

隆冬已至，晚间天气播报说北京明天零下六度，比江城整整低了八度。

白好在自己房间里，站在电视机面前看天气预报，有一搭没一搭啃着脆甜的苹果，神情恹恹。

江雪梅和往常一样进她房间送衣服，余光却打量了好几遍白好。

这个年纪的小孩心思敏感，想法跳脱，总是让大人看不懂，但终究是不成熟的年龄，喜怒哀乐都写在脸上。

她发现，白好快闷闷不乐小一个月了。

江雪梅看着这样的女儿心里满是担心。

她已经彻底给不了白好任何帮助了。

女儿的作业她一个字也看不懂，女儿的压力她无法感同身受，女儿的秘密她也不该刨根问底。

但她是一个母亲，无法忽视。

天气预报播完，白好关了电视，疲惫地准备投入永无止境的作业中，但不经意地和忧愁的江雪梅对上视线。

白好迟疑道：“妈妈，怎么了吗？”

江雪梅挤出一个笑：“没什么。”

"噢……那我写作业了。"

"好……"

走到房门口，反复犹豫后，江雪梅心一横，犹豫着出声。

她说："小好。"

"嗯？"

"你最近遇到什么事情了吗？愿意和妈妈说吗……"

那头已经提笔的白好背脊一怔。

江雪梅柔和地道："你要是不想说，也没关系，妈妈只是希望你开心点。如果是因为学习压力太大，要不这周作业别写了，妈妈帮你和老师说，就说你生病了，写不了作业——"

"不是我生病。"白好打断她，说，"是杭臣病了。"

"什么？"

白好回头，声音轻到低不可闻。她说："上个月杭臣发烧后去了北京，到现在，我都没有联系上他。"

江雪梅有点意外。

白好上个月是和她说过杭臣那孩子发烧的事情，后来她也没再说什么，她以为已经好了。

但是……

江雪梅："但是……发烧要去北京吗？"

这句话戳中了白好心中的疑问和不敢面对。

她眼睛一下子红了，仍有点赌气地回答："他之前说有点炎症，我不知道他怎么回事，明明说好给我打电话的，结果到现在都没消息。明明之前说好有什么一定要告诉我的！"

"小好……"

白好声音里隐隐有了哭腔："妈妈，我好担心他……他从来不这样的，我们一起长大，我很了解他的……妈妈……"

江雪梅心一紧，快步走过去，温柔地搂过白好："杭臣一直是个好孩子，很照顾你尊重你，也许是他……是他……"

后面的话江雪梅说不出口了。

白好闭上眼，像受伤的小鹿一般往江雪梅怀里钻，低低啜泣，咸湿的眼泪浸湿了江雪梅的衣服。

她其实一点都不生他的气。

她只是很担心很担心他。

十六岁的她也第一次发现，她的长大是如此缓慢，她依旧如此弱小，她甚至没有能力去往另外一个城市。

12月31日一过，迎来了2010年，大家还不习惯新的年份，偶尔感慨，距离千禧年已经过去十年。

二月初期末考试结束，大伙儿脸上难得露出几抹松懈神色，话题从复杂的题目变成了寒假要做点什么。白好听着，好一阵恍惚。

她下意识地将目光投放到身边空着的位置上。

一切都像是昨天。

他们仿佛刚刚收到录取通知书，刚刚在这里展开新生活。

但一转眼，夏天已经结束很久了。

杭臣的桌上，在不知不觉间堆满了各种试题卷子和新的书本资料。

圣诞节放在那儿的那枚平安果没坚持多久，早早从内部开始腐烂，渗到表皮后更是迅速变样。

她不舍得扔，当时等了很久，等到实在不成样子才把苹果扔了，因此课桌上留下了一圈棕褐色的印子，反复擦拭也没用。

他离开太久了。

久到别人心里都有了猜想。

于是在那个大家祈祷新的一年有新的好运气的一月份，陆陆续续有很多人来问她杭臣是怎么了，怎么还不来学校。

每次有人来问，都能轻易击倒她好不容易建立的堡垒。

她只能像从前不擅打交道的样子，闪躲着说不知道，暗示别人别再问了。

杭臣以前的人缘很好，就连初中同学和老师都会联系她询问。

包括曾经看不上她的徐娇盛。

徐娇盛在隔壁班，某天中午，她突然来到她们教室，倚在窗口，生硬地喊白好。

徐娇盛问白好："喂，听说杭臣病了，怎么回事儿啊？"

一如既往的趾高气扬。

白好的心情本就烦闷，不想和她打交道。她看了徐娇盛一眼后继续低头写作业，选择忽视徐娇盛，内心祈祷对方能识趣地离开。

但徐娇盛一向是个以自我为中心的人。

面对白好的忽视，她既不爽又觉得可笑，高高扬起下巴，嘲弄道："你是不是聋了？我和你说话你没听到吗？

"看你这呆呆笨笨的样子，是不是高中除了杭臣也没人搭理你？现在杭臣走了，变聋哑人了？"

熟悉刺耳的声音和话语有一刹那让白好回到了曾经做跟班的时候。

已经过去十年了，孩童时期的事情大多都变得模糊不可辨。

但就如曾经她和杭臣说的那样，记忆区域储存空间有限，只要记得重要的事情就好了。

可怕的是，伤痛比幸福要记得更清楚。

她又想起那天，徐娇盛也是同样的盛气凌人，杭臣像骑士一样挡在她面前。

他们跑起来，有风，有光。

可惜后来几年她依旧被某种恐惧笼罩着，只能用自己的小方式暗暗反击。

但原来真的如杭臣说的那样。当别人朝你露出恶念的时候，哪怕你的手很小很弱，你也要伸出你的爪子。久而久之，他们就会知道你是个不能欺负的人。

原来真的是这样。

白妤握着笔的手越来越用力，笔锋毫无察觉地在练习册上划出了一道突兀的长线。

徐娇盛见她一直低着头，变本加厉起来。

“你是不是不敢和我说话啊？

“怕我把你以前的事情都说出来？

“说话啊，杭臣到底怎么了？”

白妤的手抖得越来越厉害，有什么在四肢百骸炸开。

但她还未来得及开口，坐在前头的马盈薇和姜素忽地转过身来。

马盈薇扶了扶银边眼镜，十分公式化地说：“有事情问别人礼貌一点，再者，别人有拒绝回答的权利。还有，我们五班不欢迎没教养的人，请离开。”

徐娇盛嗤笑一声，上下打量马盈薇，嘲讽道：“原来还是有病友的啊，不过有病的人果然只能和其他有病的人做朋友。啧啧，真是亏我还好心来问一问，算了，我还是——”

“啪——”

突然，白妤忍无可忍地重重拍了一下桌子，打断了徐娇盛，她面无表情地站起来转向徐娇盛。

“你说的是你自己吧？”白妤说。

她轻飘飘又冷漠的语气像一根根软刺，扎在毫无准备的徐娇盛身上。

但下一秒，徐娇盛就反应了过来。

从小被众星捧月的公主，从来都是被哄着夸着，高傲的自尊心绝对不允许一个哪儿都不如她的人践踏。

徐娇盛唰地把窗户拉开到最大，眉梢吊起，扩大挂在嘴边的讥笑，阴阳怪气地道：“胆子变大了？怎么，是因为到了新学校，有了新朋友有底气了？大家都不知道你小时候别人都不和你玩吧？你猜他们知道后还会和你做朋友——哦不，病友吗？你不知道自己有多糟糕吧？”

白妤没有后退，也没有被她的话激怒，只是这样淡淡地看着她，轻声回答说：“糟糕的是你呀……你忘了吗？你一年级就学会让同学下跪，你三年级就学会造谣同学谈恋爱，你初中就开始以家庭情况评判一个人，拜高踩低。你不知道自己有多糟糕吧？你不知道你这些所谓的朋友有多不可靠吧？”

“你！”徐娇盛咬紧了牙，气到一时没办法快速反击，只剩胸腔里的怒火来回撞击翻滚。

“你可以走了吗？”白妤说。

徐娇盛冷笑一声，行动快于思考，她的手臂越过窗台，狠狠推了白妤一把。

“你算什么东西。”徐娇盛恼羞成怒道。

白妤没想到她会这么冲动，脚下一踉跄，瞬间失去平衡，后脚跟绊倒椅腿，来不及稳住重心，猝不及防地往后倒去。

慌乱中，出于本能，白妤想抓住点什么，但什么都没抓住。

“哗啦啦——”

桌子、椅子、书包、习题本、试卷、尺子，倒了一地，像座废墟。

巨大的动静让教室瞬间安静。

所有人纷纷投来目光。

时间瞬间被静止，但随着姜素一声气势汹汹的“你干什么”，时间重新开始流动。

那边的陆潭第一个站起来，抿着唇，气压极低地快步走过去。

接着，许多椅子摩擦地面的声音接踵而起，黑压压的一片人都不约而同地朝白妤那边靠近。

声音杂七杂八地响起。

男生说：

“你是哪个班的？”

“你要打架是吧？”

“我们五班的人谁敢欺负！”

女生说：

“你怎么打人啊？”

“我们要告诉老师。”

“我刚都听见了，你不仅先打了人还先骂人。”

徐娇盛头一回遇到这样的事，不自觉往后退了两步，干巴巴又倔强傲气地说：“你们干什么？是你们想要打人吧？刚刚，要不是她说话难听我会不小心推她吗？”

她边上的朋友说：“对啊，你们想人多欺负人少？以为我们四班没人？”

班里的声音又喧嚣而起。

男生说：

“是你们先挑衅的！装什么小可怜！”

“呵，我们五班怕你们？哪次月考不是把你们碾压得气都不能喘？我们，不光文的行，武的也行。要不要比比？”

“我们还是讲文明的，爽快点，给白妤道歉，这事儿就过了。”

女生说：

“是你先说难听的话的！”

“什么不小心！明明就是故意的，不仅没素质没教养还谎话连篇。”

“你这样的人居然还是四班班长，真是可笑。”

徐娇盛无法舌战群儒，脸一阵青一阵白。

她身边的朋友一跺脚说：“你们等着！敢这么侮辱我们班级！”

她的朋友“咚咚咚”跑回隔壁班，站在讲台前激动地喊道：“大家停一停！停一停！隔壁五班欺负我们班长，不仅侮辱班长，还侮辱我们班级，说我们班级每次考试都比不过他们，说我们班没有素质。他们还要打人呢！班长要被打啦！”

这场轰动一时的“群战”就是这么开始的。

男生们在教室和走廊里推推搡搡，女生们围在边上扯着嗓子争辩，场面剑拔弩张，震得鸟群都不敢停留。

不到三分钟，老师们都步伐匆匆地赶来。

有的拿喇叭喊：“给我立刻停止聚集！听到没有，不然全部处分！”

两边的女生见到各自的班主任，都着急地和班主任解释前因后果，希望老师能为他们主持公道。

七嘴八舌，两位班主任听得脑袋都大了。

场面混乱一片。

其他年级的也都跑来看热闹。

十多分钟后，事情才逐渐平息。

年过半百的教务处主任站在楚河汉界的中间，摸了把额头上的汗，喘着粗气厉声质问道：“校规都不放在眼里是吧？拉都拉不开你们是吧？是想通通被开除对吧？是谁先带头挑事的！是谁！”

见无人说话，主任看向两位班主任：“班长是哪个？让他们出来！”

四班班主任是位女老师，严肃且尴尬地朝徐娇盛招手。

主任认得这张面孔，是作为新生代表之一上过礼堂讲话的。

五班班主任叹口气，说：“陆潭，快起来。”

主任顺着声音看去。

这个在边上一言不发的男生他也认得，刚刚就是他，拉都拉不开。

主任被气笑：“好，很好，班长带头闹事是吧？”

陆潭一双黑眸沉甸甸的，眼里没有丝毫慌乱，他漠然地看向徐娇盛，说：“是四班班长先出手伤人。”

主任笑得更大声了：“好啊，非常好，非常非常好！两位班长带头生事！”

接着，主任脸色一变，凶悍道：“你们两个！都给我去办公室，一五一十地说清楚！其余同学，解散回自己教室，每人三千字检讨！下周一都给我上升旗台反省！所有老师都再回去给自己班级做一遍校规教育！”

两个班的人无声僵持了好一会儿才不情不愿地散去。

关上教室门，大家互相帮衬着扶起课桌椅子。

刚刚虽然还没有动起手来，但是毕竟人多杂乱，推搡间课桌和桌上的东西成了最先发泄的对象。

地上的试卷参差不齐地交叠在一起，分不清是谁的。

白妤和杭臣的课桌最靠近后门，是首当其冲的受害者，卷子和本子上都是脚印。

白妤蹲在那儿，一本本一页页地擦拭干净。

马盈薇和姜素想帮忙，白好扬起一个微笑说不用了。

分类完毕，白好惊觉，空白书籍与试卷已经高于杭臣留下的课本了。

他到底什么时候回来……

到底什么时候能联系上……

“白好。”

在她发愣时，后门被打开，没走多久的班主任折了回来，喊她的名字。

白好并不意外，她知道教导主任肯定会叫她过去的。

事情也算因她而起。

班里的同学仿佛也猜到了班主任的来意，争先恐后地解释说：

“老师，真不关白好的事情，是隔壁班挑衅在先。”

“老师，隔壁班那女生说话太难听了。”

“老师，隔壁班冲过来时都是提着扫帚来的！我们很克制了！”

班主任的太阳穴突突地跳，呵斥道：“安静！都安静！等会儿你们一个都逃不掉，我等会儿来收拾你们！”

话落，班主任放低了些声音对白好说：“别紧张，就是过去把事情说清楚，走吧。”

白好安静地点头。

偌大的教导处办公室里，众人面红耳赤，只有陆潭神色不变，不卑不亢地站在那里，挺拔得宛如一棵白杨树。

教导主任见到来人，打量了几眼白好，问道：“你就是白好同学？”

班主任轻拍白好的肩膀，示意她进去。

白好走到陆潭身边，回答：“老师，我是。”

教导主任双手叉腰，深吸一口气，说：“白好同学，你来把事情经过说一下。”

白好回想了一番，尽量还原每一个字，每一个场景。

她说的与徐娇盛、陆潭说的都有些不一样。

她的更完整，更让人意外。

因为，徐娇盛说的前半段，是她如何关心初中同学的身体健康，好心询问却没得到好报。

陆潭说的是后半段，徐娇盛无故挑衅，白好被推倒在地，手肘都破皮流血了。

三位老师听完，不约而同看向白好的手臂，果然有擦伤的血渍。

于是，各自心里都有了判断。

教导主任背过身，难辨情绪地说：“请家长，明天你们几个的家长都得来学校。”

静默几秒，两位班主任表示会通知到位后领着自己的学生回自己办公室。

白好的班主任姓江，名应，毕业于全国数一数二的大学，在这里教化学。今年刚过而立之年，虽年轻却很有威严，班里的学生都很尊敬他。但也因年轻，他有自己坚守的原则，偶尔十分执拗。

大中午的，化学组办公室的其余老师差不多都在，江应走到门口时犹豫了一下，转而把白妤和陆潭带去了斜对面的无人实验室。

没有外人，江应开门见山地说道：“刚刚主任说的话都听明白了吧？明天父母能按时到学校吗？”

陆潭说：“应该能。”

白妤说：“我也是。”

江应：“那就好。不论事情起因如何，大家都太冲动了。刚刚那阵仗，再去晚一点就是群架了。看把主任给气得，我差点以为我职业生涯到头了。陆潭，你还是班干部呢，杭臣现在不在，你就是班长，班长班长，什么叫一班之长？不带头学习，带头闹事。”

陆潭和白妤同时低下头，认错态度良好。

江应继续说：“仅此一次，下不为例。再有类似情况发生，及时告诉老师，切勿轻易和别人起争执。以后到了社会上也是，处理不当不是两败俱伤就是自己受伤。听到了吗？”

两个人又同时抬起头，眼里愧疚和感动交织。

江应说：“其他事明天见了家长再谈吧，白妤先去医务室处理一下伤口再回去上课吧。”

江应先一步要走，白妤却叫住了他。

她喊着：“江老师！杭臣……杭臣家里人您还没有联系到吗？已经快两个月了，他不回来上课了吗？”

江应闭了闭眼，想着，果然，白妤又要问他了。

他还记得这个小姑娘第一次来问他时哭哭啼啼的，一边解释她和杭臣的深厚情谊，一边说事情的前后原因，最后问他杭臣那边他是否有联系，眼神那么恳切。

当时他说谎了，他说还没有联系到。

没过多久，小姑娘又大着胆子来问了。

他还是说了谎。

后来来问的频率太高了，高到他一见到白妤就想逃。

这会儿，江应不敢转身，含糊其词地说：“还没联系到，不过老师一直在努力联系，你不要太担心，把心思放在学习上才是正经事。”

白妤双肩下塌，心情失落。

而陆潭看着江应远去的背影陷入了两个月之前的回忆。

那天，他和白妤去交作业，在走廊里偶遇班主任，他单独把陆潭叫进了办公室。

江应当时说：“杭臣生病了，要去北京治病，大概要很长一段时间，你暂时代理班长这个职务，可能会有点辛苦，有解决不了的事情可以来和我商量，如果觉得这影响了学习也可以和我说，我再来重新安排班干部。”

他有点怀疑自己听错了：“老师，杭臣怎么了？”

江应模棱两可地说：“他生病了，不太好治，要看情况。你别往外说，特别是白好，他们平日里要好，人家家里人特意叮嘱过了，要瞒着白好同学，怕影响她学习。”

他不清楚具体情况，但心中还是有了个大概。

看白好的情绪一天比一天不好的时候，他是厌烦自己的。

再善意的谎言也是谎言。

晚上，白好回到家后和江雪梅一五一十地说了事情的全过程。

她坦然地，不再恐惧和担忧地道出被欺负的秘密。

反倒是江雪梅，听得拿筷子的手直哆嗦，她脑海里断断续续闪过许多白好小时候的事情。

她当时平常心地认为小孩子哭是正常的，在学校有些不开心也是正常的，也认为小孩子是没有心事的。

可小孩子怎么会真的什么都不懂呢？

她曾经也是小孩，五六岁的年纪已经能懂得家里的矛盾，七八岁的年纪已开始帮着家里减轻负担。

江雪梅一点胃口都没了，她放下筷子，双手紧紧握住白好的双肩，眼睛通红地问道：“怎么不和妈妈说呢？为什么一直不和妈妈说？怕妈妈不理解你吗？妈妈不会的，妈妈会帮你的。”

白好见江雪梅眼眶里的眼泪摇摇欲坠，立刻举手打断道：“妈！我不是！我只是……以前不知道怎么说，交朋友这种事情大人是帮不了的。况且后来有杭臣和我做朋友，我发现，朋友并不在多。现在很好啊，我和班里同学都处得不错，他们都很好，不然这次也不会为我出头。妈妈，现在我更加坚信，我没有错，交朋友就应该是这样的。”

江雪梅的眼泪还是掉了下来。

无论现在的白好多么坚强，懂得了多少的道理，但曾经小小的她默默地忍受了被排挤被孤立被欺负的日子，一想到那些，江雪梅的心就开始疼，白好是她身上掉下来的血肉，是她用尽生命开出的花。

她一把将白好揽入怀里，一遍遍地轻抚她的后脑勺，在慰藉女儿也在慰藉自己。

幸好，幸好她的小好现在平安无事。

第二天上午，几位家长在教导处相聚。

白好知道妈妈一定会站在她这边。

课间时分，从他们的教室后窗望去，教导处的门依旧紧闭着，说明会谈还没有结束。

班里同学有意无意地都朝白好投去目光。

马盈薇和姜素忧心忡忡地问道：“小好，你妈妈昨晚没有说你吧？会不会真的要给你记处分啊，这个如果被写进档案袋是要跟随一辈子的。”

白好摇头说：“我没有错，我不怕，我什么都不怕。”
在事实面前，应该人人平等。
老师应该以敬重相待，而不是以畏惧相避。
她现在什么都不怕了。
杭臣，我现在什么都不怕了。
你知道吗？
上午最后一节课结束，铃声响起，白妤看见教导处的门终于敞开。
她打算去找一下江雪梅，却一出教室门就看见江雪梅已早早等候在楼梯口。
冬日暖阳和煦柔和，江雪梅站在被阳光照到的地方，远远地看着她，对她笑。
白妤突然发现，不知何时，江雪梅有了衰老的痕迹。
她笑起来眼角有了细纹，不加粉饰的脸庞不再饱满有光泽。
就连十几年如一日不曾变过的发型，都染上了几丝岁月痕迹。
这些变化仿佛是一瞬间出现的。
但现在眼前的江雪梅又有说不出的味道。
白妤木讷地一步步向江雪梅走去。
等和江雪梅面对面，挨得极近时，白妤忽然明白，此刻妈妈给她什么样的感觉。
江雪梅的笑是轻盈没有负担的，就像几年前她说起自己年轻时的光景那样。
她的笑容发自内心，只为自己，不为别人。
江雪梅拍拍白妤的肩膀，说：“走吧，妈妈和你班主任打了个招呼，说和你在校外吃个午饭。”
“去校外？”
“对啊，今天想吃什么，妈妈都请你吃。”
顺着人流，母女俩慢慢往外走。

在吃饭的过程中，江雪梅绘声绘色讲完了在教导处的情景。
徐娇盛那边来的也是妈妈，她妈妈穿着打扮高贵典雅，但一来就气势汹汹。
陆潭那边来的是爷爷，一把年纪面对这种场景十分拘谨，老师说什么就是什么。
在主任阐述完事情经过后，立刻做出激烈反应的是徐娇盛的妈妈，她拒绝承认是因为自己女儿的言行引起的。陆潭爷爷则是使劲道歉，为自己孙子的冲动道歉。
白妤听得好奇，问江雪梅：“那妈妈你呢？”
江雪梅像个孩子一样，骄傲地扬起眉毛，温柔地道：“妈妈当然要为你讨回公道。但因为小时候的事情已经过去很久了，老师也不能凭一面之词下判定。但！这次那位徐同学说的话同学们都听见了，是有人证的，他们抵赖不掉的。所以妈妈要求下周一在你们全校反省的时候，那位徐同学要公开和你道歉。”
白妤：“那她们同意了？”
江雪梅：“一开始当然不同意，是你们教导主任摆事实，严肃地告知她妈妈后果，她妈妈才同意的。”

白妤淡淡一笑：“那她要道歉的不只是我，还有杭臣，还有我们班的同学。”

周一，教导主任说到做到。

全校师生会聚大操场，教导主任让他们两个班的学生上升旗台反省，还给配了话筒。

场面之宏大，历史之搞笑。

五班结束反省，轮到四班，徐娇盛作为班长第一个上台，却是听到她敷衍不带诚意的道歉。

白妤猛地站起来，坚定地高声质疑道：“道歉应该加上人名，我需要你向我、向被你辱骂的同学重新道歉！”

小插曲顿时让操场沸腾起来，大家开始窃窃私语。

江应和教导主任脸色变了变，一个朝白妤使眼色，让她见好就收，一个朝徐娇盛使眼色，暗示她重新道歉，不要再生事端。

徐娇盛挤出一个笑，握着话筒，咬牙切齿道：“对不起，白妤，我不应该不礼貌地和你说话，不应该拿小时候的事情嘲笑你，不应该说你的朋友是有病的。对不起杭臣，对不起姜素，对不起马盈薇。对不起，整个五班的同学，是我不恰当的言论引发了这次事情。”

底下的人又再次起哄，各班老师低声呵斥安静。

散场时，大伙儿的视线有意无意地落在白妤身上，人群中偶尔爆发出几句话：“同学，你超勇的！”

是啊。

她好勇敢啊。

可是她怎么一点都高兴不起来呢。

此后，日子又恢复成以前那样。

美食一条街的商铺已经开得十分成熟，生意也越来越好。

面包店的柯基贴纸被店主换成圣诞雪花，又换成象征2010年的生肖老虎。

放学必定会路过的梧桐大道两旁的树已彻底凋零。

栀花镇的栀子花进入休眠期。

白妤一个人独来独往于车站，偶尔朝T字形的反方向张望，会出现几抹幻觉，她好像可以看见年少的杭臣背着书包骑着车穿梭如风的背影。

一切都像是昨天。

这个冬天的假期和以往差别不大。

只是白妤变得有点赖床，她再也无法说起就起，在被窝里磨蹭到憋不住要上厕所才会起床。

真冷啊。

天气预报说北京最高气温为5℃，最低气温为-6℃。

比江城更冷。

大年三十前一天，是贴春联的最佳时间，寓意新的一年红红火火。

江雪梅一大早就忙着洗洗刷刷，桌上堆满了年货。

白妤帮忙擦玻璃的时候忽然想起，这个家似乎还有另外一个人。

不过都要过年了，白袁还没回来，估计是不回来了吧。

这么想着，白妤还是多嘴问了一句。

江雪梅说："和你爸打过电话，不回来了。但工资已经打过来了。"

"工资？他赚到钱了啊？"

江雪梅不太在意地说："不太清楚，反正他打了三万块过来。"

白妤有点傻了，用余光观察江雪梅。

江雪梅察觉到女儿打量的眼神，她并未多解释，只一边卖力冲洗锅碗瓢盆，一边笑着说："等初二银行开门了，我们去取钱，然后去街上买衣服。"

白妤没有深究，轻快地说："好啊。"

某种意义上，白妤觉得日子真的好起来了。

只是……杭臣，你还好吗？

新岁将至，春晚欢声笑语依旧，凌晨零点到来的那一刻，漫天的烟花炸开，一束又一束，直冲夜空。

白妤缩在被窝里捧着手机怅然若失，像平时一样平静地发出消息。

她说：杭臣，新年快乐。

这是这段时间的多少条消息了？白妤数不清。

紧接着，她拨电话过去，等到系统自动挂断都没人接。

这是这段时间第几个电话？白妤也数不清了。

他的电话没有欠费，没有关机，却始终无人接听。

太反常了，无法揣测。

放下手机，白妤滑进被褥里，开始看电视。

小品在笑什么呢？歌曲在唱什么呢？

白妤失眠到天亮，等早上五六点那波炮仗声结束才迷迷糊糊地睡去。

一千多公里外的北京，此刻正漫天飞雪。

新年第一天下大雪，大家说是祥瑞之兆。

杭大勇进病房时肩膀上还飘着雪花。

张丽娟正在收拾出院的东西，见到杭大勇，催促道："你来得正好，臣臣想上厕所，你扶一下，我把这点衣服收完我们就可以走了。"

杭大勇先进卫生间洗了个手，随后快步走向杭臣，粗壮结实的臂膀支撑起杭臣。

他说："来，慢点。"

杭臣深吸一口气，搭着父亲的手臂缓慢地起身，双脚着地时强烈的眩晕感直冲大脑，他晃了晃。

杭大勇小心地询问道：“不舒服吗？”

杭臣摇头，失了血色的双唇轻轻翕动，欲言又止后还是选择了沉默。

没一会儿，卫生间传来呕吐声。

张丽娟背对着那边，她没有停下动作也没有往回看，利索地收拾包裹，但在一片银装素裹下，她泛红的双眼格外突兀。

恰逢此时，她口袋里的手机在振动。

是杭臣的奶奶打来的。

张丽娟吸了吸鼻子，调整好状态，接起电话。

“喂，妈。是今天出院，大勇已经到了，我们等会儿就回来了。结果挺好的。臣臣……臣臣比第一次化疗好很多。”

电话那头的老人听了欣慰道：“那就快回来吧，我做了年夜饭，今天一家人一起过年。外面雪大，开车小心。”

“好。”

车子驶过宽阔大道，鹅毛大雪洋洋洒洒，鲜艳的国旗和喜气洋洋的福字如梅花般装点在雪地上。

整个世界宁静又欢喜。

杭臣坐在后排神情淡淡地看着窗外的景象。

他已经许多年没有在北京过年了。

真热闹啊。

和栀花镇的氛围一点都不一样。

栀花镇也很多年没有下过雪了。

白好，今年栀花镇会下雪吗？

今年春节期间的栀花镇一派晴朗，是许久不见的暖冬。

大家说这样的天气是个好开端。

这段温暖的日子短暂且祥和。

像往年一样，左邻右舍会聚集在某家门口，捧一把年货坚果，一边晒太阳一边唠嗑。

白好有时睡懒觉会被高亢的笑声吵醒，伴随着笑声的还有兴奋的狗叫。

偶尔还有生人从那条靠水杉树的小路路过，声音会以一种微妙的电波形式吵醒她。

白好在床上翻来覆去，蜷缩着冰冷的脚趾，拖到不能再拖，才会掀开被窝一鼓作气起床。

刷牙的时候，她会听到有人问江雪梅：“小好还在睡觉啊？”

江雪梅会回答说：“是啊，不睡到中午是不会起床的。”

有婶婶接话说：“哎呀，现在的年轻人都这样，日夜颠倒，像夜猫一样。”

接着，又是窸窸窣窣的笑声。

年轻人。

白妤第一次听到别人这么形容她。

是哪一刹那让大人默认他们不再是小孩？

薄荷味的牙膏泡沫不断膨胀，溢到唇边。

日夜颠倒的白妤眼神涣散，木然地和镜子里的自己对视。

凉水灌入口腔，吐出泡沫，那些不重要的问题随着下水道一起被冲走。

如许多个平凡的冬日早晨一样，白妤会拖着懒洋洋的步伐下楼，走到厨房，掀开锅盖一看，里头果然放着江雪梅为她准备的早餐。

还是隔壁奶奶包的新年年货——豆沙馅的糯米团子。

她用筷子插起糯米团子，自己一个人坐在家门口小口地啃。

这时，像是某种心有灵犀的感应一样，在那边说笑的江雪梅忽然放下手中的花生，说："小妤这会儿大概醒了，我回去看看。"

有人说："说到小妤，怎么好几天没见她了？就初一那天见了她一面。"

有个婶婶吐了瓜子皮，笑语盈盈道："哎呀，你又不懂了，现在的年轻人都像古代闺秀一样，大门不出二门不迈。"

大伙乐起来。

婶婶说："我儿子也这样，小时候屁颠屁颠只知道往外跑，喊都喊不回来，长大了让他出去他都不出去，说多了嫌我烦。"

江雪梅跟着笑，随后迎着阳光步伐轻快地回了家。

一进院子，她就看到裹着羽绒服顶着鸡窝头的女儿在木然地吃东西。

江雪梅手上像有永远忙不完的事情，一边把晒了一上午的鞋子换个方向晒，一边翻弄竹篮里的花生种。

她将刚刚邻居们说的趣话都说给白妤听。

白妤左耳进右耳出，迷茫地应了声。

江雪梅笑笑说："少吃点，我现在做午饭，多吃点蔬菜吧？"

"好……"

对话通常就这样结束在无聊琐碎的小事中。

每年假期日子的流逝都是如此相似。

但人的心境却在不知不觉中变化。

很多年后，白妤回头看，才发现十六岁是她各种意义上的分水岭。

寒假一闪而过，二月底正式开学。

白妤心中有股说不上来的抗拒。

好像躲在家里，她就能当作她和杭臣只是各自在家，但一旦要重新独来独往坐车上学放学，一旦不得不每天面对自己身边空着的座位，徘徊在内心深处的焦虑担心和胡思乱想便会像肆意生长的藤蔓一样，一跃而起，紧紧锁住她的呼吸。

没有意外地，报名领书那天杭臣依旧没有出现。

白好不抱希望地，在交报名费时问班主任。

“江老师，杭臣那边没有家长来交费用吗？等会儿发书要给杭臣留一份的吧？”

这一次，白妤听到了不同以往的答案。

江应说：“你先回去坐，等会儿都交完费了，我再说。”

白妤呼吸一滞，不可置信地问：“什……什么？”

江应甩甩手：“你先回去，杭臣的事情我等会儿会统一说。”

江应的重复和强调让白妤反应过来，她没有听错。

但是……为什么要统一说？

这是什么意思？

陆潭见她愣在原地，低声提醒道：“白妤，后面的同学还要交费。你不要担心，等会儿老师会说的。”

“哦……”白妤回过神，接过学费收据，想要再说些什么，但心跳猛然加快，某种不好的预感让她无法继续开口。

仿佛只要撕开一点小口子，这三个月空白的消息便会以倾颓之势将她淹没。

白妤捏紧收据，虚着脚步慢吞吞地走回自己的座位。

她没有察觉到，她掌心出了一层薄汗，晕花了收据上的字。

马盈薇和姜素扭过身子，观察着白妤的神情。

她们尽可能委婉地问道：“寒假的时候，杭臣没有给你回过消息吗？”

白妤恍惚地摇头。

“我们听说，班里男生给他发的信息他也没有回过。”

“刚刚班主任和你说什么了？是关于杭臣的事情吗？”

白妤垂眸，嗫嚅道：“他说等会儿统一说……”

两个女生同时惊讶道：“杭臣有消息了？统一说又是什么意思？”

讶然过后，大家都缄默了下来。

半个小时后，江应收完学费，和陆潭核对无误后，一个人站在讲台前酝酿了一会儿。

大伙儿知道他有话要说，不约而同地敛了声，身体坐直。

江应象征性地拿黑板擦敲了敲讲台边缘，沉声道：“安静。安静一会儿啊，在领书前老师说个事儿。”

底下屏气凝神，纷纷望向江应，只有白妤双手环抱手臂，脑袋快埋到桌底去。

江应瞥了白妤一眼，又快速挪开，他的手指有规律地点着桌面，踌躇一番后，深吸一口气说：“我教书时间不算长，这么些年第一次碰到，说实话，我不知道作为一个老师我应该怎么做才能帮到我的学生。我也失眠有三个月了，这三个月我想得最多的就是，希望明天能有好消息传来。”

江应停顿须臾，说：“你们也发现了，杭臣十一月下旬就没有来过学校了。这是因为……杭臣同学生病了。”江应停顿了下，“大家应该都听过白血病这个病吧——”

话落，底下一阵哗然。

白妤双肩猛地一僵，不可置信地抬头看向老师。

某一瞬间，她以为自己听错了。

江应继续说："前几天我刚和杭臣的家长联系过，确认他要先休学一段时间。所以暂时，杭臣……不会回来了。班里班长的职务就由陆潭担任，副班长由马盈薇担任。然后，我和校长还有教导主任商量了一下，我们学校要为杭臣开展捐款活动，捐款或者是小礼物都会由学校老师亲自送往北京。"

底下的讨论声越来越大。

江应头一回没有训斥大家安静。

有男生高声问道："老班，你骗人的吧？"

"对啊，怎么可能啊？我那天还和杭臣打球呢，他小子身体不要太好。"

"就是就是！"

江应没有回答，只沉默地注视着他们。

而他们，越说越坚信自己拆穿了一个谎言，脸上神情逐渐放松起来，恢复成了平常插科打诨的模样。

但这种轻松转瞬即逝，很快，大家心中的信仰崩塌，一个个神情转而变得落寞沉寂。

江应这时才继续开口道："我也希望这是假的。杭臣父母也希望这是假的。但是……"

话题太沉重，杭臣也许是他们目前人生里面对的第一个沉痛课题。

江应咽了咽喉咙，努力挤出一个笑容，说："我也跟杭臣家长详细了解过。这个病也分轻重，也有许多治愈的案例。杭臣同学目前应该正在进行第三次化疗，情况良好。"

底下的同学都是各个区域考上来的人中龙凤，擅长在课题里厮杀，能轻而易举写下满分作文，能毫不费力夺得竞赛冠军，但没有一个人懂得人体与病理的复杂。

从平时的耳濡目染中，白血病和化疗足以代表一些事实。

情况良好听起来更像是一种安慰说辞。

大家心里有各自的判断。

有人内心感慨世事无常，有人心中伤感生命的脆弱，有人……混沌一片。

白妤是处于混沌的那一个。

她颤颤巍巍地站起来，她要问个清楚。

她比这里任何一个人都了解杭臣。

他的喜好，他的理想，他的生活，他的……

他的……

但是，猛地，白妤想起他们的最后一条短信。

他让她等三分钟，可是等到现在都没有结果。

白妤的呼吸顿时急促起来，仿佛有一只无形的手在使劲捂住她的口鼻，她无法挣脱，缺氧的窒息感令她一阵眩晕。

“滴答——”

“滴答——”

一滴，两滴……

温热的鲜血落在课桌上，飞溅成一朵朵鲜艳的花。

顺着感觉，白妤低头看去，思绪混乱，她一时分辨不出眼前的血迹来自哪里。

直至，站在讲台上的江应惊慌失措地叫了声她的名字。

“白妤！”

全班同学齐齐扭头向她看去。

白妤视线虚虚环顾过他们，右手战栗着向上抬。

在快要触及到唇鼻时，她忽然眼前一黑，手臂重重垂下，身体也跟着瘫软晕厥倒下。

白妤发了一场高烧，反反复复，持续了一周。

这一周，对很多人都是漫长的。

马盈薇和姜素放学后会来医院看望白妤，但每次去白妤都在熟睡。

江应也去过两次，竭力宽慰江雪梅。

江雪梅在那天接到电话后马不停蹄地赶到医院，一守就是一周。

江雪梅第一次碰到这样的状况，心焦到夜不能寐，即使医生说白妤身体没有任何问题，可能只是因压力过大和春季流感从而引起高烧，她还是忧心如焚。

而白妤，虽然在昏睡，却也深陷另一个世界的漫长折磨。

在梦的世界里，江应站在讲台上，不断重复着向大家宣布杭臣生病的话语。

她高声呐喊不是这样的，随后像游鱼一样投身某片海域，四处寻找可以反驳江应的证据。

记忆画面飘在波浪中，曲折晃荡。

她看到——

每一个夜晚和清晨，她固执地发送给杭臣一条又一条石沉大海的消息。

彻底断联之前，最后一条短信振动提示，他说稍等几分钟，她等啊等，等啊等。

那个弥漫着薄雾的早晨，她第一次没有在栀花镇的站台等到杭臣。

秋天将近的时候，他们走在铺满落叶的大道上，他静静听她说话。

在他们好不容易能够伸手够到一点所谓的长大那一天，烈阳下，所有的风景成了未来约定的背景板，他们成了热烈本身。

她游得越来越慢，这些所谓的证据似乎不是用来证明江应说的话是假的，而是用来告诉她，这一切都是真的。

命运早在一些她不以为然的瞬间决定变航。

后知后觉的后怕感抽走了白妤所有力气。

她感觉自己在下沉。

出于求生本能，她看见上空突然有什么东西滴落，砸出几个光斑。

她拼尽全力朝光的方向游过去，随着距离拉近，她透过不断滴落的光斑看到那个站立在教室，摇摇欲坠，嘴里不停重复“我不相信”的自己。

是的，她不相信！

她不相信。

“我不相信……我不相信……不会的……不会的！”

猛地，白好一跃而起，跃进那朵光晕。

煞白的光刺得她双眼都睁不开。

等瞳仁渐渐收缩，适应周围的光亮后，她看清了这里的一切——挂起的输液瓶，熬红眼睛的妈妈，排列整齐的病床。

白好头痛欲裂，神经突突地跳，真实的梦境还留有余响。

她一时分辨不清自己是否已经挣脱命运的安排，她吃力地呼吸着，艰难地张开嘴，呢喃道：“我不相信……妈妈……妈妈……”

江雪梅见她醒来，一颗悬着的心终于放了下来。

她摸着白好的额头，轻抚道：“妈妈在这里，妈妈在这里呢。做噩梦了不怕不怕，妈妈在这里。”

江雪梅掌心的温度和她身上十几年如一日的香味让白好渐渐平静下来。

白好突然意识到她只是做了一个很长的梦。

是梦吧？

一切都是梦吧？

可如果是梦的话，她怎么会突然在这里？

还未等她开口，江雪梅红着眼眶轻声询问道：“想不想吃点东西？你睡了好几天，昨晚才退烧，有哪里不舒服吗？”

白好摇头，有气无力地喊她：“妈妈……我……”

江雪梅仿佛早就猜到她要问什么说什么，犹豫再三，说：“小好，是不是梦到杭臣了？”

一听到“杭臣”二字，白好的呼吸忽然再次急促起来，眼睛快速泛红。

江雪梅的主动提及，仿佛印证了某些事实，再无虚假的可能。

白好清晰地感知到有什么东西坚硬地横亘在他们的十六岁与十七岁之间。

梦里的后怕感重新席卷而来，再次抽走她所有力气。

白好的心止不住地往下沉，出了一身虚汗的身体也跟着下沉，她咽了咽喉咙，眼里已有泪。

江雪梅见她似要流泪，心顿时一慌，轻轻按住白好的肩膀，试图给她一点希望地说：“小好，没事的，放轻松，放轻松，听妈妈慢慢说。”

江雪梅说：“杭臣他……是生病了，但是我仔细问过你们班主任了，目前杭臣的情况真的还可以，说是等做完化疗就安排骨髓移植。”

江雪梅：“妈妈真的很仔细地问了，杭臣会好的。”

白好哽咽着，绝望地望着江雪梅，眼泪一行接一行从眼尾滚落，没一会儿，枕头就湿了。

江雪梅笨拙道："不哭，小好不哭。杭臣会好的，妈妈从来都不骗你的，对不对？"

梦境的空洞和现实的残酷交织。

在遥远北方受病痛折磨的杭臣和近在眼前为她殚精竭虑的妈妈复杂交缠。

白好心中五味杂陈，五脏六腑都紧紧揪在一起，酸涩和窒息感一阵又一阵地涌上鼻腔。

江雪梅还在安抚她。

"小好不哭，妈妈还问老师要了杭臣妈妈的电话，等会儿妈妈就给杭臣妈妈打电话好不好？"

"嗯……"白好像小兽呜咽一样，挤出一个字回应江雪梅。

但越想克制情绪，情绪越是来得猛烈，肩膀的抖动不自觉地越发剧烈，呜咽声逐渐变成号啕大哭。

她没有办法相信，还是没有办法相信杭臣生病了。

又为什么是这样严重的病。

她知道什么是白血病，从小到大，在邻里嘴里听过很多次。

印象中，没几个有好结果。

而且就算可以治愈，但这个过程要怎么修饰才能一听就让人放心。

难道可以把化疗和移植类比成一场高烧吗？

白好闭上眼，哭得停不下来，惨白的脸硬生生涨得通红。

江雪梅见白好的情绪越来越激烈，心中轻叹，不再劝她不哭，转而抽了纸巾给她擦眼泪。

像是一个故事的尾声一般，江雪梅说："哭吧哭吧，哭一场就好了。"

高烧刚退，情绪起伏太大，眼泪又像是流不尽似的，白好的眼睛迅速肿起，哭到最后几乎要看不清眼前的世界。

在江雪梅的陪伴下，白好疲惫地睡了过去。

来巡房的护士调整吊针时，一眼就看见白好突兀的红肿双眼，她用眼神询问江雪梅。

江雪梅小声说："好朋友生了不好的病，孩子一时接受不了。"

护士没多问，只是说："她几天没好好进食过，要注意情绪。不过这个年纪的，都比较重情谊。"

江雪梅笑笑。

她坐在床边，拿清水拧过的毛巾轻柔地给白好擦脸。

这会儿白好没事了，她才有闲心想起杭臣。

女儿一个高烧就能让她精疲力竭，不知道杭臣父母那边又是怎样的光景。

这一天，白好睡睡醒醒，醒醒睡睡，眼泪总是不自觉地流下，她怎么擦都擦不干净。

夜幕低垂时，病房里不约而同地飘起晚饭的香味。

江雪梅捧着温热的粥，像哄小孩般轻声说：“妈妈喂你？”

白妤半靠着床头，双手搭在一起，神情低落。

她不是很有胃口，但也知道自己该吃点东西。

勺子伸到嘴边时，白妤接过粥碗和勺子，低声道：“我自己吃……”

江雪梅弯了下嘴角，拿过一边的橡皮筋，走到侧边给白妤梳理头发，三两下扎了个低马尾。

江雪梅看着白妤瘦弱的肩膀，说：“等吃完了，妈妈给杭臣妈妈打个电话？他妈妈应该会接的。”

薄粥顺滑细腻，但这一口白妤却是用尽全力才咽下去。

她用勺子戳了戳剩余的粥，回答说：“别打了……吧。”

“怎么了？你不是一直都很想和杭臣说话吗？”

“我……”

白妤抬头看向江雪梅，忽然不知道该说什么。

是啊，他们三个多月没有联系，她每天都会给他发消息打电话，她一直希望杭臣能给她回应。

可是这会儿她怎么不敢了。

白妤抿抿唇，瓮声瓮气地说：“我……我不知道要和他说什么。”

江雪梅摸了摸她的后脑勺：“那等你想好了，妈妈帮你打电话。”

白妤“嗯”了一声。

出院那天正好是惊蛰，民间有打小人的习俗。

江雪梅回到家，问隔壁邻居要了把艾草，仔仔细细熏遍家中每一个角落。

白妤捧着手机坐在门口的旧摇椅上晒太阳。

三月，万物生长，照理来说风应该是温柔的，气温应该是带有暖意的，但这个春天仿佛和冬天本末倒置，冷得牙齿打战。

南方特有的感受，外头比家里暖和。

但终归是冷的。

稀薄寡淡的阳光照在白妤身上，也照在黑白色的手机屏幕上。

她生病这几天，杭臣依旧没有主动给过她电话和短信。

好像，如果她现在把他的号码删除，他们就变成了陌生人。

白妤心里有说不出的滋味。

她这次是真的生气，气他的隐瞒，气他到现在都不愿意主动告诉她。

也是真的担心。

她问过来给她换药的护士，什么是化疗。

护士说就和输液差不多，通过静脉或者皮下注射，或者其他的方式，让药进入身体，达到杀死肿瘤细胞的目的。

但后续和输液不一样，通常会有剧烈的药物反应。

她想象不出，但她觉得，那应该是非人能承受的。

就像她自己，她的血管较细，从小每次打吊瓶都会被护士说很难找到，要折腾很久才能打上。

鼓包或者大块瘀青都是常事。

这次高烧也不出意外的，两个手背都是针孔，青色的瘀青一按就钻心地疼。

可这真的很疼吗？

如果这算一种疼痛，那杭臣承受的又是什么？

但凌驾于这两种情绪之上的是无言。

她捧着手机，删删打打，有千言万语想说，但汇聚不成完整的文字发给他。

她忽然就理解了杭臣的断联与回避。

他要怎么说，要怎么做，才能同时安慰好自己和别人。

而她要怎么说，要怎么做，才能真正体会他的绝望和痛苦。

原来，这就是大人经常沉默的原因。

学校给杭臣组织的爱心捐款活动很快展开。

他们班级不仅捐款，还自发叠了一千只千纸鹤送给杭臣，装了十来桶。

其中一个透明罐子里混入了一枚“东南西北”。

江应在打包这些千纸鹤的时候说：“这几天我要和教导主任还有校长一起去趟北京看望杭臣，你们的心意老师一定会带到的。”

话音落下，大伙儿有意无意地看向白妤，那眼神仿佛在说：白妤，你有什么话要托班主任带的，现在赶紧说呀。

白妤回避大家的视线，低头缩成一只鸵鸟。

许久，江应说：“我不在的这几天你们千万别闹腾啊，好好学习，有任何困难找其他的老师。陆潭，好好管着点啊，拿出点班长的威严。”

陆潭沉声说：“好。”

随后日子就那样一天天飘走，重复的，没有波澜的。

白妤坐在最后一排，有时候会发呆似的看前面的同学们。

看他们几个人围在一起为一道题争执不下，看他们忙里偷闲分享自己最近的新发现，看他们插科打诨扔粉笔头玩。

这世界就是这样，离了谁都会转。

每个人都有自己的路要走。

就连她自己都是这样。

第八章

只等来日

冬去春来，某天早晨，白妤忽然发现穿着毛衣已经有点捂脖子了。

她推开公交车的玻璃窗，风也不再像刀片似的刮人脸，空气里隐隐有了泥土松动的蓬勃腥味。

再一看，柳树已抽条。

万物生长，是个充满希望的季节。

季节的变化让白妤长舒一口气。

吹着风，呼吸着新鲜空气，感受着新生的太阳。

在一个雨天后，白妤心中的种子也开始发芽，滋生出一些希望。

也是那个雨天，断联四个月的两人有了联系。

那是三月末的周五晚上，马上要迎来清明假期，天早早地下起了迷蒙细雨。

白妤把书桌搬回了窗前，开着窗，她能听到温润的下雨声。

那三棵水杉树迸发出新芽，雨水一洗，针叶的清香味道迎着风送进来。

白妤在投入地写一篇完形填空，时不时皱眉，轻啧一声。

生僻单词太多，她几乎看不懂到底在讲什么，伸手去拿字典时，她摸到放在一边的手机。

陌生的触感让她迟疑，抬眸看去时，她变得沉默。

高烧后，她再也没有碰过手机，连电都没有充过，也不再早晚给杭臣发消息。

好像只要这样，她和杭臣的世界就会保持这种宁静。

她记得她把手机夹作文书里了，怎么会突然跑出来？

但这也不重要了，也许是江雪梅给她整理书桌时拿出来的，也许是她自己拿出来的。

白妤的手指来回滑着手机边缘，徘徊许久，她还是把手机拿了过来。

她将手机充上电，长按开机键，开机动画上的小人扭啊扭，扭了三圈后手机进入了主页。

一条条未读短信像被激活一样，“嘀嘀嘀”地跳出，大部分是垃圾信息。

杭臣，依旧没有找过她。

白妤的神情难掩失落。

窗外的习习凉风无声无息地吹过来，吹白了她的手指指节，她略显烦躁地快速翻动之前的短信对话，越按越快，到后面都看不清字。

在某个节点，白妤一键回到主页，把手机推得老远。

她双肘撑在桌上，双手掩面，吸了一口长长的气。

凉风灌入鼻腔，直达四肢百骸，却没有浇灭无处发泄的燥火。

白妤双脚蹬地，发泄似的蹬了几下，双手之下是紧闭到扭曲的眼。

这时，手机忽地振动了一下，是有一条新短信进来了。

第六感作祟，白妤听到这个声音忽然全身紧绷，不能动弹，脑子里瞬间变得空荡荡的。

她的直觉告诉她，是杭臣。

可她又莫名胆怯到不敢去碰手机。

白妤僵在那儿，手指微颤，呆呆地盯着手机看。

而那头，像是知道她所想，很快发来第二条消息，手机再次振动，仿佛一定要打破今晚的宁静。

白妤眼皮一跳，犹犹豫豫地把手机拖了回来。

页面闪着硕大的提示——您有两条未读短信。

白妤按下读取键，缓冲一秒后跳出熟悉的人名和电话号码。

第一条，他说：我是杭臣。

第二条，他说：对不起。

白妤看着这两行短短的字愣怔良久。

突然，像是某根弦断了一样，她握着手机的手开始不受控制地剧烈抖动，鼻子一酸，两滴眼泪一前一后落下。

紧跟其后的是这些天的难熬与压抑，宛如盛夏台风，来势汹汹。过境后，留一地狼藉，溽热环绕，形成一张密不透风的网，将她圈禁在这里。

白妤的肩膀慢慢拱起，身形随着呼吸紧缩，脑袋几乎要低到尘埃里，抑制不住的，眼泪一颗接一颗砸在桌上。

啜泣声渐渐覆盖了雨声。

千里之外的杭臣似乎能精准捕捉她的想法与情绪，他很快发来第三条短信。

他说：别哭，别不理我，好吗？

白妤颤着指尖点开。

她又是一愣。

情绪有一秒的放空，但紧随而来的是更汹涌的悲伤。

她说不清是因为终于和杭臣有了联系整个人如释重负的感觉多一点，还是看到他这样卑微地说话心如刀绞的感觉多一点。

人生第一回，她发现心脏真的有痛觉。

他的一字一句是针，精准无误地扎在她心上，让她不能呼吸，让她情绪失控。

白妤的肩膀颤动，她像是支撑不住自己似的，一头倒下趴伏在桌上，眼泪如决堤的洪水倾泻而出。

呜咽声越来越大。

又过了好久，手机传来规律的振动声。

杭臣等不到她的回应，直接拨来了电话。

大哭一场，白妤压抑许久的情绪得到释放，她平息了许多，只是还有点抽抽搭搭。

看到杭臣的来电，她有点儿意想不到，甚至还蒙了好一会儿，等反应过来，她下意识地觉得自己必须得接这通电话，也必须得止住眼泪，不能让杭臣察觉到她刚刚真的哭了。

她胡乱抹了两下脸想收拾好自己，但咸湿的泪水被一擦，立刻像斑驳的雨幕布满脸庞，外头风一吹，一蒸发，脸颊紧绷得发疼。

蓄在眼眶里的泪水还在不停坠落。

她越想抹干净，就越是一塌糊涂。

手机还在振动，他还在等她接电话。

她却怎么都收拾不好自己。

那种无助焦虑的感觉如雨后春笋一般迅速生长，再次快速布满她的每根神经。

她不停地问自己，为什么这么细小的事情她都做不好。

为什么。

为什么她这么怯懦胆小无能。

像是跌入了情绪陷阱，找不到答案的白妤再次崩溃，她看着不停响动的手机哭得无法停止。

杭臣没有结束给她拨电话。

一通接一通，仿若一直能打到第二天。

不知过了多久，白妤再次冷静下来，她边哭边跑去了卫生间，粗暴地把脸埋进冷水里，揉搓掉脸上的斑驳感，洗掉发胀发疼的感觉。

冷水果然有用，能让人快速静下来。

她看着镜子里肿得像猪头的自己，眼泪隐隐又要渗出。在眼泪流下之前，她快速弯腰，重新埋进冷水里。

几个回合后，她已经能正常呼吸。

白妤扯过边上的毛巾随意擦干脸，摸着黑奔跑回房。

在这通电话即将自动挂断的前一秒，她重重按下接通键。

世界有一瞬的安静。

心跳的鼓动声被无限放大。

白妤说：“喂。”

杭臣说：“是我。”

白妤说：“我知道是你。”

两个人的声音都轻到几不可闻。

但在简单如陌生人般的寒暄过后，齿轮生了锈，莫名再难开口。

只剩两人的呼吸声纠缠在一起，像一根颤动在风中的细线。

时间一分一秒地流逝，又在某个瞬间，像从前一样，两个人颇有默契地同时开了口。

“你……”

“你……”

两个人又再次很有默契地同时敛了声，等对方先开口。

片刻后，是白妤先开的口。

她睫毛颤抖，装模作样地低声问道：“你……你有什么事情吗？”

杭臣听得出她浓重的鼻音，他知道，她哭过。

他没有戳破她，像过往无数个平凡的周五夜晚一样，他问她：“你在干什么？”

白妤回答说：“写作业。”

“题目难吗？”

“有点难。”

“是什么，数学？物理？英语？”

“是英语。”

“是——”

“杭臣。”

白妤打断了他。

她紧紧握住手机，和耳朵贴得严丝合缝，每个字都像是从紧锁的喉咙中挤出来的一样，艰涩晦暗。

她问他：“你……还好吗？”

那头的杭臣呼吸一滞。

白妤又问：“疼吗？那样……疼不疼？”

他没有回答。

但白妤清晰地听到了他喉咙的吞咽声，艰难的，克制的。

白妤的眼角泛起泪光，她带着哭腔问：“你什么都不说，那你今天找我干什么？”

静默一秒，他忽地出声。

白妤听到他压下战栗的声线，尽可能用正常的声音说：“小白，你生我气了吗？”

“你说呢？”

他的防线似要崩塌，声音也随之低到不能再低。

他重复道：“是我不好，对不起……小白，对不起……”

“你哪里不好……”

“哪里都不好。”

白妤早已泪流满面，她哭着问道："为什么，为什么不早点告诉我？"

一千多公里外的北京，此刻也在下雨。

雨水在玻璃窗户上留下蜿蜒痕迹，护栏下方水珠凝结，滴滴答答。

城市的璀璨霓虹在雨幕下成了模糊状。

杭臣锁了房门，坐在床边地毯上，上方姜黄色的灯光照亮满室的千纸鹤。

他手里紧捏着那枚"东南西北"。

与此同时，白妤在电话那头泣不成声，反复问他为什么。

防线就在这一刻被彻底击溃。

杭臣低下头，黑色鸭舌帽挡去大片光源，阴影下，泛红的双眼与冷白消瘦的脸庞是唯一的颜色。

他闭了闭眼，沙哑回答道："我害怕，小白，因为我好害怕。"

十一月下旬的那个夜晚，杭臣其实没有睡着。

他只是牢牢闭着眼，陷在松软厚实的被褥里，就像乌龟躲进它的壳。

他听到许多声音。

父亲打了一整晚的电话，在深夜不知几点拿了钥匙出门了。

奶奶的电视声开了一整晚，里头上演了几十种复杂人生。

搁浅在身边的手机振了又振，响了又响。

就这样，他维持着这种姿势躺到了天亮。

他睡前忘记拉窗帘，晨光毫不留情地刺醒他。

他又听到一些声音。

大门密码锁响动，几秒后有人进来，门被关上，应该是父亲回来了。

紧接着，主卧传出母亲的匆匆步伐声。

他们聚在玄关那边，不知道在低声说些什么。

一贯早起的奶奶这时候刚做完早饭。

他等了一会儿，果然有人敲门。

奶奶在外面说："臣臣，起来吃个早餐再睡吧，不吃饭对身体……对身体不好的。"

这是奶奶秉持了几十年的习惯与想法，她每次叫他起床吃饭声音都是笃定自信的。

只有这一次，她迟疑了。

随后，他们一家人围在一起吃早餐，聊天气聊包子的口感。

北京的天气总是干巴巴的，这包子在冰箱里放一夜后吃起来也是干巴巴的。

用完早餐，奶奶神色担忧地收拾垃圾，转身去了厨房。

他们三个人依旧坐在那儿。

他用余光扫着父亲，等待命运的审判。

杭大勇一夜没睡，疲惫全写在脸上。

也是第一次，他在父亲脸上看到疲惫这种神色，印象里，他像是武侠小说里的老顽童，说什么做什么都是乐呵呵的。

这会儿，杭大勇捏着纸巾来回地擦嘴，擦到嘴皮泛红时，他像是鼓起某种勇气，手握成拳头搁在桌上，意味不明地说："臣臣，爸爸昨天联系好了医院，约的今天九点，你收拾下，等会儿咱们去做检查。"

张丽娟说："这么快啊，挺好的，那咱们……速战速决？"

杭臣听到自己异常冷静地问："我到底怎么了？"

话落，空气仿佛在一瞬间凝固，陷入死寂。

等了很久，他缓缓抬起头看向眼前的父母，看到了一些答案。

杭大勇咬着牙，面如死灰，红血丝满布的双眼尽显疲态。

张丽娟垂着眼，眼泪无声地流下。

他又朝在厨房里洗刷的奶奶看去，年迈沧桑的背影微微抖动。

打破这份僵持的是厨房摔碎盘子的声音，"哐当"一声，盘子从手中滑落，摔成两半。

老太太手忙脚乱地收拾，碎片一块块被她捡起。

捡到一半，她突然扔下所有碎片，紧着小步伐冲到桌前，情绪激昂地说："你就不要瞒着小臣了！他这么大个人了，你真当他是三岁小孩吗？你看看你儿子，你看看他！他是个大人了！他这么聪明，难道你能一直不告诉他？"

老太太说着，眼泪也掉了下来。

她果断抹去，铿锵有力地说："又不是治不好，我们在北京，有全国最好的医院，难道还怕治不好？我孙子难道就这样被吓死了？"

杭大勇皱着眉高喊了一声"妈"。

一切就这样回归寂静。

去医院的路上，杭大勇把江城医院的诊疗单递给了杭臣。

杭臣才刚开始看，张丽娟就在边上喋喋不休地说现在医疗多发达，希望有多大。

回忆起这一刹，杭臣难以描述自己到底是什么感受。

他只记得他在反复描摹过那三个字后抬头看向了窗外。

深冬万物凋零，雾霾环绕，这座城市仿佛容不下他这个生命的存在。

杭大勇托关系拿到的专家号快准狠，他们很快做完了所有检查，医生看完报告，快速给出治疗方案，接着，像梦一样的化疗生活就开始了。

第一次化疗时，杭臣躺在病床上，看着七七八八的管子，感到异常恍惚。

当药物进入身体时，他的手指颤了颤。

就在不久前，他还跟白妤畅想着未来。

击碎这种恍惚感觉的是几天后的药物反应。

身体像是在被分解一样，没有一处是自己的，疼痛遍布全身，吐到痉挛晕厥。

日复一日。

差不多持续一周后，药物反应退去，只剩被抽筋剥骨后奄奄一息的身体。

那一刻，躺在病床上，他才真正接受了这个事实。

什么理想，什么过去，什么未来，都是空谈。

就连他这个人，这十几年顺风顺水的人生都快变成假的了。

镌刻在人基因里的对死亡的恐惧如风浪一般袭来。

之后的日子陷入无止境的沉默。

或者说，只有他一个人在沉默。

杭大勇努力重拾乐观心态，每天奔走在医院、公司、家庭，利用空闲时间还认识了许多同病相怜的人。

这些人有企鹅群，他们在群里分享各种方法，相互鼓励。

张丽娟努力在这场战役中找到自己的定位，从洗衣做饭到养护日常，事无巨细。偶尔，她会笑一笑，她相信，总会有点回报的。

奶奶烧香拜佛，祷告念经，说吃素就真的开始吃素了。

只有他一个人是沉默的。

二十八天后迎来第二次化疗。

杭臣做不到像英勇就义的骑士奔赴战场不回头，也没有定力抗拒对生命的渴求。

半推半拉中，他重新躺上那张病床。

置留针戳破皮肤，尖锐的痛感遍布每一根神经。

一滴滴落下流淌入他身体的药水，在沉默的世界里异常清晰，像一种倒计时。

化疗倒数第二天，果然出现了药物反应。

那种埋在心底深处的恐惧翻腾而出，再次击溃所有的心理准备。

有几个难挨的瞬间，人的求生意志被疼痛打压到没有还手的能力，身体随之发起持续性的低烧。

他看不清眼前的万物，蒙蒙眬眬的，像身在一片冰窖中。

他听到自己对自己说，怎么会那么疼，要不，还是死了算了。

还是死了算了。

反正，他现在的情况普遍生存期只有三个月到两年而已。

反正，哪怕他用尽全力也最多活个五年而已。

还是死了算了。

混混沌沌中，他醒了过来。

第二次化疗结束时正好赶上新年。

北京的冬天多雪，看到整座城市淹没在纷飞大雪中，他心里没有一丝波澜。

只是忍不住想起遥远的栀花镇。

那个不常下雪的城市，那个一看到雪花眼睛就会变得亮晶晶的姑娘。

像是一种默契与感应。

在他思绪飘到千里之外时，口袋里的手机振动。

白妤的短信如期而至。

她向他问候，说新年快乐。

她说，今年栀花镇一派晴朗，没有下雪。

她说，真的打算不理我了吗？

他是个卑劣的人。

他依旧没有回复她的短信。

这是她发的第四百五十三条短信。

当晚，奶奶做了一桌饭菜，说要补昨晚跨年的年夜饭。

客厅电视里重播着春晚。

电视里歌舞升平，人人笑意满面。

无聊至极。

他们这个家庭仿佛被感染了一般。

杭大勇撕开热乎乎的烤鸡，两个鸡腿让他为难，他说："哎呀，鸡应该长三条腿才是，这让我怎么分？"

老太太瞪他一眼："说的什么胡话，三条腿那还是鸡吗？"

张丽娟温柔地笑着："我不吃，给妈和臣臣吧。妈这段时间辛苦了，臣臣也是，辛苦了。"

老太太说她吃素，不吃肉，把鸡腿夹给了张丽娟。

鸡腿分完，杭大勇又开始折腾蹄花汤。

他说："大冷天的，喝口汤身子就暖了，来，一人一碗。"

油腻的肉味飘进鼻子，杭臣跑进卫生间呕吐。

这一副其乐融融的虚假画面就此破碎。

等杭臣出来，所有人眼眶已经红了。

沉默许久，那一天，杭臣也不知道自己是着了什么魔，忽地发起脾气。

他低着头，冷水洗过的脸在滴水，咬字用力地说："装模作样的有意思吗？"

他质问他们："从一开始，你们就这样，你们不知道自己演技很差吗？是接受不了我会死掉吗？有什么接受不了的，反正——"

"砰——"

杭大勇怒红着眼，用力拍桌，用力到上面的碗碟都震了震。

杭大勇皱着眉头，两只眼睛仿佛在冒火，他冷冷地道："你要不要听听你在说什么？

"你觉得自己很委屈？你觉得自己生了病绝望得不行？

"你看看你这段时间的样子！你生病，难道只有你一个人天塌了？"

杭大勇越说越激动，猛地站起来，走到他面前，扯过他的胳膊："你自己看，看看你妈妈，看看你奶奶，再看看你老子！"

话落，杭大勇嘴皮子开始颤抖，哽咽道："你有什么权利对我们这么说话？爸爸从小就是这样教育你的吗？你以为这世界上只有你一个人是不公平的吗？来，你看，你看！"

杭大勇掏出自己的手机，翻动短信页面。

他说："这些，都是这些日子我认识的人，都是和你生一样病的人。有些人化疗结果不如你好，有些人才七八岁，有些人骨髓等了几年都没等到，还有些人，家里倒欠几十万。你还觉得你是最倒霉的那一个吗？"

杭大勇的眼泪流下来，大手攀附上儿子的后脖颈，来回抚摸几下后，他一把将身高和他齐平的儿子搂入怀里。

杭大勇说："爸爸只有笑着，才能坚持下去，你也笑一笑，给爸爸一点动力。你别这样，别放弃，你相信爸爸，好不好？"

杭臣似乎很久没有和父亲拥抱过了。

他垂下脑袋，紧紧回抱住杭大勇。

沉默了几十天，杭臣第一次哭了出来。

大雪消融，假期结束，这座城市重新繁忙起来。

那天，杭臣在阳台晒太阳，耳机里播放的是当地的电台广播，是一个专门说书的电台，主持人将武侠江湖讲得那叫一个抑扬顿挫。

惝恍迷离之际，他听到主卧那边传来张丽娟客气温婉的声音。

他摘下耳机，侧耳过去，几句话就听了个明白。

铭德高中要开学了，班主任询问张丽娟是否要缴报名费，还是……

张丽娟说："休学吧，等治好了再回来。"

挂了电话，他听到张丽娟的脚步声由远及近。

随后，她停在他身边，眯起眼望了一会儿太阳后，柔声说："臣臣，你应该和小好打通电话，你们那么要好，朋友之间应该要打通电话。"

他记得，他当时捏着耳机线，没有回答张丽娟。

也是那天报名后，白好没有再给他发短信，没有再给他打电话。

他知道，她肯定知道所有事情了。

他猜，她应该哭了很久。

她应该……已经懂得为什么他选择逃避。

就这样，第三次化疗开始。

在开始之前，杭臣剃了头发，他站在镜子前看着自己看了很久，有点儿陌生，也许久没有好好照过镜子了。

大家都是这样，会尽可能避免让病人照镜子。

他熟练地走进那间病房，又见到和他同期化疗的几个老朋友。

大家不约而同地剃了头发，眼神对上时，相视一笑。

有个四十岁的大叔逗他说："年轻就是好，剃光头都是帅的。"

他久违地觉得笑是件简单的事情。

没一会儿，护士捧着药进来。

他闭上眼，静静等药物在身体里产生反应。

虽然比前两次要缓和许多，但仍然可以用"痛不欲生"来形容。

快出院的前一天，病房里忽然出现几张熟悉的面孔，是班主任和学校里的老师。

大人们看上去相谈甚欢，互相说些鼓励的话，努力不要让氛围太凝重。

临走前，班主任指了指那几个箱子，对他说：“同学们的一点心意，大家都很担心你。”

出院那天打了春雷下了小雨，他看到这座城市开始有了零星绿意。

课文里总说春天是个充满希望的季节。

可这些生机焕发对好不容易在寒冬中熬过却只能活一个四季的动植物来说是残忍的。

回到家后，杭大勇开始筹备骨髓移植的事宜。

在这场噩运中，良好的化疗结果和快速适配到骨髓是难得的幸运。

可是，他的生命还是有了清晰的时限。

整个三月下旬一直细雨霏霏。

那几个箱子他不敢拆，想说的话在手机上删删减减，最后还是没有发出去。

这天晚上，杭大勇冒雨赶回来，说骨髓适配的那个人答应了尽快移植，一商量，就定在了四月中旬。

杭大勇和张丽娟紧紧抱在一起，像是终于走到了这条路的尽头，有了个好结果。

可这明明是这条路的开始。

杭臣朝他们笑了笑，随后进了房间。

乌龟又躲进了他的壳。

他在书桌前坐了一会儿，手指百般无聊地转了几下地球仪。

各大洲在眼前快速闪过，近在咫尺，远在天边。

某个瞬间，他猛地定住地球仪，将其推到一边，余光一瞥，瞥见堆在书桌边上的十来桶千纸鹤。

张丽娟将它们堆得十分规整，玻璃罐子还被擦拭过，干净得揪不出一枚细菌。

视线来回游动，他敏锐地在五彩的千纸鹤中捕捉到一个纯白色的角。

准确来说，防线是在这里开始逐渐崩塌的。

他拧开罐子，倒出千纸鹤，轻轻拨开，一枚“东南西北”的折纸犹如一座孤岛，孤零零地躺在中间。

上面有白好的字迹，娟秀可爱。

像小时候那样，手指穿戴进去，拨开口子，可以看到命运的指示。

东——要一起吹风。

南——要一起吃红豆面包。

西——要一起考大学。

北——我在等你，我从不骗人，我要等你。

记忆拧成线，追溯到很久以前。

很久以前，在第一个分岔路口，跃然于纸上的是：我们都有光明的未来。

雨还在下，潮湿泥泞的空气无孔不入。

白妤听着他几近向命运求饶的声音心脏一阵绞痛。

她认识的杭臣总是意气风发，总是潇洒恣意，只要和他在一起，所有难题都会迎刃而解。

可他现在说他害怕，他很害怕。

也许他们之前选择沉默与回避是正确的。

这一刻，把所有情绪想法如实地摊开，他要说什么，她又能说什么？

他们没有任何对抗生死离别的能力，就连好意安慰的话语都挤不出几句。

白妤泪流不止，只能呢喃一般地叫他的名字，像从前许多个他们打闹的瞬间，她叫他名字时一样。

“杭臣……

“杭臣……

“杭臣……”

可他们不再是小孩了。

现在也不是从前了。

她要的回答他给不了。

杭臣垂着脑袋，通红的双眼已经湿润。

要再继续往下说吗？

要绝对坦诚他的恐惧吗？

他说不出口。

这样太残忍，对她，对他自己，皆是。

有些话只能到这儿。

手机上，通话时长记录着沉默的每一秒。

沉默到手机电板发烫，沉默到眼泪流尽，沉默到不得不再次面对对方。

先意识到今晚珍贵的是杭臣。

他坐在地毯上，背靠床缘，借着力，他曲起双腿，双臂搁在膝盖上，微微弯背，捏着折纸的手覆上眼睛，不留一丝亮光给视觉神经。

他滚动喉结，一下又一下，吞下反复涌出的酸涩，试着让情绪复位。

但一开口，不稳的气息还是出卖了他，他颤抖着叫她名字。

他说：“小白……”

白妤一直在听着电话，艰难地发出一个“嗯”字。

他说：“别哭……”

白妤应不了这句，呜咽声反而似破防一般破了音，声线抖动，宛如受尽委屈的小兽。

杭臣听着她的啜泣声，心中有块地方摇摇欲坠，他不禁将头埋得更低，以求声音的平稳。

他像从前一样哄她。

他说："别哭，不要哭，我们小白……已经很久没有哭了，不要因为我哭。"

他说："我今天还有很多话想和你说，你别哭。"

他说："是我不好，都是我不好。"

白妤的眼泪像断了线的珠子，她控制不了自己。

可她确实不应该再哭了。

今晚是这么珍贵，不应该再哭了。

白妤哽着喉咙试着打断翻涌直上的悲伤。

忍住悲伤与眼泪是违背天性的举动。

她撑在书桌上的手将试卷抓出扭曲到极点的褶皱。

好一会儿，白妤打着嗝儿，憋着，一个字一个字往外蹦。

她说："我、我不哭了。"

她说："我想和你说话。"

杭臣异常温柔，他回答说："好，我们说说话。"

千言万语，徘徊心底，最想说的还是那两句。

几乎又是同时开口。

一个说："所以……还生我气吗？"

一个说："你、你还好吗？"

问出口后，又是相似的缄默。

黑暗中，杭臣皱紧双眉，低哑道："要听真话吗？"

不等白妤回答，他说："不太好，这段时间不太好。今天才好一点。"

白妤的眼眶再次湿润，她抿紧唇，深深倒吸一口气，结巴问道："是、是不是很疼？我问过……我问过别人，化疗很疼。"

杭臣说："嗯，很疼，很疼……但已经结束了。别哭，已经结束了。"

白妤隐隐约约觉得这句已经结束了他不是说给她听的。

但莫名给了她些许安慰。

她低声询问："那……那、是不是要开始下个治疗了？"

杭臣说："今天收到的通知，四月中旬做骨髓移植。"

"做完这个是不是就好了？"

"算是吧。"

"那……你还会回来吗？"

"……等病好了就会回来。"

白妤像是抓住了什么，忽然拔高声音："真、真的吗？会好的是吗？"

杭臣没有立即回答。

他慢慢挺直腰背，挪开遮盖双眼的手，他的手还捏着那枚"东南西北"。他重新望向它，将其撑开又合上，合上又撑开，上面的字句反复映入眼帘。

这是击溃他防线的利剑，也是重塑他希望的良药。

他说："会吧，我应该会好的，对不对？"

他说："我们还有很多事情没有做，我答应你的。"

曾经迎风高举双手立下的誓言闪过脑海。

他们的梦想，他们的理想，他们要共同抵达的地方，还有，他们的感情……

独一无二，珍贵无比的感情。

白妤的双眸软下来，她吸了吸鼻子，轻柔却有力量地说："我等你回来啊。杭臣，我等你回来。"

杭臣的声音也变得十分柔软。

他说："我看到了，你写了。"

这个湿漉漉的夜晚是在这儿开始变得温润的。

杭臣问她："所以……不生我气了吧？"

白妤双肩放松下垂，五指松开皱巴巴的试卷，她一边将其抚平，一边低缓回答道："我没有生你气，我怎么会生你气。我只是好担心你，我也……什么都帮不了。"

她甚至连攒一张去北京的车票的能力都没有。

可杭臣立刻反驳说："不是……你帮了我很多。"

白妤当他是安慰她，他一向如此，总会顺着她的话说。

但电话那头的杭臣破天荒地笑了一下。

鼻翼翕动，气息起伏，短促的笑声混着电波的杂音钻进她的耳朵里。

她以为自己听错了，不禁将手机和耳朵贴得更紧，跟在这声短暂笑声后的是杭臣相对释怀的声音。

他说："小白，今天是我这段时间最开心的一天。和你说话，原来这么开心。"

白妤愣了一瞬，但下一秒，她随之弯起嘴角。

她说："那我们以后每天都要说话。"

杭臣说："不行，你要读书，小白，别为我哭，也别为我太分心。我们……都没有回头路可以走。"

"可我想和你每天说话。"

"不行，我不能占据你晚上太多时间。你听话，好吗？这次，我不会再像之前那样了。之前是我不好，选择了最懦弱的方式。"

他语速舒缓，温柔如这个春夜，白妤再难抗衡。

她说："我听你的。"

雨没有停，夜深后水汽加重，感受到丝丝冷意，白妤关了窗。

手机没了风吹更难散热了，烫得快握不住。

白妤脱了鞋躺到床上，她趴着，将手机平放在枕头上，开着免提外放。

像是想弥补这几个月缺失的了解，谁都不舍得挂电话。

杭臣问起许多事情。

白妤滔滔不绝地回答着。

她说陆潭接替了他的职务成了班长，她说自己现在每天和姜素、马盈薇一起吃饭，她说那天两个班级之间爆发了世纪大战……

杭臣躺在一堆千纸鹤中间，摘下鸭舌帽盖住了脸庞。

他闷闷的声音时而上扬时而不解，时而忍不住笑一下。

白妤想让他开心一点，再开心一点。

她故意说得天花乱坠。

不知是她真有说故事的能力，还是杭臣太过配合，他们时不时放声大笑。

像从前，他们对未来一无所知的时候，靠在滑滑梯边上，无所顾忌地放言高论，笑得前仰后合。

时间不等人，黄昏将至时，他们要挥手离别，从来没有不舍过，因为他们都理所当然地觉得，明天会再见。

白妤枕着脑袋，肿胀到只能眯成一条缝的眼睛窥见几缕天光。

还未等她反应过来，电话那头的杭臣哑着嗓音说：“小白，天好像亮了。”

白妤仔细朝外看了几眼后，说：“杭臣，雨好像停了。”

“我们……”

“我们……”

又是一次不谋而合。

话语微顿。

白妤说：“我们睡觉吧。”

杭臣“嗯”了一声：“睡吧。”

白妤说：“等睡醒了，我来找你。准确地说，就是，等会儿聊，也有可能是明天聊。”

杭臣说：“那……小白，早安，午安，晚安。”

他特意将“晚安”二字咬得重了些，像安徒生童话故事的结尾那样，企图用温柔的嗓音换对方一场好梦。

他们按下挂断键，结束时长九个小时三十五分钟的通话。

挂在两个人脸上的笑容却都渐渐消失。

同一个清晨，不同房间，他们分别侧过身，睁着眼，久久不能入睡。

他们不再是小孩了。

现在也不再是从前了。

笑声有了讨好味道，分享有了挑拣隐藏。

他们被迫学会了大人拙劣的伪装，在今夜。

给杭臣捐赠骨髓的是一位年轻的父亲，是杭大勇在病友群里认识的。

正式进行捐赠前，杭大勇为表感谢组了个饭局。

他们一家人全部出席，以示尊重。

酒店包厢临街，窗外风景一览无余。

那场春雨过后，万物生长迅猛，一不留神，已经绿茵遍布。

杭臣坐在靠窗的位置，微侧着脑袋盯着一棵树发呆。

玻璃窗上倒映出他的轮廓，黑色的鸭舌帽，挺拔的鼻梁，消瘦分明的下颚线，顶到下巴的冲锋衣衣领。

他觉得自己有点儿像那棵树，在这个春天终于长出了几片新叶。

他太过出神，连客人进门都没发觉，还是杭大勇客套完戳了他胳膊几下，他才醒神。

他起身转头望去。

第一眼是有点震惊的。

杭大勇说给他捐赠的人才三十出头，很是年轻。

可眼前的男子满头白发，面颊皮肤斑驳粗糙，像是五十来岁的样子。

而这个男人似乎习惯了别人这样惊讶的眼神，他朝杭臣微微一笑，伸出双手，自我介绍道："杭臣是吧，我叫陈竖发。"

觉察到自己的不礼貌，杭臣弯腰，做出小辈姿态，谦卑地握上他的双手。

吃了这顿饭，杭大勇他们才知道陈竖发同意捐赠，并且这么配合的原因。

说来很简单也很直观，因为，陈竖发的女儿在三岁时生了白血病。

他是单亲父亲，他说永远忘不了自己抱着昏睡的女儿四处奔波的日子，等骨髓匹配的时候，他恨不得朝每一个路过的人磕头，求他们做一次匹配检查。

也许是上天眷顾，有一天在医院里，有个陌生女人突然和他说，她想看看她的是否和他女儿的匹配。

无情的死神之路上，人类靠自己的善意开辟出一条新的道路。

女人竟意外地非常匹配，并且无所求地进行了帮助。

分别时，女人只说了一句话："陈先生，如果有一天和你同样遭遇的人需要你的帮助，你也一定要帮帮别人。"

现在，杭臣就是那个"别人"。

所以这次，在酒店门口分别时，陈竖发笑着说："杭先生，如果有一天你遇到了——"

话还没说完，至情至性的杭大勇红着眼睛抢话道："我会的！我一定会帮的！"

陈竖发点点头，说："那就手术那天再见了。"

傍晚已至，昏暗天色的另一端，白好刚结束一次小考。

收拾书包时，她还没从试题中走出，直至姜素惊呼出声。

姜素说："小好！你怎么把吃完的葱油饼袋子塞书包里了？不油吗？"

"啊？"

白好脑子里那根弦抖动了一下，她手忙脚乱地翻书包，在两本练习本之间看到了那油腻腻的饼袋。

这是她的午饭，吃完后，她懒得跑大老远去扔，想着放学时带出去扔的。

这下好了，是真在放学时带出去了。

她拍了拍脑门，对自己不满地"啧"了一声。

一旁的马盈薇一语道破："是不是在想刚刚数学的倒数第三道大题？"

白好大叹气："是啊——好！难！啊！"

她背上书包，捏着饼袋的一角，和她们一起走出教室。

下楼梯到转角时，手中的饼袋忽然被抽走，她回头一看，是陆潭。

陆潭和另外一个男同学今天值日，正拿着簸箕要去倒垃圾。

陆潭像是一点都不觉得这袋子油腻似的，直接夺过扔进了簸箕里。

"那个……"白好一时不知道该说什么。

陆潭神色如常，低声道："小事情，顺手。"

"啊……谢谢你。"

"不客气。"

他们比她们走得快，没一会儿，人已经没影了。

姜素和马盈薇对视一眼，又同时将视线落在白好身上。

犹豫着，姜素委婉地说："小好，你有没有觉得陆潭人还挺好的？"

白好认同地点头："有啊，他是个好人。"

杭臣不在的那段时间，他每天都耐心地帮忙交作业，为人也很低调，不争不抢，不和其他人胡闹。正式成为班长之后，老师交代的每一件事他都做得认真又仔细。

白好觉得他是个好人，他只是有点不善言辞而已。

在很久以前，大家都不熟悉陆潭时，杭臣就已经和她这样评价过陆潭了。

杭臣……

想到这儿，白好一怔，轻轻地"啊"了声后开始着急忙慌地找手机。

找了半天，她发现自己没带。

她抓住马盈薇的手臂，凑近一看，马盈薇的腕表上显示，现在是五点十五分。

白好惊呼："糟了，我的公交车还有五分钟就要来了！"

马盈薇："啊？今天放学很早啊，你急着回去吗？"

白好已经冲了出去，她边跑边高喊道："我先走啦！我今天约了和杭臣打电话！"

风将她的声音捎得老远。

姜素和马盈薇相视一笑，耸耸肩，慢悠悠地朝校门口走去。

离得不远的陆潭倒完垃圾，抬头望了天空一眼。

阴天的傍晚灰蒙蒙一片。

同伴喊他名字，见他不回，顺着他的视线向上看，啥也没有。

同伴忍不住问道："陆潭，你在看什么？"

陆潭微微眯眼："看傍晚。"

"这有什么好看的，阴天，一点都不好看。"

"是啊。"

"走了走了，放了东西后我们快回去吧，指不定等会儿又要下雨呢。"

陆潭说："好。"

白好在最后一秒赶上了公交车。

托考试的福，这两天作业骤减，放学时间也变早，让她可以和杭臣正常地打两个小时电话。

吃完饭，洗漱完，白好用毛巾搓着头发慢腾腾地走回房间。

书桌上放着一盘切好的菠萝片，气味清甜浓郁。

白好插起一块，大口咬下，香甜的汁水在口齿间炸开，但下一秒，酸得她龇牙咧嘴，咽下去后有淡淡的涩感回涌，真是让人皱眉又着迷的水果。

江雪梅正好捧着一套新的四件套走进来，问道："好吃吗？"

白好啃完一片，留下中间硬邦邦的果芯，她说："得再放点糖。"

江雪梅半信半疑地尝了一块，不到三秒，同样被酸得说不出话。

好半晌，她笑得直摇头："怕酸怕涩口，已经先用盐水给你泡了一下午了，刚刚切的时候糖罐子都倒空了，还问隔壁婶婶借了几勺呢。这菠萝还是不行，等再过段时间，市面上的就甜了。"

白好不是个挑食的人，她插起第二块，说："等糖再渍一会儿就好了。"

江雪梅是吃不了第二块了，抹了抹手，开始给白好换床铺。

气温逐渐升高，冬天睡的十斤大棉被盖着已经略显沉重。

白好倚着桌边吃菠萝，本想和妈妈说说今天考试的烦恼，但看见江雪梅挥动手臂，吃力地剥被套，滚在舌尖的白砂糖忽然就不甜了。

人生很多感受与回旋镖都是在一瞬间被发现的。

她突然发现，她的身高与身形已经和妈妈不相上下。

妈妈也不是无所不能的神，她只是一个连换被套也会吃力的普通女人。

香软舒适应季的被褥床垫，每日一换的大小衣服，都需要一个普通女人费心费力地完成。

白好心里不是滋味。

她放下叉子，利索地将湿漉漉的长发用鲨鱼夹夹起，走到江雪梅身边，帮忙扯住一个被角，有了力的拉扯，江雪梅很省力地剥下了被套。

白好抖开新的被套，想套上去的时候被江雪梅叫停。

江雪梅说："别套，这个被子我这几天晒了后要收起来。来，帮妈妈扛到隔壁去。"

白好把厚实的棉被叠成豆腐块，扛在肩上。她不解地问："那我晚上盖什么啊？"

江雪梅从柜子里捧出一床薄被，说："天热了，盖个五六斤重的就可以了。"

白好扛着棉被去了隔壁，等她回来时，江雪梅已经在铺新的床单了。

"哗啦啦！"新的床单被双手撑起，如一张飞在空中的印度飞饼，数秒后，轻巧地落在床垫上。

江雪梅的手如熨斗，抚过边角，褶皱立刻变得熨帖平整。

白好跟上她的动作，帮忙一起套盖被。

新的四件套风格有点新潮，不是家里那些大红牡丹花和深蓝格子小狗，而是一群跳在黑色海洋里的粉兔子。

非常酷，酷中还带了些天真。

白妤有一丝丝疑惑：“妈妈，你哪里买的啊？还挺好看的。”

得到女儿的肯定与喜欢，江雪梅眉开眼笑。她说：“前几天镇上有个卡车卖被套，我看很多人围着买，就也去挑了一套。有个阿姨让我买这套，说你们这个年龄的女孩子肯定喜欢。”

白妤笑笑，配合地蹬了拖鞋，大大咧咧地扑上床，四肢像游水的蛙，来回划动。

她说：“喜欢，很喜欢。”

江雪梅拍拍她的屁股：“喜欢就好，只是……妈妈实在不懂你们，年纪轻轻的红色粉色不喜欢，就喜欢这种灰色黑色，你看你今年买的衣服都没几件是彩色的。”

白妤想也没想地回答：“粉色太幼稚啦。”

“那下次那个人再出来卖的时候，我再买一套。”

“再买一套？好贵的吧，算了，我有一套就够了。”

江雪梅：“再买一套，妈妈现在有钱。”

白妤翻身，看向笑吟吟的妈妈。

这个换被套会吃力的普通女人好像越来越自由了。

是因为这大半年有了靠自己攒钱的能力吗？

这大半年，江雪梅不仅做零工赚小钱，还申报了残疾人补助。听说因此认识了一位同为残疾人的阿姨，她跟着那位阿姨东跑西跑，参加各种活动当托儿赚钱。

果然，钱是个好东西，能让人容光焕发。

夜微深时，白妤坐在书桌前，戴着耳机和杭臣通话。

她说今天的考试题目很难，说自己在哪个教室考试，说被饼袋搞脏的两本练习本，说妈妈新买的四件套，说大家终于发现了陆潭是个不错的人。

不放过生活中每一处细节。

同时，她发现自己的头发有好长一段时间没有剪了，都快齐腰了。

她抓起一看，发尾还都是分叉。

她找了把剪刀，边聊天边耐心十足地剪分叉。

那头的杭臣也刚洗完澡，和白妤一样，坐在书桌前。

但他什么都没做，只是专心地在和白妤打电话。

考试、练习本，这些校园生活听起来已经离他很远了。

可白妤说起来时，一些遥远的画面会生动地跳跃在脑海里，配上她轻盈灵动的声音，那个名为栀花镇的乌托邦，他再次走了进去。

他想，也许长大后白妤应该去做造梦师，她的声音是这么容易让人入梦。

他忍不住轻唤一声：“小白。”

白妤："嗯？"

杭臣意识到自己想说的话太没由头，想了想，说："……算了，没什么。"

"不要欲言又止，我们不是说好了吗？"

杭臣鼻间溢出一声笑："不是，只是刚刚……刚刚想到一些有的没的，可说可不说。"

白妤说："我们打电话不就是为了说一些有的没的吗？"

杭臣又笑了一下，说："刚刚觉得你声音好听，想说你以后可以做造梦师，当然，我胡说的，我不知道有没有这个职业，只是脑子里忽然蹦出这么一个想法。"

受到夸奖的白妤不禁得意起来，假装矜持地问："我的声音真的好听吗？"

"好听。"

"可我觉得我声音挺普通的。"

"不普通，是很好听很好听的声音。"

白妤嘿嘿一笑。

不过……

"造梦师？"白妤朝书桌吹了口气，落在上头的分叉短发瞬间消失，她评价道，"听起来像是前几天来村里忽悠老太太买周佳牌的骗子。"

杭臣疑惑："周佳牌？"

"就是雕牌啦！你之前和你妈妈住的那边没有人拿喇叭喊过吗？"

"好像有吧，不过不是卖菜刀的吗？"

"哈哈！你过时了吧，现在不流行卖菜刀了，现在来村里的有周佳牌洗衣液，有包治百病的磁吸手串，有澳大利亚羊奶粉，还有什么来着……哎，我突然忘记了，我想想，我妈刚吃晚饭的时候还和我说的。"

杭臣："那很多人买吗？"

白妤："嗯呢，因为好像很便宜，很多人都买了。就连我妈，去听了一小会儿就没忍住，买了两包洗衣粉回来。还是我发现这是冒牌的呢，但是骗子已经开车走了，能去哪儿讨公道？"

顿了顿，白妤说："不过没事儿，大家好像不在意，可能对他们来说花几块钱买五六袋洗衣粉怎么都是划算的。"

杭臣踌躇道："那个洗衣粉可能不是很好。"

白妤："那肯定啊，但是……"

但是生活不易，吃过苦的人最懂得珍惜。

尾音拖长，白妤浅浅叹气，她没有继续说下去，一转话锋说道："好啦，我把我的事情都说完了，现在轮到你说了。我还不知道你这两天干了些什么呢。"

杭臣把手机放在桌上，开的免提，他不知自己应该做些什么，双手搁在桌上，劲瘦的十指交叠在一起，打磨光滑的深胡桃桌面映出他手的颜色，刚洗完澡，指腹被泡得褶皱发白。

他的视线滑过手指，飘到堆在左上角的书籍课本，又落到自己的小臂上。

几次化疗扎的针孔还没消，大块小块的瘀青无时无刻不在提醒他，他和白妤身在两个世界。

乌托邦，理想国，如信号差劲的全息投影，能置身多久全看运气。

好在，和白妤说话可以综合掉一些微妙情绪。

他微微往后靠，下巴抬起，思索了一会儿，回应道："嗯……这两天没什么特别的事，但今天下午去见了要给我捐赠骨髓的人。"

白妤觉得这就是特别的事。

她问："然后呢？"

杭臣像她一样，事无巨细地描述了一遍，最后有点想笑地问白妤："你说，我们对现在的小孩来说已经很老了吗？那家的小女孩居然想喊我叔叔。"

进入杭臣的世界，白妤心情大好，她逗他："可能是你长得显老。"

杭臣哼笑一声："她说我长得帅。"

"我怀疑这句是你编的。"

"我长得帅不是事实吗？公认的。"

"哈哈，哪里公认了？我们认识这么久，怎么都没见有女生给你写信呢？哎，我还收到过信呢，你都没有。"

杭臣有点阴阳怪气地说："你还挺骄傲。"

"反正你没收到过。"白妤小声地说。

杭臣坐直身体，将手机拨到正前方，气息极低地说："你怎么知道没有？"

他语气有丁点儿神秘，白妤犹豫了一下，但还是上了当。

她把剪刀"啪"的一声放在一边，捏起耳机线的麦，故作寻常地问道："谁啊？我认识的吗？"

杭臣故意不说话。

白妤回忆以前杭臣不对劲的瞬间，猜测道："肯定是在我收到之后，不过也不一定，我记得那个寒假你怪怪的，难道你背着我偷偷早恋过？"

忽然被提及那年的糗事，一幕幕浮现心头，杭臣乱了阵脚，投降认输。

他笑说："什么早恋，没有没有，都没有，逗你玩的。怎么会有人给我递信，反正他们应该都知——"

他语速不慢，说得连贯，但话语就这样戛然而止，是一种不知名的念头在心头敲响警钟，亮起红灯，截停了他。

是什么？

杭臣大脑有一瞬间的空白。

几秒后，不知名的念头逐渐清晰地浮现而出。

——反正他们应该都知道我喜欢你。

——但我不能说，因为我已经没有资格了。

他已经没有资格说这种似是而非、会改变他们关系的话了。

他们从今以后只能是好朋友，只能到这里为止。

这种认知传达四肢百骸后，杭臣脸上的笑容一点点僵住，仿若有千斤重的东西拉着他下沉。

白好一无所知，声音反而变得扭捏起来，问他：“他们应该都知道？知道什么啊……”

杭臣说不出话，慢慢垂下脖颈，额头几乎要抵到书桌，拱起的双肩让他看起来有些不稳。

白好还在满心欢喜地等自己想要的那个答案。

她轻轻催促他：“知道什么啊？你说呀。”

杭臣浑身止不住地颤抖。

就如从未想过自己生命有倒计时一样，他从未想过有一天他连喜欢白好的资格都没有了。

他的喜欢会成为白好的负累。

可他才答应过白好，说自己不会再逃避，不会再对她故意视而不见。

他缓缓闭上眼，搁在书桌上的双手握成拳，凸起的青筋宛如纵横交错的山脉，一路蔓延至低垂沉重的脖颈，那微微凸起的一小块颈椎骨看起来如孤独的山峰。

这种沉默太过熟悉。

白好察觉到了微妙的气氛变化。

在她整理思绪，试图找到缘由时，杭臣开了口。

电话里，他的声音听起来和刚刚没有什么不同。

他笑了一声，轻松地说：“没什么啊，反正他们应该都知道我可不打算早恋。”

白好听到这个回答，失落地“哦”了一声。

但转念一想，也许是她多心了。

没什么事情就好。

来日方长，他们眼下要做的是身体健康与努力学习。

四月中旬，杭臣接到医院通知，准备进入移植仓。

在正式进仓前，他们去见了陈竖发。

陈竖发比他们早入院一周左右的时间。

这会儿的陈竖发已经没了注射动员剂后的药物反应。

他笑着和杭臣一家人说：“我这里一切顺利，孩子，你也一定一切顺利。”

移植仓恒温且无菌，家属不能陪同，只有一块大玻璃可以和亲人遥遥相望。

进仓前按照医嘱，杭臣剃去全身毛发，沐浴洁净。

换上护士递来的已消毒过的衣服时，杭臣很难做到绝对的平静。

许多混沌缥缈的想法在脑海里进进出出。

他莫名生出一种强烈的渴望。

如果这次手术后可以一直活下去就好了，如果能一直活下去，现在走的每一步他都不害怕。

他想活下去。

他好想活下去。

杭臣拉开门，进入移植仓。

杭臣环视一圈，最终看向站在玻璃窗外的父母。

短短几个月，一向保养得当的张丽娟眼角已经生出了细纹，那双眼总是红通通的，眼袋反复生出。总是神采飞扬的杭大勇鬓角竟然长出了几缕白发，他微微笑着，强撑着，微微笑着。

他想活下去。

为自己，为父母，为在千里之外的白好。

他想活下去。

思绪走到这儿，他朝窗外的父母笑了笑，用口型说：我没事儿。

杭大勇搂着张丽娟，两个人一起笑，还朝他做了一个加油的手势。

接下来是七天的清髓大化疗，没有想象中那么难挨，除了胃部有轻微的恶心感。

挂了两天抗感染的药水后，四月二十五号，陈竖发的干细胞被输入他的体内。

和输血没有太多区别，但健康崭新的细胞进入，让身体变得完整，机能更好地运作，身体的舒适度在不断增加，精神也跟着变好。

蒙蒙眬眬中，他更加确定自己想活下去。

三个小时后，一切结束。

护士温柔体贴地道："都好了哦，以后也会越来越好的，要好好保护身体，也要开心一点。人啊，心情好了身体才会好。"

杭臣如同做了一场梦，恍惚着回应说"好"。

但不是每个人的移植都会顺利成功，有5%的患者通常会因为白细胞或者血小板没有值活而不能顺利出仓。

回想起来，杭臣觉得自己可能是相对幸运的。

后续住院的一周，他按照护士的要求，精准记录自己的身体情况以及吃喝，包括体温在内，都无异常。

只是有轻微的疲惫感。

护士说这是正常的，一到两周即可恢复。

五一假期，杭臣正式出仓。

杭大勇仿佛又打了一次胜仗一般，喜极而泣。

杭臣一出来，杭大勇猛地上前紧紧抱住他，老泪纵横。

张丽娟很久没笑得这么开心了，虽然嘴上在说："你轻点儿，你别弄疼臣臣。"

一家人热热闹闹地启程回家。

再次路过这条街道，和冬天的萧瑟景象已经全然不同。

排列整齐的树干如抽了条，疯狂生长，携着苍翠茂盛的枝叶似要冲破这北京城的天。

杭臣按下车窗，明朗的阳光恩赐般洒下。

到处都是好风光。

他给白妤发去短信：回家了，晚点和你打电话。

回到家，奶奶又做了一桌饭菜。

杭臣吃不了这么油腻的食物，但还是感到了许久未有的幸福。

用过午饭，杭大勇匆匆赶去公司，老太太要午休。

张丽娟在杭臣房间装空气消毒机。

杭臣坐在书桌前准备和白妤通话。

张丽娟看出他的心思，笑着说："好了，好了，装好了，我出去了，你和小妤打电话吧。"

杭臣弯了下嘴角。

张丽娟出去时顺带掩上了房门。

电话拨过去，仅一秒就被接通。

一接通，那头就传来白妤充满朝气的声音。

她说："喂！杭臣！"

杭臣的嘴角笑意加深："你是不是有什么好事，怎么今天这么开心？"

"对啊！今天就是很开心！你顺利完成了移植！而我，我做了一个决定！我暑假要来北京看你！"

杭臣嘴角的笑僵住，讶然不止。

"什么？"

白妤说："我决定了，等六月份考完试我要来北京看你。"

杭臣迅速在脑海里规划出白妤来北京所需要的条件。

片刻后，他问："你妈妈同意了？"

静默了一会儿，白妤吞吞吐吐地说："还没和她说……"

五一假期，阳光大好。

院子里的野花和杂草拔地而起，三三两两的白粉蝶出来觅食。

江雪梅出去打零工了，留白妤一个人在家。

临走前，江雪梅又切了一盘菠萝。

果真比上次的要甜很多。

白妤坐在屋檐的小片阴影下，拱起的双腿上放着一份厚实的草稿纸，她边吃菠萝边写写画画，上面写了从家门口出发，一路到北京所需要的路费。

江城去北京坐硬卧需要一百五十二块零五毛，加上公交车和大巴的费用，总计两百左右。

她打算在北京住一个便宜点的旅馆，勉强算它一百块好了，吃饭就吃最便宜的，或者自己带几个馒头也行。

她想，存满六百块她就可以去一次北京。

就在她为这个可行的计划跃跃欲试时，杭臣的灵魂拷问浇灭了所有。

是的，这个计划最艰难的部分是得到江雪梅的同意。

听到她是擅自决定来北京，杭臣更惊讶。

他不可思议地问道："你是想一个人来这里找我？"

白好说："对啊，我就来看一下你，第二天我就回来。如果和妈妈一起去的话，可能需要支出一千块，有点贵了……"

杭臣继续问道："那你哪儿来的钱？"

白好说："昨天放假，我和妈妈一起去做了托儿，只要坐在那边听他们宣传急救知识就可以拿五十块！我之前还自己存了一点，我现在身边有三百九十八块！我之前总以为去北京会很贵，但那天我去火车售票点问了，我觉得我可以来找你。"

杭臣呼吸逐渐急促，他深吸了一次又一次，良久，才开口道："不行，小白，你不能来找我。"

"为什么？"白好手中握的水笔笔尖停顿，一戳，戳破了两层草稿纸。

杭臣给她分析缘由。

他缓缓地说道："你说的价格应该是火车硬座，江城到北京硬座最起码要十个小时。火车上人很杂，你从来没有出过远门，太危险了。别说你很难说服你妈妈了，我也不同意。你平常不看新闻，你都不知道这两年被拐卖、失踪的少女有多少。"

白好确实缺乏实际经验，目前也还没有好好做过功课。

但想去北京找他，这个念头宛如一团火焰在心中燃烧。

她觉得自己什么都不怕。

白好想了想，依旧坚持自己，说："我会很小心的，我会时时刻刻报平安。"

"不行。"

"我真的会很小心谨慎的，或者我再利用暑假攒攒钱，我买高铁票呢？这个是不是安全一点？我可以八月份来见你。"

"不行……"

"为什么不行？我有能力和自信保护好自己。我……我只是想见你一面。"白好低低倾诉道，"杭臣，我很想你……"

"……小白。"

杭臣快要动摇，嘴上在说不行，脑海里却已经拟化出在火车站见到白好的场景。

甚至，其实这件事也没有那么难。

他可以出钱给白好买机票，就连江雪梅的也一起买，再让父亲安排人去接送机，不管是住宿还是游玩，都不在话下。

可是见到了，然后呢？

他已经不能像以前那样肆无忌惮地和她打闹，也不能再明目张胆地表达自己的感情。

可他一定会控制不住的。

所以他不能这样做。

至少现在不能。

干细胞移植成功不过是走了第一步，接下来有可能会出现并发症，也有可能会发生感染，也许会复发。

至少要等他恢复到95%，像个正常人一样。

这样的他才配站在白妤面前。

白妤从他的声音里听出松动，她的笔在纸上胡乱画了几下，忍着怦怦心跳，问道："你呢，你不想见我吗？"

一个"想"字快脱口而出，但他再次意识到，现在不能和白妤谈这些，他不配。

话咽回喉咙，重新加工。

他给白妤的回答是："我当然很想见你，但是这个假期不太方便。我……我还没好透……"

涉及最根本的身体因素，白妤心中的火焰渐渐熄灭。

没有什么比杭臣的身体更重要了。

白妤担忧道："是不是好好休养就没事了？"

杭臣说："理论上是这样。"

"那很长一段时间不回来了吧？"

"嗯。"

"书……也暂时没法读了，对吗？"

"嗯。"

白妤默了一瞬，忽地变换语调欢快地说："那、那等我上大学了，你还在读高中，你以后就变成我学弟了。以后就轮到我辅导你了。"

乌托邦的创造者，永远富有力量。

杭臣瞥了一眼窗外午后艳丽的阳光，笑了好一会儿，答非所问道："小白，栀花镇天气好吗？"

白妤也抬头看天空。

白云苍狗，风和日丽。

她说："和以前的五月一样。"

杭臣轻声道："小白，好好做自己的事情，我会努力快点来见你的。"

白妤心中的冲动被抚平。

她深吸了一口气，空气中涌动着野草强劲生长和遍地野花的味道。

她也以同样轻柔坚定的声音回答说："好啊，我们都好好做自己的事情，我们要……快点见面。"

这一天，白妤的梦想是快一点，再快一点和杭臣见面。

四季周而复始，时间变迁，时代悄无声息在更替。

智能生活是在这两年侵入的。

一线城市的杭臣率先感知到，起源于那天有个小学同学来看他。

那个同学是北京人，名副其实的富家子，一进门就给了他一个大拥抱，开朗地问道："哥们儿，没事了吧？"

杭臣说没事。

对方轻轻给了他一拳：“你去你外婆家后说话口音都变成南方的了。”

杭臣笑起来。

两个人坐在客厅里聊天，同学转着手机说：“玩INS（社交软件）不，玩的话加一个好友。”

杭臣知道这个社交软件，是国外的，但他连微博都不玩。

拒绝后，同学说：“那企鹅号总有吧，加一个。”

杭臣说：“行。”

他报了一串数字，同学点开手机说：“加你了，你同意一下。”

杭臣知道这两年手机越做越高级，登个企鹅号什么的不在话下，但像这个界面和大屏幕的手机很少见。

他问了后，同学惊讶地笑出来：“不会吧，你不知道？不过不知道也正常，这是六月份新出来的，我爸托人在国外给我买的。”

他递给杭臣，抬了抬下巴，意思是你玩会儿看看。

杭臣捧着滑动了几下，很快上手，在看见发送图片如此便捷后他有些心动，在发现还能流畅视频后更心动了。

远在栀花镇的白好只觉得夏天好像越来越热了。

本地电视台的午间新闻，主持人去广场中央实测温度，地面温度快超过五十摄氏度。

隔着镜头都能看到波浪状的热量在浮动。

她躲在空调房里一步都不肯踏出。

台风那阵子，闷热的天才凉快下来。

她像冬眠苏醒的熊，站在门口对着深蓝傍晚伸了个大懒腰。

江雪梅在后门口剥毛豆米，是隔壁婶婶给的，刚从地里拔出来的，连根带泥，饱满的毛豆荚挂得满满当当。

白好散着步过去找她。

她发现妈妈在自娱自乐。

不久前，江雪梅买了部二手手机，让镇上手机店的人给下载了百首歌曲。从此，做饭、洗衣、择菜时，她都会掏出手机放歌听。

她又在听那首《青春圆舞曲》。

雄浑的男声搭配着缥缈轻盈的女声，有力吟唱：

> 太阳下山明天依旧爬上来。
> 花儿谢了明天还是一样开。
> 美丽小鸟无影踪。
> 我的青春小鸟一样不回来。
> 我的青春小鸟一样不回来。

别的那样哟，别的那样哟。

我的青春小鸟一样不回来。

江雪梅跟着有一搭没一搭地哼唱，脸上浮现着淡淡的笑意。

白妤搬了张小凳子在一旁坐下，拿过一根毛豆荚，和江雪梅一起剥豆子。

江雪梅赶她："妈妈来就好，你别搞这个，有泥还有虫，太脏了！"

白妤不愿意走，认真地剥。

但难道剥豆子也要天赋吗？

妈妈的手像刀一样，能轻易地划开豆皮，手指一勾，一排整齐的豆子被顺滑地抠出。

而她呢，一节豆荚却要掰成好几半，再磕磕绊绊地剥开青皮，费半天劲才得到一颗毛豆。

江雪梅见状，笑说："还是妈妈来吧，你的指甲太薄了，所以剥不成。"

"是吗？"白妤投去怀疑的眼神。

事实上，是的。

妈妈的指甲因常年做粗活，再加上年龄上涨，变得厚实发黄。

像积累许久的老茧。

白妤不认输，坚持要帮忙，能剥一颗是一颗。

两个人剥总比一个人快。

同时，白妤发现江雪梅在单曲循环。

她嘟囔道："你怎么老听这首啊？换别的吧？哎，妈妈，要不听我的吧？我的好听。"

江雪梅说都行啊。

白妤立刻掏出自己的手机，精挑细选，选了首周杰伦的歌。

她按停江雪梅的，说："这是最近很火的歌，好听吧？"

江雪梅说："妈妈听不懂，他唱的什么也听不懂。"

白妤再次疑惑："很容易听得懂啊，怎么会听不懂。"

江雪梅嘴角扬起："因为妈妈和你不是一个时代的啦，跟不上你们年轻人的喜好了。"

"好吧——啊！啊啊啊啊啊！"

白妤突然尖叫，如炮仗一般跳得二丈高。

江雪梅被吓了一跳："怎么了？"

"有虫！"

"……哈哈！"

江雪梅笑起来，挥起豆秸一扫，毛毛虫被掸得老远。

"好了，没了。"

白妤惊魂未定："吓死人了。"

夜晚，白妤将这件事说给杭臣听的时候，杭臣揶揄道："你不会是编的吧？"

白妤一噎。

杭臣："你不是不怕虫子的吗？"

这下轮到白妤迟疑了。

她躺在凉席上，心底也问自己，是啊，自己不是不怕虫子的吗？

寻不到答案，白妤翻了个身，矫揉造作地说："可能……可能是我现在比较柔弱吧。"

"噗——哈哈！"

杭臣被逗笑，笑得停不下来。

白妤也笑，但忍不住骂了他几句。

"笑什么啊，我本来就是一个很柔弱的小女孩啊。你都不知道，我现在瘦了好多，期末大扫除的时候大家都不让我扛东西，说怕我骨折。"

杭臣的笑渐渐淡下来，掺了疼惜问道："怎么瘦了，是学习太辛苦了吗？"

白妤还在笑："不是……"

"那你……"

"我减肥减的。"

"……哼。"

"自从你移植成功后，我突然胃口变得好好，妈妈最近也赚了点钱，有什么好吃的总是忍不住给我买一份，吃胖了好多。还好，还好，我少吃点就瘦回来了。不然太恐怖了，到时候我们见面，你都有可能认不出我。"

是啊。

也许真等他们见面的那一天，已经认不出彼此了。

杭臣想起那个同学的智能手机，便把这种科技告诉了白妤。

白妤能听明白一点，但又无法想象。

杭臣说："等咱们国内有卖了，我们就可以打视频电话了。"

两个人都没想到，这一等直接等到了高中毕业。

2012年初，是白妤高三第一学期即将结束的时候，是杭臣干细胞移植成功后的第二年。

这两年，杭臣在移植后的三个月，并未爆发并发症。

在移植完半年的时候，他也并未有感染。

在移植一年左右时，他安全躲过复发的危险。

医生说，移植后的复发一般在一年内，如果这一年内不复发，以后复发的概率就会降低很多，但仍不能掉以轻心。

一切仿若在朝一个好的方向发展。

2011年跨至2012年的新年，栀花镇仍然没有下雪，反倒是暴雨连绵多日。

老一辈的人说这代表今年雨水丰沛，有好丰收。

北京十二月就迎来过一次初雪，新年时不出意外地下了几天暴雪。

杭臣在这两年学会了摄影，生活里的细节他都记录在镜头里。

每当白妤说我还是不知道雾霾什么样儿，我想象不出你现在的样子时，他终于不用再感到苦涩，他可以一次又一次地安抚她说："等我们见面了，我把相册给你看。"

等到相见之时，所有亏欠都能弥补。

白妤没钱换新的智能手机，也买不起相机，但也想让杭臣在那一日可以看到她的点滴。她只好用这个过时的手机，尽力地记录自己和生活。

"咔嚓"一声，杭臣站在小区楼顶，俯拍记录下漫天飞雪的他的世界。

只等来日。

"咔嚓"一声，白妤站在房间窗口，隔着窗户玻璃对着那三棵被暴雨冲刷的水杉树按下拍照键。

只等来日。

第九章

我要和你在一起

正月初七这天终于放晴，白妤起床时听到隔壁有汽车发动的响动声，侧耳一听，似乎是隔壁那个刚上班不久的大哥哥要走了。

白妤对工作、对社会的事情没有太多概念。

这个小村落老龄化越来越严重，江雪梅是难得的年轻面孔，可像江雪梅这个年龄的很多也都是在这儿做一些辛苦工作。

白妤问正在晒被子的江雪梅：“妈妈，隔壁那个哥哥在哪里工作呀？”

江雪梅挥动竹竿敲打被褥，想了一会儿说：“具体不太清楚，听你婶儿说是什么很大的公司，做……策划？是这么说的吧？妈妈也不懂这是什么。不过你婶儿说他工资很高，一个月有五千呢。”

“哇！五千块！”

“对啊，当时第一个月的工资他自己一分都没留，给妈妈爸爸、奶奶爷爷买了礼物。这孩子，真是不错。”

白妤更钦佩了。

她靠着栏杆，吹着冷峭的风，心里却生出许多火苗。

片刻后，她嫣然一笑，说：“妈妈，我以后也会赚这么多钱的，我也会给你买很多很多东西。”

妈妈一辈子都没戴过的钻戒，妈妈不舍得花钱染烫的头发，妈妈的偏头痛……

她全部没有忘记。

她也一定会成为这样一个了不起的人。

而现在，她距离“成为这样一个人”越来越近了。

白妤伸手，张开五指，耀眼阳光徐徐穿过。

课文里说的，他们是八九点钟的太阳，在这一刻具象化。

随着春天的加深，很快迎来令人焦灼的一模、二模，中间还穿插了一次体检。

那是唯一放松的一天。

随后开始填报志愿。

白好已经不是那个对分数线和学校一无所知的姑娘了。

那晚，她坐在书桌前，非常笃定地和杭臣说："我要报北京的Z大。"

杭臣知道她成绩优异，能考上名声赫赫的Z大，但是，同样的，她还有许多更好的选择。

他说："不要为了我填志愿，小白，人生重要的转折点只能为自己。"

白好说："我就是为了我自己，我已经决定了。你不要阻止我，这不是火车票，我不会改变的。"

说完，她一笔一画在志愿表的第一志愿上写上Z大的全称。

杭臣问她："那你妈妈呢？同意你去那么远的地方读书？"

白好说："这是我的人生，她同意了。"

杭臣低低笑了两声："你妈妈是个很好的人，印象里，她好像一直都这样，她很尊重你。"

白好记不太清了，只是脑海里依稀有过相似的对话。

她说："是啊，我妈妈是世界上最好的人。"

填完志愿，白好仔细把它保存好，明天要上交老师。

整顿好一切，她紧绷好几个月的神经稍稍放松了一些。

她撑着下巴，眼睛虚盯着窗外，憧憬地问杭臣："你说，大学是什么样儿呢？"

杭臣摆弄着相机，听到白好这么问，突然冒出一个想法。

他说："我也不知道，要不，我明天替你去看看？"

"你可以去？"

"可以啊，我替你去Z大看看，不远，坐地铁很快就可以到。"

白好的眼睛亮了一下："那你多拍点照片，我要看。"

杭臣："好啊，我会仔仔细细地拍的。"

白好畅想了一番，更为放松了，也更加有动力了。

但是……

白好细声问道："但是……杭臣，我们什么时候可以见面？"

半靠在床上的杭臣闻言，不禁抬眸看向不远处的书桌，书桌上除了洗出来的大大小小的照片，还有一张六月份北京飞往江城的机票。

他张口，想告诉白好，但又怕她知道后那根高考冲刺的弦会绷不住。

踌躇之际，白好并不伤感地说："算了，反正……我们总会见面的。最迟就是我大学开学的时候，九月嘛，还有三个多月而已。一个夏天而已。"

见她这么乐观，杭臣嘴角微不可察地勾了勾。他说："我们小白，一定可以心想事成的。"

白好晃了晃脑袋，铿锵有力地答道："当然！"

六月，多雨的月份。

初中老师那句“六月雨三泼，遍地出黄金”还言犹在耳，但一转眼已经来到人生重要的一个命运的分岔路口。

高考的第一天，下起了大雨，还好江雪梅早早联系了有车的朋友帮忙接送。

那是一个开面包车的哑巴叔叔，是江雪梅参加残疾人活动时认识的。

哪怕江雪梅私下坦率地告诉白妤别乱想，只是请普通朋友帮忙。可当白妤见到那位叔叔，坐上他的车时，她心里还是滋生出了微妙的猜想。

但她现在已经能把情绪隐藏得很好了。

在车上，她只一味地低头背单词，偶尔和江雪梅对视，露出对即将考试的紧张期待。

但其实，她一点都不紧张。

家长们不知道，在他们打这场仗时，他们已经演练过无数次了。

又或许，初生牛犊不怕虎，这个年纪，没有什么失误是可以将他们击倒的。

他们是这么年轻，年轻就有无数次重来的机会。

来到考场门口，再三检查好自己的准考证和文具后，白妤准备下车。

突然想到什么，她又折了回去，问江雪梅要自己的手机。

她对着大雨下的高考考场拍了一张照，发给杭臣的短信配字：大雨，准备进考场，不紧张。

发完后，白妤递给江雪梅，笑了笑说：“妈妈，我进去了，你等我。”

江雪梅把撑开的伞塞给她：“妈妈在这里等你，妈妈哪儿都不去，正常做题就好。中午吃好吃的。”

“好。”

白妤应完，也朝叔叔微微一笑，随后踩着水花踏入考场。

她恍惚地想起那年中考，也是这样的大雨，是爸爸妈妈一起来送她的。

但现在，又一个三年白袁没有回来了，也没有给她的手机打过一个电话，发过一条短信。

无所谓了，她只要能和妈妈在一起就好。

只要妈妈幸福就好。

这一年江城高考还未改革，只需考两天。

第二天，六月八号，暴雨逐渐收停，下午考生们走出考场时，被水洗过的天空碧蓝无垠，主干道两侧的梧桐树投下温柔斜影，西方天际隐隐发亮。

江雪梅和所有家长一样，站在门口喜笑颜开地张望自己的孩子。

江雪梅觉得不知道是不是自己太自负，茫茫人海中，她的小妤是一眼望去很突出的存在。

白妤皮肤白皙，脸上没有一点瑕疵，黑葡萄似的大眼睛水灵纯真，哪怕是穿着最简单的黑T恤和牛仔裤都掩盖不住她的光芒。

白妤也早早地看见了江雪梅，她笑起来，迎着凉爽的风小跑过去。

江雪梅接过她的文具袋，第一句话说的是：“恭喜啊，脱离苦海了。”

白好呼出一口长长的气，仿若这漫长的征途真的结束了，从今以后就都是大人口中的好日子。

没人管束的大学。

一毕业就如鱼得水的好工作。

一年一年不断上涨的工资。

是不是有一天她也会成为别人家的孩子？

会的吧。

她相信，她的人生应该是大人说的那样。

这晚，江雪梅带白好下了馆子。

两个人都不怎么下馆子，拘谨了半天，在某个瞬间又都放松下来，雪碧碰杯，开怀大笑。

江雪梅第一次话这么多。

她语无伦次地说起许多以前的事情。

江雪梅回忆白好刚出生的时候，是那样小那样软，像瓷娃娃一样，仿佛一碰就会碎，还有她第一次体会送孩子上学，每天早上五六点起来，蹬着自行车吭哧吭哧地送白好去学校。

还有，她这些年靠自己的双手挣了钱，心里更踏实了，她靠自己养好了女儿。

可说到这里，她眼含泪光地问白好："小好，你会不会埋怨妈妈把你生下来？让你投胎到这么苦的人家里。"

白好也眼眶泛红，她使劲儿摇晃脑袋："我不埋怨，我也不苦。我过得很开心，妈妈你看，我们现在都能吃上油爆基围虾啦！"

说罢，白好夹起一只金黄色的虾子高高举起。

在饭店暖姜色的灯光下，这只虾晶莹剔透，饱满的虾仁裹满汁水，香气四溢。

马上就好了，她马上就会成为一个顶天立地的大人了，可以保护妈妈了。

江雪梅眉眼弯着，盯着白好看。

这个夜晚格外热闹，是所有高三学子和父母的狂欢。

吃饱喝足走出饭馆时，天空呈现一种如墨般的黑蓝色，街道的璀璨霓虹直逼夜空，晃晃如白昼。

白好挽着江雪梅的手臂蹦蹦跳跳，意犹未尽地说这说那。

走到曾经每天上下学要坐的公交车站台，白好一拍脑袋："哎呀，妈妈，你让那个叔叔先回去了，我们现在怎么回去？"

在下午白好考试的时候，江雪梅就让人走了，塞了两百块作为两天的辛苦费，也犹豫过要不要留他一起吃个晚饭，但今天，这么开心的日子，她不想让白好多心。

这会儿，江雪梅前后张望，想了想说："没事，等会儿我们打车回去，你看，路上出租车很多。"

打车回家，真是奢侈的一天啊。

白妤笑出来，大大咧咧地伸了个懒腰，抬头仰望夜空。

恰逢此时，一架客机正划过黑夜，即将要在江城机场落地。

高考结束，压力释放，白妤倒头睡了三天三夜。

虽然清晨会因为生物钟在五点多准时醒来，警醒几秒后，她一想到自己已经解脱，又躺下，继续睡到天昏地暗。

梦里光怪陆离，有追不完的野狗，怎么也解不开的公式，还有隐隐约约有一件一定要去做的事情。

她要见杭臣，她一定要见到杭臣。

当这个念头越发强烈时，白妤猛地醒来，抓过手机一看，已经是六月十一号下午五点十三分，残存百分之二的电量下是杭臣发来的十几条短信。

他问她在干什么。

他说他准备了一个惊喜。

他问怎么不理他。

他说有点担心，所以打电话问了江雪梅。

他说好好休息吧，辛苦了。

最新消息来自于今天清晨，他说：第三天了，怎么比小猪还能睡，栀花镇的栀子花都开了，真香啊。

白妤顶着鸡窝头，蒙蒙地抠了几下额头，意识还没彻底恢复，肌肉记忆做出反应，她要先回复杭臣的短信。

但“我刚醒”三个字刚打出来，电量告急，手机自动关机。

她拿过充电线充上电。

她又发呆坐了一会儿，手机还没充到够开机的电量，依旧黑屏一片。

她半梦半醒地按了几下开机键，见没反应，甩了手机准备下床活动一下筋骨，结果脚刚着地，就一阵天旋地转。

两三分钟后，瞳仁逐渐聚焦，白妤深吸一口气，扶着床沿站直，左脚跨出去的那一秒，她后知后觉地反应过来。

今天是六月十一号，她已经三天没和杭臣联系了。

她要抓紧暑假时间做点零工赚钱，她要去北京见他。

但是……等等。

什么叫栀花镇的栀子花都开了，真香啊。

“怦怦……”

白妤的心跳快起来。

她不敢相信地回头看向正在充电的手机。

像是暗示一般，手机正好有了开机的电量，屏幕缓缓亮起。

白妤哆嗦了一下，飞过去扑住手机，急切地按主页键，试图跳过所有开机条件。

用了三年的手机微卡，经过她一顿心急的操作，手机更卡了，直接卡出了雪花。

“啊！”白好短促尖叫，转头扔下手机一路狂奔下楼。

她喊道：“妈！妈妈！妈妈！妈妈！”

这个点，江雪梅雷打不动地在后门口择菜。

隔得老远，江雪梅就听到了白好的声音，想着终于醒了，再睡下去，她都怀疑白好是不是生病了。

一抬头，白好已经站在了她眼前，睡得皱巴巴的睡裙，出油打结的头发，还有糊到眼睫毛上的眼屎。

江雪梅笑了出来：“怎么了？看你急得，快去洗把脸。”

白好伸出双手，双脚跺地。

“妈妈妈妈妈妈，你的手机借我一下！我要找杭臣！”

“你自己的手机呢？说到杭臣啊，他因为你——”江雪梅拍拍手，从后裤袋里摸出手机递给白好，话还没说完，白好就捧着手机跑了。

江雪梅摇头笑，继续剥莴苣叶。

白好跑回院子前方，直接按数字拨杭臣的电话。

日暮西沉，余晖绵延千里，云霞翻涌，几行白鹭飞过，携来几抹燥热的风。

白好紧紧贴着手机，生怕错过心中的猜想。

那头的杭臣正在用晚餐，是张丽娟提醒他茶几上的手机在振动。

他走过去一看，是江雪梅的号码。

但不用多想，应该是白好打来的。

他接通，“喂”字都来不及脱口，白好就像复读机一样喊他的名字。

“杭臣！杭臣！杭臣！”

杭臣嘴角微微翘起：“醒了？”

白好说：“你在哪里？”

杭臣嘴角的笑意加深，他回头看了一眼张丽娟，转身走去了院子里。

天远地阔，夕阳殷红。

他走到一棵即将开尽的合欢树下，故作听不懂地说：“我还能在哪儿，我在家啊。”

白好急了：“你不在栀花镇吗？你不在的话你为什么要说这里花开了。还是……你已经走了？我不是故意要睡这么久的，你为什么不让我妈叫醒我？你真的走了吗？”

听她声音里有了些许哭腔，杭臣喉咙哽了一下，徐徐地说道：“小白，我在栀花镇，我没走……我逗你玩的。我刚刚在吃饭，你考试结束那天晚上我就回来了，想第二天给你个惊喜的，谁知道你一直在睡觉。”

白好耳朵“嗡嗡嗡”的，她怀疑自己听错了，哭腔越来越重。

她说：“真的吗……你真的回来了吗？你真的在栀花镇吗？”

杭臣嗓音低下来：“真的，我怎么会骗你。我很早就订好了机票，只是一直没有告诉你。”

白妤还是哭了出来，像小孩一样。

这下轮到杭臣急了。

他语无伦次地安慰道：“别哭，小白，别哭啊，我以后什么都告诉你，好不好？”

白妤抽抽搭搭地说“好”。

杭臣说：“那你别哭。”

“嗯……”

“你一哭我都不知道该怎么办。”

“嘁……噗……呜……”

傲娇般的撒娇，被逗笑的破防，梦想成真的不易，交织在一起，白妤脸上的情绪十分精彩。

半晌，白妤吸着鼻子，解释道：“我也不是生气伤心什么的，我就是、就是太高兴了，还好你还没走。呜……”

杭臣心中一松，轻笑一声：“傻瓜。”

白妤还嘴：“你才傻。”

“好，我傻。”

“嘁……”

白妤噘着嘴巴，想笑又矜持地忍着，试探地问道：“那我们什么时候见面呀？”

杭臣把问题抛给她：“你想什么时候见面？”

白妤：“我现在就想见你！”

杭臣失笑。

白妤恃宠而骄道：“你笑什么啊？你不想立刻见到我吗？你不想的话，你回来干什么？”

杭臣说：“可是天快黑了。”

白妤被冲动支配着，一想到他在栀花镇，可以轻而易举地见面，心脏像是要跳出喉咙口一般。

已经很久很久没有这种雀跃的感觉了。

她说：“真的，我现在就想见你。”

杭臣含笑的嗓音带着些轻哄的意味：“小白，明天吧，你知道的，我现在晚上睡得很早。而且明天……我们可以在一起一整天。”

白妤想再争取一下，但转念一想，现在确实不太适合。

其他的不论，至少杭臣晚上得早点休息，保持健康作息。

心中冲动的火被吹散了些。

她揉了揉哭红的眼睛，揉到一团眼屎。

她小声地“扑哧”笑了出来。

是啊，怎么见面，自己这样邋遢，头发也好几天没洗了。

她轻快地答道："那好吧，那明天几点呢？"
杭臣仰头看着开败的合欢花，稍作思索。
他说："像以前上学的时间？"
"早上？"
"对。我想回学校看看。"
"你是说小学、初中，还是高中？"
杭臣笑："都想，反正有的是时间，不是吗？"
白妤："嗯！那我坐公交车和你在栀花镇碰面？"
"好，那还是那班车。"
"好呀……"
话声渐小，两个人不禁都想象了下明天见面的情景。
视线往上抬，是六月雨后瑰丽的云彩，渐深的绿意在变幻莫测的夕阳光辉下逐渐变成蓝调夜晚的剪影。
美得令人挪不开眼。
白妤说："明天见。"
杭臣说："明天见。"
挂了电话，白妤大笑起来，张开双臂，在院子里转了好几个圈。
睡衣裙摆鼓起，纯白的镂空花边飘荡，长发飞扬，凌乱地糊在脸上。
晕晕乎乎的，整个人像是要飞向天际的鸟儿。
白妤眯了眯眼，轻声对着夕阳说："长大真好啊。"
此时，一位从她家院子前的小路路过，挑着扁担的邻居大叔边慢慢悠悠地走，边皱着脸看着白妤笑。
白妤察觉到这道目光，转头望去，四目相对，她的脸"噌"地变红，飞速钻进了屋里。
太窘了吧。
明天要把这件事告诉杭臣。

这一晚，白妤大脑极度活跃，迫切地等待黎明到来。
手机闹钟在五点半响起。
白妤一跃而起，三两下换上准备好的衣服，神清气爽地去洗漱。
六点整，白妤上了公交车。
这个时间只有高考结束的学生放假，公交车上陆陆续续上来许多要去上课的学生。
白妤托着右腮，看着他们，忽然觉得她已经彻底与这种稚嫩的学生时代分开了。
明明只是几天的差别而已。
也许，长大真的是一瞬间的事情。
公交车平稳地行驶，路过她看了十几年的地点，随后来到T字形路口，拐弯，进入栀花镇的中心。

六点多的太阳呈现一种温和的橘调，不吝啬地照亮每一寸土地。

沿路的栀子花已经悉数盛开，浓郁的香味灌入鼻腔，夹着清晨的清新空气。

一切开始变得缓慢，像某部电影的开头。

白妤坐在老位置上，颤着手推开公交车窗户，探出半个脑袋。

隔着不算远的距离，她望见矗立在烟火气中的公交车站台，还有那个熟悉又陌生的挺拔身影。

风哗啦啦地扑到脸上，吹出一汪迎风泪。

白妤心口沉了沉，吸了几口气后，强烈的心跳频率取代了失重感。

她抿起一个微笑，大声高喊："杭臣！杭——臣——"

市集热闹，人头攒动，戴着黑色鸭舌帽的少年听到久违的声音身形明显一愣，下意识地循声望去。

不远处，少女从公交车车窗探出半个脑袋，长发飞扬，一双大眼睛闪着灵动的晨光，她在朝他使劲挥手。

像从前一样。

她提前找寻他的身影。

她喊他的名字。

她向他挥手。

像从前一样。

还好，还能像从前一样。

杭臣缓缓扬起一个笑，不自觉地往前走了几步。

公交车稳稳在站台前停下，尾气携来一缕热风。

白妤排在门口，她要第一个下车。

隔着玻璃门，白妤和眼前的杭臣打招呼，造作又羞涩，但明亮双眸之间是不加掩饰的思念。

杭臣对她笑，直勾勾地盯着她看，挪不开眼睛。

他又不自觉往前靠近了一点。

"哗啦"一声，车门终于打开。

"杭——"

后面的老头老太太着急下车，微微推搡，白妤连他的名字都没叫完整就被强迫下车，重心没稳，往前一扑，扑进了几乎要贴着公交车站的杭臣怀里。

她双手搭着他的小臂，脑袋挨着他的胸膛。

掌心是热的，脸颊是烫的，心跳是快的。

白妤的呼吸变得卡顿，但杭臣身上淡淡的清香侵入她身上每一个细胞。

所有感觉都在提醒她，这是真的，她真的见到了他。

这几秒就这样被这两年多的分别拉得无限漫长。

白妤无意识地收紧手指，指甲在他小臂上掐出了红痕。

杭臣感受到细微的疼痛，以为是她被推了后心里头害怕。

他微微颔首，贴着她耳畔低声问道：“怎么了，是哪里弄疼了吗？”

听到他真实的声音，白妤更加恍惚。

她贴着他胸膛摇头。

杭臣：“那——”

一个音刚发出，怀里的人忽然双手一松，转而像豁出去般踮脚环住了他的脖颈。

他被突然的力下拉，心跟着身体一起晃了晃。

还没等反应过来，白妤再次紧了紧手臂，脚踮得更高，下巴搁在他肩窝处。

两个人贴得几乎没有一丝缝隙。

她急促的呼吸声清晰地传送到耳边，像某种让人失去理智的毒药。

杭臣僵在半空中的双手一点点收拢，快碰到白妤的腰时，停顿了几秒，随后也像豁出去了一样，低头闭眼，一把环抱住白妤。

他听到白妤又像哭了一般，低声呢喃道：“杭臣，我好想你啊。”

他收紧力，脑袋埋得更低，挣扎几许，还是没控制住。

他说：“我也很想你，很想，很想。”

旭日初升，如熠熠生辉的明珠，光芒将保持静止的两个人晒得发烫眩晕。

公交车下完客，车门一关，扬长而去，留下人来人往的嘈杂车站。

有人在吆喝着卖酱香饼，有人扯着哭闹的孩子过马路，有人和熟人碰上大声呼唤对方的名字。

可这一刻又是这样安静。

任何声音都流淌不进耳朵，只有彼此“扑通扑通”鲜活的心跳声击打耳膜。

阳光炽热，拥抱紧密，不断升高的体温刺激内啡肽分泌，不知不觉，额头上溢出一层细细的薄汗。

白妤双眼闭紧，睫羽如蝴蝶振翅般轻颤，可无论怎么克制，眼泪还是渗了出来。

心里准备的千言万语，都融化在他的怀抱里。

除了一句“我很想你”，她什么话都说不出口了。

杭臣感受到她身躯越发战栗，还有轻微的吸鼻子的声音。

他缓缓睁开眼，右手上移，手掌贴上白妤的后脑勺，轻而有力地安抚。

他低柔地喊她：“小白。”

“嗯。”似小猫叫一般的微小回应。

“说好不哭了的。”

白妤咽了咽喉咙，搂着他脖颈的双手微微松动，慢慢往后靠，脚跟着地，和杭臣拉开数十厘米的距离。

她垂下脑袋，忽地变得不敢直视他，双眸盯着他的白色球鞋，慢吞吞地说：“我没哭，我只是……太开心了。”

说完，她不太好意思地咬了咬下嘴唇。

杭臣一笑，说："是吗？我看看。"

他弯腰去寻她的眼睛。

他突然凑近，语气里带着几分逗弄。白妤往后退了一步，下意识将脑袋垂得更低，试图阻挡他的灼灼视线。

杭臣还在逼近："看看也不行吗？我要确认一下。"

白妤左躲右躲，被他弄得失笑出声，娇憨道："你干什么啊……"

见她快退到马路上，身后车辆飞驰，十分危险，杭臣拽住她的手，一把将人拉了回来。

他胡乱揉了揉她的脑袋，说："就是想仔细看看你。"

白妤的心跳漏了一拍，脸颊的红晕漫到耳根。

她更不敢抬头了，一时之间也不知道该说什么。

杭臣见她一副害羞模样，不禁笑起来，压低气息说："是不好意思让我看吗？但我到现在都没看清你的正脸。小白，我想好好看看你。"

白妤被他说得脸快烧起来，他越是正经央求，她越抬不起头。

白妤做作地晃了两下，实在不知怎么回应他，干脆一把推开他，自顾自地朝左边走，只留下一句几不可闻的："我不要理你了。"

杭臣站在原地，望着白妤发光的背影笑得肩膀抖动。

许久未见，她还是这样可爱。

几秒后，他喊道："走错啦，小白，是这边。"

闻言，白妤脚步一滞，半信半疑地回头看他。

杭臣穿着一身黑，黑帽子、黑T恤、黑色休闲中裤，肩上还背着黑色的双肩包，只有球鞋和他的皮肤是白色的。

阳光下，他的笑容一如既往地和煦明亮。

隔着这样一段距离，白妤才敢直视他的面容，但黑色帽檐遮住了他的眼睛，她看不真切。

这一天，是白妤先意识到时间珍贵，见面不易。

杭臣在那边再一次喊她，并且伸出了手。

白妤的视线落在他的手掌上，她没再多虑，压着混乱的心跳，笑起来，像只轻盈的鸟儿，飞回她的专属岛屿。

正当她跑回他身边，欲把手放入他的掌心里时，像是阴错阳差一般，杭臣很巧合地收回了手。

他捂了捂后脖颈，说："走吧。"

白妤只好垂下手，搭在自己斜挎在身的小包上。

她微微低头，平缓了下情绪，轻快地问："不往那边走吗？那我们要去哪儿啊？"

杭臣说："你走的那边是小学的方向，我们去栀花镇的幼儿园看看。"

白妤讶然："为什么啊？你又不是在这里读的幼儿园。"

"想看看你的童年。"

白妤歪头一笑：“我的童年……只有妈妈和我自己，和你认识之后才不孤单的。”

“那我也想看一看。”

两个人像散步一样，朝着幼儿园的方向缓缓前进。

沿路栽种了二三十年的柳树一年比一年苍老，像一棵巨大的地肤草，枝叶繁茂，纤长的柳条在晨风中飘动，给树荫送去些许凉意。

灌木状的栀子花花丛贯穿整条公路，花香四溢。

他们晃动的影子被拓在这些高矮不一的植物上。

偶尔，彼此的手因为晃动而触碰在一起。

白妤正在说昨晚转圈被邻居看到的糗事，但目光偷偷瞄向杭臣垂在身侧的手。

又一个偶尔，身边有车驶过，走在里侧的她担心杭臣的安全，下意识地拉住他的手腕把人往身边拽。

她说：“小心点，现在车比以前多多了。”

杭臣低眸，浅笑着问：“然后呢？那个叔叔没笑你？”

“肯定笑了啊——”话音戛然而止在白妤看到两个人勉强算是握在一起的手上。

杭臣顺着她的视线低头看去，他的笑一丝丝敛住。

像是想到什么，他不着痕迹地挣脱开白妤的手，想做点什么事情掩盖这种刻意，但事发突然，他大脑空白一片。

他眼睛一瞥，瞥见白妤右脸上的奇怪鼓包。

杭臣假装发现了什么不得了的事情，装模作样地说：“别动！”

白妤被他郑重其事的语气吓到，果真一动不敢动。

她结巴地问道：“怎、怎么了？是有黄蜂吗？还是有虫子？”

杭臣弯腰靠近，微凉的指腹点了点白妤的脸颊，他问道：“你的脸怎么了？过敏了吗？还是……谁打你了？”

白妤松了一口气，给了他一记棉花拳，撇撇嘴说：“你才被人打了呢，是昨晚的蚊子咬的。”

“啊？”杭臣这会儿是真惊讶了，“什么蚊子，咬得这么有水平？”

“我就知道你会笑我！我就知道！”

看着她气鼓鼓的样子，杭臣笑意加深。

有几个瞬间，神经错乱，给人回到了几年前的错觉。

杭臣情不自禁地抬起手，想捏捏她的脸，但很快被理智压制。

他继续往上抬手，摸到自己的帽檐，压了压，笑道：“走吧，我尽量克制住，不笑你。”

白妤看向他的时候，他已经先一步往前走，留给她一个瘦削挺拔的背影。

白妤快步跟上他，目光不自觉地再次瞟向他的手，心里泛起一些微妙的异样感觉。

今天是周三，幼儿园的小朋友也要上学。这个点正是家长送孩子上学的时候。

栀花幼儿园门口熙熙攘攘，还有孩子在门口哭着不要和妈妈分别。

白妤盯着那小孩子看了一会儿，踌躇地问道："杭臣，我们还要过去吗？感觉我们在这里好奇怪啊。"

她想，不仅家长会投来奇怪的目光，门口的保安和老师也会禁止他们靠近吧。

杭臣比她坦然自在许多，他说："不进去里面，就在门口看一下。"

"那好吧。"

白妤挺了挺胸膛，让自己脸皮厚起来。

两个人跟在几个小朋友后面朝幼儿园的大门走去。

这是一条十来米的宽道，两侧还是那些夹竹桃，稍稍走进去一点，就能清晰地看到被树叶遮住的幼儿园门牌。

不再是从前的饱满糖果色，院长换了新的招牌设计，看起来更符合现在这个时代的风格。

透过大门栅栏望去，里头的房屋操场都被翻修过，就连滑梯城堡都变得比以前高大上多了。

杭臣问她："这里还是你小时候的样子吗？"

白妤摇头："不是了，一点都不一样了。"

两个人待了一会儿就走了。

折回身去小学的路上，杭臣问白妤还记不记得幼儿园的事情。

白妤绞尽脑汁，断断续续地回忆起了一些事情。

但那些留在脑海里的影像都已变得模糊不清。

好像他们这个年纪，没有什么过往是值得留恋与不舍的吧。

也可能是，未来太吸引人罢了。

小学门口和幼儿园差不多，只不过面孔还稚嫩的他们不会轻易哭闹。一个个小身体背着压垮肩膀的书包步履匆匆地往里走，看到前头有好朋友的话，会跳起来跑过去追朋友。

对于栀花小学的变化，杭臣和白妤也算是有目共睹。

杭臣记得，小学毕业时学校翻修了一栋楼，上初二时学校翻修了大操场，初三毕业时新建了一排矮楼。

如今，所有楼栋都翻修过，外立面成了亮眼的橙红色，与满是朝气的晨光融为一体。

白妤透过围墙栏杆环顾了好几圈，说："这里也和以前完全不一样了。"

杭臣说："是啊。"

白妤指着后面一栋教学楼的三楼说："那儿，那个教室，你还记得吗？那天徐娇盛造谣我们，你带我告诉老师，你还把她气得牙痒痒，你还拉着我跑了。"

杭臣笑说："当然记得。"

白妤说："就像这样！"

她转身面向杭臣，果断地拉住他的手腕。

白妤凝视着他，试着从他的表情变化上寻出些信息。

但他低了头，帽檐挡去他大半张脸，白妤看不见他的眼睛，捕捉不到准确的想法，只从他隐隐绷紧的双唇中窥探到一些挣扎。

她的手下移，精准地和他的手握在一起。

她问他："还是这样？你还记得清楚吗？"

杭臣滚了滚喉结，始终不敢看白妤一眼。

好半晌，他再次用拙劣的演技抽出自己的手，盯着自个儿的手掌反复观看，似喃喃自语又似说给白妤听的一样。

"哎，好像记不清了，是手掌吗？还是手腕啊？"

白妤明了了，扯起一个勉强的笑说："是手腕。"

说完，她失落地转身："走吧，不是还要去初中吗？早点逛完早点回家吧。"

她一个人大步往前走。

杭臣在原地站了一会儿，深吸了一口气才追过去。

他想说点什么，但此刻说什么应该都是错的。

他太了解白妤了，她是个喜怒都摆在脸上的人。

他们徒步回到栀花镇的中心，从一条主路走到了栀花中学的校门口。

一路寂静。

太阳升了三分之一，梅雨季前的六月温度不容小觑。

两个人都出了层薄汗。

他们看到中学操场上学生们在做课间操，有整齐划一的，有偷懒耍赖的。

眯着眼辨认了下人影，白妤认出了他们的班主任。

他们站在自己班级面前，用鹰眼巡逻。

白妤面无表情地问："看完了吗？看完了我们就坐车去高中。"

杭臣站在她身侧，静静地凝视她。

白妤屏气凝神，目不斜视地说："还是你不想去了？那正好，回家吧。我走热了，不想走了。"

杭臣还是静静地看着她。

白妤憋着一口气，一副绝不认输的模样。

她看都不看他一眼，僵硬地说："那我先走了。"

她情绪上头，头脑发热，也不看方向，逮到一条路就往前走，背过身的一刹那，眼泪不争气地涌了出来。

"小白。"杭臣在后面叫她。

白妤狠狠抹去眼泪，加快脚步。

"小白！"

她再次加快脚步。

"小白！"

她拽住斜挎小包小跑起来，冲到了曾经他们吃炸鸡壳的桥边。

但后面突然没声音了。

她心里一紧，想着不会真的不管她了吧？

紧接着，一股无名之火蹿上心头。

不管她就不管，以后再也不要见面了。

谁稀罕和他见面。

他以为他是谁。

在心里无情攻击一顿后，白妤的脚步慢了下来，随之而来的是惶恐。

难道他真的就这样让她走了吗？

白妤咬咬牙，回头去看。

什么也没看清，眼前是灼热的黑。

不等她反应过来，整个人被猛地拉入温暖的怀里。

杭臣跑得微微喘气，急切害怕的心理让他忘了控制力量，抱着白妤的手臂不断收紧，像是生怕自己留不住她一样。

白妤撞在他胸口，随着他力道的收紧，微微缺氧，头晕目眩，只有耳边他强而有力的心跳声是清晰的。

白妤听到他呼吸急促地道歉："对不起，小白，对不起。你别走。"

她绷紧的身体和心在他的低声乞求中柔软下来。

但她心里怒火未消，故意装作很生气地挣扎，如她预料般，杭臣将她抱得更紧。

她埋在他胸口，再也憋不住了，宣泄道："你总说让我别哭，可你总是把我惹哭，完了以后只知道说对不起，对不起如果真这么有用，这世界可真就一片和平了。杭臣，我讨厌你！你总是这样，好不容易见面了，你还这样！我讨厌你！"

她像条虫，扭来扭去。

杭臣只好搂抱得更用力。

他说："是我不好，总惹你不开心。"

白妤继续发泄："你这样对我，这就是你的很想很想我吗？我看你一点都不想我！"

"我想的！我只是……只是……"

"只是什么？"

"小白……"

白妤："你说啊，你告诉我。你为什么不愿意牵我的手，这两年打电话你也从来不说想我，我每次问你你就装傻。你说啊，为什么！"

阳光越来越强了，杭臣被晒出一身汗，嗓子眼变得极度干涸。

字字句句就这样卡在嗓子眼。

白妤却忽然冷静下来，她知道，大家都不能再继续装傻了。

她闷着声，哽咽地问道："你是不是不喜欢我了？"

杭臣喉结滑动，沉默着。

"你说啊！"她捶他，"你是不是不喜欢我了？因为不喜欢我所以不让我去北京找你，也不同意我填北京的学校，你怕我缠着你？你现在回来主动和我见面是不是就是要告诉我你不喜欢我了？可是……你、你怎么可以不喜欢我？是你说当初要和我做朋友的，是你说要和我考同一个高中同一个大学，是你说要和我永远在一起的。你现在凭什么不喜欢我！”

话毕，眼泪爆发似的夺眶而出，浸湿了杭臣的衣襟。

这是这几年第几次惹哭白好了，杭臣忽然记不清了。

他肩膀垮了下来，重量压向白好，两个人踉跄了几步，短暂的颤抖过后，杭臣更加用力地抱紧她。

他像是找了一个缺口，哑着声，不管不顾地说：“喜欢，喜欢得要疯了，但我会死。”

他说的字字清晰，句句有力。

白好身子一抖，猛然睁大眼睛。

她不可置信地道：“什……什么？你在说什么啊？不是……都好了吗？”

“是M6。”杭臣的声音微微哽咽着，“治疗后五年生存率有一半，少数人可以完全康复。小白，我才两年……我……”

我不确定三年后是怎样一个走向。

虽然我也想活下去。

杭臣压抑浮动的气息喷薄在她耳郭处，浇灭了所有的气焰。

白好哑然失声，颤颤巍巍地合上眼，眼泪顺着睫毛根部溢出。

她伸手轻轻环住杭臣的腰，像被抛弃的小孩终于找到依靠，竭尽所能地和温暖的胸膛贴近。

靠近一点，再靠近一点。

仿佛，这样就不会失去他。

可又有什么在不断地拉着他们下坠。

像是两棵孤独无援紧紧缠绕在一起的树，脚下是寸步难行的沼泽。

所有挣扎只会让人陷得更深。

他们被定格在这里。

好像只能在这里。

时间流逝，红日逐渐升高，不远处中学早已结束了课间操，响起第三节课的铃声。

学校变化一年比一年大，只有这铃声还是老式的响铃声。

急促的，警醒的，果决的。

提醒着学生，立刻收起放松的课间休息心态，投入新的课程里。

白好就是在这一刻忽然清醒。

她心底无端冒出一个声音——不是这样的，不是这样的……不是这样的！

他现在明明好端端地站在她面前。

他们一定还有别的路可以走。

两个人的体温混着灼热的阳光和眼泪，变得黏腻闷热，窒息感萦绕，仿佛身处深不见底的热带雨林。

白好缓缓抬起眼皮，脑袋在他胸口处蹭了蹭，她嗅到一丝新鲜空气，缺氧的大脑重新开始运转，默默做出一个决定。

白好咽了咽喉咙，手指隔着衣服布料在他背上抠出指甲印。

她沉着声，坚定地、一字一句地说："杭臣，我喜欢你，我想和你在一起。"

她说："我不要管以后怎么样，我要现在。"

她说："而且治疗结果一直很好，以后也会很好的。你不要怕，你不要担心。"

她说："你爸爸不是说过吗，如果爱一个人都不敢表达的话，算什么男子汉大丈夫。"

她问："所以杭臣，我喜欢你，非常非常喜欢你，你喜欢我吗？你要和我在一起吗？"

杭臣呼吸滞缓，她每多说一句，他的颤抖就重一分。

他弓着背，脑袋低垂，帽檐几乎将他的脸与阳光隔绝，他把自己放在一片黑暗里，独自沉默地挣扎。

白好知道他在做决定，她这次，并不抗拒他的沉默。

她搭在他后背的双手渐渐放松，手掌贴着，幅度微小地轻压摩擦，似一种安抚，似在告诉他，她可以接受他的所有决定。

只要现在，他给出答案。

白好耐心地等待。

旭日升腾而上，阳光持续炙热，薄薄的热浪似浪潮一般穿过他们。

下课铃响起，第三节课结束，安静的学校瞬间人声沸腾。

白好额边的碎发被汗水打湿，歪歪扭扭地贴在皮肤上，双颊被蒸得通红，她目光柔软地虚看着某个地方，静静地等待。

可先等到的不是杭臣的回答，而是他浑身异常剧烈地颤动。

白好心头一慌，以为是他身体哪里不舒服，但仔细一听，隐隐听到一些抑遏沉闷的哭声。

滚烫的眼泪顺着他的下颌落在她的太阳穴处，混着汗珠一路蜿蜒，几乎将她灼烧。

白好紧了紧拥抱他的双臂，眉头微皱，眼眶不由自主地再次泛红。

这是她第一次见杭臣痛哭。

她也第一次滋生出一种难以描绘的痛苦感觉。

压着她的仿佛不是他，而是他们都无力承受的决定。

不管怎么选，都无法承受。

白好闭了闭眼，颤着嘴角，柔声问道："杭臣，你想好了吗？"

杭臣唇瓣张合，艰难开口，却也只是喊了一声她的名字。

他说："小白。"

后面是无尽的哽塞。

白好胸膛起伏，悬着的心脏不安地跳动，她尽力让自己看起来是不会被伤害到般，徐徐说道："没关系，如果你说你还是怕以后发生不好的事情，怕带给我影响，我们就在这里分别，我们还是很好的朋友。我依旧感激你一直陪着我。但……我们就不要再频繁联系了。我不是威胁你，我只是因为很喜欢你，所以做不到装傻和你做以前那样的朋友。"

她微顿，紧张地抛出第二个选择。

"如果、如果你也决定豁出去，什么都不管，决定……和我在一起，我们……我们……"

她的声音越来越小，小到最后像整个人要碎了。

她说："所以……你可以告诉我吗？你告诉我吧，杭臣。"

他似变得更加痛苦，搂抱着她的手臂肌肉仿佛失去控制，止不住地哆嗦。

这种痛苦毫无保留地传递给了白好。

她不受控制地流下两行泪。

白好知道，不能再这样等他了。

她狠狠咬了咬下唇，一把推开杭臣。

他仿佛被泪水抽走了所有力气，跌跌撞撞地往后退了几步。

白好也站不稳地往后退了一步，身后是桥的栏杆，她退无可退了。

一阵热风吹过，白好的马尾被吹动，黏在湿热的脖颈上，千丝万缕，勒着她的喉咙，让所有语言变得艰涩。

她抿着发白的唇，一瞬不瞬地注视着杭臣。

他面朝着阳光，皮肤几乎白到发光，就连手臂上蜿蜒的青筋都一清二楚。

那张被帽檐遮挡了眼睛的面孔在她不在的时光里变得越来越俊朗，挺鼻薄唇，下颌线条明显，脸有些瘦削，显得棱角分明。

他站在那儿，如青松如白杨，是那么耀眼的存在。

可他始终微垂着脑袋，双肩轻塌，这让他看起来又是这样黯淡。

白好倔强地看着他，连声音也变得倔强。

她用只有两个人能听到的音量说："你把头抬起来，我们好好把话说完。"

他没动，白好只看到他的胸膛在混乱的呼吸下起伏。

她说："你不是说想仔细看看我吗？你现在看看我。"

她说："你明明心里都清楚，难道来江城之前你没有想到我们会这样吗？

"还是你其实已经决定好了，只是现在说不出口？

"已经决定好了吧。

"杭臣。

"那我最后问你一次，如果你还是不回答，我就默认你拒绝了我。

"你要和我在一起吗？"

风把沿岸的杨柳吹得簌簌作响，柳枝轻拂水面，漾开圈圈涟漪。

学校响起上课铃，沸腾的人声敛起，万物在艳阳的高照下变得寂静。

白妤轻握背包肩带的手不着痕迹地收紧，她梗着脖子糯声说："好，我知道了，那我们就到这里吧。希望、希望你以后健健康康的。再见。"

说完，白妤对着他扯了个干巴巴的，转瞬即逝的笑。

她别过头，转身离开。

不同于刚刚的头脑发热，她十分清楚自己要走哪条路。

白妤抬头挺胸，努力睁大眼睛不让眼泪掉下来，心里反复默念回去要路过哪些地方。

可心脏却越来越酸。

她开始怀疑自己，是不是不应该这样匆促地下决定？是不是做个傻子就不会失去很多东西？

难道以后……他们就这样再也不联系了吗？

她怎么、怎么把这段关系处理成这样？

她今天明明只是想看一看他，看看他这两年的变化。

怎么会这样。

白妤泄了气，眼泪一颗颗滚下。

几米开外，杭臣深深地合了合眼，垂在身侧的双手逐渐握成拳。

在翻腾的酸涩与若有似无的耳鸣中，白妤模糊地感知到有急遽的脚步声在靠近。

她脚步微缓，低眸看到有一个熟悉的影子由远及近，直至笼罩住她的。

她的心跳停了一瞬。

来不及思考，下一秒，手腕一热。

她被一股急切的力量扯过身，眼前的风景晃了晃。

杭臣一手拉着她，一手禁锢住她的腰，弯腰低头，强制地、不由分说地亲了下去。

他的吻青涩莽撞，迫切中夹杂着不受控制的战栗。

白妤瞳孔微微放大，精神绷紧，肩膀弓缩，空余的那只手抵在他胸膛处，一动不敢动。

直至上唇一痛，她猛地一抖，暂停许久的呼吸重回轨道，急促杂乱，心脏急剧跳动，仿若溺亡前身体的最后一搏。

她下意识地推他，想为自己换取一点新鲜空气，但换来的是杭臣更用力地亲吻。

牙齿磕碰，唇瓣重压辗转，淡淡的甜橙薄荷香气与咸湿的眼泪混在一起，悄无声息地融入骨血。

她试着躲开，却始终徒劳无功。

杭臣掌在她腰后的手不断收紧，几乎要将她按入他的身体。

白妤短促地呜咽。

就在这挣扎间，她看清了杭臣那张近在咫尺的脸。

她看到那片阴影下，他痛苦地紧闭双眼，黑睫被泪水敛成一束束，隐隐还有泪水在渗出。

他仿若是一座孤岛，竭力唤来狂风骤雨，试图留住她这艘偶然停泊在这儿的小船。

她终于将他看得真切。

白妤大脑有片刻的空白，但唇上的温热与索取让她又明白了一些事情。

她仰着面孔，眼皮轻颤。

四肢百骸由此开始软绵。

她抵着他胸口的手顺从地放下，抖抖擞擞地搭在他身上。

她缓缓闭上眼，唇齿放松，试着接纳他带来的疾风骤雨。

她咽着嗓子，顶着“怦怦”乱跳的心，在他毫无章法的亲吻中小小地主动地回应了一下。

像雏鸟第一次飞行，小心翼翼的，局促的，又难掩热烈的。

杭臣感受到她的主动，脑海里的某根弦“啪”的一声瞬间断掉，如梦初醒般突发地停了所有动作。

他徐徐睁开眼，松开白妤，拉开微小距离。

鼻尖对着鼻尖，呼出的灼热气息缠绕在一起。

他泪眼婆娑地注视着白妤，眼瞳仔细描摹过她的脸。

这一刻，他也终于将白妤看得真切——因哭了多次微红的双眼，因烈日涨红流汗的脸颊，还有因他变得红艳，略泛水光的唇瓣。

两年到底是长还是短，他一时分不太清。

她看起来和以前没什么不同，却又和以前天差地别。

至少，不再是那个会因为害羞而推开他的女孩了。

她是这样勇敢地，坚定不移地向他靠近。

懦弱的反成了他。

他知道，是他需要她，而不是她需要他。

白妤察觉到异样，在他喷洒出来的滚烫气息中不安地睁开双眼。

四目相对，他们完整地倒映在对方的瞳仁里，只有彼此，只剩彼此。

杭臣的双眸一寸寸柔软下来，拽着她手腕的手逐渐往下攀附，找到她的手指，穿插而入，十指紧扣。

男人坚硬分明的指骨与女人软糯似水的触感形成强烈反差。

他轻轻摩挲，最后牵起她的手搭在自己肩颈处。

白妤配合地双手渐拢，虚揽住他的脖子。

杭臣双手搂住她的腰，眼睫轻垂，亲昵地蹭了蹭她的鼻头，温柔地在她唇上落下一个吻。

接着，宛如信徒一般，他虔诚地吻过她红润的鼻尖，清凌凌的眼睛，红烫的脸颊。

最后，吻游离在白妤的耳根处。

他吐出的气息像燎原之火，让白妤不禁战栗。

白妤听到他滚着喉结，嗓音喑哑地说：“小白，我喜欢你，我要和你在一起。不论……今夕何夕。”

他怕她没听清，重复道：“我喜欢你，我要和你在一起。

“不管以后，不问结果，只要现在。

“小白，我喜欢你。”

白妤的心跳止不住加快，指尖都有些发麻。

几秒后，她终于敢相信她得到了想要的答案，她咬了咬唇，肩膀一耸，不计前嫌，破涕为笑。

杭臣听到她清浅的笑声，心中一松，加重力道抱紧她，也跟着笑起来。

骄阳似火，光线直射而下，让一切阴影消散。

身后宽阔河流安静涌动，成排的岸柳温柔矗立，摇曳生姿，宛如从前。

相拥许久。

白妤一扫之前的坏心情，轻快地说：“我就知道，我就知道你只是装装样子，你才不会丢下我呢。”

杭臣配合地说：“嗯，我真是太装了。”

白妤说：“你就知道气我，惹我哭，我告诉你，我以后绝对不会再为你掉一滴眼泪。”

杭臣回答说：“好啊，别再为我哭了。我也舍不得看你掉眼泪。”

“我看你舍得得很。”

“没有，我不舍得。”

“你舍得！”

“不舍得。”

“舍得的。”

“不舍得。”

无聊的争执后，白妤抬手，捶了一下，转而将他抱得更紧，心里的甜一丝丝漾开。

回馈她的是杭臣深深的拥抱。

他仍在颤抖，为这个挣扎了两年的决定，为终于圆了自己的梦。

他闻到白妤发间的馨香，是这些日子魂牵梦萦的香味。

他闭上眼，眼角的眼泪滚下，消失在弯起的嘴角边。

是甜的。

他埋在白妤的耳后脖间，呼吸与心跳交错律动，心中有许多想说的话，可涌到嘴边，只能反复地告诉白妤，他喜欢她。

他喜欢她，说的话不曾改变，他想永远和她在一起。

他喜欢她，梦中江湖，理想之地，想和她一起抵达。

他喜欢她，喜欢到明知道选择拥有她是件多么卑劣的事情，却还是要做个卑鄙小人。

他想说的白妤都懂。

她声音温柔，却始终坚定有力量。

她给他心中的种子浇水。

她说："杭臣，勇敢的人人生才会有不同的路。"

她说："这是你曾经说的，你还记得吗？就在小学的滑滑梯边上的草地上，你和我说的。"

你看，你的父母因为勇敢挺过了这殚精竭虑的两年。

你因为勇敢，现在好好地站在了我面前。

现在开始，我们要一起踏上命运变航后的另一条路。

没关系，一切都没关系。

只要我们在一起。

杭臣当然没有忘记。

他胸腔震动，轻轻笑出声。

他学着她当年的模样，说："小白，你也应该像那些伟人一样挂在墙上。"

"噗——"

白妤嘴角溢出笑，接着不满道："你看你，明明都记得。刚刚一直装傻充愣，你以为我很好骗吗？"

杭臣说："没想骗你，只是我……不够勇敢。"

白妤问："那你现在确定好了吗？"

杭臣说："确定好了，我要和你在一起。"

白妤抿唇微笑，推他，示意他放开她。

杭臣松开她。

像小时候一样，白妤朝他伸出一个小拇指："拉钩呀。"

杭臣笑了一下，眸底波光流转，缱绻温柔。

他稳稳地钩住白妤的小拇指。

两个人异口同声道："拉钩上吊一百年不许变，不然——"

不然以后不相见。

对视一眼，两个人又很有默契地在这里停顿结束。

没有过多伤感与遐想。

而是在下一刻，不约而同地笑起来。

白妤晃了晃两个人搭在一起的手指，笑容明亮地说："那我们现在就是——"

杭臣截话："就是男女朋友。"

"对，那……"

"那现在开始我们就是在正式约会。"

"啊，也对，确实是这样。"白妤话顿，"那……"

"那我们继续？"

"什么？继续什么？"亲……亲嘴吗？

杭臣打量着她闪躲的眼神，嘴角微微上扬，试探地说："继续逛学校。"

白妤眼皮垂下，有点儿失落地“哦”了一声。

杭臣笑意加深，放低声音，说：“刚刚我看班主任在那儿，要不我们去拜访一下，我生病时他给我打过电话。”

“我不想去。”

“怎么了？”

白妤心中莫名其妙又开始冒小火苗，她撒气般甩开他的手，嘀嘀咕咕道：“我们才刚刚在一起，我只想我们两个人在一起，不想被别人打扰。难道你不想吗？”

杭臣眼中无尽的笑意蔓延开，他说：“想啊。我还想……和你再亲一会儿，行吗？”

白妤像触电般一抖，对上杭臣深邃的眼睛，心跳加速。

她像被戳破秘密一样，不太好意思地别过眼，扭捏推托道：“还是不要了吧，等会儿被人看见。”

杭臣似蛊惑一般地说：“不会有人的。”

“会有的，刚刚就不知道有没有被人看见。镇上都是些中老年人，圈子又那么小，万一……”

“看见就看见了。他们难道年轻的时候没接吻过吗？”

白妤的脸烧起来，又气又想笑。

这人怎么脸皮比她还厚啊。

如果、如果真这么想亲，像刚刚那样直接亲上来不就好了？她又不会拒绝他。

刚才一声不吭，现在装模作样地问。

嘁！

白妤快速看了他一眼，心底哼哼唧唧，最后要笑不笑地直接跑了。

“哎，小白——”

杭臣快步追了上去。

初夏正午，一天之中最热的时段。

风是静止的，光芒是刺眼的。

望不见尽头的河流是包容的。

白妤跑起来，只觉得浑身痛快。

后头的杭臣还在试着叫停她。

最终，两个人气喘吁吁地停在一艘偌大的废船边。

柳条拂过水面，船只微微晃动，蝉鸣渐深。

回头看，他们距离那座桥已经有段距离了。

那些眼泪和争执也似都被留在了那里，眼下只剩一条新的康庄大道等着他们探索。

两个人回过头，目光交汇，相视一笑。

杭臣牵起白妤的手，惩罚似的敲她脑门，说：“今天追了你三次了，我的运动量已经达标了，不许再跑了。”

白妤喘着气，反握住他的手，笑眯眯地说："不跑了，再也不跑了。我就这样和你黏在一起，像两块口香糖一样。"

杭臣被她的比喻逗笑。

白妤傲娇地继续说："而且你追追我怎么了，我这么好哄，我也没有真的生你气。我简直是个大善人！"

"嗯，人善人。"

杭臣平复着呼吸回应她，但视线和思绪都被她一张一合娇艳欲滴的唇瓣吸引。

目光游离几转，气氛逐渐灼热。

他毫不掩饰他的想法。

白妤被他盯得也说不出话来了，已经准备好闭眼的时候，杭臣却突然开口了。

他捧着她的半边脸，心不在焉地说："已经中午了，我大概晚上七八点回去。

"这个假期我都不回北京了，等你拿到了录取通知书我们一起去。

"我们可以每天见面，而且我学会了开车，我想带你出去兜风。

"我今天也是开了车来的。

"所以……现在你想去我车上，还是去我们后面这艘船上？"

白妤木讷地眨眼，憋半天憋出一句："什么？"

杭臣喉结滑动，嗓音低哑："想亲你，在没有人的地方。"

白妤的脸瞬间红到爆炸。

她结巴问道："那个、那个车，是你妈妈的那辆吗？"

"是。"

"我们……要不开车去别的地方？我觉得在车里不是、不是很好。"

"去哪儿？"

"公园？"

"栀花镇没有公园……"

"那就去远一点的，铭德边上有公园的。"虽然过于开放。

"有点儿等不了。"

"你……"

远处栀花中学的最后一节课下课铃声响起，学校像被掀翻，人群如鱼群喷涌而出。

杭臣说："他们要出来吃午饭了。"

白妤被迷得失了心智，说："那就这艘船。"

船身受到突然的重量，左右晃荡，一截粗麻绳拴着岸边的大铁钉，向外漂了些许后被绳子重新拉回岸边，船只紧挨着岸边的野草，压出一道痕迹。

两个人躲在极具空间隐私的船篷底下，平衡重心，待船稳定后都不禁松了口气。

船内没有过多物品，只有一个被遗弃的红色水桶和几个扳手。

风吹日晒几年，船里没有丝毫鱼腥味，只剩风霜雨露过后的萧瑟味道，仔细一嗅，能嗅到小时候追逐在田野上的旧味道。

白好背对着杭臣，眼珠子转来转去，细声问道：“真的要在这里吗？”

杭臣说：“要啊。”

“应该不会沉吧。”

“不会的。”

“你怎么那么笃定？”

“它这不是没有漏水吗？”

“哦……”

白好没了声，僵硬地站在那儿，心里头还是有点担忧，不敢乱动。

反倒是身后的杭臣不知道在干什么，只听到一阵窸窸窣窣的响动，下一秒，船身轻微晃动起来。

白好不禁喊起来：“杭臣！你在干什么！你别乱动呀。”

回应她的是杭臣若有似无的笑声。

须臾，白好手上一热，她低头看去，是杭臣拉住了她的手。

她顺着看去，杭臣把双肩包放在一侧，悠哉地坐在了船板上。

他双腿曲起敞开，微抬着下巴看她。

那双哭过的眼睛，眼尾泛红，双眸却含情脉脉，还带着点调笑。

杭臣说：“别怕，要坐我边上吗？还是……坐我腿上？”

白好脸上又是一热，小心翼翼地挪动脚步，瓮声瓮气道：“我坐你边上吧。”

“来。”

杭臣紧握着她的手，牵引着她来到他身边。

可等白好准备要坐下时，他猛地一收力，将人拉进了自己怀里。

白好失去平衡，失声尖叫的同时稳稳当当落坐在杭臣腿上。

船只又晃起来。

白好紧闭双眼，像抓着救命稻草一样牢牢揽住杭臣的脖子，心脏紧张律动。

她惊慌失措地喊道：“船要翻了！船要翻了！”

杭臣胸膛起伏，酥酥麻麻的笑声悉数传给白好。

随着船身的平稳，白好渐渐放松，听到他还在笑，她使劲推了他一把。

“不许笑！”她说。

“害怕坐船？”他问。

“有点儿，以前没坐过。”

“没事的，不会翻的。”杭臣搂紧她，脸颊逐渐靠近，声音放低道，“如果害怕就抱紧我。”

幽暗环境中，白好感受到他靠过来的灼灼气息，她有点绷不住。

这样临时的地点，这样刻意的亲吻，奇怪透顶。

她犹犹豫豫着，不太确定地再次问道：“我们真的要在这里吗？唔——”

回应她的是杭臣不想等待的亲吻。

他一手搂着她，一手掌着她的后脑勺，微微使力下压，在嘴唇碾磨中渐渐加深这个吻。

白妤被亲得顿时迷糊，眼睛半睁半合着，余光里瞥见杭臣仰起的一截白皙脖颈，青筋蜿蜒，在喉结吞动的加持下，显得尤其性感。

她心尖不由得一麻，软了骨头，顺从地将自己的重量压在他身上。

没了刚才冲动的加持，这样细密轻柔的吻让两个人心生慌乱，不约而同地出了一层薄汗。

没有任何经验的白妤丝毫不懂杭臣的意图，杵在那儿似根木头。

城池久攻不破，杭臣忽地无声笑了起来。

白妤听到他揶揄的笑倏地睁大眼睛。

她的目光随之定在杭臣的唇上。

热吻后的薄唇泛着水红色的光泽，和他眼尾那一抹微湿红晕相得益彰。

看起来……特别像一份可口香甜的草莓奶油蛋糕。

白妤咽了咽喉咙。

她忽然想起，她自从六岁后再也没有吃过蛋糕了，每次江雪梅说要买的时候她都会拒绝。

记忆里，奶油蛋糕的味道是咸的。

杭臣见她走神，问："在想什么呢？"

白妤未加思考地说："你是甜的奶油蛋糕，还是带草莓的那种。"

杭臣一愣，旋即笑起来。

他压着声问："那你喜欢吗？"

白妤单纯地点点头。

她点杭臣的锁骨处，质问道："你刚刚笑什么？是在笑我吗？"

"是吧……"

"是就是，不是就不是，什么叫是吧。"

"那……是。"

"你为什么笑话我？我又没做什么很搞笑的事情。"

杭臣盯着她娇艳欲滴的嘴唇看，欲言又止。

白妤继续点他："你说啊，你为什么笑话我？"

杭臣："嗯……"

白妤："你说啊！你看你，你还在笑，有什么好笑的。和我亲嘴很好笑吗？"

白妤："你到底说不说？"

杭臣一边揉被掐得青紫的腰，一边笑得停不下来。

他将白妤重新揽入怀里，轻拍着安抚。

白妤很吃这一套，趴在他肩膀上气息渐稳。

半晌，白妤听到他开口说话。

杭臣说："你说我像奶油蛋糕，那你知道你像什么吗？"

白妤摇头。

杭臣低声说："你像樱桃，你的嘴唇像樱桃，和梦里的一样。"

白好还在想樱桃是什么味儿，直到现在，她都没有吃过呢。

但跳脱的思绪很快被杭臣的后半句话吸引。

她搂着他脖颈，有气无力地问："什么梦？什么梦里？"

杭臣用只有两个人能听到的声音，憋着点笑，又不太好意思地说："一个很早以前的梦。"

杭臣说话时胸膛微微震动，声线低哑却带着少年的清润，裹着热吻后的余热一股脑儿地灌入白好耳中。

在接收到这种暧昧话语的刹那，她大脑几乎立刻有了具象化的解释和画面。

白好顶着绯红的脸，无言到极致，使出仅存的力气一通乱打。

杭臣照单全收。

发泄完了，杭臣握住她的手，放在掌心揉捏，似一种服软和安抚。

他说："怎么总打我啊？"

白好哼哼两声："就打你，谁让你这么欠揍，还要流氓。"

杭臣气息放低："我只是说点真实想法。"

"你还狡辩！"

白好佯装瞪他，以表气愤。

杭臣知道她没真生气，狭长双眸含着笑，一直盯着她看。

他叫她："小白。"

"干吗！"

他低软着声说："我真的很喜欢你。"

"砰——"

白好脑袋里有什么爆炸了。

杭臣笑得更深，不疾不徐地继续说道："我想，我的生命里应该不会再有别人了。我喜欢你，喜欢你很多东西，喜欢你笑起来的样子，喜欢你有什么说什么，从很久以前就喜欢你。"

他微微停顿，眉宇间多了几分真切与郑重。

他说："所以小白，如果有一天，我有了意外，别的你不需要记住，你只要记得，因为你很好，所以我才这么喜欢你。你是我在栀花镇发现的一个宝藏。"

剩余的话被白好捂住。

她心里的气就这样跑了个精光，他越往下说气氛越怪异，倒还不如之前那样打打闹闹来得开心。

可她又明白，这些话杭臣迟早要说个清楚。

纠结片刻，白好挪开自己捂得死死的双手，转而捧起杭臣的脸颊，闷闷不乐地左捏右扯。

看他俊朗的面孔被捣鼓成各种搞笑的样子，她心里才松快一些。

她软声道："我们不是刚刚在桥边都说好了吗？不许你再说这些了。你放心好了，我比你想象得要坚强多了。哎呀，反正以后你不许说了，我们一定会好好的。"

杭臣抱着她，扬唇，一个“嗯”字从喉咙深处挤出。

白妤释怀一笑，在他脸颊两侧戳出一对酒窝，假装威胁道：“但是有的话你要一直说，比如喜欢我，比如我的优点，比如……比如我的美丽！”

杭臣笑起来。

白妤打他：“笑什么。”

杭臣说：“还有一些话，我觉得我也应该经常说。”

“什么？”

“想亲你。”

“……喊。”

“喜欢你，想亲你。

“你的嘴唇像樱桃，喜欢你，想亲你。”

他的声音越发低沉，像专门为她酿的酒，她只有沉沦的份。

两个人不知不觉再一次靠得极近，唇与唇之间只剩微小缝隙。

白妤呼吸滞缓，顺从地垂下双手，攀上他的肩颈。

日落时分，天边云彩呈现出油画般的橙红色，由远及近，映照在宽阔河流上，似碎金一般随着水波流动。

气温缓缓下降，一扫之前的炽热滚烫，遥远天际处有白鹭一行，倦怠的蝉鸣被凉风送往四野。

船只被沉浮的水潮举起又轻轻放下，摇晃幅度是这样微小，却也使得有些人头晕目眩。

此刻，杭臣望着她，又在这样笑。

白妤隐约又要被迷惑，好在，突然有一阵飒爽的凉风直直闯进船篷，吹散了些两个人身上的汗，也吹醒了些思绪。

为了找点事情分心，杭臣变戏法似的从书包里掏出一个东西，是相机。

他们说好的，见了面要互相分享这两年的点点滴滴。

看了半个小时的照片后，白妤的肚子饿得开始叫，她早上太兴奋没怎么吃东西。

杭臣听到后笑说：“我带你去吃饭吧？”

“这个点镇上哪儿有能吃饭的地方啊？包子都买不到一个。算了，我们去超市买点零食吧。”

“我带你去铭德。那边有你喜欢的炸鸡壳和红豆面包。”

“现在？”

“嗯。”

“太晚了吧，一来一回要费很多时间。”

杭臣腾出一只手，轻柔地抚上她脸颊，将她湿透如墨状的碎发顺到耳后。他笑道：“你忘了？我今天开车来的，开车去的话很快的。”

对哦。

白妤被说得蠢蠢欲动。

她想起来，他们还没有在铭德吹过风，没有一起吃过红豆面包，那时候总以为，他们有的是时间。

不经世事的年龄，总以为有的是时间。

余晖渐深，万物有了斜影，凉爽的风一缕一缕送来。

白妤的杏眼眯起，欢快道："那走啊，我们去吃好吃的！"

杭臣说："那走吧，把东西收拾一下。"

白妤被饥饿冲昏头脑，思绪被十几公里外的美食吸引。

这也原本是他们定好的最后一站。

她霍地站起身，准备把自己松散的马尾重新扎一下，但双脚落地的刹那，船被她大大咧咧的动静踩得微荡，小风一吹，晃动都有了涟漪。

白妤左右摇摆，恍惚之间，她觉得自己的灵魂成了重影，在努力追赶她的身躯。

接踵而来的是腿下一软，幸好杭臣手疾眼快地站起来扶住了她。

好一会儿，白妤才恢复眼前的清明，双腿不受控制地打战，小腿骨发麻发酸，似在被蚂蚁啃食。

她眨了眨眼，咽下令人发汗的虚脱感，缓缓长舒一口气。

杭臣看着她一阵青一阵白的脸色，心里没了底。

"没事吧？小白，小白？"

白妤勉强能站立，她催促他赶紧收拾。

杭臣捡起吃剩下的法式面包纸袋，喝到一滴不剩被捏扁的矿泉水瓶，还有散落在地上的他的帽子与白妤的小背包。

刚刚嫌帽子碍事随手扔了，他的头发是这两年重新长起来的，比之前的要短一点，现在有点乱糟糟的。

原来不管不顾地亲喜欢的人是这么奇妙的感觉。

杭臣利落地戴上鸭舌帽，压了压帽檐后，单肩背上书包，一手拎着白妤的小包，一手去牵她的手。

"走吧。"他说。

"慢一点。"白妤回答他。

她双手紧攥着他的手，小心翼翼地跟在他身后，走他走过的路。

被遗弃的船在金色水纹上徜徉，似在安静地和他们道别。

踏上陆地的那一刻，白妤又是一阵眩晕。

水泥窄路散发着温热的气息，岸边杨柳低垂，野草翠绿茂盛，环顾一周，另一侧沿路的老旧楼房长久不住人，静静地守在这片土地上。

抬眸遥望，是那座曾经他们路过无数次，刚刚还在上面吵架亲吻过的石桥。

它被刷成栀花镇桥梁通用的颜色，像此刻夕阳的颜色，明媚安静的金黄色。

"丁零丁零——"

"丁零丁零——"

那边传来熟悉的打铃声。

白妤的耳膜突跳，她呼吸着醉人的新鲜空气，不太确定地问杭臣："是学校的铃声响了吗？"说完，她抬起头望向眼前的少年。

他这一身黑的打扮在越来越浓郁的夕阳光辉下越发像一道剪影。

白妤脑袋发昏，迷蒙地觉得，这像是一场梦。

他生病是一场梦。

这两年是一场梦。

现在的相聚亦是一场珍贵的梦。

连刚才的亲吻也是。

可嘴唇酸麻肿胀的感觉清清楚楚地告诉她。

这一切是真的。

两个人手牵着手汇入栀花镇的主路，身边是骑着自行车飞驰而过的初中生。

他们喧闹的声音让老龄化严重的小镇有了一丝生机。

白妤静静地走着，偶尔看一眼初中生飞扬的身影，偶尔看一眼她和杭臣肩并肩挨在一起的长影。

三年不长不短，却让他们和那些稚嫩的面孔有了区别。

白妤突然想起，那年她刚进入栀花镇中学，看着高年级的学生心中觉得那样的气质离自己是那样遥远。她当时多想也能成为那样的人，挺拔的身躯，自由松散的眼神。

现在，应该已经实现了吧。

她摆脱了幼稚的面孔，走到了成年人的门口，即将奔赴自由天地。

在意的人都陪在身边。

她觉得心底深处有取之不尽的力量在涌出，像蠢蠢欲动喷发的火山。

走到小镇的超市小广场前，在一排崭新光亮的新款车里，杭臣家那辆饱经风霜的黑色轿车格外夺目。

白妤还记得小学时第一次看见杭臣母亲开车来接他的情景，那辆车在印象里是光彩夺目的，在小学门口，轻而易举吸引了所有人的目光。

可时代变迁，记忆都会蒙灰，更别说这些事物了。

白妤摸了摸车门把手，被太阳晒得发烫。

她笑了一下，看向站在对面的杭臣。

他正在开后车门，把两个人的包一股脑地扔进去。

看他这副老练的神色，白妤内心仍摇摆。

在彻底坐进去之前，白妤问道："我记得你是上个月才拿到的驾照吧？你……真的没问题吗？"

高考冲刺那两个月，他们联系甚少。就在那两个月里，杭臣说他想考个驾照，一是为了以后出行方便，二是他想给自己找点事情做。

等会儿，真的可以上路实践吗？

杭臣没回答，只笑笑，示意她上车。

车内温度骇人，打开空调后好一会儿才逐渐凉快。

白妤双手握着安全带惴惴不安。

“唰——”一脚油门，杭臣转动方向盘，轻快地驶出了栀花镇。

杭臣开得十分平稳，在一个路口等红绿灯时，白妤卸下了防备。

她歪头，开始欣赏起沿路的景色。

这条路和前往铭德的公交车路线重叠，沿路的风景她这三年看了无数遍，她甚至闭上眼就能默念出前面会路过什么建筑。

她忽然觉得看腻的景色一点意思都没有。

她又想起杭臣相机里Z大的风景。

真想快点前往新的生活。

真想做点什么有意思的事情。

在这个什么都拥有了的盛夏里。

绿灯亮起，打断了白妤的思绪，她见杭臣不动，提醒道：“绿灯啦。”

杭臣说：“不走这条路，看到那个牌子了吗？前面在修路，我们稍微绕一下。”

修路？

白妤抻长脖子一瞧，果然有个牌子写着前方施工请绕道。

她知道是哪段路，那段路确实有些年头了，是一条挤在居民房之间的水泥路，又窄又挤，随着时间推移，地面有了裂缝，雨水一冲刷，渐渐变得坑坑洼洼。

终于要修了啊。白妤想。

方向指示灯变绿，杭臣起步，拐入一条白妤从未去过的道路。

与栀花镇主干道两侧栽种的植物不同，这条路顶着天地的是高耸的梧桐树，比铭德那条梧桐大道更悠久。

茂密的阔叶撑起这里，炸耳朵的蝉鸣声填满漏进来的余晖光芒。一道道斑驳的光影划过他们的车窗，仿佛行驶在时光隧道。

白妤被这变幻莫测的美丽风景吸引，久久没有出声。

许是杭臣觉得车内太过安静，他拧动CD键，随机跳出一首车载金曲。

是张震岳的《再见》。

欢快的音乐在车内跳舞。

歌词无法抗拒地溜进耳朵——

我怕我没有机会
跟你说一声再见
因为也许就再也见不到你
明天我要离开
熟悉的地方和你
要分离

音乐是兴奋剂，白好心中那股力量被点燃。

她摇下车窗，探出半个脑袋，仰头看向橙紫色的天空，有麻雀飞过，树叶簌簌响动，有不间断的风扑到脸上。

她闭上眼，深吸一口气。

岩浆已挤到火山口，一沉再沉。

“嘭——”

白好转过脑袋，碎发乱飘，笑盈盈地道：“杭臣，这就是我们要走的另一条路。”

虽然是意外促成了我们的选择，虽然我们对这条路一无所知，但只要我们在一起。

杭臣看了她一眼，想到先前白好说过的话，嘴角微勾。

他腾出一只手，朝白好伸过去。

白好的笑容顿了一下，她“哎呀”一声，装作很用力地打了一记杭臣的手。

她说：“好好开车，快把手放回去！”

杭臣笑了出来，减速，一把反握住白好的手，他说：“就牵十秒。”

十。

九。

八。

七。

六。

五。

四。

三。

二。

一。

最后一秒，杭臣力道收缩卡顿，随后才决然地松开白好的手。

红霞满天的林荫大道下，携着十载往事的私家车猛然加速，激情澎湃地驶往共同的目的地，车轮碾过发烫的柏油马路，留下痕迹。

鸟雀被惊动，从枝叶间展翅而出。

片刻后，熔金似的日落下，音乐声逐渐远去，车辆身影慢慢缩小，鸟群飞绕一圈重归寂静。

画面像落幕的电影，湮灭在灰暗中。

第十章

以后都是好日子

六月中旬迎来潮湿的梅雨季。

雨成片地下，一扫初夏的炎热。

江雪梅经朋友介绍，找到了一份可以持久的新工作，给老人家做家政服务。

起初，白妤是不同意的，伺候人本就是一件劳累的事情，更别说专门帮老人洗衣做饭打扫卫生了。

但江雪梅却说总要试试才知道到底怎样。

白妤沉默着，她看着满面笑容的母亲心里充满了矛盾。

有一天，白妤坐在书桌前无聊地发呆看大雨时，她看到江雪梅骑着新学会的小电驴冒雨驶了出去。她忽然觉得现在的妈妈就像大雨冲刷过后冒出来的新生命，与儿时印象中那个怯懦而又寡言的妈妈已经完全不同了。

她有什么资格不同意呢？

大雨连下几日后，终于迎来几天凉爽的晴天，白妤也决定找一份暑假工。

杭臣陪她走遍大街小巷，终于找到了一家适合做兼职的店铺，是一家快销服装店，并且店长表示紧缺人手，立刻就可以来上班。

无休，一天工作八个小时，每天六十块，月结。

白妤手指一掐，一个月能有一千八呢。

巨款。

她当场拍板明天就去上班。

回去的路上，白妤滔滔不绝地对杭臣讲述着自己美好的幻想。

一个月的工资是一千八，两个月就是三千六。

她马上要成小富婆了。

她沉浸在生活新体验的憧憬中，那双圆润澄澈的瞳眸闪着亮光，双颊酒窝清浅。

杭臣看得恍惚，不自觉地笑起来，许多想说的话就这样吞回了肚子里。

原本，他想说，打工很累，服务行业不好做。他还想说，到手不可能正好这个数，要减去日常开销损耗，要做好被扣钱的准备。

但现在说这些，多扫兴。

所以，他傍晚送白妤回家，分别时说的是："明天我来送你上班啊。"

白妤站在月色下，笑了又笑，她朝他挥手，像夜归的小蜻蜓一样飞了回去。

晚上，得知女儿决定打暑假工，江雪梅也不扫兴，问清工作地点确保没有上当受骗后欣然同意。

她想再说些什么，但这一天，江雪梅忽然发觉，她已经没有什么能教给白妤了。

她一辈子没有出过远门，也没有在城市生活过，所见所闻所学都浅陋单薄。

而她的女儿如今正值最好的年华，即将展翅高飞。

她能做的大概只有放手。

在新一轮的暴雨中，白妤开启人生的新体验。

是的，比起用工作称呼它，她更愿意称之为"新体验"。

而人总是对自己愿意尝试的事情耐心且宽容。

第一天上班，白妤忙到喝口水的工夫都没有，叫卖衣服喊到嗓子微哑。

但在大雨倾倒的傍晚，白妤坐在副驾驶座上一边狂喝水，一边乐不可支地道："我今天特别勤快，我叠了好多衣服，你知道吗，女装最靠右的那面墙的衣服都是我管理的。店长虽然有点凶，但是同事很不错呢，有几个和我一样也是刚毕业来打工的。"

她说个不停。

杭臣听着心疼不已，在栀花镇的药店停了车，连伞都没撑，冒雨冲出去买了一堆润喉片回来。

白妤吓坏了，抽了小半包纸给他擦身上的雨水。

她说："你疯啦，有伞为什么不撑？你可不能发烧啊，你不能再生任何病的！我们不是说好了吗，要很爱护很爱护自己的身体！"

杭臣拆了一片塞白妤嘴里，笑着弹了下她的额头："快别说话了，好好养一养嗓子，不然以后说话都像鸭子叫怎么办？"

白妤听懂了，他在说她声音像鸭子叫。

她嘴里清凉的薄荷味散开，喉咙里冰爽一片，吞咽稍作休息后，她说了今夜最后一句话："你才像鸭子。"

杭臣的笑声融化在大雨的冲刷下。

第二天，杭臣接她下班，白妤一直在揉自己的小腿。

她说站了两天，脚发酸。

杭臣下意识地想说，要不算了，不就是几千块钱吗，他有，他可以都给她。

但细想，这种话对于白妤不是什么好话，真说了，这几天她肯定不理他了。

第三天，新不适症状是腰酸。

第四天，是疲软发困。

第五天，却莫名其妙又生龙活虎了起来，白好说："我还挺厉害的！我已经赚了三百块了呢！"

杭臣也跟着松懈下来，在车载音乐的悠扬曲调中，他像从前一样，不吝啬地配合地赞扬她。

一个摇头晃脑地说："坚持！努力！加油！"

一个轻点下巴哼笑说："小白！超级！厉害！"

笑声不间断地涌出。

白好领到第一个月工资那天，Z大的录取通知书也从千里之外交到了她本人手上。

还有些资料手续需要回铭德高中办理，白好忍痛请了一天假，杭臣送她去铭德。

不止她一个人回了铭德，还有许多班里的同学。

时隔两年半，杭臣再次见到那几张熟悉的面孔难免有些愣怔。

在行政办公室的幽暗走廊里，脱去校服个高挺拔的少年们不敢置信地对视着。

须臾，安静的走廊里爆发出惊呼声。

他们很快像苍蝇一样围了上来，问东问西。

白好将空间留给他们叙旧，拉上姜素与马盈薇进了办公室。

填完资料出来，少年们聊得依旧如火如荼，有人叫着说："等会儿一起吃个饭呗？"

杭臣曲着手指蹭了蹭鼻尖，说："这得问问她。"

"哦？"

"咦？"

"哦嗬！"

众多目光笔直地落在白好身上，连身边的姜素与马盈薇都感到惊讶，小声询问白好是不是真的。

白好抱着资料，脖子涨得通红，但又憋不住笑容。她走到杭臣身边，牵起他的手，轻声说："我们本来就一直是好朋友啊。"

大伙儿又是一阵起哄，说着恭喜。

其中也包括陆潭。

陆潭站在人潮的角落，神情难得的不紧绷，薄唇轻启，吐出"恭喜"二字。

大家你一言我一语地商量着聚餐的事情，本来还有好多人今天没来，打电话过去，听说杭臣回来了，个个都说要来。

思忖许久，大家突然想起，他们还没有办谢师宴。

有人看见陆潭在，喊道："班长，你去问问老江他们啥时候有空？我们全班一起请几个老师吃个饭吧？咱们班名校高才生这么多，得好好谢谢他们。是不是？"

陆潭点头说好，非常干脆利落地联系起了老师。

过了几天，传来通知，谢师宴定在八月一号，在铭德边上的老刘高级大饭馆。

白好用第一桶金换了新手机，申请了企鹅号，加入了班级群。

看到确定时间和地点时，她刚下班不久，窝在副驾驶座上啃着杭臣带给她的纸杯蛋糕。

群里有人说：怎么定了饭馆？会不会不够高级？

有人说：高级大饭馆怎么会不高级？

插科打诨一番，有个刘姓同学跳出来说：是我家的饭馆，环境好，卫生好，菜品也好，我爸说给咱们打对折。

其余人：……哇，咱们班里什么时候有个刘总？

白好看他们说话乐得直笑。

杭臣看她笑，也不禁跟着笑起来，问她："在看什么这么开心？"

白好把聊天记录翻到最顶端，一条条绘声绘色地念给杭臣听。

七月底，三伏天，夏天最热的时段，傍晚七点的天空仍亮得发白，与他们背道而驰的西边有火红云霞在蔓延。

夏天已经溜走一半。

八月的第一天，新闻播报体感温度高达四十摄氏度。

这座城市如一个巨大锅炉，被太阳的熊熊烈火架烤。

薄暮时分，街道上才陆陆续续有人影出没。

白好结束一天的工作，一口闷热空气都不愿意呼吸，奔跑躲进杭臣的车里。

她凑在冷气出风口，喘了好一会儿才说道："怎么越来越热了？小时候好像没这么热啊。"

杭臣说："大概是因为全球变暖吧。"

白好没把这话放在心上，闭眼深吸了一口冷气，睁开眼，她脸上的疲惫神色已被冲刷干净。

她欢快地道："快走快走，约了七点吃晚饭的，都六点多了。我等会儿冲个澡换个衣服就出来。"

谢师宴定在晚上七点，因为大伙儿都不想顶着暴烈阳光出门。

快到沁芳路车站时，白好结束叽叽喳喳的无聊话题，转而意识到等会儿杭臣要在这里等她梳洗，十分钟至少是要的。

她想了想，说："要不，你去我家等我？"

一向厚脸皮且胆大的杭臣听到这话先是笑了一会儿，随后，他婉拒道："不太好吧……第一次上门就空着手。我就在这里等你。"

白好没听明白："你只是稍微等我一会儿呀，为什么要在意空手不空手？"

车子停稳，杭臣侧身给她解安全带，双眸柔软地划过白好单纯的脸庞，意有所指地说："身份不同，礼节就不同。我第一次去你家还是得正式些的。"

白好后知后觉地反应过来，笑骂一声，随后拎上自己的包飞奔回家。

江雪梅知道白妤今天有聚餐，于是自己早早地用了晚餐，这会儿正在后院的小路边乘凉，邻居看见她，捧着一筐嫩豇豆快步走来，说要送她。

说笑着，白妤如风一般路过她们。

邻居大婶惊讶地道："小妤这是咋了？"

江雪梅说："赶着换衣服去和同学老师吃饭呢。"

大婶问："这么晚去啊？那晚上怎么回来呀？"

江雪梅微微一笑："没问这么多，她自己总归有办法的。"

"也对也对，不敢问的，我家那小子，我现在是一句都不敢多问，问点什么就要甩脸子。"

没一会儿，脱去工作服换上私服的白妤又如风一般路过她们。

她倒退着跑，朝江雪梅挥手："妈妈，我走了！"

声线拉得老长。

江雪梅说："路上小心！"

大婶歪着脑袋，双手交叉搭在腹部，望着白妤远去的身影滋生出感慨。

"一转眼，小妤都长这么大了，瞧这长手长脚的苗条样儿，像你，雪梅，这孩子像你多点。"

话说到这里，不得不提起和白妤有血缘关系的另一位。

大婶声音压低，问道："雪梅，那……小妤爸爸知道孩子考上好大学了吗？"

江雪梅神色如常，低头拨弄怀里的豇豆，挑掐去几段没用的，回答说："联系不上了，随便他吧。"

"那钱总还给你打回来吧？"

"怎么可能。"

大婶："那这……那小妤上大学你身边钱够吗？我家有，我可以借你。"

江雪梅对大婶一笑："够的！阿姐，你别为我操心，我扛得住。"

"哎。"大婶无奈地笑着，"咱们女人真是就怕嫁错郎。不过还好，小妤已经长大了，是个好孩子。以后啊，就都是好日子了。"

晚霞绮丽，傍晚悠长，江雪梅看向白妤消失的方向，心情舒畅无比。

是啊，以后都是好日子了。

那头等待的杭臣前倾身躯，靠在方向盘上浏览汽车网页，看得投入，都没发现白妤站在车前叫他的名字，还如花蝴蝶般转了几圈。

直至，副驾驶座的车门被拉开，娇嗔的声音传来。

"你在干什么？我喊你你都没有听见！"

"啊？我在——"

他抬头看去，视线定格在身穿百褶裙、长发飘飘的白妤身上。

杭臣上下打量了好几遍，哑声问道："怎么穿了裙子？"

白妤也有些不好意思，背过双手，满怀期待地问他："好看吗？"

常规的白色百褶裙，裙摆质感硬实，虚浮在少女笔直纤细的腿根处。衔接裙子的是一件款式简洁干净的深蓝色吊带衫，胸前印着一只俏皮小狗。

白妤刚洗了头发，没彻底吹干，发梢微湿，有一些被风吹起，有一些脆弱地贴在她露出的肌肤上，宛如漫画中走出来的人物。

白妤见他不回答，重复问道："好看吗？"

杭臣意识回笼："好、好看啊。"

白妤抿唇一笑，捋着裙摆小心翼翼地坐进来，说："之前妈妈逛街给我买的，她说现在流行这种裙子。我都没机会穿，感觉今天穿正好呢。"

杭臣"嗯"了一声，慢慢直起僵硬的腰背，调整呼吸，息屏手机扔到一边，想拧动钥匙准备发车，但目光不听使唤地飘到白妤身上。

白妤察觉到他的注视，再次问道："真的很好看吧？你是不是很喜欢？"

杭臣喉咙发痒，干咳了一声，不太确定地提出自己的疑问："其实吧，我觉得这条裙子，它……不知当讲不当讲，我觉得它是不是有点太短了？内裤露出来怎么办？"

白妤条件反射地给了他一掌："你在乱说什么啊！我穿了安全裤的！"

"安全裤？是什么？"

"就是防止走光的打底裤啊！"

"不就是内裤吗？"

"不一样！"

白妤一着急一上火，翻过裙摆，指着一截黑色裤子说："这叫安全裤，和短裤一样的长度，才不是什么内裤呢。"

"哎！快合上！"杭臣眼睛微微瞪大，手忙脚乱地按住她的裙边，半截手掌贴在她的皮肤上，比今天的温度还烫人。

两个人目光交汇，都有些许尴尬。

先笑起来的是杭臣，他慢吞吞地收回手，红着耳尖说："我不太懂你们女生的这些东西，以后我会花点时间了解的。"

白妤整理好裙摆，无言以对，瞪了他一眼，觉得不解气，拉过他的手臂狠狠咬了一口，留下一排牙印。

杭臣轻轻"嘶"一声，胡乱揉了一把她的脑袋。

"属小狗的吧，动不动就打我咬我。"

"还不是因为你欠欠的。"

"你不就喜欢我这样。"

白妤笑了一下："你别自恋了。快开车啦，等会儿我们要迟到了。"

杭臣哼笑一声，捏捏她的脸蛋，说："遵命，我的大小姐。"

车程约二十分钟，白妤在手机上玩了几局消消乐，用光能量后，她又拿过杭臣的手机想玩切水果游戏。

杭臣的新手机是和她一起换的，是那款时下最热门的智能手机。

她熟练地划开密码，映入眼帘的是一个汽车网站。

她随便瞄了几眼，切出去，找到切水果游戏打开，这空隙里她问杭臣："你刚刚在看车？所以没听到我喊你吗？"

说起这个，杭臣正要告诉她。

他说："最近接送你上下班，感觉上路已经很熟练了。昨晚和我爸打电话，他说等我回了北京，带我去买车，我可以先看看自己喜欢的车。"

"唰唰唰——"白妤手指飞舞，弹跳而出的水果在刀光剑影中被分身。

但买车这个事情超出了白妤的认知，她切中炸弹，Game over（游戏结束）。

她消化着杭臣的话。

她有一些自卑，有一些失落，可又忍不住为杭臣还在前进的人生感到欣喜。

她调整了下自己的心态，诚恳地问道："那你想好买什么车了吗？我对车不是很懂。"

杭臣说："还在看呢，你喜欢什么颜色？"

"我？"

"对啊，我以后还要继续做你的司机，总得问问大小姐喜欢什么颜色。"

白妤心不在焉地重开一局，软声道："是你买车呀，不用考虑我。而且以后……以后我在Z大读书，不需要用车呀。"

杭臣手指敲点着方向盘，酝酿片刻，说："我们的以后还很长，不是吗？我们可能要自驾游遍河山，可能你工作了我还会像现在这样接送你，可能有一天，我们都有孩子了呢，要用这个车送他去幼儿园。所以你的意见很重要。"

白妤听得额角直跳，五颜六色的水果跳啊跳，她无从下手。

她和杭臣好像说的是两件事。

她只是觉得买车是很重大的事情，纵使他们青梅竹马，现在是男女朋友，他也不该考虑她。

而杭臣说的，似乎已经和买车无关了，也已经很久没有从他嘴里听到关于以后的具体描述了。

他是什么时候开始慢慢卸下对未来的恐惧的？

白妤不得而知。

但她很高兴，他的精神世界与身体都在好转。

白妤端正坐姿，看向杭臣。

他神色略显紧张，喉结不停地滚动，像是在回想自己刚刚那番话是否不应该说出来。

白妤微微笑起来，说："我喜欢白色的，不太喜欢灰色的。我觉得灰色的车看起来太沉闷了。"

她话语稍顿："但是杭臣，我有一个问题，你以后开车接送我上下班，那你不用上班吗？"

她的回答让杭臣放松下来，他挑了半边眉，变回那个擅长调侃逗弄的少年。

他理所当然又欠揍地说："对啊，我继承我爸公司就行了。"

白妤也放松下来。

她没有将以后这个话题刨根问底，只是很配合地说："哇，那你不就变成了偶像剧里的总裁？"

杭臣"嗯"了一声："你到时候就是总裁夫人。怎么样？跟着我吃香的喝辣的，开不开心？"

"开心！太开心了！那我明天开始不去做暑假工了，我们直接结婚吧，我也要继承你的家产！"

"好啊。"

"好你个头！"

说笑间，没一会儿，他们就到了目的地。

刘姓同学家的饭馆开在铭德边上的商业街的拐角，五颜六色的灯牌闪烁个不停，还没靠近大门，爆炒食物的香气就飘了过来。

饭馆食材新鲜，价格亲民，生意一向红火，门前停车位一个不剩。

杭臣只好停在了稍远一点的地方。

两个人手牵手走进饭馆，在服务员的带领下穿过走廊，来到最靠里最大最豪华的包厢。

班里的人差不多都到齐了，也各自选了座位落座，像是故意的一样，他们把班主任江应边上的两个座位空了出来。

以至于，杭臣和白妤一进门，几个同学就热情地簇拥着他们两个入座。

他们不好推托，迷迷糊糊地坐了下来。

直至，身边传来班主任江应的声音。

自北京医院一面，江应后来也只是偶尔和杭臣父母电话沟通。

如今再见，在这样一个只谈锦绣不谈坎坷的氛围里，情感松动，记忆滚出，江应反复瞧着近在咫尺的杭臣，不禁红了眼眶。

江应沉着呼吸，扬起笑容说："哎呀，真是杭臣啊！刚刚进门我还不敢认！那些个兔崽子天天瞧着，不觉得变化大，你两年不见，真是认不出来了。最近身体怎么样？"

杭臣回答说："身体现在没什么问题，继续养着，过几年再看……"

话不用说全，大家都懂。

江应拍拍他的肩膀说："尽人事听天命，享过程勿杞人忧天。"

杭臣了然一笑："是的。"

江应点头，不动声色地将目光投向杭臣身后的白妤，打趣道："那这位漂亮小姑娘也是我们班的吗？"

白妤在喝果汁，头一回被老师调侃，呛得猛咳嗽。

杭臣给她顺背。

其余人不知不觉地静下来，投来起哄看热闹的眼神。

江应的视线在二人之间流转，轻笑道："你们啊……"

话锋一转，江应指着看戏的那些人说：“还有你们！个个都自以为自己的小心思藏得很好，我们可是比你们多吃十几年的饭呢，睁一只眼闭一只眼罢了。”

“吼！”

“哦！”

笑谈间，刘同学领着一排服务员进来，手上端着他家的各类招牌菜。

量大管饱，香气扑鼻。

上完菜，刘同学的父亲握着两瓶珍藏的红酒姗姗来迟。

刘父望着一屋子朝气蓬勃的年轻人，笑呵呵地道：“叔叔的一点心意，庆祝你们都长大成人了，未来可期。还有感谢几位老师，这几年的尽心尽力！”

这份厚礼让所有人下意识推托，不知所措地看向刘同学和陆潭。

陆潭作为一班之长，等会儿还要和前台结账，这两瓶酒的价格怕是要超出大家的能力。

陆潭霍地站起来，不疾不徐地说道：“刘叔，我们不喝酒，而且这个太过贵重了。”

刘父大手一挥：“再贵重，能有你们的今天贵重？一辈子就这么一次毕业宴，尽兴才好？不是叔叔要说教，你们啊，再过个十年就知道了，今天，这辈子只有一次。”

同学们笑着，不太理解地听着。

只有几位老师的笑里藏着往事，听懂了这番话。

江应打圆场说：“大家快谢谢刘叔叔，谢谢刘同学，你们也都成年了，可以喝点。今天，我们就来比比，谁先醉好不好。”

有了大人下决定，同学们也不再拒绝。

红酒木塞“啵”的一声被开启，甘醇的葡萄香气溢满整个包厢。

大家举起酒杯庆祝。

A桌是江应和语文老师。

江应说：“三年风霜与共，如果我们几个老师有任何对不起你们的地方，喝了这杯酒，原谅老师。”

语文老师说：“梅花香自苦寒来，宝剑锋从磨砺出。在座的同学，不论这次高考你是否如愿，你都要相信，在这个过程里你已经有了无可取代的成功！”

B桌是数学老师与英语老师。

数学老师说：“我肚子里没什么墨水，不如你们语文老师，我就说点简单的。祝各位同学往后人生路平坦顺遂！”

英语老师说：“那我就更得说点实际的了！同学们！你们马上要踏入新的路途，那里是广阔自由的，有什么想做的一定要去尝试。勇者无畏！”

酒杯相碰，清脆响亮。

“山一程水一程，老师就送到这里了。”

酒水兜转几圈，年轻的身体第一次受到酒精的冲击，都有些招架不住。

男生们开始搂在一起胡言乱语，悉数三年同窗的糗事，高喊以后苟富贵勿相忘。

女生们喝得相对少一些，脑袋挨着脑袋，细声说着七月的琐事和对九月新征途的期许。

白好只喝了半杯，但整个人轻飘飘到像跌进了云端，脸蛋似火烧云一般。

她歪着脑袋同左手边的马盈薇与江素说话。

三个姑娘，要去的大学散落在三个不同的城市，泪眼汪汪地相互许诺，以后一定要多联系，有时间一定要相聚。

杭臣一口酒都没喝，整个场子只有他一个人是清醒的。

江应顶着酡红的脸，拉着他说东说西。

聚会在晚上九点散场。

大家在马路边笑着与彼此告别，大手一挥，高喊着："下次见！"

站不稳的白好醉醺醺地看着杭臣笑，她举起纤细白皙的手，认真朝他挥手："我也要回家了，杭臣，下次见！"

杭臣盯着她看了一会儿，轻叹一声，忍不住笑了出来。

他拨开她被风吹得凌乱的长发，饶有兴致地问她："那你打算怎么回家呢？"

白好缓慢地眨着眼，浓密纤长的睫毛偶尔带出几抹生理性泪水。

她迷茫地望着杭臣，下意识地用脸颊蹭了蹭他冰凉的手掌。

她吃力地回答说："你忘了吗，我们都是坐公交车回去的呀？"

"没忘。"

"那快点呀，不然要赶不上了。"

说完，白好握住他的手，步伐踉跄地带他往前走。

杭臣配合地被她牵着走了一段路。

快接近车水马龙的主道时，他一把将她扯了回来，手指轻点她的脑袋："下次绝对不让你喝酒了。"

"啊？"

"走了，回家了。"

"啊？"

"我送你回家。"

"啊？"

杭臣被她这傻傻的模样逗笑。

他蹲下，拍拍自己的肩膀："上来，我背你过去。"

白好思考了一秒，像一只软绵绵的玩偶熊趴上了他的背。

白好说："公交车终于来了，杭臣……你坐上了吗？我们好久没有一起回去了……"

杭臣结结实实地勾住她的双腿，朝车子的方向走去。

盛夏燥热，路灯昏暗，他们的身影出现在每一个光晕下。

他回答她说："坐上了，以后都一起回去。"

白好傻笑起来：“可我马上要去Z大了，坐不了公交车了。”

“我陪你去Z大。”

“你怎么陪？你都没有和我一起考试……”

“我重新学呗。”

“重新学……重、新、学……重新学……”

白好重复着，眼睛逐渐睁不开，倒在他背上。

杭臣将声音放得很低，说给白好听，说给天地听，说给自己听。

他说：“是啊，重新学，我们不是在很久以前就说好了吗，要去同一个大学。现在，也还来得及吧？

“来得及吧，小白。

“肯定来得及。”

说到最后，杭臣轻轻一笑，掂了掂白好，将其架得更紧，缓慢踏实地往前走。

他的人生，短暂或长久，也许应该都试着将其填满。

八月二十三号，处暑，太阳直射点继续南移，辐射减弱，炎热难熬的夏天迎来了尾声。

白好的工作也告一段落，开始连夜收拾行李。

二十四号，即明天，她要和杭臣踏上飞往北京的航班。

飞行对她来说也是一件新鲜事。

纵使她上网查了一遍又一遍行李携带的注意事项，但收拾时仍顾虑这儿，顾虑那儿。

行李箱是江雪梅给她在皮革城买的，买了一大一小两个箱子。

夜越来越深，寻光而来的飞虫孜孜不倦地撞着窗户玻璃，母女俩都不甚在意，所有注意力都放在了行李上。

江雪梅说北京冬天冷，应该多带几件厚衣服。

白好说带太多就塞不下了。

江雪梅说小东西不能忘了，牙刷、牙膏、洗发水什么的。

白好说没关系，可以在那边买，我有钱。

…………

倒腾到半夜，母女俩才合力扣上塞得满满当当的行李箱。

这时，白好放在一边的手机振动，有短信进来。

一瞧，是航班的飞行提醒短信，告诉她距离登机还有多少个小时，需提前多久抵达机场，以免误机。

她怕错过什么重要信息，仔细地看了几遍短信，眼睛却瞥见现在已经是凌晨一点钟了。

白好轻轻地“啊”了一声：“这么晚了啊……”

江雪梅扶起行李箱，用湿毛巾擦上面的灰尘。

她笑着说：“临时抱佛脚，可不就是需要多花点时间。”

在订完机票那天，江雪梅就让她提前几天结束暑假工，但白妤不愿意。

一是她觉得少几天工资，不划算。

二是没有工作这个借口的话，她也不好天天雷打不动地和杭臣见面。

关于恋爱的事，白妤还没想好怎么和江雪梅说。

但她又隐隐觉得，妈妈那么聪明，心里应该是清楚的。

白妤不再多想，后半夜很快入睡。

第二天闹钟一响，她干脆利索地起床，洗漱吃早饭。

江雪梅联系了那个哑巴叔叔，八点半，哑巴叔叔准时准点地开着面包车停在后院的小路上。

江雪梅和哑巴叔叔合力将行李搬上了车，白妤想搭把手，但他们还是将她当小孩，没让她碰。

出发前，江雪梅神色郑重地问道："快想想，还有什么忘记的吗？身份证、学籍资料、录取通知书，都带好了吗？"

白妤被说得一紧张，咬着包子翻开自己随身携带的书包，翻找一遍，确认无误后重重点头。

江雪梅夹紧自己的小包，一个跨步上车，拉上车门，用手语说："走吧。"

今天依旧是一个晴天，未下过雨，但天空像被水洗过一样，蓝得发亮。

哑巴叔叔在前头专心地开车，时不时瞄一眼后头的母女俩，想说点什么，但可惜他不能正常交流。

江雪梅靠着座椅背，一会儿望沿路的风景，一会儿扭头看一眼身边的白妤，眼中带笑，笑中酿着些许沉默。

白妤对所有都置若罔闻，一心扑在手机上。

她和杭臣在发消息，互相报备有无出发。

兵分两路，杭臣那边是张丽娟开车将其送到机场。

张丽娟原本可以和两个孩子一起回北京，但她想给他们二人世界，订机票时告诉杭臣她要晚些日子再回北京。

话不用多说，杭臣立刻明白了她的用意。

栀花镇去江城机场的路程有点距离，开车需一个半小时。

白妤戴着耳机听歌，小心翼翼地用手机流量刷社交平台。

手机偶尔弹出几条消息，是班级群的消息。

大家各自说着自己学校的开学时间，有的甚至已经报完名了，吐槽住宿条件很差。

白妤一行行看着，心里头莫名开始紧张起来。

她从来没有过过集体生活，也不知道室友会是什么样的人。

她只在杭臣的相机里看过Z大的照片，造型设计独特的图书馆，偌大的环湖河流，红墙复古风的教学楼，说是学校的长度横跨好几个公交站。

想到这儿，她又不禁雀跃起来。

白妤没有注意到与她情绪截然相反的母亲。

上午十点零八分，车子在航站楼外停下。

白妤一落地，望着川流不息人潮拥挤的航站楼一阵眩晕，心跳不自觉快了起来。

迷迷糊糊之际，她听到一声熟悉的声音。

“小白！”

循声望去，是杭臣，还有他的母亲。

白妤只觉得身体晃了晃，一种难以言说的熟悉感侵袭了她。

记忆中，也有这样的时刻。

不等她回忆，杭臣背着双肩包，压着黑色鸭舌帽一路小跑到她跟前，喘着气笑了下后，特别有眼力见儿地帮江雪梅搬行李。

江雪梅看清来人后，惊喜地“哎呀”一声，意识到杭臣生病后，赶紧夺过他手中的包裹，说：“阿姨可以的，阿姨来！你不能弄这些，不能的。”

杭臣还试着上手：“没事的，阿姨，我可以的。”

“不行不行！小妤！你傻站着干什么，快拉开杭臣。”

“啊？哦哦哦。”

白妤象征性地去拉杭臣的手，杭臣象征性地退后。

两个人你看着我，我看着你，眼神在交锋。但碍于有大人在场，白妤正了正神色，松开他的手。

杭臣抿着唇，不动声色地抬手，捏了捏白妤的后脖颈，像捏小猫脖子一样。

白妤瞪他一眼。

杭臣冲她挑眉。

白妤用口型说：你正经一点。

杭臣也用口型回答说：怕什么。

暧昧涌动间，最终是叔叔扛下所有。

白妤除了两个箱子，还有身上的一个书包和两个包裹，是江雪梅为她腌制的特产小鱼干和果干，说到时候分给同学，增进友谊。

远远地，香味就飘了出来。

慢悠悠走过来的张丽娟将他们两个的小动作尽收眼底，但开口说的却是：“雪梅，这是鱼干吗？这咸香味太香了，你还会做这个呀？”

江雪梅有点儿不好意思：“没什么拿得出手的，就只好让孩子带点这个。”

张丽娟眼尾扬起，摇摇头：“瞎说什么呢，这个外面卖得可贵了。下回帮我做点呗，在北京我都买不到这个味道。我按市场价给你。”

“说什么钱，不就是一点鱼干，家里还有，我给你寄过去。”

“寄什么呀，我今天不跟着孩子们回去，我等会儿呀，就跟你回家拿，你可别嫌我啊。”

两位妈妈笑作一团，笑够了才想起，得进机场办手续。

杭臣推来边上的行李手推车，和叔叔一起将行李搬上去，江雪梅见状还嘟囔着不行。

张丽娟拉住她，说："雪梅，没事的。"

江雪梅感受着这话里的含义，想明白了才轻松一笑。

一行人浩浩荡荡地进机场，冷气扑面而来，吹散一些初次接触的心慌热汗。

杭臣是个老手，有条不紊地带着白妤办托运取机票。

行李超额，好在他只有一个背包，能算在他的行李额里。

白妤站在一旁看着，结束一切手续，她握着机票，笑眯眯地道："其实也不难嘛。"

杭臣揉了揉她的脑袋："和坐火车一样。"

"我没坐过火车。"

"那我下次陪你坐。"

"好啊。"

亲密的举动大人们很难忽视，却都心有灵犀地装作没看到。

江城机场未过安检的大厅狭小，空座不多，一行人站也不是，坐也不是。

再一看时间，差不多要过安检了。

一伙人起身前往，江雪梅突然觉得这段路走得很紧迫，她重复地竭尽所能地叮嘱白妤一些事情。

没一会儿，这段路还是走到了尽头。

每个安检口都排起了长龙，立牌写着送机家属请止步。

江雪梅知道她只能送到这儿了，从今天开始，从这儿开始，是真正的放手。

饶是一路上在心底酝酿了千百遍，可站在原地看着白妤离她越来越远，一想到明天后天大后天，往后小两百个日夜她的女儿都不会再回家吃晚饭，她心里的堡垒就摇摇欲坠，难以控制的酸涩涌上鼻腔，不知不觉，眼睛已泛红。

她不舍地盯着白妤看，连眼也不敢眨。

人头攒动，时不时有高个的人挡住白妤，江雪梅只好往边上挪步，她抻着脖子，双手搭在伸缩隔离带上。

不多时，再看清时，已经轮到了白妤，她在核验身份，即将进入安检通道时，白妤像是感应到什么，回头看了一眼。

她握着机票朝江雪梅挥手。

江雪梅立刻笑起来，憋回眼泪，挥手，示意她快进去，别耽误了。

白妤没什么留恋地转过身，开开心心地进入安检。

不远处的江雪梅在白妤身影消失的那一刹那，眼泪滚了下来。

张丽娟搂着她的肩膀，宽慰道："别哭，雪梅，孩子大了总要分开的。等放假她就回来了，别哭别哭。"

江雪梅知道自己这样很丢脸，只好用笑容做伪装，可心里的不舍让她一个字都说不出口，眼泪仿佛失禁了一般溢出。

笑着哭着，回忆着，下午一点十分，抬头望去，孩子们的航班离开陆地，飞进云霄，轰鸣声不断。

江雪梅呢喃道："一路平安。"

两个小时的飞行时间在白好的新奇中一晃而过。

她坐在靠窗的位置，感受课文里描绘的起飞时的耳鸣，看窗外万物逐渐缩成一个小点，看机翼划过云层，饱满绵密的云朵有着触摸不到的壮观浩荡。

她一次又一次抓紧身边杭臣的手。

"兴奋"二字几乎要跳出眼眶。

这趟航班不算安静，有小孩在哭闹，有阿姨辈的人在闲聊，有男人在打鼾。

杭臣反握着白好的手，时不时偏头应答白好说的话。

在一次因气流引发的强烈颠簸中，整个航班的人不约而同发出惊呼，白好却死死咬着嘴唇，闭紧双眼一言不发。

老到的杭臣波澜不惊，反而一直观察着白好的神色。

待飞机平稳飞行，白好缓缓睁开眼，第一眼瞧见的就是杭臣玩味的眼神。

她问他："你干什么啊？"

杭臣说："原来你害怕的时候是这样啊。"

白好按照传统，给了他一拳。

飞机落地时时间尚早，夏末的北京天气依旧闷热，白好晕头转向地被杭臣牵着走。

拿到行李，顺着人流进入地铁站，白好站在车厢角落里，艰难地呼吸着，但又忍不住探出脖子左看右看。

她扯扯杭臣的衣角，悄声说："你平常就是坐的这个地铁吗？"

杭臣一手扶着行李箱，一手撑着，将白好稳妥地护在怀里。

他说："对啊。"

"那你家坐地铁能到吗？"

"能，也不能，有段距离。"

"那以后你来找我，都开车吗？"

杭臣思考了一下："大概吧。这两天安顿好你，我抓紧时间去买车。"

白好说："白色的！"

"好，白色的。到时候你周末休息或者没课的时候，我可以带你环游北京。"

"那我要把你去过的地方都去一遍。"

杭臣笑起来："行啊。"

白好"嗯"了一声，笑意从眼底浮起。

她想，终于不是杭臣迎合她的世界，她终于走进了杭臣的世界。

而他们，即将一起创造新的世界。

一个多小时后，他们转了两趟地铁，终于来到Z大门口。

这一年，导航和手机打车功能还未那么普及。

面对偌大的Z大校园，两个人一时都摸不着头脑，哪怕杭臣曾经来过一回。

他们问了好几圈才碰到一个好心学长，热心地领着他们前行。

穿过古风建筑的藏书阁，越过学校有名的情人桥，踏进被梧桐树覆盖的主路，鳞次栉比的宿舍楼映入眼帘。

楼底下是成排的红色帐篷，每个摊位前都围满了人。

白好好奇地张望了一眼，原来是各个社团在招人。

她的大脑宕机了几秒，随后摇着杭臣的手臂难以置信地道："原来真的和电视剧里一样，真的有社团哎。我一定要报一个。"

杭臣从未见过这种开学架势，一时之间心里百感交集，懊恼自己生了病，又庆幸他还有机会体验。

他笑着揽过白好说："走吧，我们先趁着老师还没下班，把入学手续办了，然后啊，慢慢逛。"

白好十分赞同地点头。

入学手续并不复杂，缴费完毕，在选宿舍时老师问有四人间、六人间和八人间，要哪个？

白好和杭臣对视一眼，回答说："四人的。"

老师的手指"噼里啪啦"地在键盘上敲打一番，小手一挥说："三楼，305，去吧。"

他们拖着行李箱，吃力地扛上宿舍楼，来到305门口。望着合上的宿舍门，白好深吸一口气搭上门把手准备将其打开。

里面是她未来四年要住的地方。

像童年那样不被接纳还是像高中那样可以有真心，全看上天安排。

杭臣看出她心中所想，手掌轻轻拍了拍她的腰。

"咔嚓"一声，白好拧动把手，门被缓缓推开，几缕热辣的光辉倾泻而来。

白好被光刺得眯了眯眼，耳中静静地，什么也没听见。

她以为这个宿舍目前还只有她一个人，但等瞳孔收缩完毕，她看到里头三个姑娘正同时望着她。

打破这份安静的是最里面靠右床铺的一个短发女生，她笑容明媚，大大咧咧地说："快进来呀，我们已经收拾好了，你有什么要帮忙的吗？"

白好脑袋晃得像个拨浪鼓，客气地说谢谢。

三个姑娘都是上午就报完到了，父母帮着整理好宿舍床铺就赶当天的火车飞机走了，她们已交谈许久，就等最后一位室友到来。

三个人时不时地打量杭臣和白好一眼。

还是那位短发姑娘没憋住，她趴靠着椅背，笑着问道："你叫什么名字呀？我叫张巧巧。"

白好赶忙回答："我姓白，名好，就是电视里婕妤的那个好。"

在收拾白好杂物的杭臣听到这个回答笑了一下，他想起自己第一次和白好见面的时候。

张巧巧“嗷”了一声，视线转到清隽帅气却一言不发的杭臣身上，笑问道：“那这位……”

白妤往衣柜里挂完最后一件外套，瞥了一眼杭臣，说：“这是我男朋友。”

其余两位姑娘也来了劲，八卦道：“啊？你们是高中同学吗？”

这事儿，说来话长。

后来，四个人混熟了，白妤几乎用了一整个军训的夜晚才把过往讲明白。

室友乔菲是个性格温柔似水的女孩，听完白妤的过去，软绵绵地说：“那那几个欺负你的人她们考在哪里了？”

白妤说：“南方的大学吧，没太关注。”

室友陈笑意是个直性子，挥了挥拳头说：“这样的人没报应真不爽啊。”

张巧巧的关注点还是在爱情上，说：“那你男朋友生的什么病，很严重吗？”

白妤坦诚地讲述了自己被校园霸凌，和杭臣相识的过程，但唯独没有提他生的什么病。

她不知怎么，内心不太愿意承认杭臣有这样的病，好像只要不细究，一切都会好的。

但笨拙的她不会其他交朋友的技巧，只想用真心与真诚和她们交流。

张巧巧的询问让她沉默。

看出白妤的为难，张巧巧挥挥手说：“没事的，你不想说可以不说的。”

白妤点头，柔和一笑：“等他完全好了，我心里没有芥蒂了，我再和你们说吧。”

就像她的过往，那些孤独刺痛的瞬间她已经不在乎了，才可以如此轻而易举地说出口。

整个九月的夜晚，几个姑娘都是在一边赶作业一边闲聊中度过的。

她们分享自己的读书清单，讲述经历过的离奇故事，抱怨一下早自习。

大学为什么还有早自习？

每天依旧要六点半就起来，这和高中又有什么不同？

白妤和杭臣抱怨说：

“高中老师说的都是骗人的。

“大学一点都不自由，作业也很多。

“你敢相信？我们还有晚自习。”

掐指一算，九月他们只见了寥寥几次面。

白妤的活动范围在校园直径三公里以内。

军训、课程、班级活动，还有她的社团活动等都将白妤团团包围。

九月的最后一天，终于要迎来国庆假期了。

傍晚六点，白妤洗漱完，终于可以暂时将作业推到一边，放松地吃点零食看会儿剧。
但望着空荡荡的宿舍，她莫名有点害怕。
三个室友都买了回家的票，回去过节。
她也动过念头，但是一来一回小一千块，她不舍得。
阳台门开着，凉风卷着落叶飘进来。
白妤扶着裹在脑袋上的毛巾，想起她们说的鬼故事，头皮一阵发麻。
“砰砰”几声，她利落地关上阳台门和宿舍门后，绝对的静谧却更让人恐慌。
她拿起手机看了一眼，傍晚六点十分，杭臣应该在家和家人用晚餐。
犹豫着，她还是给杭臣发了短信，问他现在有没有空。
杭臣说有，下一秒，他的微信视频便弹了出来。
接通后，杭臣看着她鬼鬼祟祟的样子感到好玩：“怎么了？”
白妤说：“我有点儿害怕。”
“什么？”
“室友都回家了，我感觉这里阴森森的。”
杭臣感到诧异：“你还怕鬼啊？”
白妤神色凝重，说：“你不怕啊？”
“那你今晚怎么办？”
“我也想回家。”
白妤低下头，失落地讲。
这一个多月，她忙着适应新生活，忙着交新朋友，和江雪梅通话也很少。
此时此刻，她突然很想归家。
杭臣隔着屏幕感受到了白妤的低落情绪，但还未等他开口安慰，白妤自暴自弃一般说：“票肯定买不到了。算了，我今晚忍一忍吧，反正我们明天就见面了。”
他们约了国庆逛故宫爬长城，白妤原以为这个约会前夕的夜晚她会非常激动和放松，没想到是难以言说的思乡和恐惧。
杭臣听着，手下即刻有了动作。
他果断地拔了手机充电器，接着打开衣柜拿外套。
白妤烦躁之余看到他东倒西歪的镜头，问他：“你干什么呢？你是不是还没吃完饭，要不你去吃饭吧。我看会儿电视就好了。”
杭臣说：“吃啊，等会儿我们一起吃。”
“什么……”
“四十分钟后，我在你学校大门口等你，带好充电器和衣服。”
“啊？”
挂了电话，白妤愣在原地好久，意识到今晚可能有一场不眠约会后，她疲惫许久的心脏重新开始跳动，手忙脚乱地吹头发换衣服。
往帆布包里塞日用品时，她稍稍犹豫了一下，最后还是拿上了身份证。
时间尚早，楼底下的宿管阿姨刚吃完晚饭，逮着进出的姑娘们挨个叮嘱。
白妤头一回请假外出，不禁有点紧张，还好半干的长发为她挡去一些打量目光。

阿姨看清她写的内容后说道："明天一定要回来哦，查寝不在我要和班导联系的。"

白妤立刻绷紧脊背，认真地说："阿姨，我一定会回来的。"

宿舍阿姨下巴一抬："去吧，在外一定注意安全。"

白妤听话地点点头。

踏出宿舍楼，呼吸着初秋傍晚的新鲜空气，虽然因为国庆假期，学校路上少了一大半人，不像以往热闹，但白妤还是忍不住蹦蹦跳跳起来。

她也是有地方去的人，也有人可以相见。

她一点都不孤单！

一点都不！

葱茏树木的黑影下，白妤转了几个圈，轻哼小调。

Z大校园正门气势恢宏，灯亮如白昼，平常这个时间都是人来人往，现下正门前的广场人烟稀少。长发飘飘，站在路边等车的白妤显得格外突出。

杭臣隔老远就看见了她的身影。

但白妤没有认出他，她还在一边低头发短信，一边遥望远处是否有出租车过来。

直到，杭臣按了两下喇叭，按下车窗。

白妤狐疑地弯腰看去，看清是杭臣后惊讶出声。

"你不是说你的车要等个把月吗？什么时候提的？"

杭臣下车，绕到副驾驶的位置，打开车门，虚拢着白妤入座。

他回答说："早上刚提的，本来想明天给你一个惊喜。喜欢吗？你要的白色。"

白妤扣上安全带，抚摸过崭新的座椅和中央扶手，视线定格在仪表盘那儿。

她脑袋一歪，颇有女主人的姿态说："喜欢，我要在这里放两个小玩偶。"

"行啊，你说放什么就放什么。系好安全带了吗，我要准备出发了。"

"系好了！"

这一夜的北京城热闹非凡，车水马龙，黑夜仿佛是这座城市的气氛光影。

两个人走哪儿堵哪儿，白妤歪着脑袋遥望大城市的璀璨景色，试图将每一栋华丽建筑刻在脑海里。

堵车只是今晚的暂停键。

她享受当下的每一秒。

激昂过后，白妤哀号一声："好饿啊！"

已经深夜，许多有名的美食店陆续打烊了。

白妤说随便吃点什么都行。

最终，车子停在一家酒店楼下，边上有几家热腾腾的拉面馆。

两个人对视一眼，都没有说破，揣上带的东西去了前台登记。

白妤背对着前台，慌乱无神地打量着富丽堂皇的酒店装饰。

杭臣捏着两张身份证，假装镇定，一板一眼地回答前台人员询问的信息。

录入信息后，前台小姐做出“请”的手势，微微笑道：“电梯往前走，右拐。”

杭臣干咳一声，低声道了谢谢。

两个人一言不发地上了电梯。

摸索一阵，他们在走廊尽头找到了对应的房间。

刷卡进门，插入房卡，灯光亮起，白妤看着两张洁白的单人床神色有点不自然。

杭臣有条不紊地将两个人的外套挂好，缓慢地洗了个手后，他问道：“要休息一会儿吗，还是直接下去吃面？”

白妤挠了挠脸：“下去吃面吧。”

“那……走吧？”

“嗯。”

重回电梯，她灼热的心稍稍安分了一些。

彼此透过电梯玻璃看到对方欲言又止的脸庞，像是许久的默契，在电梯抵达一楼时，两个人不约而同地笑了出来。

为自己的装模作样，为因第一次一起过夜控制不住的羞涩。

杭臣顺其自然地揽过白妤的肩膀，哼笑一声：“你笑什么？”

白妤反问：“那你在笑什么？”

“我笑什么，你等会儿就知道了。”

杭臣握着她肩头，暗示味道十足地捏了捏。

白妤脑海里浮现出那两张整齐洁白的单人床，浮想联翩，以至于那碗拉面吃得索然无味。

等回到房间，狭小空间和暧昧的暖黄色灯光将两个人裹得紧紧的，无论怎么躲眼神还是会碰撞在一起。

白妤选了靠窗的床，趴在床上刷朋友圈。

她微信列表里没几个人，刷来刷去就那么点内容。

杭臣站在电视边上，盯着白妤的背影看了一会儿，蹭了蹭鼻子，说道：“那我先洗澡了？”

白妤说：“哦。”

没一会儿，磨砂玻璃后浮现出模糊的人影，还有炸耳朵的水流声。

白妤打开消消乐，接二连三地失败，用上存着的所有道具，还是失败。

她偷偷扭头看了一眼浴室方向，瞥见人影后脸瞬间红成一片。

十分钟后，有热乎乎的水汽从浴室飘出，白妤听到身后的脚步声离她越来越近。

接着，身边的床铺一陷。

杭臣边擦头发，边坐了下来。

她闻到酒店特供的沐浴露香味，是沁人心脾的甜橙味儿，很符合杭臣气质的香味。

她的手指在手机屏幕上左划右划，不敢开口。

偶尔有几滴水珠顺着他的发梢滴落在她屏幕上，像是某种逗弄。

先开口的是杭臣。

他的双眸轻敛，冰凉带着香味的手指刮了刮白好的脸颊，压着嗓音问道："你不洗吗？"

白好浑身一颤："我在宿舍洗过了，和你打电话的时候刚洗完。"

"这样啊……那你困吗？"

"有点儿吧，哎呀，都快凌晨两点了。我们、我们还是快点睡吧，明天不是还要爬长城吗？"

说完，白好麻利地钻进被褥里，将自己盖得结结实实。

这一躺，她才看清杭臣的衣着。

他半干的头发湿漉漉地滴着水，酒店的白色浴袍宽松地套在身上，系在腰间的带子也是松松垮垮的，像极了她看过的偶像剧里的男主角。

杭臣感受到身后的注视，兀自笑了两声，转过头想看看白好的神色。她先一步感知到他的动作，迅速翻身，背过身，闭眼，入睡，一气呵成。

杭臣笑得更甚，他把毛巾一放，掀开白好的被子，半躺了进去。

白好秒睁眼，结巴道："你、你、你睡自己的床去呀……"

杭臣俯身靠过去，隔着被子搂住白好的腰，贴着她耳朵说："想抱一会儿你。"语速缓慢，字字低沉，没有一丝一毫的轻浮。

白好沉默了几秒，一言不发地转过身，掀开卡在两人之间的被褥，手穿过他的腰，整个人钻进他怀里。

甜橙香味清晰浓郁。

令人昏聩。

杭臣搂紧她，亲昵地用下巴蹭了蹭白好的发顶。

杭臣没来由地说："好像在做梦一样。"

白好脑中闪过许多片段。

她薄唇轻启，似感慨一样说道："是呀，像做梦一样。"

这样紧紧靠在一起，像做梦一样。

她也没来由地问杭臣："你说，我们以后是不是就像现在一样呢？"

白好补充道："你知道吗？我隔壁有个大我几岁的哥哥，他交了个女朋友，说是过年的时候要订婚。他们还打算在江城的市中心买房。我们以后是不是也是这样的进程？"

她说："我想和你这样。"

杭臣仰头，望着电视机上方的射灯，思虑后答道："那你想在北京定居还是回江城呢？"

白好说："你在哪儿我就在哪儿。"

“是吗？”杭臣低头看她，拨开她的长发，捏了捏她的耳垂，调侃道，“如果在北京定居，我们小白想妈妈了怎么办？会不会哭鼻子呢？”

“我又不是小孩，只有小孩子才会想妈妈哭鼻子。我第一天去幼儿园都没哭呢，只有你一直惹我哭。”

“唉。”杭臣叹气，“又要翻旧账啦？看来今晚我不磕几个头没办法谢罪了。”

白妤埋在他怀里，小声笑起来。

笑到一半，白妤忽然意识到，这儿只有他们两个人，他们是正儿八经的成年人了，她可以对杭臣为所欲为。

她慢慢收了笑，脑袋抬起，首先冲进视线的是浴袍微微敞开的胸口，似还有水珠蛰伏在上头，再往上是暧昧带笑的双眸。

白妤手指点了点他胸口的皮肤：“你是应该给我磕几个，快，快给我磕头——唔。”

不等她说完，杭臣一个翻身，翻身压上，寻着她的嘴唇亲了下去。

他含咬着白妤的唇，缠绵地在舌尖滚了一圈。

白妤的心跳骤停，鼻息间都是他身上清爽的甜橙味道，不等她做出反应，只见杭臣额头轻抵在她的额头处，不轻不重地碰了一下。

他眼尾上扬，揶揄道：“给你磕了，要不要再磕一个？”

暧昧气氛瞬间被打破，白妤撇嘴，没好气地推他肩膀。

她气鼓鼓地道：“你除了擅长惹我哭，还擅长惹我生气。”

杭臣气息逼近，他说：“我还擅长亲你。”

白妤装模作样地推搡几下，随后颤颤巍巍地陷入他的圈套里。

双手十指紧扣，被他反抵在枕头上，吻越深十指越用力。

隔着被子，两具年轻的身体越发灼热。

滚烫的呼吸将这个房间填满。

白妤等待许久，但杭臣始终没有下一步动作，满腔的不安化作难以遏制的颤抖传递给杭臣。

他吻过她的下巴、脖颈，再流连到白妤耳边，吞吐呼吸，哑声道：“别害怕，我只会抱你亲你。”

白妤被吻得呼吸急促，一开口，声音轻柔如水。

她迷迷糊糊地问：“真、真的吗？”

杭臣低低地笑着：“真的。来日方长，我们慢慢来。”

白妤缓缓睁开眼，透过水汽迷蒙的眼睫看见杭臣通红的耳朵。

她情不自禁地伸手摸了摸。

下一刻，反馈给她的是杭臣更深更缠绵的吻。

再睁开眼时，白妤被窗帘缝隙里透来的光芒刺到。

应该是天亮了。

她早就发现了，只要两个人在一起，时间就像调了加速键，一不留神就到了要结束的时刻。

白好靠在杭臣怀里，打了个哈欠问道："还去爬长城吗？"

杭臣平复着心跳，说："在梦里爬吧。"

白好笑了一声："那明天再去吧，我困了，我不行了，我要睡觉了，你回你的床上去。"

杭臣抱住她，闭眼："没力气过去了，明天再睡那张床。"

"谁信你。"

两个人挤在小小的单人床上，很快入睡。

睡醒时，竟然到了傍晚六点。

白好发蒙，漆黑夜晚，莫名让人有失落感，直到她被杭臣拉入怀中，温暖的体温让她在这座陌生的城市有了安心的归属感。

白好问他："晚上能爬长城吗？"

杭臣说："明天再爬吧。"

"又是明天啊，那现在呢？"

"亲一会儿。"

整个国庆假期，两个人一直腻歪在酒店里，只做两件事，吃饭和亲吻。

假期结束，白好晕晕乎乎地回到宿舍，在楼底下被阿姨拦住时她才猛然想起自己答应阿姨的事情。

从未食言和说过谎话的白好顿时脸涨成猪肝色，她结结巴巴地想解释道歉。

阿姨是个有经验的人，教育道："下次不能这样了知道吗？出了事情怎么办啊？"

说罢，阿姨瞥了眼女寝外的杭臣："这是你男朋友？这几天就和他在一起？"

白好点头。

阿姨说："看着倒不像坏孩子，但是小姑娘，要保护好自己知道吗？"

"知道了！谢谢阿姨！我和他……我们是从小一起长大的，所以不会出事的。"

阿姨笑道："好了，回来了就好，上去吧。"

白好"嗯"了一声，要消失在拐角时，她回头看向杭臣，做了个拜拜的手势。

杭臣用口型说：上去吧。

后来，杭臣来接送的次数太多，多到几个阿姨都记住了他的脸。

十月份，学校减去了晚自习，也没有开学那么多杂事了，时间大把大把地空了出来。

班里的同学都陆陆续续开始外出探索北京城的美丽。

白好也是其中之一。

印在课文里的天坛、故宫、长城，他们陆陆续续花了两个周末逛完，热闹繁华的三里屯是夜晚的必去放松地，还有杭臣这两年常去的摄影取景地，他锻炼身体时常打篮球的公园。

有一天，杭臣甚至还带她去了自己的小区。

白妤快把头摇烂，才说服杭臣，她不用上去坐坐。

十一月初，秋冬来临，是北京的旱季，降水稀少，空气干燥不已。

白妤望着秋意浓重的校园，突然发现，她已经去过所有杭臣去过的地方，她终于对他的曾经感同身受。

直至十一月下旬，命运没有预告地给了他们一击。

他们的最后一站是，她永远无法感同身受的医院。

第十一章 二十岁时，没错

秋冬来临之际，白妤还沉浸在探索这个新城市的亢奋之中。

网上说，北京的秋冬风情浓郁，秋天时满山红叶，诗情画意，虽然空气干燥但天空湛蓝清澈。等到了冬天，白雪皑皑，故宫的雪景更是独一无二。

她等着季节变迁，和杭臣展开新的探索旅程。

但等真的气温骤降那一天，气候异常干燥，白妤早上醒来摸到唇鼻处湿黏一片。

她顷刻间从睡眼惺忪中惊醒，定睛一看，手上满是鲜红的血，连枕头上都是。

她一摸一看，流鼻血了。

她穿上毛衣外套，去卫生间洗漱。

干净整洁的洗漱台前挨个放着她们的牙刷杯，和半身镜差不多大小的镜子在顶灯明亮的光线下可以清晰地照出所有细节。

白妤打开水龙头，习惯性地先搓了两下手，等抬手想擦唇鼻时，她看清了自己的模样。

血迹已经斑驳，成了和这个秋冬一样肃杀凌厉的暗红色。

她心底涌上一股说不出的排斥感。

她迟疑地用沾水的手一点一点抹去血痕。

凝固的血液被水融化，滴滴答答落在白净的陶瓷洗手盆上。

一滴。

两滴。

碰撞飞溅，形成似曾相识的形状。

几不可闻的声音同时被记忆刻意在耳中放大。

她低头看着洗手盆中鲜红的血滴，额头突突地跳，心跳在敏感的神经下突兀地骤然加快，像受了惊吓的兔子在乱窜。

白妤晃了晃脑袋，一阵天旋地转。

她缓慢地合了合眼，在若有似无的黑暗中快速找到支点，撑起自己。

她深呼吸几次，心跳逐渐平稳，一些回忆也在脑海中被完整化。

她想起上次流鼻血。

上次，是得知杭臣的病因时。

也是这样的天旋地转，也是这样的不受控制的软弱无力和心跳加快。

这种排斥的感受几乎将她吞噬。

像是应激创伤后遗症一般，白妤突然胃里一阵恶心，忍不住连连干呕。

什么都吐不出来，只有泛苦的胆汁。

缓过神来后，白妤和杭臣像往常一样互道早安，她说今天好冷，想晚上和他一起吃火锅。

杭臣无法参透文字的情绪，以为她只是单纯地想和他吃一次火锅，像这段时间大多数的夜晚一样相见散步。

他也和大多数的时候一样，回答她说好啊。

半个小时后，他给白妤发去具体的见面地址，在她学校附近新开的一家火锅店。

他知道她今天下午没课，但要去社团排练，一般在傍晚六点结束。

所以他说：傍晚六点，我在你社团门口等你。

白妤说好。

随后，她出门上课。

上午的课程结束后，白妤匆匆和室友吃了个午饭便赶去了话剧社团。

社团地点在学校的西南角，从食堂过去，堪比横跨半个地球。

已经被社团折磨两个月的白妤几度想退出，她很后悔把社团想得太美好，一冲动加入了这个看起来十分有张力的话剧社团。

她原以为可以尝试演一演话剧，体验新人生，顺便锻炼自己的人际交往能力。

没想到一进来就成了打杂的，所谓的学长学姐都只会使唤她。

年年都有新生上这个当。

而最近，刚刚结束新生欢迎会演出的话剧社在为元旦晚会做筹备。

新生欢迎会演了《雷雨》，所以元旦晚会他们想玩点原创剧本。

初级剧本和演员已经定好了，一样也没轮到白妤这个新生，她负责端茶倒水搞卫生。

白妤不情不愿赶到时，他们已经开始排练了。

走场和说话腔调确实有点实力，就是这个原创的中年爱情故事白妤看不懂。

她坐在堆在窗边的木头箱子上，撑着下巴看他们表演，猩红色的长布帘将这个房间分割得明暗分明。

阳光洒进来，空气飘浮的尘埃与颗粒一清二楚。

白妤放空着，想到早上流的鼻血，忍不住掏出手机给杭臣发微信。

她问他在干什么。

等了几分钟，没等到杭臣的回复。

她心想，他应该在午睡。

可明明心中有答案，胃部却还是轻微地发胀反胃。

白妤调整呼吸，捞过边上的水猛灌半瓶。

正喝着，舞台中央传来刺耳的声音，男主角卷着剧本指着她说："学妹，你不能光顾着自己喝吧，我们的呢？照顾下我们吧，我们很辛苦的。月底组织晚会的老师还要看我们完整的彩排。"

白妤没说话，放下水，拿过全新的矿泉水，一个个发过去。

有个女生有礼貌地说谢谢。

白妤下意识地回答说："不客气。"

就是这么声音微弱的一句话，被大四的学长导演捕捉到。

学长导演叫住她："哎！那个！这个谁来着！"

白妤不知道他在喊她，直到有人给她使眼色，她回头看去。

学长导演说："就是你，你过来一下。"

等白妤走到他跟前，他翻开剧本最后一页，指了指一段台词说："你读读看？"

白妤疑惑："我？"

"对，就是你。"

白妤眼皮一跳，在全场的目光中接过剧本，酝酿一番后磕磕巴巴地读出那段诗句。

学长导演摇头说："你音色柔而不娇，甜而不腻，很适合这个小角色，但是你太新人了，畏畏缩缩的。放开点，大胆点饱含感情地读出来。"

猝不及防的机会让白妤大脑一时短路，要用这种腔调读文字，她莫名感觉难以启齿。

学长导演说："小学时读过课文吧，就像老师教的那样情感充沛地读出来。想象一下，你已经三十岁，见证了主角相遇后的无奈，自身也经历了一些坎坷，从而有了这段诗歌的内心独白。"

白妤给自己做了一番心理建设。

她最初加入话剧社不就是想出演一次吗？现在机会有了，她要学会抓住。

她握紧剧本，站在午间阳光充盈的舞台中央，提高嗓音，娓娓道来：

"你的眼睛永远明亮。

"闪动着初夏蓝眼草的绿色。

"那被春天洗涤过的。

"碧绿的野水芹。

"二十岁时，没错。

"我们以为自己将永远活着。"

学长导演闭着眼，轻点脑袋，长臂一挥说："再来一次！情感再浓郁一点！"

白妤沉下呼吸，高亢道："你的眼睛永远明亮。

"闪动着初夏蓝眼草的绿色。

“那被春天洗涤过的。

“碧绿的野水芹。

“二十岁时，没错。

“我们以为自己将永远活着。”

整个下午，白妤都拿着剧本在独自练习。

如学长导演所说，这是一个小配角，是男女主角曾经的同学，默默无闻，但又和他们拥有同样的青春经历。那段诗歌是作为衬托主角十几年后相聚的心情的，由她这个配角抑扬顿挫地念出来。

可这个角色是已经定了人的，白妤不懂为什么学长导演突然要换她这个新生。

难道仅仅是因为她的音色和这个角色很契合？

那被她替代的人呢？

视线环绕，被她替代的女孩早已不见踪影，其余人面不改色地走台词，没人在乎这微小的变动。

等到黄昏浓郁时，大家都明显有些疲惫了。

学长导演拍响手，吆喝道：“来，最后简单走一遍。那个……白、白妤同学，你也来。”

白妤回了声“好的”。

等彩排结束，大伙儿收拾东西纷纷笑着离场，白妤和其余几个新生清理他们喝剩下的水瓶和食品袋。

学长导演坐在软凳上兀自琢磨了一会儿剧本，临走前对白妤说：“这个角色就决定给你了，再好好练习吧，还是太青涩了。”

白妤一愣，等人走后忽然意识到，原来这一刻她才真正拿到这个角色，下午不过是对她的一场考验。

她心中五味杂陈。

她心事重重地走出社团，拢了拢帆布双肩包的肩带，一抬头，远远地便瞥见站在马路对面的杭臣。

他穿着纯白色的薄款棉绒外套，板型裁剪得当的黑色休闲长裤衬得他双腿笔直修长。

他在打电话，火红的夕阳照在他身上，宛如一团正在燃烧的火焰，温暖柔软。

她无端又想起早晨那种空洞心慌的不安感。

但好在，他就在眼前，鲜活得发亮。

白妤小跑过去，绕到他身后，踮脚，双手轻轻从后捂住他的眼睛。

顾及他在打电话，她没有出声。

突然失去视线的杭臣身体晃了晃，猜到是白妤后，他嘴角不自觉上扬，轻握住白妤的手，快速和电话那头的人道别。

挂断电话，杭臣装模作样地说：“让我猜猜是谁呢？”

白妤默默偷笑，等他猜。

杭臣说："手这么软，应该是个女孩子。现在是下课吃晚饭的时间，敢在大庭广众之下调戏我，一定是个对自己很有自信的人。"

杭臣"嘶"了一声，很快得到结论："我知道了！是Z大的校花吧，Z大没有我这款帅哥，对我一见钟情了吧？"

白妤的笑容顿时止住，双手往后移，扯住他耳朵："校花？我看你是想被打得屁股开花。"

杭臣无声地笑了，他快速转身，将气鼓鼓的白妤揽入怀中，低声哄道："逗你玩的。"

他的衣服材质像绵羊一样，十分亲肤，白妤脸颊贴着，仿佛陷入了云端，她顿时也懒得和他计较这种习以为常的玩笑。

她环住他的腰，将身体的重量压给杭臣，卸下一天的沉重，安心地投入他的怀抱里。

她的安静有些异常。

杭臣抱了一会儿问道："怎么了，今天累到了？"

累？好像也算不上。

只是心里有说不出的压抑感。

白妤摇摇脑袋，突兀地接话问道："你中午是在午睡吗？你好久没回我消息。"

杭臣说："对啊，你不是知道的吗？我每天中午睡四十五分钟。"

"好吧。"

"到底怎么了？"

"没什么呀。"

杭臣笑："哎，姑娘大了，有心事了。"

白妤也笑："什么嘛，本来……本来就没什么。只是有点想你，上次见面都是三天前了。"

杭臣："这么想我啊？"

白妤："你不想我吗？"

"想啊，所以你一说想见我，我早上立刻和我爸说，今晚一个叔叔的生日宴不去了。"

白妤慢半拍地说："嗯？啊？什么？"

杭臣拍拍她的肩膀，松开她，转而牵起她的手，十指紧扣后揣进自己的口袋里。

两个人边往校外走，他边解释，是之前帮助过他的医生叔叔的五十大寿，和他爸是多年的好朋友。

白妤听完顿感羞愧，觉得自己耽误了他家的正事。

杭臣笑说："小事儿，只不过他们看我今年状态挺好，人又在北京才开口说想让我爸带我去吃饭。像前两年就没说起这个事。刚刚就是我爸给我打电话呢，说他等会儿要喝酒，让我晚点去接他回家。"

“哦，应该的。那我们快点去吃火锅吧，别耽误了晚上接你爸爸。”

“不急，他估计要到十一点多才结束。”

“好吧。”

偌大校园，缓慢走过，夜色顺着他们的足迹蔓延开来，半掩藏在灌木丛边上的路灯统一亮起。

夜风吹红了鼻尖和耳朵，但两个人交握在一起的手越发温热，掌心甚至已经出了汗。

白妤在冰冷寒风带来的清醒下，清醒地感受着杭臣的体温。

她恹恹的身躯在火锅的治愈下满血复活。

毛肚沸腾翻滚，辣椒油鲜香麻辣，白妤隔着源源不断的热气和杭臣说今天话剧社的事情。

她明亮的瞳孔转动，饶有兴致地问杭臣：“你说，我以后会不会成为一个话剧演员呢？”

“那你享受今天的彩排吗？”

“还行，虽然一开始有点放不开，但是稍微投入进去后，觉得演绎很有趣。感觉自己好像……好像成了另外一个人，很神奇。”

杭臣吃得有点热，脱了外套，他里面穿的是款式简洁的低领黑色毛衣，挽起袖口，露出一截颜色反差巨大的白皙手臂，俊秀禁欲。

他的筷子搅动锅底，神色放松，似在认真思考白妤的话。

但白妤却望着这样的他微微失神，杭臣说的话她都听不进去了，她自顾自地说：“你穿这个毛衣还挺像个正经人的。”

闻言，杭臣不动声色地抬眸，挑眉。

看清白妤眼中的意味后，他哼笑一声，说：“毛肚都老了，快吃吧，吃完了回去不正经给你看。”

白妤咬着筷子，愤愤地在桌底下给了他一脚。

“你胡说什么呢……”

一个小时后，用完餐，时间尚早，外面太冷，两个人选择在商场里散步消食。

这商场挨着学校，无时无刻不热闹着。

但已经逛过几十次了，没什么新鲜感，走马观花地路过许多店面，很是无趣，直到两个人在五楼看见一家新开的抓娃娃店。

杭臣问她要不要玩。

这一年，物价还没有疯涨，抓娃娃只需一个硬币。

但白妤仍觉得这是一件很贵的事情，火锅是杭臣请的，她不太想再让他破费，而她，请不起玩抓娃娃。

白妤站在色彩斑斓的抓娃娃机前说：“开学后花销还挺大的，我之前攒的钱用得差不多了，要不等元旦晚会后我退了社团，去做点兼职吧。”

杭臣从抓娃娃机的玻璃倒影里看白妤，他从后抱住白妤，脑袋搁在她肩上，亲密地贴着，用轻巧的声音说："又不缺钱，不用着急做兼职。先专心演好人生的第一个话剧。"

"可我不想每次出来，都是你在花钱。"

"这有什么，谁让我钱多。"

"话不是这样说的嘛。"

杭臣低声笑着："我是不是没和你说过，我妈给了我恋爱经费的。"

白妤惊讶地瞪大双眼："你妈知道我们在谈恋爱？"

杭臣偏头亲了亲她的脸颊，温热气息游走在她耳边。

他说："我三天两头出门，他们肯定知道啊。"

"他们？"

"对，还有我爸和我奶奶。"

白妤脸红，低下头。

"害羞了？"

"有点尴尬。"

杭臣厚脸皮道："有什么尴尬的，你妈肯定也知道。"

白妤想起江雪梅，琢磨了一会儿，说："也对，像我们这样的好朋友可不多见。"

杭臣忍不住笑出了声，将脑袋埋得更低，用气音问白妤："好朋友，等会儿能不能和我亲一会儿？"

周围人来人往，白妤听着他直白的话觉得脸上烧得慌，左推右扭，以表抗议。

两个人在抓娃娃机前小小地打闹了一会儿。

最终，杭臣从外套口袋里掏出一把硬币说："身上有点儿零钱，抓几个娃娃送你。"

白妤看着他自信满满的样子也想起某段时光，那时他们年幼，他也是这样万分自信地说要给她赢得六一儿童节的礼物。

她狐疑道："你以前抓到过吗？"

杭臣已经在边上的机器上兑换完了游戏币，他漫不经心地道："我都没玩过这个。"

白妤气笑："那你还说要抓几个送我。"

"万一呢，万一我就抓到了呢。"

白妤想，也是，万一呢。

五分钟后，游戏币一枚不剩，两个人双手空空。

眼神交汇，白妤一副"我就知道"的神情。

杭臣轻笑，摸了摸鼻尖后搂过白妤，说："我回去努力练习，下次一定给你抓十个八个的。"

白妤说："算了啦，我也不是很喜欢玩偶。"

杭臣："那你喜欢什么？"

白好认真地思考了一会儿，好像没有什么特别喜欢的物品。

她不追星，也不对哪个小众的圈子痴迷，只是现在比较喜欢看电视罢了，但看电视怎么可以算作一件很特别的事？

她又想起小时候杭臣送她的贝壳，她曾经喜欢大大的贝壳，像小美人鱼睡觉的那种超级大贝壳。

现在还喜欢吗？

不了，已经没什么感觉了。

不知不觉，他们已经走到了商场门口，厚重的门帘缝隙里，有寒风悄无声息地溜进来。

在杭臣撩开门帘，拥着她先让她出去时，白好小声且欢快地道：“我喜欢你呀。”

杭臣没什么反应，白好以为他没听到，没听到也正常，耳边都是寒风的呼啸声。

他们沿着来时的路，一步步回到校园。

杭臣像以往一样，将她送到宿舍楼下。

白好还记挂着他要去接他爸爸回家，一点儿也不磨蹭地说：“你快走吧，路上开车要小心哦。记得到家了给我发信息。”

杭臣却一点儿都不急，眼神带笑，温柔地捏了捏白好的脸颊：“不是说喜欢我吗？不给我一个吻别吗？”

“嗯？……你听到了啊，听到了也没有吻别。你快走啦。”

“但我喜欢你，我给你一个吻别吧。”

这人已经把逗人的本事练到炉火纯青，脸皮也是一天比一天厚。

不给白好拒绝的机会，他捧着她脸蛋亲了下来。

唇齿碾磨，混着秋夜独有的凉意，像浸在深水的薄荷糖在一圈一圈化开。

轻轻啄了两下后，杭臣松开白好，似爱抚一样拍拍她的脸，说：“上去吧，脸都冻红了，未来的著名话剧演员。”

白好被他的称呼逗笑。

她问他：“我以后难道真的会成为话剧演员吗？”

杭臣说：“不试试怎么知道呢？”

白好：“也对，那……你到时候会来看我的首演吗？”

杭臣嘴角勾起：“当然会来，这是微臣的荣幸。”

“好啊，一言为定。”

“一言为定。”

这一天，白好又有了一个梦想，有没有可能她未来真的会成为一名话剧演员。

2012年11月7日，立冬。

白好早上一醒来打开手机，各种公众号发来立冬祝福。

白好生出和以前一样的感慨，每年一过立冬时间就会高速运转，眼看2012年马上要结束了。

但她的吃货室友们一听到是立冬，不约而同地说："今天要吃饺子！"

白好说："好像食堂不卖饺子，要去校外吃吗？"

大伙儿都犹豫了。

张巧巧说："今天满课，时间有点紧凑。"

陈笑意说："别忘了，我们明天周四的课的作业都还没写，晚上要抓紧赶工。"

温柔的乔菲将自己裹在厚实的羽绒服里，说："天太冷了，晚上出去吃饭更冷。学校也不知道几号开始统一供暖。"

白好想，疲倦的周三确实也没必要为了这口吃的让自己更劳累。

只是正好说到北方的供暖，白好感到很好奇。

"供暖是什么感觉？"

几个人都是南方的姑娘，都表示不清楚，只是模模糊糊地说："听说可以在室内穿短袖吃冰棍。"

"真期待啊，希望学校早点开启吧。"白好说。

生活里的新鲜事又多了一件。

上课的间隙里，白好给杭臣发消息，聊立冬聊供暖，还有北京的雪。

栀花镇很多年没下过雪了，可听说北京经常下大雪。

她还没见过没过膝盖的盛大雪景。

手机振动，微信消息一条条弹出来时，杭臣正好在跑步机上跑完五公里。

他们小区一周前就已经开始集体供暖，温暖如春。

他跑完步，发梢湿漉漉的，白皙清瘦的脸颊泛着淡淡的红晕。

他捞过茶几上的矿泉水，边喝边看白好的信息。

最近天冷，奶奶不爱出门，整天窝在客厅里看相声，瞥见自己孙子面若桃花的模样，忍不住学着相声的腔调问道："这谁呀，天天雷打不动地给你发消息，不是催债的吧？"

杭臣一口水差点儿喷出来。

他笑着拿干毛巾反复擦脖颈间的汗，太过用力，将皮肤擦得发红。

他回答说："奶奶，您别开玩笑了。"

奶奶说："还给你整害羞了。今儿立冬，要不晚上把人接过来吃顿饺子吧。今天奶奶备了好几个馅料，总有人姑娘爱吃的。"

杭臣有些意外："您说真的啊？"

"嗯呢，这还能有假？你不信去厨房看看，我一大早就都买好了。"

"那、那我问问她吧。她脸皮薄，估计不乐意。"

奶奶说："那要是不乐意，晚上你给人送过去，家里有保温桶。你问问她，喜欢吃什么馅儿，奶奶给她包。"

杭臣点了下头，转身进了浴室准备洗漱，顺带准确无误地把家里人的意思传递给白好。

客厅那头的奶奶似又想起什么一样，撑着沙发借力站起来，揉了揉发胀的膝盖骨，慢腾腾地走到浴室外头，敲响浴室门。

“小臣啊。”

杭臣拧开门：“嗯？”

老太太扶着门框，和蔼地笑着，叮嘱道：“最近气温又降了许多，今晚给人送完饺子，还是少出门吧。好好保护自己的身体，别一冷一热把自己冻着了。你看你爸，前几天不知轻重地让你去接他，结果他倒好，吃完了不赶紧回来，在饭店门口醉醺醺地拉着别人说这说那，白让你陪着在那边吹冷风。我看你啊，有点要感冒伤风的样子。所以……听奶奶的话，接下来少出门，行吗？”

杭臣想到前两年的冬季，家里人异常紧张气候的变化，他仿佛是一只不该存活于冬季的蝴蝶，家里人用尽手段才让他在温室里延续生命。

今年也许是因为一切都在平稳地进行，他们，包括他，都有了一些松懈。

杭臣朝奶奶一笑：“我知道的，奶奶。所以这不是在努力锻炼身体嘛。”

奶奶点点头：“去冲澡吧，也好好和那姑娘解释一下，你们年轻，年轻最忌讳有误会，两个人谈恋爱，就得把话说敞亮了才行。”

杭臣头一回听奶奶的爱情观，奶奶的豁达开明在父亲身上就有迹可循，但这样面对面谈论，还是让他感到好奇。

杭臣投去意味深长的目光：“您和爷爷年轻时没误会？”

年纪大了，变得爱追忆从前。

奶奶听他这么一问，双眸都亮了不少，她摆摆手，说：“快洗澡吧，汗淋淋的，等会儿都发臭了。洗完了，给奶奶拿个冰激凌，奶奶慢慢跟你说。”

杭臣爽朗一笑：“行。”

这天下午，杭臣给自己放了个假，没有在为明年开春后的复读做准备，只是投入地听奶奶讲她年轻时的故事。

但一转眼，爷爷已经走了好几年了。

说到最后，奶奶摸着自己越来越不灵活的腿说：“年年都是你爸妈回去祭拜，有机会我也应该回去一趟了。”

感叹完，奶奶一瞅客厅的时钟，赶忙站起身：“都四点多了，我得包饺子了。等会儿你爸妈就要回来吃晚饭了。你妈也真是的，隔几年心血来潮就要学做饭，学了半辈子了那手艺还是一塌糊涂，你劝劝她，学点别的打发时间吧。”

“她有时候有点较真，随她吧。”

“那女孩呢？晚上来不来，想吃啥馅料的？”

说到白好，杭臣拿过躺在茶几上的手机，翻了翻聊天记录，说：“她不挑，吃什么口味都行，我等会儿给她送去吧。奶奶，多包一点吧，给她室友也送点，她们今晚要熬夜写作业。”

奶奶：“那敢情好啊，我给她们什么口味都整点儿。”

杭臣给白妤发去短信：六点半在你宿舍门口等你。

白妤正在上最后一节大课，手机调了静音，没立刻回复。

杭臣放下手机，跟着老太太进了厨房。

他说："我帮您吧。"

傍晚六点，天黑得只剩万物的微弱剪影。

最后一节课的铃声准时响起，死气沉沉的教学楼像是终于挣脱了枷锁，喧闹声一跃而起。

连续上了一天课，骨头都快散架了，好在她们年轻，冷风一吹，清醒过来，一想到等会儿有人会送来热腾腾的家常水工水饺，今天，也算值得了。

几个姑娘并排走在校园大道上，你一嘴我一句地问白妤，她男朋友到了没。

白妤双手揣在大衣口袋里，心里暖洋洋的。

她说："他六点半到，说他奶奶给我们准备了很多不同味道的水饺，有汤的，也有干拌的。你们吃辣吗？他说他奶奶有自制的辣椒酱，特别香，微辣。"

"吃！"三个人齐声回应道。

教学楼离宿舍楼有一段距离，十几分钟后人群在宿舍楼的分岔路散开。

白妤打算在楼下等一会儿杭臣，左右还有十来分钟。

几个姑娘说要陪她一起等，都免费蹭吃了，不能让白妤一个人拿。

白妤劝不动，笑着说那好吧。

团体聚在一起，总有说不完的话题，十分钟浓缩成一分钟。

白妤远远地就看见红色的校园车行驶过来，稳稳地在她们宿舍楼下停下，杭臣熟悉的身影走出黑夜，在路灯的照耀下，缓缓在她眼前放大。

见他左右手各提着三个保温桶，她小步跑上前，接过。

她惊讶道："奶奶做了这么多吗？你家保温桶居然有六个。"

杭臣的手有了空闲，他扯下围巾，呵着热气，笑意满满地说："煮完发现不够，新买的，但用热水泡过，洗得很干净，让你室友安心吃吧。我贴了纸，上面标了口味，你们自己选。然后……这个，小白，这是我包的，你一定要吃这个。"

白妤更惊讶了："你今天还学了包饺子！那我等会儿一定要好好尝尝！你吃过了吗？你过来要好久，是不是都没来得及吃饭？"

"吃了，我们家晚饭吃得早。"

杭臣的视线扫着白妤，认真地看了一会儿后说："天越来越冷了，上课记得多穿点。我上网查过了，你们学校每年供暖也差不多就在这几天，再等等就能体验到了。"

白妤乖巧点头，眼睛亮晶晶的。

她说："你也是，要保护好自己！"

话既然说到这里，杭臣手指轻点她的额头，组织了会儿措辞说："最近大概没办法经常见面，行吗？家里人怕我着凉。"

"行啊，一切以你身体为重。"

白妤又想到什么，犹豫地问道："那我的表演，你还来看吗？"

杭臣："你们元旦晚会敲定什么时候了吗？"

白妤"嗯"了一声："今天下午社团发了通知，说放在冬至那天，晚会的老师想把元旦和冬至放在一起操办。所以等那天还会有汤圆吃呢！"

杭臣眼角上扬，冲白妤抬了抬下巴："你放心，我肯定来，前几天不是说好了吗？不过，那天据说是世界末日。"

2012年12月21日，玛雅人预言是世界末日。

不知真假。

也没太多感触。

白妤耸肩笑笑："末日就末日喽，反正末日我们也在一起。"

杭臣说："也是，还挺浪漫的。"

分别前，白妤竖起小拇指，说："拉钩呀。这段时间你好好保护身体，好好复习功课，我好好排练话剧。世界末日那天再见。"

杭臣伸出了小拇指，但迟迟不拉钩。他嫌弃道："一个半月不见面，太久了吧。"

白妤强制和他拉钩："一点儿都不久呀，一个多月一晃就过去了。"

"哎，那是谁前几天说三天不见我，很想我？"

白妤和他大拇指按在一起，她微微挑眉，小骄傲地说道："女人嘛，都是善变的。校园车来了，你可以走了，我也要上去吃饺子了，不然冷了就不好了，不能浪费奶奶的心意！"

远处候着他们的室友眼看时机差不多到了，从角落里冲出来，非常有眼力见地提过杭臣手里的保温桶，一个劲儿地说谢谢。

杭臣揉了一把白妤的脑袋，骨节分明的手指蹭过她的黑发，酥酥麻麻的。

他说："走了。"

白妤抻长脖子，喊道："回去路上当心哦，到了给我发信息，记得帮我和奶奶道谢，还有你爸爸妈妈，祝他们立冬快乐！"

杭臣上车之前比了个"OK"的手势。

白妤目送他远去，直至校园车消失在黑夜中，她才和室友们一起上楼。

新鲜饱满扎实的饺子填满了这晚离家孩子的心。

白妤吃的蘸饺，是藕馅的，一口咬下去，脆藕在口腔里发出愉悦的声响，是江城特有的饺子馅，是杭臣和他奶奶特意准备的。

这熟悉的味道也让她想到了妈妈。

她猜，江雪梅这会儿正躺在床上准备看新闻联播。

白妤立刻给江雪梅拨去电话。

电话也很快被接通。

白妤一口一个饺子，兴奋地和江雪梅说饺子，说话剧，说期待的北京大雪。

说立冬快乐。

立冬快乐……

还有不好意思说出口的，妈妈，我有点儿想你。

又过了一周，周一夜晚六点整，学校开启统一供暖。

白好和室友们上完课马不停蹄地赶回宿舍，迫切地想感受新鲜的体验。

但回到宿舍，白好脱去围巾手套，往口袋里一摸，衣兜里空空如也。

手机不见了。

白好的心跳停顿，想着肯定是自己没找仔细，肯定是下课太着急随手塞书包里了。

可最后，她翻遍书包与衣服夹层，都没有找到她的手机。

倏忽间，她想起中途被一个逆行的男生撞了一下。

张巧巧很快反应过来，说："那个人一定是小偷！他偷了你的手机！"

白好仰天大叫："可恶的小偷！"

在宿舍里狠狠唾骂了一通后，白好挥去因供暖和怒火引起的汗，扯过书包冲到学校的保安室里。

保安说不能随意给学生看监控，需要有班导的证明。

这个点，班导已经下班了，白好气得脑袋发晕，犹犹豫豫后，还是拨了班导的电话，愧疚万分地请求班导帮忙。

好在保安没过多为难人，挂了电话后熟练地调起监控。

听闻是主干道靠近小树林那块时，保安说："那块监控没有，算是个死角。"

白好觉得天都塌了。

这个夜晚极其不安生，白好思来想去很不甘心，几个姑娘也是第一次处理这样的事情，绞尽脑汁想办法解决，最后大家陪着白好连夜报了警。

走出警局时，室友们安慰道："你放心，警察肯定能帮你找到的。"

回到宿舍，白好借乔菲的手机给杭臣发了条信息，说手机被偷了，过一阵子再买一部，有急事可联系她室友。

白好本想再和江雪梅说一声，但想想还是算了。手机对她们这个家庭而言是很珍贵的物品，江雪梅知道后又要为她操心担忧。

临睡前，乔菲柔声道："小好，你男朋友回消息了，说他知道了，他找找家里的旧手机，说明天送过来给你救急。"

白好气得睡不着，听到杭臣的意思，下意识想拒绝，但情况紧急，没有手机做什么都不方便，她手里的钱暂时也没办法立刻买一部新的。

她说："好吧，你帮我回复他，如果他家有旧手机就暂时借我用用吧。现在都十二点了，好奇怪，他应该已经睡了的，你让他别担心吧，快休息吧，有什么明天再说好了。"

乔菲："好的，好的。"

白好翻身，踢开被子，闷闷不乐地说："谢谢你啊，菲菲。"

"小事儿呀，朋友嘛，本来就是要互帮互助的。"乔菲说。

张巧巧和陈笑意在玩手机，但也体谅白妤的心情，附和道："别多想了，你看你男朋友，多好啊。你在这里有事还能找男朋友，我们谁也不能找，只能靠自己。"

张巧巧说："不过小妤……你男朋友有好朋友吗，给我也介绍一个吧，我也挺想谈恋爱的。"

没有手机消磨时间的白妤觉得躺着异常怪异，像是吃饭没了筷子，洗脸没了水一样。

她说："他好像朋友不多，他最好的朋友是我呀。"

张巧巧："噘。"

陈笑意："那你呢？你还认识什么优质的男生吗，给巧巧介绍一个。"

乔菲摘下刚戴的耳机："什么？你们在说什么八卦，我也想听。"

白妤说："嗯……优质的男生……我和以前班里的人也不是特别熟，不过我们高中班级的男生都挺仗义的。啊！对了！我们高中的班长，是个很帅很好的男生，就是话比较少。"

张巧巧扔了手机，双眼冒光，扒着床护栏说："就他了！"

白妤支起脑袋和对床的张巧巧对视："你说真的啊？"

张巧巧："比金子还真。"

白妤："那好吧，等我有了手机，我问问他。"

"对哦，你手机被偷了。"

"啊……唉。"

又想起这桩烦心事，白妤心力交瘁地倒下，双眼一闭，试图麻痹自己后快速进入睡眠。

凛冽深夜的另一边。

气温降至零下，但供暖充足的室内温暖如春。

挂在客厅十几年的老旧钟表挣扎地往前走，在安静得能听见落针声音的夜里，幽幽回荡。

"嘀嗒——"

"嘀嗒——"

杭臣的房门紧闭，卧室里漆黑一片，城市的亮光却渗透过窗帘缝隙，悄无声息地游荡过这狭小房间的每一寸。

斑驳微弱的光影能勉强照亮书桌上高高堆起的北京最新版高中教材、被笔墨浸染过的泛黄习题卷、角落里二十四小时不间断工作的空气净化器，还有平躺在床上，眼皮颤动似很不安的杭臣。

杭臣从噩梦中醒来时时针和分针重叠，半夜十二点整。

他一个激灵后猛地睁开双眼，意识到只是做梦后僵硬的身躯渐渐放松。

他想回想一些关于可怖梦境的内容，但只隐隐记得自己行走在一片没有尽头的迷雾森林中。

翻身辗转，呼吸由急促转舒缓，感知回归身体，杭臣咽了咽喉咙，意外发觉嗓子比傍晚时分还干涩，甚至有一些微妙的咽痛感。

这不是什么好的信号。

他舔了舔干涸的唇，用力支起身体，故意干咳几下，但这种异样感还是无法消除，伴随的还有脑袋轻微的眩晕感。

过往的经验告诉他，这是感冒或发烧的前兆。

这个想法一冒上脑海，接踵而来的是无数种深埋在心底的假设。

可不知道是夜深得让人无法思考，还是内心在逃避命运的重蹈覆辙。

他刻意地逃避那些想法，试图做一些让自己放松的事情。

但抬起手，他看见自己的手在薄弱的光下害怕地颤抖。

肢体反应出卖了他。

杭臣盯着自己的手看了许久，大脑陷入久久的空白与寂静。

把他拉回真实世界的是放在书桌上的手机传来的短信振动声。

杭臣放空的瞳仁聚焦，回过神，手已经不再战栗，再去感受身体的异样，似乎已经消失了。

这种缓解的感觉就像那年的春天，让人生出劫后余生的心跳声。

他听到自己胸腔里心脏猛烈地跳了两下，随着他的一次深呼吸，心脏才回到正常的跳动。

环顾四周，他的日常生活环境没有变化，这不是什么迷雾森林，是他的房间而已。

他也没有什么事，只是做了一个记不起来的噩梦而已。

是的，只是一个噩梦而已。

想到这儿，杭臣的肩膀缓缓下沉，长舒一口气，嘴角有了点若有似无的笑意，笑自己如惊弓之鸟。

半晌，他抓了抓头发，下床，凭感觉穿上拖鞋后打算去书桌那边拿手机看一下。

站起身走了几步，再次确认身体没什么不适后，整个人因这场后怕变得格外清醒。

他拔掉充电器，解锁屏幕，目光聚焦在短信上时，他觉得今夜大概要失眠。

他反复看了几遍短信，确认这不是诈骗信息后快速回复。

跟白好的室友道了谢后，他站在原地思考了一会儿，心里暗笑了声白好是个粗心小笨蛋后，轻手轻脚地打开了房门。

已经是夜里十二点多，家里人早已就寝，隔音效果一向不好，杭臣怕翻箱倒柜的声音和灯光吵醒他们，用嘴巴咬着手机，借手机的电筒照亮杂物柜的抽屉，蹑手蹑脚地翻找着能用的旧手机。

智能机风潮携来时，除了奶奶，他们都换了手机，之前更替下来的手机应该能勉强凑合一下。

杂物柜许久未被开启，翻动时灰尘滚滚，吸入肺中，引起不适。

他没忍住，弓着肩膀咳起来，口中的手机一松，迅速下坠，还好他手疾眼快，磕碰一阵在彻底落地之前夺住。

就在他庆幸接到手机时，胸腔里的瘙痒感却不断地在加重，他咽了几下试图平息，但肺部仍像有千万只蚂蚁在爬，再一次没忍住，杭臣压着声音咳嗽，声音密密麻麻地响起。

不知不觉，先前那种恍惚眩晕的混沌感从后背蔓延而上，呼吸不由自主地紊乱起来，额角快速沁出了细密的汗珠。

亮着光的手机还被他捧在双手之间，但随着咳嗽引发的颤抖晃动，手电筒的光也由此摇来晃去地刺痛人的眼睛，宛如他最爱的武侠剧里的刀光剑影，非要争个你死我活。

客厅的时钟还在走。

盖过指针转动声的是一阵惊醒梦中人的巨大的砸落声。

所有人都似乎意识到了什么，慌慌张张地冲出房间，第一眼看得并不真切，只模模糊糊地看到靠阳台那边的储物柜有人，有光亮着。

杭大勇试探地喊道："妈，是你吗？还是……小臣？"给他答案的是杭臣的咳嗽声。

张丽娟心慌地叫起来："臣臣！"

"啪嗒"几声，客厅所有的灯被按亮，眼睛短暂的视觉缺失后，将更完整的画面投入大脑。

他们看到，杭臣站在那儿，双手艰难地扶着储物柜的最上方。

但储物柜最上层的抽屉竖着倒砸在他脚上，里面七七八八的杂物撒了一地，包含一些有些重量的工具。

张丽娟冲过去，声音接近尖叫。

"臣臣！"

而杭大勇愣在原地，死死地盯着自己儿子惨白汗淋淋的脸。

他知道，命运还是没有饶过他。

次日，白妤上完课抽空去了趟警局询问进度，警方委婉地告诉她，这样的盗窃案每年数不胜数，能找得回来的是极少数。

白妤没听懂其中的意思，以为是自己太心急，感谢后决定过几天再来问问情况。

而乔菲那头没有收到杭臣任何消息，她没有多想，只当杭臣没找到可暂用的旧手机。

下午的空余时间也没给白妤机会过多忧虑，负责元旦晚会的老师要看他们完整的彩排，每个人都必须郑重对待。

再收到杭臣的信息是在三天后，他说家里无可用的旧手机，他说要不要给她银行卡转钱，买一部新手机。

白妤让乔菲转达，不用了，因为她打算去做兼职。

半个小时后，白妤收到银行卡的汇款消息，是杭臣给她转了一千五。

白妤知道，就算她拒绝，他认定的事情他就一定会做。

她又让乔菲转达，说她会快点把手机钱还给他的。

杭臣还是和以前一样，给的回复是：别让自己太累了，先专心做好话剧表演。

接着周末时，白妤又去了趟警局，这次，她听明白了，也明白民警的不容易，出了警局后去了手机店，挑了个五百块的杂牌智能机，重新办理了一张手机卡。

重新和网络接轨的感受让她好受了一些。

只可惜之前的微信号是用那个手机号注册的，现在再也拿不回来了。

又好在，重要的人的联系方式她都记住了。

已经是北京的十一月下旬，前两天刚经历了一场寒潮和五级大风，不久前渲染着北京秋色的枝叶都已经凋零得差不多。

白妤走在落叶铺满的路上，沙沙作响。

她想起铭德的银杏大道，现在应该差不多到了银杏最好的观赏季节。

可惜，杭臣还没和她一起赏过铭德的银杏。

她给杭臣发去短信。

她说：我是白妤，这是我的新手机号，手机买完了，等我攒一攒，再把钱还你。

她说：我打算等会儿在校内看看兼职。

她说：这几天有没有很想我呀？

她说：好几次想用室友的手机问你，但是一想到她会看到，就有点不好意思。也担心你会发些肉麻的话，没想到你还挺正经的。

她说：学校这边树叶都掉光了，你那边呢？我们要不月底见一次面吧，我有点儿想你。

杭臣没有立刻回复。

白妤猜，他可能在学习。

他过完年要去北京的一个高中面试，对学习成绩有要求，脱离课本两三年，再捡起来需要花很多精力。

像她，才高中毕业几个月，但感觉已经把过去所有所学内容都还给老师了，再让她做一遍高考试题的话，及格都是个难事儿。

风呼啸着，白妤的手被吹得僵硬通红，她握着手机揣进了口袋里，轻呵着气儿，心情不错地兀自欣赏起这片萧瑟冬景。

听说北京的初雪一般在十一月底左右。

希望月底和杭臣见面的时候可以一起看北京的初雪。

传说只要在第一场雪里和心爱的人一起看，就可以永远幸福地生活在一起，也寓意着任何谎言都会被原谅。

十一月即将结束时，白妤已在校内的私人面包店打工快一周了，早上六点半到九点半，五十块一天。

除去含早八的课程，无论是工作日还是周末，白妤早晨都会去面包店。其余时间被越发紧急的话剧彩排填满。

杭臣从不漏回她的信息，虽然没有以前那么及时。

他拒绝了月底见面，他说最近有点嗓子发痒，怕再受寒。

他说暂时打不了微信的视频电话了，因为他的手机也很倒霉地摔坏了，摄像头坏了。

白妤对他说的话没有怀疑，只是看着新注册的微信账号，看着空空如也的朋友圈相册，内心很是可惜之前遨游北京留下的合照都没了。

一个简单的意外将她记录的生活归零。

不过北京还没下过雪，听新闻说，今年初雪会来得有点晚。

白妤觉得她和杭臣还有机会看初雪。

十二月来临时，生活进入另一个忙碌维度。

各科老师开始抛出期末作业的预考核，每个老师对于处理学生是否及格一事都各有准则。

大家曾经都是各个名牌高中的三好学生，对学习成绩还是有要求的，只有极个别放飞自我，无所畏惧。

特别是当老师说，挂科的人只有等大四清考时能补考，补考不过将会对毕业事宜有影响时，大伙儿更认真了。

白妤穿插在打工、话剧与期末复习中，忙得不可开交。

唯一让大家感到有所期待的是马上要迎来新的一年，还有人们最喜欢的假期，元旦假期。

几个室友又在讨论要不要回家一次。

有一天，白妤深夜回寝，她们意外地还没有睡觉，一聊才知道她们在讨论明天要不要卡点去售票点抢票。

白妤想起上回国庆，她因为想省钱没有回去，结果空荡荡的校园让人倍感落寞。

她产生了一丝挣扎。

要不要抢个票回家一次呢？

可是过完元旦马上就要放假了。

洗漱完，她问杭臣，元旦要不要一起过。

他们可以像上次那样。

隔天早上，杭臣给的答复是他元旦家里有事，无法陪她。

白妤知道，这种节庆都有一些合家欢的事宜要处理。

她算了算手里的钱，又贴了一些生活费，准备把之前杭臣给的一千五还给他。

从银行的自助存取款机出来，她又问杭臣，冬至那天会来的吧？她已经和老师打好招呼了，到时候她可以领着他去后台。

因为礼堂的座位早已被学院安排好了，无空座。

杭臣说会来的。

但他们很久没见面了，近期也没有打过电话。

她太忙，多数只在深夜和中午有时间，可这时候通常是杭臣的休息时间。

这种文字的承诺莫名让白好不是很安心。

她说：很久没听见你声音了，发几条语音听听呀。

又隔了一天，白好才听到他的声音。

他也许刚睡醒，声音带着微微的沙哑。

他说："我的手机屏幕好像出了点问题，想给你发语音的，但是有时候按着没反应。唉——"

他说："刚刚又断了。"

他说："等之后出门修一下吧。"

后来白好才知道，这些都不过是他的谎言。

元旦晚会即将开始前几天，话剧排练场地移到了礼堂。作为重点节目，策划老师特别看重，所有人需要匀出自己全部的时间来投入彩排中。

白好辞去了为期一个月左右的兼职，来不及喘口气就不得不去和各科老师请假。

向来对老师有敬畏之心的白好到了大学也一贯如此。

她已经很久没有想起幼时对老师的恐惧了。

虽然最后，白好还是拿到了请假条。

十二月二十一号，冬至来临，但北京的初雪罕见地还没落下。

元旦晚会于傍晚六点准时开始。

白好清晨就离开了宿舍，最后一轮排练完后，大伙儿开始做妆造。

第一次化浓妆穿戏服，白好对着镜子臭美地照了又照，趁着无人在意她，偷偷摸摸拍了很多照片。

她想也没想地发给杭臣看，问他：好看吗？感觉眼睛被放大了好多倍，我要不有时间也学学化妆好了。

但自顾自地把雀跃心情表达完，她才发现从早上开始到现在，杭臣都没有回复她的消息。

距离晚会开始还有一个小时，他如果再不来，她等会儿就没办法带他进后场了。

她走出后台，绕开人群，推开一扇小后门，来到挨着礼堂的一个小花园。

零下六度的气温，让万物都沉默。

白好裹紧大衣，原地跺脚取暖，耐心十足地等杭臣接电话。

但电话那头是无止境的"嘟嘟"声。

白好也很久没有想起过这种失联的感受了。

杭臣从不失约，上一次失约是……是……

不等她过多思考，有话剧社的成员推开了这扇小门，气喘吁吁地说："啊，白好，终于找到你了，你怎么在这里？导演找你呢！有急事。”

白好一愣，收了手机赶紧跟上，回到了后台。

后台气氛如常，大家都各忙各的。

白好环视一圈，终于找到忙得焦头烂额在和别人激情昂扬说话的学长导演。

她跑过去问道：“学长，你找我有什么事吗？”

学长导演瞧了白好一眼，指着她身上的衣服说：“快换下来。”

“啊？”

“你等会儿不用上场了，把衣服换下来。”

白好怔在原地：“为什么啊……”

学长导演不耐烦地说：“你这个角色有更适合的人，快点儿吧，别耽误大家进度，等会儿还得改衣服尺寸。”

“哦……哦。”

白好糊里糊涂地进了换衣室，大脑里一片空白。

等把戏服交出，她才明白这个变故。

导演学长把这个角色的戏服塞给了正在和他说话的一个女生，两个人对着剧本唾沫横飞，临时抱佛脚。

身边人来人往，她听见有人说，这个女生是策划老师的侄女，临时想演一个小角色玩一下。

白好在原地站了一会儿，有人不断地撞到她肩膀，似在无声呐喊，她很碍事。

她木讷地走了几步，却发现自己不知该去哪儿，室内热火朝天，她觉得自己的身体好似越来越热了，鼻尖那儿都冒出了汗。

兜兜转转，她又推开了那扇小门，“砰”的一声关上后，后台嘈杂的声音减弱，耳边是冬天沉默的风声。

她靠着斑驳开裂的墙体，轻轻撞着，黑色的羽绒大衣被蹭出大片的灰白。

不知道过了多久，寒意终于驱散了她内心的复杂情绪。

白好吸了吸被冻红的鼻子，掏出手机给杭臣发去信息：你不用来了。

杭臣也如这个冬天一样，沉默无比。

得不到他回应的白好，内心突然像火山喷发一样。

她手指飞舞，给他发去一连串的质问。

她说：你不是说今天要来的吗？

她说：你为什么要骗我？

她说：他们为什么也要骗我？

她说：你今天要是不来找我，我就再也不要理你了。

她说：这个世上，其实没有公平这回事对不对？

她可以轻易地取代别人，别人也能轻而易举地取代她。

这里是大学，这里也是成年人的人情利益社会。

杭臣还是没有回复她。

白好一下子泄了气，她发去最后一条信息。

她说：我好难过，我想见你。

夜色袭来，礼堂传来准点的晚会开幕式声音，男女主持人一搭一唱地说些欢迎词。

白妤蹲靠着墙壁，呼吸着凛冽空气，几乎和这个黑夜融为一体。

她听见，里面节目一个接一个。

晚上七点半，话剧表演正式开始，一共四十分钟。

她低着脑袋，心里默背那些台词，原来不知不觉，他人的台词她也早就记住了。

快临近尾声时，有闷闷的振动声响起，白妤发了一会儿愣，好一会儿才发觉原来是自己大衣口袋里的手机在振动。

来电显示是杭臣。

她想，终于知道找她了。

像是得到了巨大的安慰，白妤眼眶忽然湿润，百般委屈涌上心头。

她划动接听键，开口就是一个掺着哭腔的“喂”。

还不等她诉说更多委屈，电话那头陌生又熟悉的男声将白妤打断。

他说：“是白妤同学吗？”

白妤以为是谁打错了电话，还特意看了眼来电显示。

她小心翼翼地反问道：“你是？”

那头说：“我是杭臣的爸爸。”

白妤呼吸沉滞，刹那间，有一种不好的预感侵袭了她。

那头的气息也是一沉，艰涩地说：“麻烦你来一趟人民医院吧，小臣他……他可能不太行了……”尾音颤抖后是中年人心力交瘁的绝望哭声。

后来回想起这一夜，白妤不记得后面说了什么，她是怎么站起来的。

她只记得，她推开那扇门，正好听到一个故事的尾声：

“你的眼睛永远明亮。

“闪动着初夏蓝眼草的绿色。

“那被春天洗涤过的。

“碧绿的野水芹。

“二十岁时，没错。

“我们以为自己将永远活着。”

二十岁时，没错。

我们以为自己将永远活着。

第十二章

你要把我忘记

杭大勇在楼梯间打完电话后，忍不住坐在地上点了一支烟。

一支烟尽，他起身推开安全门，沉下呼吸，朝ICU病房走去。

整个走廊静谧无比，他的皮鞋踩在亮面地砖上，声音清脆。

当他停在病房门口犹豫着要不要进去时，杭臣似乎有所感应般，朝门口的方向看来。

隔着玻璃，父子俩的视线撞在一起。

杭大勇的心猛地一震。

他忽然觉得眼前的杭臣是那样陌生。

杭臣面色苍白如纸，浑身插满了管子，周围一堆的医疗器械，靠着供氧吃力呼吸。

可明明，明明在昨天中午之前，一切还没有这么糟糕。

昨天上午，杭臣还住在普通病房，杭臣还能平静地和他说话。

他说明天是他女朋友演出的日子，他可不可以外出一天。

他说北京今年的第一场雪似乎来得有点晚。

他说，爸，我应该要告诉她吧。

杭大勇当时在给他削苹果，像小时候给他讲故事说道理时一样，回答说：“外出不了，但你应该见见她，把话都说坦诚。”

杭臣像是想起什么似的，温和地笑着，说：“奶奶也说过类似的话，说得把话说敞亮，没有误会才好。”

“是这么一个道理。”

“那，等她演出结束吧。”

结束对话，正好到了午饭时间，医院送来特供餐食，张丽娟早早等候在病房门口，看到今天的午餐有鱼汤时，小心翼翼地端到床边，扬起一个勉强的假笑，像小时候哄他吃饭一样，说：“臣臣，今天有你喜欢的鱼汤呢，妈妈帮你把刺挑掉，然后多吃一点好不好？”

杭臣说了这一个多月里说的最多的话。

他说："我不是很有胃口，随便吃一点吧。"

也不过是一个多月而已，他消瘦的速度让人沉默。

简单吃了几口午餐，张丽娟去清理残食，隔着走廊，他们能听到张丽娟断断续续的哭声。

杭大勇不敢直视杭臣的眼睛，别过头，盯着窗外的几棵树看，也许是还没雪景的加持，北京今年的冬天似乎格外萧条。

杭臣却还是那么平静，他说："让妈别再哭了，我舍不得看她总是为我掉眼泪。"

杭大勇磕磕巴巴地应了声。

不知过了多久，他忽然听见杭臣急促的呼吸，杭臣躺在病床上剧烈抖动，整张脸面如死灰，额间的汗密密麻麻渗出。

在他愣住的几秒后，杭臣忽然扶着扶手侧身呕吐，把刚刚吃的一点东西都吐了个干净，上面掺杂着血丝。

这些日子，即使浑身疼痛，杭臣也很少会开口告诉他们。

可这时，他奄奄一息地趴在病床的扶手栏杆上，微弱呼吸着，说："爸，我头好疼……"

一分钟后，病房乱成一锅粥，迷迷糊糊没有意识的杭臣被用最快的速度推进了抢救室。

杭大勇想不起来坐在手术室外的三个小时是怎么度过的。

他感觉他自己想了很多，但又似什么都没有想

张丽娟不停地走来走去，双手合十，仰头望着上天，祈求老天垂怜。

她像不会疲倦的机器人，就这样，祈祷了整整三个小时。

直到，杭臣被推出手术室。

做完手术的杭臣安安静静地躺在那儿，双唇没有一点血色，任凭他们怎么呼唤，他都没有丝毫反应。

张丽娟快要昏厥在杭大勇怀里，她怎么都站不住，紧紧揪着杭大勇的手臂，几近疯癫地问道："他什么时候醒过来？什么时候醒过来？"

医生见多了人生的悲喜，站在一旁给了家属一些冷静时间。

待张丽娟伏在杭大勇肩头只剩哭泣时，医生轻叹一声道："你们要做好心理准备，小臣一个月前送来的时候就已经很严重了，这一个月急救做过好几次了。像今天会出现脑出血的情况是因为白血病细胞侵犯了中枢神经系统，血管破裂引发的急性出血。苏醒时间不确定，有些人十来个小时就能醒，有些人需要一到两周。之后情况会好转还是恶化还需观察。但是……你们要做好心理准备。"

杭大勇死撑着，挤出一个浅笑："好，谢谢医生。"

医生护士相继离开抢救室，这片阴暗的走廊得不到半点阳光的照顾，只有幽幽微光支撑着他们。

这些日子，一次又一次的冲击，让张丽娟疲惫不堪。

她意识到，她的孩子似乎已经没了翻盘的机会。

她额头抵着杭大勇的胸膛，紧闭双眼，气若游丝地问道：“为什么会复发？老天为什么要这么对我的儿子？我们到底做错了什么事情，要被这样惩罚？臣臣又做错了什么，要遭这些罪……你说，你说……他是不是快死了？我儿子是不是要死了？”

杭大勇抱紧她：“瞎说什么呢！不是刚做完手术，等他醒来就好了！”

张丽娟哭着笑起来：“你骗谁呢，你别骗人了……如果真有救，一个月前就可以安排二次移植了，现在不过是、不过是硬撑而已。”

时间再往前推。

一个多月前，他们连夜把病发的杭臣送往医院。

杭大勇开车，张丽娟在后座抱着高烧昏迷的杭臣。

他们静默了一路，只剩紧迫的呼吸声和啜泣声。

在杭臣做检查和治疗的过程中，他们想起三年前的很多事情，那么多难熬的日子他们都走过来了。

眼下一定也能。

所以，他们靠在一起彼此安慰，说也许不是复发，说复发了也没事，还有很多人继续化疗，做完二次移植就好了。

这三年什么事都没有，这一次一定也可以挺过去。

谁的人生没有一点坎坷呢？只要他们一家人在一起，一定可以像上次一样挺过去。

一定。

击碎所有希望的是杭臣持续的恶化。

他的身体越发虚弱，根本无法像第一次化疗时那样承受。

于是，拟定的化疗方案一等再等。

等来的是这一天，他病症加重，突发脑出血，生命垂危，再无希望。

重症病房那一层和普通病房有极大的区别，哪儿哪儿都散发着诡异的寂静，病人家属偶尔出病房办理事务，都疲惫到连假装的笑容也挤不出。

医院陪护只能留一人，杭大勇让张丽娟回去休息，他以为张丽娟会和他纠缠一番才肯回去，谁知，这一夜她像是被抽去了灵魂一般，看了眼还在昏迷的杭臣后，一言不发地离开了医院。

杭大勇站在窗边，几分钟后，看见了自己妻子衰老的身影。

她裹在身上的围巾被寒风吹散，但她毫无知觉，任其飘荡，行尸走肉，不过如此。

杭大勇眼皮颤了颤，眼泪和鼻涕悄然间糊了一脸。

他慢腾腾地挪回视线，看了一眼杭臣，杭臣安静得如同不会再醒来一样。

杭大勇一夜未眠，呆坐在椅子上，守着他的儿子。

晨昏交替，新的一天又到来了。

张丽娟一早便赶了过来，还把腿脚不便的老太太带了过来。

老太太见过太多生离死别，咽回眼泪，在离开之前说道："这都是命，一个人在哪儿被生出来、遇到什么人、活多久，都是注定好的。你们都别哭了，有这哭闹的劲儿不如抓紧时间好好陪陪小臣。"

沉默一早上的张丽娟说了第一句话。

她淡淡地说："妈说得对，应该好好陪陪臣臣。"

就像，小时候陪他读书打游戏逛街一样。

杭大勇却沉默了，他顶着巨大的眼袋把老太太送下了楼，让助理将其送回家。

上车前，老太太双手紧握着杭大勇的小臂，仰着头，郑重地道："小臣这孩子命苦，是我们欠他的。但……但你们也要好好的，你和丽娟也要好好的，你们是父母，我和你去世的爸，和你去世的亲家也是父母……所以听妈的话，你们要撑住，啊，撑住。"

杭大勇身心俱疲，口袋里手机还在响动，公司的事务每天也处理不完。

他捏了捏眉心，有些应付地说："妈，我知道的，你放心。"

老太太看着他的表情，洞悉了他的想法，但没有多言，只是叹了口气。

上了车，老太太坐在后座揉腿，和开车的助理唠嗑。

她说："小张，你今年多大啊？"

助理说："二十五。"

老太太说："真是个好年纪啊。"

助理干笑了两声。

老太太说："对了，今天是冬至，家里人在北京吗？"

助理说："不在，我就一个人。"

老太太："那记得给父母打个电话，也记得吃碗汤圆，团团圆圆。"

助理从后视镜打量着老太太，柔和地应了声好。

老太太望着窗外迅速闪过的景色，渐渐没了声，唯有凹陷的双眸有泪光在闪动。

病房那头，张丽娟打了温水，细心地给杭臣擦手擦脸。

她和杭大勇说："小时候，也是这么照顾臣臣的。"

杭大勇不知怎么接话，埋头喝粥。

医院陪护的日子总是高度相似，每天飞过去几只鸟都能数清。

今天没有太阳，天阴沉沉的，水汽不断加重，似下雪的前兆。

病房持续岑寂，心电监护仪偶尔发出微弱的滴答声。

打破这份死寂的是下午五点多时，杭臣手指微动，迷迷蒙蒙地睁开双眼，虚喊了一声妈。

下午五点多，天色已暗，病房内冷白的光像一摊晃着水花的沼泽，悄无声息地吞噬着所有可能。

杭臣睁开眼的那一瞬间，瞳孔的聚焦跟不上，眼前是无底洞一般的黑，摸不着边际的感觉催生出人的本能。

他下意识喊了一声：“妈。”

可这一声呼喊也用尽了他的力气。

整具身体为调动他的需求奋力工作，温度升高，溢出的汗水迅速渗透他的病服。

他呼气吐气的动作变得密集，盖在脸上的氧气面罩被喷出的气息染白，又迅速消失。

他的听觉搜罗着声音，但传递给神经的只有自己浓重的呼吸声，还伴随着类似飞机起飞时的轰鸣声。

一分钟后，这个世界才宁静下来。

杭臣躺在煞白干硬的床上，单薄的身躯随呼吸起伏，无神的眼珠左右移动，色彩逐渐一寸寸填补他的视觉神经。

他开始能听到周围的声音，是父母在小心翼翼地喊他的名字。

他们也仿佛经历了一场死里逃生的游戏，哀切地喊道：“臣臣。”

“臣臣。”

“臣臣……”

熟悉的开场，熟悉的感觉。

这是这一个多月来第几次从鬼门关遛一圈回来，头痛欲裂，杭臣无法细数。

记忆中，和这段感受重合度最高的是三年前第一次高烧那回。

不过好在，与当时情况不同的是，他现在清楚地知道自己在发生什么，那条令他恐惧的未知道路，令他生出希望又故意捉弄他的命运之路，终于走到了尽头。

杭臣看清眼前的父母后，剧烈跳动的心脏卸下防备，供给正常的生命体征。

他破天荒地笑了声，薄弱的笑声在杭大勇和张丽娟耳里却是震耳欲聋的。

两人不约而同地止了声音，眼里露出几分不可思议和后怕。

杭臣张了张嘴，声音轻到需要人俯耳倾听。

杭大勇以为他有什么需求，靠过去，挨得极近。

他听到杭臣气息奄奄地道：“还活着……真好啊……”

不是自嘲，不是自我放弃，是被这些情绪折磨过后，最后的平静庆幸。

庆幸自己还有机会醒来，因为他还有一些事情没有做，有一些人还没见。

也许，比起刚开始发现自己复发时的崩溃与埋怨，到此时此刻，杭臣觉得自己应该要去感谢，感谢上天偷赐给他三年生命，感谢它给了道别的机会。

杭大勇侧着脑袋，听清杭臣的话后动也不敢动，他僵持在那儿，心里翻江倒海。

伫立在一侧的张丽娟不明所以，焦急地看着他们。即使昨天她已新生绝望，但杭臣的苏醒还是让她寸草不生的心上生出了一缕春风。

活着，只要活着，一切就没有那么糟糕。

张丽娟上前一步，抵在胸前的手攥成拳头，关切地问道：“臣臣，你有觉得哪里不舒服吗？老公，你傻愣着干什么，快叫医生，臣臣刚醒，得让医生检查一下！快啊！”

张丽娟解救了几乎要窒息的杭大勇，他不忍再看儿子一眼，果断按了呼叫铃，像是怕护士那头无法及时听到一般，他快步走出病房去寻值班的护士与医生。

几十秒后，乌泱泱一群人赶了过来。

他们将杭臣围得水泄不通，精密检查，精准记录。

半晌，医生收了瞳孔笔，把杭大勇叫到一侧。

好消息是杭臣苏醒的时间较快，检查下来也无异样，因为有许多病人苏醒后会有各种后遗症，但杭臣都没有。

坏消息是这并不代表他会好。

医生也说出了这一个多月说的最多的话：“要做好准备。”

夜渐深，杭大勇再也无法拼凑出笑容，他恍惚地站在原地。

这些日子以来的种种浮上心头。

还记得，刚把杭臣送来医院时，他们没被打倒，满怀希望。

而杭臣，是被打倒的那一个。

他高烧醒来后，问的第一句是：“是不是复发了？”

他们支支吾吾说不清楚，杭臣鲜见地发了脾气，厉声质问，是不是复发了。

他们的沉默就是答案。

那几天，杭臣不太说话，其他的事情他也不做，他只是透过窗户遥望远方，看凛凛寒风吹走秋天最后的一点儿色彩，看草木不生的冬天如约而至。

也就是这几天，他们从满怀希望到惊觉情况恶劣，陷入矛盾的自我安慰中。

而杭臣，却比他们都平静。

他要回了自己的手机，偶尔用此打发时间。

他和他们正常说话，正常微笑。

杭大勇不由得想，是不是，那时候他已经做好了所谓的准备。

杭大勇扶着大腿，在靠门口的小沙发上缓缓坐下。

病床那边帘子半拉着，似一道天然屏障将他们父子隔开。

杭大勇双手交叉抵在口鼻处，深吸一口气，呼出时眼泪已流下。

病床那头，张丽娟一会儿帮杭臣掩被角，一会儿倒一杯他不需要的温水。

杭臣看到忙里忙外的母亲耳鬓有了几根白发。

他忽然想起年幼的时候，他妈妈最喜欢烫蛋卷一般的头发，画上柳叶似的眉毛，戴上白菜颜色的翡翠镯子，打扮好后像民国时期画报上的人一样。

原来课文里的从不骗人，感知到父母的衰老都是从这一缕突兀的白发开始。

他又想起妈妈苦练多年却始终没有进步的厨艺。

张丽娟感受到杭臣似有需求，轻声细语道：“怎么了，臣臣？”

杭臣喊了声妈。

张丽娟弯下腰：“你说，妈妈在听。”

杭臣吃力地说道：“妈……妈，我想吃你做的饭。”

张丽娟眉头微皱，看着杭臣摇了摇头，布满血丝的双眸被眼泪浸湿。

她克制着情绪，叫他的名字。

“臣臣……”

杭臣望着她，目光静静，虚弱地重复道：“妈……我想吃你做的饭。”

张丽娟咬紧后牙，眼泪却还是掉了下来，砸落在杭臣的衣服上。

她挣扎着，许久后才抹去眼泪说：“好，好，妈妈现在去给你做，你好好休息，要等妈妈回来。知道吗？”

杭臣“嗯”了一声。

杭大勇见张丽娟匆匆忙忙地捞上大衣要走，赶紧拦住她，小声问道：“你要去哪儿？”

张丽娟很久没笑了，她扬一个轻松的笑容说：“臣臣饿了，想吃我做的饭。我有个朋友就住这边上，我去她家借一下厨房，我一会儿就回来了。”

杭大勇：“这会儿都快晚上七点了，你……再说了，他吃不了正常的东西，医生说了得先流食。”

张丽娟的脸色冷了下来，她双眸左右躲避，几秒后，似没听到杭大勇的话一样，推开他，说：“我一会儿就回来了，一会儿就回来了。”

说完，她冲了出去。

“丽娟！”

杭大勇叫不停她，只能站在病房门口看着她的身影越来越远。

把他叫回来的是杭臣微弱的呼唤声。

杭大勇听清后心下一紧，小跑到床边，紧张地问道：“怎么了？哪里不舒服吗？爸爸帮你叫医生！”

“不是。”杭臣看了眼漆黑的夜，问道，“今天……是二十一号吧？”

“是……”

“几点了？”

杭大勇掏出手机递给他看：“快晚上七点了。”

杭臣浅浅呼吸着。片刻，他说：“白妤她、她的演出快开始了。爸爸，我又失约了……

“爸爸，我好像这几年总是在骗她。

“爸……我想见她。”

杭大勇使劲儿点头：“好好，爸爸帮你联系她。”

杭臣像是想起什么似的，说：“等她演出结束吧，今天，是她第一次演出。”

好可惜，他看不到。

好可惜，以后都看不到了。

想到这里，杭臣眼眶微湿，嘴角却与之相反地扬起了一点弧度。

他没让自己的思绪飘远，咽了咽喉咙，将注意力放在眼前的父亲身上。

他说："爸，我想和你说说话。"

就像，小时候，听你说那些听不懂的道理和故事，那些听不懂却在关键时候铺成道路的道理和故事，那些让他生出勇气的道理和故事。

杭大勇打量着杭臣，他多渴望能从杭臣眼里探究出一点别的情绪，但是都没有，杭臣是这样平静。

他注视着杭臣，忽然哑口无言。

杭臣嘴角还有笑意，提醒他："爸……"

杭大勇也是在这一瞬间，忽然理解了张丽娟。

他一扫沉重严肃的神色，展颜一笑道："行，那咱们父子俩就说说话，说什么呢？让爸想想。"

杭大勇迅速进入状态，问道："你还记得你转学前我们去海南岛玩吗？"

杭臣说："记得。"

杭大勇说："其实当时有个事儿，爸是唬你的。"

"什么？"

"那时候我们在海滩上打扑克，我故意把出的牌都扣着出，光靠嘴说，其实都是乱说的。"

杭臣一愣，笑道："怪不得……我总输。"

"是吧，你那时候还是太笨了。"

"那妈呢，她知道你在骗我吗？"

"知道呀，我们合着逗你玩呢。你那时候多好玩，生气的时候脸皱得像干瘪的西瓜。"

杭臣跟着笑了两声。

但当他们的视线对在一起，过往那些合家欢的画面快速消失，无论怎么装，倒映在玻璃窗上的笑容都显得有些僵硬。

成年人的伪装总是如此拙劣。

他们都心知肚明。

晚上八点，杭大勇实在装不下去了，他让杭臣休息会儿，自己则忙着找手机充电器给杭臣的手机充电。

还有十分钟，白妤的演出就要结束了。

杭臣问他："手机上有她的消息吧，她是不是怪我没有去？"

手机一充电一开机，自动连上网络，微信的未读消息一条接一条弹出，杭大勇没有点开看。

他说："她会理解的。爸爸……爸爸去外面打电话，病房里信号不好，你等我几分钟。"

杭臣说："嗯，我等会儿要和她道歉……我总是、我总是这样。"

杭大勇轻拍了他两下手臂，拿上手机出了病房。

"嗒"的一声，病房门关上，杭大勇的眼泪便落了下来。

他走进黑暗的楼梯间，找到白好的电话号码，眼泪一忍再忍，屏气凝神，拨去了电话。

夜晚八点多，北京城的晚高峰刚刚散去，二十出头的学生正准备开始夜生活，校门口人来人往，装点在两侧的红灯笼象征好运。

白好站在马路边，目不转睛地盯着有空座的出租车。

命运没有太过为难她，很快，一辆出租车稳稳停在她面前。

报了目的地，车子汇入车流，远远望去，是那么不起眼。

白好端坐着，梗着脖子透过满是划痕的车窗遥看北京的夜景。

霓虹闪烁，光影成排，一如既往地热闹。

车子拐了一个又一个弯，下了高架落入平地，繁华褪去，映入眼帘的是北京清晰的冬夜。

街边张牙舞爪的树枝被渐起的大风吹得缭乱，脚步匆忙的人类全副武装。

白好呵出的热气喷洒在玻璃上，遮挡了她的视线。

她依旧端坐着，眼睛笔直地看着窗外。

直至，车速放缓，司机踩下刹车，说："小姑娘，到了。"

白好木了几秒，慌忙从大衣口袋里掏出几张皱巴巴的纸币，数着应该付给司机的车费。

司机开了灯，从后视镜打量白好，耐心等了一会儿，但情况诡异。

他扶着方向盘回头，看了眼白好，接着低眸看向她手中的钱，迟疑地说道："小姑娘，一共是八十一块五毛，你给我一张五十和三张十块的就行了，零头不用了。"

白好下意识道谢，随后发现她的掌心里摊着的正好是一张五十和四张十块的。

她将其叠放好塞给司机。

司机狐疑地瞅了她一眼，抽出一张十块的还给她："是八十，不是九十。"

白好有些恍惚，看了眼计价器后，才明白自己多给了。

她攥紧十块钱，一边道谢一边下车。

司机从后视镜里瞥了一眼她，"啧"了一声，摇摇头后扬长而去。

白好一下车，扑面而来的大风将她吹得摇摇欲坠，她站在原地许久才把这个陌生的地方看清。

夜晚的医院是空旷寂静的，只有急诊那边有稀疏人影。

借着微弱的路灯光芒，她往里走了一小段路就看到了住院部。

视线往上移，住院部沉寂如深山，唯一突兀的是十八楼有一盏灯在亮着。

白好隐隐觉得杭臣应该就在那里。

她仰着头，看了许久。

他们很久没见面了，他们本来也约定了今天要见面。

现在他就在那儿，可为什么迈不开步伐。

风吹乱了白妤的长发，她想起一些往事，但不敢深虑。

只是觉得，一切是这样熟悉。

她缓缓垂下双眸，松了松紧裹着的围巾，往前走。

住院部一楼大厅阒然无声，值夜班的保安坐在那儿神游，白妤的出现让他立刻警觉起来。

他霍地站起身，拦住白妤，问道："要探病吗？已经九点了，过了探病时间了，明天再来。"

白妤的呼吸有些紧张，试图尽量完整地诉说原因，只是一张开口话却都堵在嗓子眼。

是什么？

是什么原因呢？

是到了最后一刻了吗？

不是的。

是因为他们约定了今日相见吗？

不是的。

是什么。

白妤说不出个所以然。

她也不知道她今夜为什么要出现在这里。

或者说，他们为什么要在这里相见。

她还以为他们已经征服了新的路途。

保安见她呆呆傻傻的，再次赶人走，说现在探病是不允许的，不符合医院规定。

白妤抬头看他，思维跳脱，揪住的是"规定"两个字。

她疑惑地重复道："规定？"

那些不敢深虑的往事中似有一些疑问和这个词语重叠。

时至今日，她仍对那些感到困惑。

保安以为这女孩在嘲讽他，语气变得不耐烦，打发道："对，就是规定！每个地方有每个地方的规矩，没有破例的！赶紧回去吧，别在这里整事儿！快走快走。"

白妤站在那儿，纹丝不动，绞尽脑汁想解释。

保安彻底恼了："你这小姑娘怎么回事？看起来也是大学生吧，读过书的，听不懂人话吗？我不想说太重的话，赶紧离开这里。"

话音落下，电梯那边传来"叮"的一声，走出来两个人，是杭大勇和一名值班护士。

白妤一眼就认出了杭大勇，因为他的眼睛和杭臣很相似，都是罕见的琥珀色。

他似很长时间没有休息过了，整张脸充斥着疲惫的下垂感，双眼似布满血丝的蒙尘晶石。

他好声好气地和保安打招呼，边上的护士也帮着说："今天破个例，许医生准许的，特殊情况。”

保安了然了，盯着白好摆摆手：“你这小姑娘也是的，问你半天，话也说不清楚。好了好了，你们上去吧。”

杭大勇朝白好招手，客气地和保安道谢后，带着白好上电梯。

这是白好第一次来大医院的住院部，这里和她发烧住院那回所见的完全不一样。

楼层是那么地高，科室分类是那么地多，人世间的病痛疾苦被冷硬划分。

她的瞳仁扫过不断上升的电梯字数和贴在电梯里的楼层介绍。

五楼是心血管内科。

九楼、十楼，是骨髓移植病房。

十三楼是泌尿外科。

十八楼是血液科，特需病房。

和她猜测的一样，杭臣在十八楼。

电梯里静默无声，三个人的呼吸声此起彼伏。

“叮——”十八楼到了。

他们依次出电梯，淡淡的消毒水味道洗涤他们的鼻腔。

白好觉得这是一种刻在基因里的关于疼痛的味道。

夜已深了，病房都熄了灯，深长廊道泛着幽幽的光，陪护家属随意地睡在走廊边上，鼾声如雷，可即使这样，这里依旧是安静的。

白好跟在杭大勇身后，朝普通病房的相反方向走，越靠近那边越寂静，那儿好像是连呼吸声都不存在的一个地方。

与之相反的是杭大勇的皮鞋声，清脆响亮，一声一声敲在白好的听觉神经上。

太阳穴随之突突跳动。

快到病房门口时，杭大勇忽然放慢脚步，直至停下。

他如被藤壶寄生的鲸，连转身都是费劲的。

他双手叉腰，吸气吐气，但眼眶还是不争气地湿了。

他低着脑袋，没和白好对视，把声音压到极致，沉沉地道：“我就不进去了，小臣在等你，你们好好说说话。我就在这里，有事喊我就行。”

这是白好第一次见到他，她觉得自己应该有礼貌地喊他一声叔叔，或者像个已经能扛起世事的小大人一样宽慰几句。

她觉得自己应该这样做。

但最终给杭大勇的回应是一句声音虚浮的“好”。

杭大勇拖着沉重的步伐疲惫不堪地在休息椅上坐下。

白好摘下绕了一圈又一圈的围巾，束缚解开，她下沉的心脏得到氧气，不着边际地跳动了几下。

她将围巾挂在手臂上，埋头往前走，刻意忽略病房门上那一小块可以让她提前看见杭臣的玻璃，轻轻拧动把手，推开门。

有一阵暖流拂过面孔，还有更为浓郁的消毒水味道。

白妤蓦地愣在原地。

这种味道几乎将她凌迟。

她搭在门把上的手迟迟没办法松开，她的眼睛迟迟不敢抬起。

如果有退路就好了。

她想。

如果还有退路就好了。

可是——

“小白。”

杭臣熟悉的声音响起。

她不得不看向他。

放眼望去，昏黄的顶灯，白到令人汗毛战栗的被褥，维持生命体征的仪器，堆积在高处的药液，还有她的杭臣。

因做开颅手术剃去所有头发，因生病快速消瘦，因在呼唤她名字微微笑着的，她的，杭臣。

白妤咽了咽喉咙，脸上五官挤不出一个表情，她只是这样看着他。

两个人隔着不远不近的距离相望，窗外狂风大作，真有几分世界末日的前兆。

今夜，先意识到时间珍贵的是杭臣。

他朝她扬一个更深的笑容，开口道：“傻站着干什么，我没了头发就不认识了吗？”

他的口吻如常，他的气息却极弱。

白妤沉默着，关门的简单动作在她手下成了慢镜头，就连她走向他的那几步路也被拉得极长。

走近后，白妤把他看得更加真切。

他是陌生的。

全身上下，除了那双眼睛似乎都变了。

她站也不是，坐也不是，双眸无所适从地不安地扫动。

杭臣看出她的异样，手指伸动，努力向她伸出手。

白妤意会，着急地将自己的手放入他的手掌中。

体温交换，她稍稍冷静了一些。

她低眸看向杭臣的手。

除了眼睛没变，还有这双手也没变，即使已经瘦骨嶙峋。

杭臣用指腹轻轻摩挲她的手，瞳仁描摹过她的脸庞，浅笑道：“今天化妆了啊，很好看。”

他的声音是这样轻这样近，宛如情人间的呢喃。

白妤发现，他的声音也没变。

她重新开始注视他。

他又喊她：“小白。”

熟悉的称呼，熟悉的语调，让白妤不禁又想起一些不敢深虑的往事。
“小白。”
“嗯。”
回过神的白妤短促地应了声。
视线聚焦，眼前的杭臣是熟悉的。
是她的，杭臣。
是真的已经没有退路的她的，杭臣。

窗外朔风凛冽，枯枝缭乱，风声拍打窗户，震耳欲聋。
白妤背对着外面世界的一片狼藉，有片刻的耳鸣。
她看着气息孱弱的杭臣，她知道，她也没有退路了。
可怎么就，走到了这一步？
白妤想不明白。
他们只不过一个多月没见，怎么就走到了这一步？
明明不久前他们还有说有笑，他捡起了原本的人生计划，她也有了新的梦想。
是他们太得意忘形了吗？
是他们光顾着看眼前，忘记了从前的路一路走来有多艰辛吗？
他又为什么再一次选择隐瞒和欺骗。
她又为什么一点都没察觉到。
人为什么总是这样自以为是。
他们为什么要这样自以为是呢。
为什么。
为什么啊。
她想问。
白妤想问。
但话涌到嘴边，滚过一层又一层涩苦味道，苦到舌根麻木，人成了哑巴。
白妤忽地，什么话都说不出口了。
她不知该怎么审判他们自己。
对或错，或许在这一刻也不重要了。
可是她应该说些什么的。
她想，她应该说些什么的。
像他一样，若无其事的，佯装平静的。
但她连他的名字都叫不出口。
他呢。
他又为什么可以这样坦然平静。
他这次……不再害怕了吗？
那她呢？
他们呢？

他们是不是已经没有机会了？

白妤望着他，不知不觉咬破了下嘴唇，血腥味在口腔里迅速蔓延，将她双眼染得通红。

杭臣看着这样的她，刻意堆在嘴角的笑逐渐僵硬，可在意识到什么后，他又恢复了笑容。

他滚动喉结，气息拉长，极其温柔地叫了一声她的名字。

他说："别害怕，我在这里啊。"

他说："别哭，上次不是说好了吗，再也不会为我哭了。"

他说："今天很好看，哭了妆就会花，演出还顺利吗？"

白妤的眼睛越来越湿，睫毛被敛成一束一束。

她仍开不了口。

她觉得有什么从心底破土而出，拉着她不断下沉。

她的脖颈就这样被压弯，她将脑袋埋得很低，露出一截脆弱的颈骨。

杭臣还在哄她，一声又一声地叫着她的名字。

像从前一样。

白妤几度哽咽，她只好闭上眼试着掩盖这种如同骨骼生长的痛苦。

她试着给他一些回应。

试着接受。

试着明白今夜的珍贵。

但外面的风还在呼啸，越演越烈，逐渐盖过杭臣的声音，咆哮着，嘶吼着，一股脑地往她耳里钻。

它们在她身体里乱窜，从心脏开始，一点点震碎她的信仰，瓦解她的灵魂，蚕食她的意志，直至四肢百骸都变得软弱无力，溃烂腐败。

她觉得自己快站不住脚。

她还在下沉。

她能做的就是紧紧抓住他的手，紧紧抓住。

一旦松开，他们就没有机会了。

她不能再像从前那样，撒气一般甩开他的手，或者故作生气地威胁他。

他也没办法像从前一样拉住她的手，竭尽全力地抱住她。

他们回不到从前了。

他们没有机会了。

他们的世界已经被彻底颠覆。

残酷的，不留余地的。

白妤就那样，像犯错的孩子一样站在那里，不可控制地发抖。

外头天气越发混沌，连连逼近，乌云汇聚于白妤眼中。

她的手臂上还挂着那条围巾，黑色大衣也来不及脱去，这一切如同沉重的壳压在她身上，她被压得喘不过气。

一切都开始变得摇摇欲坠。

杭臣的视线一寸寸游过她，最终停在白妤似痉挛一般抽搐的双手上。

她的恐惧，她的痛苦，他都明白。

可是他们已经没有机会了。

现在，就是他们唯一的机会。

杭臣合了合眼，咽下所有蠢蠢欲动的酸涩，再次试着找回那个他自以为轻松的开场白。

他说："不和我说说今天的演出吗？"

他说："我们著名的话剧演员首演一定很棒吧……"

他说："小白，和我说说吧，我喜欢听你说话。"

白妤将双眼闭得更紧，轻轻摇头，颤抖得越发厉害。

杭臣深吸一口气，加重力道握住她的手。

他说："小白，你把头抬起来，我想好好看看你，我们……很久没见了，我有很多话要和你说……"

似曾相识的话语搅动了回忆，仿佛科幻片里一拥而上密密麻麻的虫蚁，以迅雷不及掩耳之势将她包围啃噬，锥心地疼。

白妤缓缓抬起头，睁开眼，退无可退地看向他。

她的脸憋得通红，眼里蓄满的泪水再难掩藏地滚落。

"滴答——"

"滴答——"

砸落在杭臣的手背上，冰凉又滚烫。

杭臣喉间蓦地一涩。

那两滴眼泪像是某种穿肠毒药，没有落在他手背上，而是滴砸在他心上，腐蚀出难以愈合的伤口。

伤口在持续扩大、腐烂。

疼痛让心脏收缩，呼吸暂停。

杭臣忽然再难维持这份伪装。

那些他在心里演练了一个月的开场，那些他以为能说的话，就这样被悉数堵在喉咙口。

他抿着苍白的唇，双眸也似被恶劣天气沾染，一点点暗了下去，眼尾泛起挣扎的红。

白妤痛苦地望着他，眼泪徐徐流下。

静寂房间，一切都变得慢下来，仿佛只有白妤的眼泪在说话。

他好像听到白妤在问他，他们为什么会走到这一步。

他们的梦想，他们的理想，他们要共同抵达的地方，还有，他们的感情……

独一无二，珍贵无比的感情。

怎么就到这里为止了。

可这一次，他给不了她答案了。

这一年，他们十九出头，二十未满。

面对生死，他们无力抵抗。

横亘在他们之间的从来没有变过。

这个凛冽的夜晚是在这儿开始变得真实的。

杭臣深呼吸，闭了闭眼，试图让一切归位，但睁开眼时一行眼泪悄无声息地滑落，痕迹蜿蜒曲折。

他艰涩地咽了咽喉咙，颤悠悠地看向白妤。

他想起许多往事，如走马灯一般在脑海里播放。

没有缘由地，他的微弱声音就这样突兀地在这寂然无声的房间里响起。

他问白妤："你还记得我们小时候吗？还记得我们说过的话吗？"

白妤思绪混沌，她迷茫地点头，眼泪还在扑簌簌地淌。

杭臣凝视着她，他想抬手抹去她的眼泪，但他做不到了。

他不知又想到什么，前言不搭后语地说："这一次你也会原谅我的吧？"

他气息颤动地说："发病那天，我还想着有希望。我想等我好一点，我总是想，等我好一点再告诉你。我知道这样对你不公平……但是我没得选，小白，我没得选……

"我答应你的事情我做到了几件？我还能为你做什么？

"小白，我没得选……但我真的好差劲啊，我这些年除了惹你哭惹你伤心，我还给了你什么？"

白妤这才有了一些回应。

她嗫嚅道："不是的……"

"小白，都是我不好，所以你再……你再原谅我一次吧。

"小白，你会把我忘记的对吧？会忘记的，对不对？你的人生还那么长。"

白妤回答不了。

杭臣似哄骗一样说："我一点都不好，我玩游戏总是赢不到你要的奖品，我还没有陪你坐过火车，就连你的演出我也失约了……你把这样的我忘了吧，这样我也少一些愧疚……"

白妤还是回答不了。

四目相对，在沉默中，她的眼泪汇成深海，他深陷于此，不断下坠。

这个凛冽的夜晚是在这儿开始变得无情的。

杭臣凝望着白妤，想再开口，但呼吸突然窒塞，疼痛猝不及防地从脑颅的伤处蔓延，如千万根钢针扎进皮肉，直抵筋骨。

下一秒，他的眼前忽然出现大面积的黑暗。

跌入黑暗的失重感让人天旋地转。

他的身体无法自控地抽动，脸色急遽苍白。

短短一瞬，他已被冷汗浸湿。

他意识到了什么，猛地反握住白妤的手。

白妤愣了一下："杭臣。

"杭臣……

"杭臣！我……我、我去叫你爸爸！"

杭臣拼尽力气，一把揪住白妤的手，他在这片黑暗里抽噎着、挣扎着，竭力想看清白妤。

但只能看到一个模糊轮廓。

他盯着这个轮廓，艰难地挤出几个字。

"不……要……小白，你……你还没有回答我……"

白妤泪如雨下，恐惧令她止不住地发抖。

她抗拒地乞求着："不要，杭臣，不要这样……你不要这样……我帮你叫医生，你别再说了，别再说了……"

他仍不放过她，梗着脖子，青筋凸起，所有力道都汇聚在他们交握在一起的手上。

窗外的世界风云变幻，黑漆漆的云层低到足以吞噬万物，骇人风声无孔不入。

杭臣呼吸越发急喘，他想听清白妤的回答，但听觉也出现了问题，似被消磁一般，若隐若现。

这个世界开始离他越来越远。

他不由得想，这是最后一刻了吗？

如果这是最后一刻，他一定要得到她的回答。

这是他能为她做的最后一件事情。

他几近逼迫地询问她："会把我忘记的对吧……小白，我不后悔，我一点都不后悔……我们当时说好的，不论、不论今夕何夕。

"但是我只能陪你到这里了，你还记得我们……以前说的话吗？"

他将她的手抓得更用力，心率直线上升。

"小白，我们小时候说过的，勇敢的人人生才有不同的路走……我们、我们尝试过了，我不后悔……但我只能陪你到这里了，可你的人生还那么长，你别害怕，你要继续往前走，走向……走向那条没有我的路。你别害怕……别哭……别害怕……

"你要把我忘记，把我忘记吧，好不好？"

他每多说一句，身体的颤抖就重一分。

起伏挣扎的声线里也隐隐有了哀求的意味。

白妤的手被他握得生疼，但和他说的话比起来这点疼痛都算不上疼痛，他的话如锋利的刀剑，毫不留情地朝年幼时期的他们刺去，刀刀见血，剑剑致命。

她闻到生命逝去，鲜血横流的腥味。

白妤牙齿打战，一滴眼泪滚落，湿凉凉的触感直达心底。

她说："不要，杭臣，不要这样，我们叫医生！你别……我们还有很多话要说呢，你不是问我今天的演出吗，我——"

“白妤！”打断她的是杭臣这声嘶哑的吼叫。

他似已经被折磨得痛不欲生，汗涔涔的脸扭曲到极点，闭着眼，弓起胸背，铆足劲才喊出了她的名字。

话音落下的那一刻，他重重倒下，握着她手的力道一点点减弱。

白妤大脑空白了一瞬，她不敢置信地看向监护仪，仪器上的心率不可挽回地下降。

她木讷地将视线滑动到杭臣身上，他的呼吸极其微弱，失了血色的干涸双唇在艰难翕动。

他在等她的回答。

白妤的眼泪是在这一刻消失的。

她只是一下又一下抓紧他的手。

“杭臣……”

她叫他的名字。

“我答应你……杭臣，我答应你。”

她听到自己说。

“我会把你忘记的。

“你知道，我从不骗人。杭臣，我从不骗人。

“我们拉钩啊。

“拉钩上吊一百年不许变，不然以后不相见。”

她听到自己平静地说。

自以为平静地说。

杭臣没有再回应。

2012年12月21日21点17分，医护人员做完基础检查准备开始第一次心肺复苏抢救。

家属被拦在病房外，负责控制安抚家属的年轻护士原以为会有一场艰难的拉扯。

但没想到，所有人都出奇地安静。

那位父亲一言不发地站在界限之外，没有给任何人添麻烦，他只是一动不动地凝望着自己的儿子。

那个女孩站得远一些，站在一片灰扑扑的阴影下，神情恍惚地望着病房，望着那位父亲。

一切都是这样安静。

安静到病房里的一点一滴都被无限放大。

杭大勇看到杭臣的病服被剥开，看到医生给除颤仪涂导电糊，调整能量，看到心率呈一条直线的他的儿子被吸附着抬起又落下。

一次。

两次。

三次。

白妤听到医生压着声紧迫地追赶每一分一秒，他们说调大能量，再试一次，再试一次，来，再试一次。

听到杭臣一次、两次、三次，重重跌落在床板上的声音。

绵长的“嘀”声始终贯穿整条走廊，没有任何起伏，没有一点挣扎。

医生摩擦除颤仪，加大能量，紧贴胸壁，准备释放电击。

他们说：“最后试一次。”

最后一次。

“咚——咚。”

生命不能挽回地坠落，发出巨大动静。

天与地之间有一瞬的静默。

医护人员的气息与目光纠缠着这种缄默流淌出病房，直逼他们。

杭大勇站在界限之外，不敢轻举妄动，疲惫的双眼却在顷刻间泛红。

他看向医生试着寻求一些答案，但无言便是答案。

杭大勇哽了哽，想说些什么却忽地不知该先说什么，右手代替口语一个劲儿地转着圈试图表达。

最后，他指了指杭臣，又指了指自己，嗓音沙哑地问：“那……那我现在，可以进来吗？”

围在杭臣病床前的医护人员听到这话，渐渐散开，背过身默默收拾仪器。

负责抢救的医生将手中的除颤仪交给护士，回答说：“病人家属可以进来告别。病人……于2012年12月21日21点21分因抢救无效死亡，节哀顺变。还有……请问还有其他家属吗？要补一下抢救协议签字，还需要你们去开死亡证明。”

杭大勇往前跨了一步，听到医生后面的话后又将脚缩了回来，他紧接着又茫然地“啊”了一声，这段话似很难理解，他一遍遍地捋自己的头发，试图捋清前后原因。

医生经历得多，没再多说，走出病房时宽慰道：“先和孩子告别吧，等会儿如果有其他家属来了，可以去护士台找护士，她们会协助你们走流程。节哀。”

杭大勇条件反射地应了声，说谢谢。

可谢什么？

他的孩子都死了，他还要谢这个世界什么？

他想不明白。

他弓着背脊，粗粝的手指更为用力地抓挠头皮，仿若跌入了什么陷阱，绞尽脑汁，却不得答案。

几步之外的白妤注视着这一切。

走廊昏暗，病房全灯刺眼，杭大勇背对着光伫立在那儿，身影漆黑，宛如一座沧桑的雕像。

他的反常仪态只说明了一件事。

杭臣的心跳再也不会跳动。

医生说的都是真的。

可死亡，是一件这么轻易的事情吗？

他们之间……就这样结束了吗？

白妤难以将这些联系起来思考，她怀疑眼下的一切都只是一场身临其境的梦。

是不是她只要像上次一样，想尽办法逃离，就能回到真实的世界？

白妤下意识地往后退了两步。

但她忘了，他们所有人都没了退路。

冷硬地抵住她的是医院的墙壁。

撞上的刹那，心脏震了震，跳感切实。白妤被迫呼吸了一口气。

这个夜晚似乎越来越冷了，钻进鼻腔的空气像掺了冰碴子，冰冷得麻木了人的知觉，口腔里顺势泛出隐隐血腥味。

她下意识吞咽，却回涌出更多的疼痛味道。

她抗拒地垂下脑袋，偏过双眸，试图找到一些证明这并非真实世界的证据。

但——

“咚——”

视线余光之处，走廊尽头，有什么东西脱落摔在地上，刺破了今夜的沉默。

白妤缩了缩脖子，抬眼看去，只一眼，就将那个站在阴影处的人认了出来。

是张丽娟。

摔砸在地的是两个保温桶。

盖子没拧紧，滚落几圈后松动，里面的汤汤水水洒了出来。

是清甜浓稠的芝麻汤圆和一盅带有葱花鲜香的鱼汤。

仅仅须臾工夫，家常味道便占领了走廊。

这是今夜最疼痛的味道。

那头的张丽娟看着杭臣病房里倾泻而出的煞白灯光，看着进进出出的医护人员，看着站在病房门口如找不到方向的苍蝇一般的杭大勇，明白了什么。

可……万一呢。

万一呢。

她垂在两侧的双手不知不觉握紧，沉了沉呼吸，一步一步朝自己的孩子走去。

雪地靴踩过地上冒着热气的汤水，沿路留下脚印，一步比一步浅。

杭大勇还沉浸在混沌中，听到身后有人叫他的名字。

他背脊一僵，这声“杭大勇”如一把利剑，从他的头颅直插进心脏。

他回身，看清楚是谁后，所有动作都被按下暂停键。

张丽娟轻柔的声音回荡在走廊。

她问他：“你怎么站在门口？臣臣身边不能离人的。”

杭大勇不语。

她又问他：“你不是让我相信你吗？这就是我相信你的结果吗？”

杭大勇仍是不语。

张丽娟看着他，嘴角抽颤，猛地抬起手扇去。

杭大勇没有躲。

但这一巴掌也没有落下。

张丽娟闭了闭眼，隔绝眼泪，收回手，头也不回地进了病房。

白妤被迫注视着这一切。

她的呼吸不知是哪一刻停滞的，她不敢发出一丁点儿声音。

她看着他们不禁打了个冷噤，心生怀疑，眼前的男人和女人真的是杭臣的父母吗？

杭臣说过，他的父亲豁达开朗，天底下仿佛没有什么事情能难倒父亲。

他说过，他的母亲温柔如水，一直活得像个不经世事的小女孩。

他们恩爱非常，从不吵架。

所以，现在是假的？

是假的吧。

但——

下一秒，病房里传来张丽娟破碎的询问。

她问杭臣："你不是说想吃妈妈做的饭吗？不是说好要等妈妈回来吗？

"为什么……不再等一等？

"你为什么不再等一等妈妈呢？

"冷不冷？妈妈帮你把衣服穿好，然后我们回家，回家了就再也不会痛了，也不会冷了，妈妈到时候再给你做饭，妈妈这次一定努力学，一定会学好的……"

尾音落下，是忽然高亢的哭声。

张丽娟撕心裂肺的哭喊似乎再一次宣告了杭臣的死亡。

杭大勇心如死灰，抬手狠狠扇了自己一巴掌。

清脆响亮。

白妤惊得双肩一颤，一口喘不上的气卡在胸腔，她快窒息身亡。

她待不下去了。

这一夜一定都是假的。

一定全都是假的。

白妤拖着发软的腿脚，一点点往后侧边挪动，羽绒服擦过墙壁，发出窸窣的声响。

她如一只受惊的猫一样，警惕地看着周围，小心翼翼地后退。

直至，脱离到一个安全范围，她转身狂奔。

内心不停地祈求自己能快一点，再快一点逃离这里。

等她逃离这里，等她醒来，一切都会复位。

她还能收到杭臣的早安晚安，她还有梦想可以追随，他们还有未来可谈。

他的爸爸还是那个健谈开朗的男人，他的妈妈还是她认识的那个笑语盈盈的女人，他们今天还能团圆。

白妤浑浑噩噩地站在电梯里，手指不停戳动一楼按键。

电梯运转，楼层数字一层层下降，那些疾病与痛苦的味道随着数字缩小而变淡。

“叮——”一楼到达。

白妤屏着一口气，冲了出去。

住院部大厅空旷寂静，她慌乱的脚步声有回音，夹杂着她急促的呼吸声，仿若梦境即将苏醒的前奏。

隐隐约约，白妤看到大门外晃着似白烟一般的灯光。

她想，果然都是假的。

可等她迫切地跨出大门，迎来的不是所谓的梦醒，也不是她见识过的璀璨北京。

冷意驱走所有妄想。

今夜。

她闯进的是一个寒气凛凛，生命艰难生存的现实冬夜，遇见的是一个再也不会有杭臣的北京。

黯淡灯影下，白妤低头看到，还有一个再也不会有杭臣的自己。

这不是梦。

今夜的一切都是真的。

她无处可逃。

后知后觉的阵痛让白妤站在原地无法动弹。

她垂着宛如被折断的脖颈，迷惘地盯着自己的影子，依旧不明白，事情怎么到了这一步。

她记得，立冬那天，杭臣来给她送饺子的时候摸了她的脑袋和脸蛋，触感温柔，指腹温暖。

她记得，八月夏末他们一起踏上新的旅程，他说以后有机会陪她坐火车。

她记得，整个夏天，下雨或高温，他们都在笑。

她都记得。

甚至更久之前，她都记得。

他们一起上下学，一起考试一起为生活小事发愁，他们在栀花镇这个小小世界里对以后高谈阔论。

这些都是真的。

可这些都不会再复现了。

他们的过去和未来就这样短暂轻易地结束了。

她就这样失去了他。

以后，他的体温他的声音她都体会不到了。

她只能像现在这样回忆他，一遍遍地问自己为什么，一遍遍地和自己较劲。

白妤抬起脑袋，望向十八楼，灯光还亮着，世界没有迎来末日。

但他们心里的灯却灭了，世界也已末日。

今夜真实得赤裸裸。

白妤屏着的那口气在这一刹那忽地泄了出来。

冬夜寒冷，她浮沉的气息化作团团白雾飘向夜空。

雾气散尽，眼泪显现，颤抖着倾泻而出。

泪水沾湿了睫毛，模糊了她的视线。

白妤没看到，天空已经飘雪。

直到，有一片雪花落在睫毛上，触心底地凉。

她一怔，下意识看向更高更深的夜。

她这才发觉，咆哮一晚的风似乎停了许久，云层压得极低，气温好似又降低了几个度。

黑漆漆的夜幕下，鹅毛般的雪花纷纷扬扬落下，以一种强势的姿态描绘着这个夜晚。

她颤颤巍巍地伸出手，眼里满是不敢置信。

又直到，似命中注定一般，一片，两片，在无风的夜晚，雪花接二连三飘进她的掌心。

是六角形的冰晶雪花，清晰无比。

真的下雪了。

这是今年北京的初雪，是她等了许久要和他一起看的初雪。

传说，只要在第一场雪里和心爱的人一起看，就可以永远幸福地生活在一起，也寓意着任何谎言都会被原谅。

白妤凝着掌心中的雪花，忽然哑口无言，一行行眼泪淌下。

她哽咽着，啜泣声渐响，直至难以自制地蹲在地上掩面放声痛哭。

记忆顺着雪花盘旋而下，追溯到很久以前。

很久以前。

第一场雪时。

他们拉钩。

她说她不会忘记他。

她说她会每天想他。

她说她从不骗人。

可现在诺言成了谎言，谎言成了诺言。

他们没了永远，也没了机会彼此原谅。

真的结束了。

雪下了一整夜，天亮时，天地之间白茫茫一片，刺得人睁不开眼睛。

白妤从出租车上下来，一阵天旋地转，稳了稳身体重心，她才勉强在厚实的雪地中站稳。

清晨六点多的周末校园，人烟稀少，空旷宁静，连绵的雪景完整而干净，昨日种种被掩盖在大雪之下，仿若不存在一般。

白好望着眼前令人头晕目眩的白愣怔许久。

她的记忆仿佛也被大雪掩埋，此时此刻她站在这里，却探究不明白前后的逻辑。

可她没有力气去细究了。

她有点累了。

轻呵了一口气，白好垂下眼睫，缓慢又吃力地往前走。

宿舍楼的门已开，宿管阿姨们正捧着碗喝粥，空气里飘着淡淡的咸香。

白好的出现打破了她们的宁静，负责白好那栋宿舍的阿姨被烫了一口，指着白好手忙脚乱道："哎，哎！你！同学！就是你！你别走！"

白好没听到，还在往前走。

宿管阿姨放下滚烫的粥碗，擦了擦手小跑过去，一把揪住白好的胳膊，焦急道："你这小姑娘跑什么呀，阿姨和你说话呢。你这孩子咋回事啊？昨晚不住校怎么也没请假呢？你室友还有你班导都找你找疯了。没出啥事吧？是不是昨晚搁你男朋友那儿了？"

巨大的力道让白好踉跄了几步，她抬头看向阿姨，眼里是情绪超载的疲惫和迷惘。

宿管阿姨还在急切地询问。

白好耳边嗡鸣，什么都听不清，她看着阿姨的口型试着分辨她在说什么，但好累啊，她好累啊。

"我……"

"白好！"

"天啊！白好！"

"小好！"

白好一个"我"字刚挤出，左边楼道响起张巧巧她们的惊呼声。

三个姑娘还穿着昨天的衣服，熬了夜的眼泛着轻微的红，见到白好的瞬间个个都瞪大了眼，双肩塌陷，紧绷了一晚的心松懈下来。

陈笑意一个箭步冲上前，双手紧握住白好的双臂，上上下下把人打量好几遍后问道："你怎么了？你哭过了？你没受欺负吧？我们打了你一晚上电话，发你微信短信都没人回，我们……我们吓死了！对了！还有你妈妈，班导找了你妈，你妈也担心了一晚上，你赶紧给她回个电话吧。"

白好全靠陈笑意的力道支撑着，但与此同时，她被迫直面她们，而她们密集的信息让她大脑超载，她忽然变得和昨晚的杭大勇一样，想说点什么但无从说起，想捋清昨晚发生的一切，但潜意识却是无比地抗拒。

白好薄唇翕动，布满红血丝的双眼在欲言又止中再次渐渐染红。

"白好……"

三个人意识到她的不对劲，迟疑地喊着她的名字。

白好给不出任何回应，她泪眼婆娑地摇头，示意她们别再问了。

陈笑意是第一个似乎懂了些什么的人，她扶正白妤，和张巧巧、乔菲对视一眼后，对宿管阿姨说：“阿姨，她回来了就没事了，麻烦你等会儿和班导说一声，我们也会告诉班导的。我们先带她回去休息。”

宿管阿姨摆摆手，示意她们赶紧上去吧。

回到宿舍，三个人拥着白妤将她扶到座椅上，面面相觑几秒，是温柔的乔菲先开了口。

她蹲在白妤侧边，握着白妤冰冷的双手，搓了搓后轻声细语地问道：“想不想吃点什么东西？食堂这会儿开了，我们下去给你买。”

白妤低着脑袋，哽咽着，她仍说不出话，再一次晃了晃脑袋。

张巧巧试探地问道：“那要不你先睡一会儿？”

陈笑意替白妤做了决定，她说：“对，看你眼睛肿成那样，哭了一晚上吧，现在什么也不要管了，先睡一觉，睡醒了再说。来，把妆卸了，我有卸妆水。”

白妤深吸一口气，合了合眼，咽回流到麻木的眼泪，她抬起僵硬的脖子环视了一圈几个室友，最终还是默默接过卸妆水，强撑着最后的体力将自己梳洗干净。

温水润过酸涩双眼，沐浴露的香味覆盖医院的味道，清水冲掉融在发间的雪，白妤吹干头发走出卫生间时，并没有感到以往的轻松。

这种无法洗去的疲惫感只能更加充分说明这一切都是真的。

明天，后天，大后天，年年月月，她的感受都定格于此。

她如行尸走肉般爬上床，盖上富有自己气味的软被，也没有像往常一样顿感安全，侧身闭上眼的那一刻，白妤想到的是她再也没办法在这张床上一睁眼就收到杭臣的短信。

眼泪伴随疼痛一起入梦。

白妤这一觉醒来已是深夜，这一觉睡得极其疲惫，她仿佛宿醉了一般，脑袋晕沉，四肢酸痛，睁开眼盯着黑黢黢的天花板，一时分不清这一刻是何年何月。

她的脑袋呈短暂的空白。

记忆在黑夜中摸爬滚打，将日历一页页翻开，往事精准到每分每秒。

最后一页，是如这场大雪一样的刺眼的白，刺得她每根神经都隐隐作痛，心跳失重般停止跳动。

白妤重新闭上眼，抱着被子身体不自觉地蜷缩，眼角泪水滑落。

白妤的不对劲持续许久，乔菲她们始终寻不着缘由。

白妤一直一言不语，她什么都不吃什么都不做，不是躺在床上闭眼假寐，就是坐在书桌前看书发呆，偶尔，会流几行眼泪。

班导说周一上班要约白妤面谈，而白妤的电话她母亲始终打不通，由班导转达，打了她们几个姑娘的电话。

但她们也不知道白妤究竟是怎么了，若硬要说个理由，她们猜是过去一个多月白妤太累了，一边打工，一边上学，一边排练，而忙到最后，正式表演那天却被换了角色。

磕磕巴巴和江雪梅汇报白妤情况时，几个女孩是这么解释的。

好在白妤的妈妈是个温柔通情达理的人，她似信了这个理由，满怀歉意地请求她们多照顾一下白妤。

可挂了电话，细心的乔菲却觉得白妤的妈妈似乎知道白妤到底发生了什么。

时间一天天过去，在大家为期末考试焦头烂额的时候，白妤却旷课了一周，虽然有请假条，但她之前因为话剧表演请过很多次假了，各科老师多有不满。

甚至有一科老师不留情面地请乔菲她们转达，如果下一堂课白妤再请假，期末直接挂科。

那天是十二月的最后一个周五，再过三天就要放元旦假期了，学校已经渐显空荡。上完课，乔菲她们带着老师的话回到宿舍，忐忑地和白妤复述了一遍。

其实……她们仍觉得，法外有情，白妤从来是个三好学生，她这一周的怪异一定是情有可原，只要她敞开心结，好好和老师说明就没事了。

她们这样劝着白妤。

但躺在床上，睡得迷迷糊糊的白妤听到的是“一周”二字。

她封闭许久的嗓子终于可以发声，她的声音沙沙的，虚弱到需要她们聚精会神地听。

她问她们：“今天是周五吗？”

张巧巧说：“是啊。”

白妤的眼缓慢地眨了眨，睫毛如折了翅膀的蝶，她不知想到了什么，敛了好不容易有点清醒的神色，背过身，试图再次逃避。

陈笑意看不下去了，甩了手里的书，三两步蹬上爬梯，摇晃白妤，焦急地道：“你到底怎么了？你不吃不喝是想寻死吗？世界上有什么事情值得你这样？我告诉你，马上要放假了，我们都是要回家的，你要是还这样，你一个人在这里，真的没人管你的！”

“笑意！”

张巧巧和乔菲同时喊道。

话音落地，宿舍有几秒的沉默。

打破这份沉默的是白妤。

白妤又听到了一些她在乎的话，她撑着手臂支起身体，顶着一双黑眼圈浓重的眼看向她们，迷茫地问道：“你们……要回家了吗？”

她的话让人摸不着头脑，但今天似乎是个打开话题的好日子。

张巧巧抢先答道：“对啊，很早之前我们不是就和你说了吗，我们抢了票要回家。你当时说……你可能要去找你男朋友，你后来又说你男朋友很忙，你要再想想……”

白妤微微蹙眉，她花了一点时间想起这桩事，破天荒地笑了一声，眼里噙着泪。

她说："是啊……是啊……他说元旦不能陪我，因为家里有事。"

说完，她又笑了一声。

张巧巧："……小妤？你们是吵架了吗？分手了？"

白妤吸了吸鼻子，摇头说没有。

"那你们……"

白妤打断这个话题，她恳切地问她们："我也想回家，我还买得到票吗？"

张巧巧："可能有余票，需要去售票点问问吧，但应该很难抢。"

白妤明白了，她像个没事人一样，掀开被子，下床换衣服，她说："我去售票点买票。"

陈笑意大叹一口气，抢过她手里的大衣："小妤，这个点售票点要关门了。明天再去吧。"

白妤抿了抿苍白的唇，她说："但我想回家。"

陈笑意："行，你想回家，但你看看你这个样子怎么回家？你有力气走路吗？你有精力熬过路上的几个小时吗？你手机几天没充过电了，你回家是不是要和你妈说一声呢？"

陈笑意的话醍醐灌顶，白妤愣怔之中露出稍许恍然大悟的神情，她平静地点头："对，我应该做点准备的。"

这个周末比上个周末好一些。

抢到回江城的火车票后，白妤一日三餐吃得比之前上全天课时都规律。

她一次又一次收拾自己的行李，等待着回家的时间。

周一上午最后一堂课结束，大家提上背包各回各家。

白妤独自一个人踏上回乡的路，火车穿过一个又一个山洞隧道，轰鸣声不绝于耳。

白妤挤在人群中，不能动弹，她望着窗外忽明忽暗的光线，流下一行眼泪，但被她很快抹去。

她想，回家就好了。

回家一切就会好起来。

第十三章

陷在了回忆里

江城火车站离栀花镇路途遥远，公交车转了又转，天黑时，白妤才坐上归家的那班车。

节假日的人流在哪儿都不开玩笑，白妤在火车上站了六七个小时，早已双腿发软，这趟公交车人满为患，她只能拉着扶手勉强站住。

窗外闪过的是陌生的街道和房屋景色，这是一条她从没踏足过的路。

她疲倦地歪着头，在漆黑的车厢里看外面模糊的光影。

“嘎吱——”前方路口红灯亮起，公交车急刹车停下，整个车厢的人都随惯性往前倒了倒。

白妤也跟着晃了晃，微小的变动让她聚了点精神，她换了只手拉扶手，站了几秒后，视线无意识地再次飘向窗外，就在神思快要重蹈覆辙游离之际，外头有阵风卷过，外面常规的树景“哗啦啦”一阵摇摆，但不知怎么，她忽然觉得这里很熟悉。

她半信半疑地侧头朝车头方向望了一眼，伸手不见五指的夜晚，隐隐约约只能看清前面是一条有着坡度的柏油马路。

在不断冒出的怀疑下，白妤攥紧扶手，回头朝背后的车门方向望去，她看到一条曾经走了无数遍的路，冬季毫不起眼的矮栀子花丛，秃成枯枝的杨柳，沿路依次排列，直至黑夜尽头。

这是她从幼年开始日复一日来去的T字形路口。

她知道，等会儿路过卖沙子的地和废弃的小学，在绵延的水杉树下走一会儿就能到家了。

如果是这个路口，那……

那她刚刚是从杭臣家的方向而来。

也许是刚才那阵风钻进了车厢，白妤突觉有股冷意直捣心底，她不禁瑟瑟发抖，一个劲儿地缩着脑袋，试图躲进围巾里。

可她的围巾不在身上。

恍惚间，白妤想起，她的围巾丢在了医院。

医院……

白妤咽了咽喉咙，畏惧地闭上了眼，她不敢再往下想。

好在红灯已过，油门声响起，车厢的摇晃感震碎一些痛苦的回忆。

白妤低着下巴，局促地呼吸着，她一次又一次告诉自己，还有一会儿就到家了。

回家就好了。

一刻钟后，公交车在沁芳路停下，售票员打开车灯，白妤收起僵硬了一路的手臂，扶着车门把手缓慢下车。

脚触地的瞬间，寒风扑面而来，不同于北方的风和空气，这里的湿冷刺骨，空气里满是泥泞气味。

公交车车门关闭，起步行驶，留下一阵尾气，喷出的气声消散在这个寂静的夜里。

冷风刮了又刮，白妤垂在身侧的双手渐冷渐红，许久，她才敢相信，她真的到家了。

她呵出一口长气，像是经历了九死一生一般。

在她大口大口呼吸时，左手边的不远处响起一道熟悉的声音。

有人喊她："小妤。"

声线是抖动的，带着一些不易察觉的心疼。

白妤呼吸一滞，鼻尖随之泛起酸意。

她知道，这是妈妈的声音。

还未等她转头看去，江雪梅匆匆的脚步声已经传来，比所有话语先落地的是江雪梅利落的动作。

她手上挂着一件老式的大衣和一条新买的围巾，还有一副保暖耳罩。

江雪梅一件件给白妤套上，像裹粽子一样，里三层外三层，确保白妤不会受冻后，江雪梅紧绷的神色才有所缓解。

可再打量一番，江雪梅看见白妤被冻得粉紫的双手，江雪梅轻轻"呀"了一声，当机立断接过白妤的双肩包，把白妤的手塞进大衣口袋里，像人形挡风机一样搂抱住白妤的肩膀。

她说："回家吧，妈妈给你做了你最喜欢的炸排条、红烧鱼，附近开了个草莓采摘园，我今天还去买了一篮子草莓，等会儿赶紧吃了，不然明天得放烂。要是喜欢吃，明天妈妈再去给你买。"

白妤的脚步被迫挪动，每一步都是虚浮的，但这么多天，她第一次有以往的那种安全感。

身上戴的、裹的，有江雪梅惯用的洗衣粉的味道。

风吹不进来，身体也不燥热，一切温暖得刚刚好。

家里的灯亮着，推开门，桌上的饭菜虽用盘子盖着，但香味和热气还是飘了出来。

江雪梅忙不迭地热汤盛饭，见女儿还傻愣在原地，她的双眸暗了暗，但很快，她换上满面的笑容，催促道：“快来洗手吃饭，吃完了洗个澡今天早点睡觉，你一定想不到妈妈给你准备了什么好东西。”

白好背过身慢吞吞地脱身上的衣服，她声若蚊蝇地问：“什么？”

江雪梅说：“上个月去一家新的人家里干活，给那老人晒被子的时候发现人家铺了电热毯，我随口一问好不好用，人家说好用得很，说用了好几年都没问题。我就也去买了一床，这几天太阳好，把你那床被子晒了晒，电热毯也铺好了，等会儿晚上你睡觉一点儿都不会冷。”

白好知道，这种没有尝试过的东西是生活里的一件新鲜事，换作以前她一定立刻跑上楼不管三七二十一试躺一番，但她此时此刻更关心的是栀花镇的天气。

她叠着江雪梅新买的千鸟格围巾，轻声问道：“最近这里天气很好吗？”

江雪梅已经热好了排骨藕汤，她端上桌，回答说：“一连半个月都是大晴天，不过马上要下雨了，温度还得降。你走的时候要记得带把伞。来，快吃饭。”

“好。”

白好放下围巾，坐到了自己常坐的那个长凳上。

江雪梅给她单独盛了一小碗热汤，粉色的藕块露出一小块尖角，香气扑鼻。

白好捧起碗，一口气喝完。

放下碗的那刻，江雪梅才将许久不见的女儿的脸庞看清。

桌上方的白炽灯蒙了些灰，光亮也不如以前，但是江雪梅还是看清了白好比往日沉默许多的眼睛。

她欲从心里捡出一些词语安慰女儿，但随着白好的长大，许许多多的事情她作为母亲深感无力。

江雪梅给白好夹了筷炸排条，欲言又止好一会儿后说：“你电话里光说抢到了票回来，那回学校的票提前买了吗？”

白好埋头吃饭，听到这个问题，迟钝地想了一会儿，说：“还没有买……”

“那妈妈明天带你去售票点买票？万一回不去怎么办？”

“妈……”

“嗯？”

“我不想这么快回去……”

白好咬着筷子，说得有点含糊。

江雪梅的目光一暗，她拨弄着红烧鱼，挑去鱼皮，把鱼肚中间刺最少的那块露出来，筷子点了点，示意白好吃。

同时，她很快明白了白好为什么不太想这么快回学校。

江雪梅不太懂地问：“那……大学少去几天没关系的对吧？要妈妈给你班主任打电话请假吗？”

白好点点头。

江雪梅笑了一下："好，你多待几天妈妈高兴还来不及，明天我就和你班主任请假。快吃吧，鱼要冷了。"

白妤嘴角也僵硬地翘了一下，短促的笑容比哭还难看。

江雪梅柔柔地道："快吃。"

白妤低下头，佯装很专心地吃饭。

这个夜晚和从前的夜晚十分相似，在家的流程总是差不多，但是又很不一样。

白妤吃完饭拎着背包上楼，跨过熟悉的老式楼梯，推开自己卧室的房门，里面一尘不染的模样似乎在告诉她，她已离家很久。

她像以前一样，把书包放在书桌那儿，只不过，书包里没了书，桌上也不再摊着作业本和试卷。

离家三个多月，却像是三十年。

洗漱完，白妤穿着家里的睡衣躺进蓬松柔软的被窝，望着黑灰色的天花板，她忽然觉得有什么在不知不觉中已经结束了。

这种难以描述的感觉让她的身体和精神同时恍惚，好像只要闭上眼，灵魂就会飞出天际，不真实到极点。

唤回她游离的思绪的是枕边手机消息的振动声。

像是条件反射，她的瞳仁先是蓦地一亮，随即很快黯淡下来。

现在和过去反差的利刃就这样落下，白妤眼角泛湿，她猛地拉上被子，将整个脑袋闷在黑乎乎的被子里，手肘一动一动，不断地抹眼泪。

手机还在振动，信息一条接一条涌入。

白妤双臂压在眼眶上，深呼吸几下后一把掀开被子，拿过手机解锁查看。

短信和微信、QQ都有新消息。

短信消息一眼望去一目了然，都是陌生号码，他们问的都是同一件事——听说杭臣去世了，是真的吗？

她点开微信和QQ，未读信息排满整个界面，还有许多新的好友前来添加她，问的也是同一件事。

这个手机号和微信号是新换的，白妤不知道自己的联系方式是怎么传播开的，她不想也无力回复。

全部删干净后，她在QQ班级群回复：是的。

大家的新消息很快弹出来，都在说怎么会这样，为什么会这么突然。

白妤退出了QQ登录，切回微信后，她只给姜素和马盈薇回了消息。

她说她没事。

回复完，白妤急切地退到主屏幕，长按关机键，屏幕黑屏后，她泄了一口气，把手机放在床头柜上，推得很远。

白妤侧躺着，脸埋在臂膀和肩窝的阴影下，伸出去的手一直没有收回。

江雪梅端着一盘奶油草莓上来，轻叩两下房门，推开时，看到的就是这样一个画面。

白妤埋着脸，哭得肩膀在剧烈抖动。

江雪梅抿着唇，放下果盘，在床边轻轻坐下。

她的手刚搭上白妤露在外头的肩膀，白妤就抬起脸看向了她。

床头柜上的台灯明亮，将悬浮在空气中的尘埃都照得一清二楚，更别提白妤哭到发胀发红的脸颊，江雪梅甚至还能看清她面孔上的绒毛和细微的毛细血管。

“小妤……”

白妤没有回应，只是猛地起身扑进江雪梅怀里，“呜”的一声大哭了出来。

江雪梅像小时候抱她哄她那样，将她搂在怀里，轻柔地拍着她的背。

她说：“哭吧，哭吧，妈妈陪着你。会好的，妈妈陪着你，会好的。”

白妤哭得浑身发抖，她听到江雪梅的话迷迷蒙蒙地想起小时候被她自己奉为真理的感受。

她总以为哭一哭就好了，任何不开心的事情都会顺着眼泪流走。

可是妈妈，原来世上有这样一个人，这样一件事，眼泪流多少遍都不会再好了。

白妤在家待了半个月，直至一月中旬，期末考近在眼前，不得不回学校去。

这半个月，栀花镇越发湿冷，雾蒙蒙的天空偶尔飘雨，白妤很少离开自己的房间，这仿佛是世界上唯一温暖的地方，令她留恋。

家里没有无线网，她没有那么多流量上网，同时也很害怕有新消息冒出，于是很干脆地关了手机，静静地专注地只做一件事——看电视。

陪伴她多年的小电视机色彩依旧，只是她忽然发现曾经爱看的电视节目都变了样，熟悉中夹杂着陌生的感觉，宛如这个冬天。

江雪梅没办法放下手中的工作，但好在这份工作时间自由，她每天都会回来给白妤做饭，她厨艺不算出色，这么多年，一直都是那么几个菜。

出发的前一晚，江雪梅还在用自己的方式哄白妤，没话找话似的问道：“是不是没你学校食堂的饭好吃？你在那边平常都吃些什么？”

白妤的精神仍不够集中，很容易游离在外，听到江雪梅的问话，她呆了好一会儿，低声答道：“都差不多，只是那边清淡一点，我一般吃两个菜加一份饭。”

然后周末……周末她就会和杭臣一起出去找好吃的。

杭臣。

眼前的热汤热气飘洒，熏红了白妤的眼睛，她深吸一口气，抬起饭碗，遮住自己的脸，用力扒饭。

江雪梅不知白妤的心理活动，但她知道，一切才刚刚开始。

第二天一早，江雪梅送白妤去火车站，没有喊那个叔叔，母女俩坐的公交车。

已过了返程高峰，车厢里空荡荡的。

白妤下意识选了最喜欢的那个位置，后面倒数第二排靠窗的位置。

她抱着书包，靠着车窗望着外面，一路都没怎么说话。

她看到了一些熟悉的景色，废弃的小学里，房屋缠满了爬山虎，像某个恐怖片场景，再往前是经营了十几年生意仍红火的卖沙子的地方，高高的黄沙堆成小山，像《西游记》里的火焰山。

又是一个红灯，公交车在T字形路口被拦截，白好仍淡淡地望着窗外。

直到绿灯亮起，往前行驶了一小段距离，公交车在某个站台停下，上来三个老奶奶。

她们腿脚不便，速度极慢。

慢到白好回了点神，疑惑公交车怎么没拐弯，而是直行？大脑给出问题的答案，她看了眼身边的江雪梅迟钝地反应过来，她不是要去铭德上学，她要去的是火车站。

很快，她又意识到一件事，眼前的这段路是从前杭臣和她分别后归家的路。

很久以前，她还问过江雪梅杭臣那个方向是什么地方，她还想象过杭臣的家。

那天，下了他们这里的第一场雪。

往事时不时冒出来，轻易地击破她筑得如废墟一般的堡垒。

白好垂下脑袋，双眉紧紧皱着，她弓起腰背，双手渐覆上脸庞，呼吸一点点被拉长。

可越是想逃避越无法逃避。

遮住了眼睛，挡住了回忆，关于杭臣的消息却还是以一种猝不及防的方式钻进了她的耳朵。

上车落座的三个老奶奶是住这附近的本地人，正要去另一个集市买东西，漫长的车程很是无聊，大家都喜欢说些八卦打发时间。

眼前她们在聊的话题是，住清水大道那边一户有钱人家死了儿子。

一个说："听说那孩子很年轻，二十岁都不到。"

一个说："早几年就得病了，治了几年没治好，复发了，没救过来。"

一个说："人是在北京火化的，月初的时候骨灰运回来葬了。听说是孩子生前自己要求的，说要葬自己家里。真是老天爷不开眼。"

车厢里的叹息声此起彼伏，昏昏欲睡的售票员听了一耳朵后问道："老阿姨，你们是在说那个得白血病去世的男生吧？"

"是啊是啊，你也知道？"

售票员说："都传遍了。"

紧接着，又是一阵慨叹。

在他们的惋惜声中，白好抖得越来越厉害，她不断地蜷缩自己，企图屏蔽一切声音。

江雪梅一把揽过她，伏在她耳边低声道："别怕，妈妈在这里，别怕啊。"

白好没有哭，只是躲在她怀里瑟瑟发抖。

江雪梅叹息着。

她当初也是借由这些传言知道的，再加上那几天白好的异常，关于杭臣的事，她想应该是真的。

江雪梅很难说她是怎样一个心情，她和张丽娟认识多年，虽也算不上很熟悉，但自己女儿和杭臣的关系不言而喻，她下意识地更担心白好。

去了的人永远去了，活着的人还是要活下去的。

只是这样一个冲动热烈的年纪，她真怕她的小好会做什么傻事。

所以到了火车站，要分别时，江雪梅第一回对白好提了要求。

她帮白好梳理着头发，轻声叮嘱道："最近在家吃的都不多，回了学校可不能这样了，外面花花世界，什么都有，想吃什么就买，想和同学出去玩就玩，只要注意安全，妈妈都支持你。有空了就给妈妈打个电话。"

说完，江雪梅从口袋里掏出五百块钱塞给白好。

"好好放着，火车站人多，财不外露，不要管陌生人的搭讪，嗯？"

白好的身高早已和江雪梅齐平，就连身形也渐渐有了成年女人的感觉，可她此刻站在江雪梅面前，缄默的模样依然透着浓浓的依赖。

江雪梅不需要她回应，她知道，她的小好从不让她失望。

她摸了摸白好的脸颊："去排队候车吧，在检票了，记得给妈妈报平安。"

白好局促地点头，拖着脚步排上回北京的队伍。

检票进站时，她回头看了一眼。

江雪梅还在原地遥望着她。

白好吸了吸鼻子，小幅度地朝她挥手说再见。

可她一点都不想走，一点都不想走。

最后，白好被迫上了火车，她偏头望去，窗外的江城正在下寒雨，萧瑟一片。

傍晚时分，火车抵达北京，白好挤在地铁车厢里，等自己的终点到来。

身边的人将她挤得东倒西歪，偶尔站不稳，但保护她的人再也不会来了，她只能铆足力气抓紧扶手杆。

回到宿舍，她再一次精疲力竭。

推开宿舍门，三个室友都在，灯光温暖，她们或护肤或追剧或吃饭，听到动静，不约而同地投来视线。

气氛僵持着。

白好进屋，关上门，不太自然地说："我回来了……"

听到她主动开口说话，三个人相继笑了出来，起身迎接，你一句我一句地说道——

"你终于舍得来了啊，你不来我们吃饭都没劲，三个人的友谊太拥挤了。"

"小好，你在家开心吗？你还好吗？"

"小好，你应该过完周四再回来，这两天课多，周五没啥课等于休息。"

白好卸下行李，挤出一个微笑，嗫嚅道："我挺好的……"

三个人假装信了这句话，干巴巴地笑着。

白好到底发生了什么，她们还是不知道。

后面的日子，三个人再讨论起来时，张巧巧的神色却不是很自然。

再三逼问下，张巧巧全盘托出。

那时已经接近期末考，白妤的状态比之前要好很多，她如常地做关于学业的事宜，也很干脆利落地退了话剧社，被黑了一笔社费，一向对金钱很珍惜的她难得这么无所谓。

她也没有再哭过，虽然经常走神。

和她说话，她也会认真答复，宿舍聚餐购物她也不会落下。

但她们都看得出来，白妤并不开心。十二月底的那件事似乎改变了她，只是她闭口不谈。

张巧巧在三个人的群里反问陈笑意和乔菲。

她说：你们难道没发现小妤的男朋友很久没联系过她了吗？

此话一出，陈笑意和乔菲捧着手机对视了一眼，掐指一算，似乎有两个月了？

乔菲：之前小妤不是说过吗，她和她对象暂时没办法见面。我记得是因为当时她很忙，还有她对象身体不好，要在家休息。

陈笑意：对啊。

张巧巧：那电话总能打吧？

乔菲：是哦……

陈笑意：[发呆.jpg]

张巧巧：她对象出事了。

收到这条消息的乔菲和陈笑意猛地转身看向张巧巧。

张巧巧被她俩的动静搞得十分心虚，她瞧了眼背对着她们在投入地学习的白妤，竖起食指抵在嘴边做嘘状。

张巧巧手指飞舞，快速在群里说道：这不是我猜的，是真的。之前白妤给我介绍的那个她的高中男同学，一直断断续续有聊，他元旦过后就一直问我白妤怎样，我感觉很奇怪，前几天以为他喜欢白妤，就直接问了。谁知道他说……

乔菲：说什么？

陈笑意：不会吧！

张巧巧：那个……她男朋友……病发，走了……

陈笑意：天啊！

乔菲：就是她失踪的那个晚上吗？

张巧巧：应该是的，那个人说他们以前的同学也都是元旦回了家才知道的。

陈笑意：不知道该说什么。

乔菲：我也是。

张巧巧：你们就当不知道吧，我本来不该说的。唉，希望她能挺过去吧。

二月初期末考试结束，走出偌大的考场时是正午时分，阳光稀薄，前几天的一场雪正在慢慢融化。

宿舍四人并排走在校园大道上，难掩轻松的心情。

张巧巧说：“终于放假了，等回去了要和以前的同学吃饭，有同学聚会。”

陈笑意说："才毕业多久就聚会啊？"

乔菲说："是高中还是初中，还是小学？"

张巧巧说："高中啊。我们班级以前感情很好的，所以才想着放假了就聚聚，我还要去见见我以前的好朋友呢。小好，你呢？你寒假要做什么？"

白好走在最边上，整张脸窝在叠绕的围巾里。围巾洗过几次，妈妈的味道有点淡了，好在用力嗅一嗅，还能闻到。

她双目笔直地盯着前方的道路，只是在很专心地走路，并没有听到张巧巧的搭话。

身边的乔菲瞧了白好一眼，勾住她的手臂，柔柔提醒道："小好，巧巧问你呢，你寒假打算做什么？"

"啊？"白好茫然地看过去，乔菲的声音在脑子里滚了一圈，解读后，白好又长长地"啊"了声，回答说，"寒假啊，嗯……就在家待着吧。"

张巧巧："那不是很无聊，你以前的好朋友你们没有约着见见吗？陆潭经常和我问起你呢。"

白好又怔了几秒，说："好像有约我，到时候看吧。"

三个姑娘对视几眼，都笑着劝道："一直在家多无聊，现在出门家长都不会管了，出去逛逛街心情也会好一点的。"

她们说的，白好都明白。

她也明白，她们应该知道了。

可她不想说，好像只要不说不提，这件事就从来没有发生过。

但自欺欺人真难啊。

曾经，她和杭臣也有过类似的对话，只是越是计较"曾经"，就越显得现实多残酷。

她们还在看着她，眼里满是希望得到正能量答案的渴望。

白好很难忽略她们的好意。

围绕着她存活在这个世上的感情都是那么珍贵。

她长吸一口气，将眼眶的酸涩憋回去，转头看向她们，笑笑说："好啊。"

三个姑娘心照不宣地假装相信，说："那，放假了群里多联系。"

"好。"

围绕着她存活在这个世上的感情都是那么珍贵。

只是请原谅她，她现在只能做到这个份上。

她们回到宿舍，行李早几天都收拾完了。大家确认好证件，拎起行李箱一个个准备走，只有白好还没有动作，她捧着一盒牛奶，有一饮而尽的气势。

乔菲喊她："小好，走了呀？"

白好喝完，舔了下嘴唇，说："你们先走吧，我昨晚退了火车票，改了机票，晚上七点的，我等会儿再走。"

"啊？那好吧，那……你一个人要注意安全，出发和到家记得在群里报平安。”

“嗯，我会的，你们也是，路上小心。”

“好，拜拜！”

“拜拜。”

行李箱的车轮碾过地面，引起的噪声由近至远，最后，什么也听不到了。

宿舍门敞开着，有冷气蹿进来，空荡荡的宿舍像极了国庆那天的氛围。

好在，她今天也有家可回。

不然，她已没有地方可以去，也没有人可以相见。

白妤捏了捏手中的牛奶盒，咽下失重的心跳，平复呼吸，转身去了阳台。

阳台那儿，温度低迷，寒意似刀片一样，无情地刮着人的脸庞。

白妤检查了一通阳台，见没有什么东西落在外头，水龙头也没有问题后便想去检查一下卫生间，但回身时，她瞥见宿舍楼底下三三两两的人群。

阳光这样淡薄，但每个人心情都不错，好像每个人类都逃不过放假带来的多巴胺。

她想到自己，自己之前面对假期也是很开心的。

她情不自禁地走到栏杆最边上，撑着双手靠在上头，一瞬不瞬地凝望着下面路过的人。

她看到有人一边走一边摇头哼唱耳机里的歌曲，看到有两个女孩子走几步就停下靠在一起自拍，看到极个别的走得飞快，时不时看一眼手机上的时间，似要赶不上了。

她又抬眼看了眼淡得快和天空融在一起的太阳。

它每天升起降落，从不失约，也不为谁破例。

这世界就是这样，离了谁都会转。

每个人都有自己的路要走。

就连她自己都是这样。

只是日子有点重复，有点死寂罢了。

晚上七点零七分，飞往江城的飞机准时起飞，白妤坐在靠窗的位置，坐在她旁边的是一位年龄相仿的男大学生。

白妤从这一小片玻璃的反光中打量他，他脱了厚重的大衣塞进行李架中，里面的薄外套和杭臣秋天时穿的那件一模一样。

她猜，这样的款式和材质应该是今年秋冬流行的。

她记得杭臣穿这件衣服来见她那天，他们吃了火锅，然后他还硬要给她抓娃娃，结果，他玩游戏还是那么烂，一个都没抓到。

可他总喜欢说万一。

万一呢。

只是，哪有这么多万一呢。

过了一会儿，空姐开始检查安全设施，飞机滑入起飞航道。

冲上云霄那刻，白妤攥紧安全带，闭上眼，直觉告诉她，她的身体在倾斜。

片刻后，一切归于平稳，她慢慢睁开眼，摊开手，掌心已经湿透。

身边的男生有意无意投来眼神，他干咳了一声，低声问道："要纸巾吗？"

这段时间白妤常常听不到别人说话，这次也没有听到，她陷在自己的思维里。

但这个男生直接抽了一张纸递到她眼前，白妤猛然回神，看了他一眼便知道了大概。

她道了声谢，却没有接，不太擅长地说："我有纸巾，谢谢。"

男生了然，收回手，没有再和她说话。

白妤也没再多想，她专注地等待，等待气流的到来。

但今天这趟航程，没有遇到气流颠簸。

她也没有等到杭臣的调侃。

到达江城机场后，绕了又绕，等了又等，白妤终于拿到了自己托运的行李，走出抵达口，江雪梅挤在接机人群的最中间，白妤一眼就看见了她。

江雪梅看清她后，眼睛"噌"地亮了起来，笑得像个小女孩，迫不及待地喊道："小妤！小妤！妈妈在这儿！"

白妤快步走过去。

夜已渐深，开往栀花镇的公交车停运了，江雪梅牵着白妤的手拦了辆出租车。

路途遥远，计价不菲，但江雪梅无所谓。

白妤坐在后排，看着不断上涨的价格很是犹豫。下了高速后，白妤和江雪梅说："妈，要不前面停吧，太贵了，我们可以叫黑车，谈一口价。"

江雪梅坐在副驾驶座，回头笑着说："傻孩子，现在没黑车了，都被清了，不合规矩也不安全。妈妈前几天还和几个阿姨去做黑车安全宣传呢。没事，这点钱妈妈出得起，只要我们能安全到家就好。"

白妤听得一愣一愣的，轻轻"哦"了一声，低眸流转，视线重新凝聚于窗外一闪而过的夜景时，想起的是上次。

上次和江雪梅这样没有顾忌地打车是高考结束那天，那天杭臣为了给她惊喜，从北京千里迢迢飞了回来。

那个夏天，她做什么都是好运气的，她以为全世界都在为他们庆祝，可原来那是她和杭臣的最后一个夏天，所谓好运气也不过是残酷世界给的最后一份礼物。

冥冥中，有什么在那时候已经结束了。

白妤的脸倒映在车窗上，或笑或生气或害羞，最后定格的是眼泪和麻木。

冷冰冰的眼泪滚落进嘴唇，咸湿的味道让白妤醒了过来。

她像之前那样，正手反手交替着摸眼泪，但这一次，眼泪又失控了，她擦不干净。

她不禁问自己，这是今天第几次想到杭臣。

是这段时间第几次想到他。

为什么看到什么都能想到他。

要逃到哪里才不会想起他。

要怎么做才不那么痛苦。

要怎样，才能回到从前……

出租车停在沁芳路站台，江雪梅数着钱递给司机，白妤自个儿去后备厢拿行李。

收到钱的司机师傅一脚油门，融入夜里，江雪梅收好皮夹，习惯性去帮白妤拿行李。

她本想问白妤饿不饿，冷不冷，但接过行李时，借着路灯看到了白妤一脸的眼泪。

所有欲盖弥彰的话就这样咽回了肚子里，也许她们都不能再装聋作哑了，至少要学会把痛苦说出来。

江雪梅放下行李箱，将白妤搂入怀里。

白妤没有反抗，像只受伤的小狗，双手垂在身侧，任由江雪梅抚慰。

江雪梅像小时候她受了委屈时一样，柔声问道："想到了什么哭成这样？你愿意告诉妈妈吗？"

白妤默默流着泪，一言不发。

江雪梅耐心等待，白妤却还是不想说一个字。

小时候，白妤受了委屈，不需要等很久她就会说出来，她从不掩饰自己的情绪，有什么就说什么。

可现在，江雪梅忽然深刻地意识到她的小妤已经不是小孩了。

她的沉默像座山，压着她流出成年人的眼泪。

江雪梅的鼻腔就这样酸涩起来。

她不想承认她的小妤长大了，她不想这么形容她的女儿，她希望她的女儿永远是个孩子。

长大，从来不是什么好事情。

江雪梅将她抱得更紧，似哀求一般说道："告诉妈妈吧，说出来会好很多，别什么都憋在心里，和妈妈可以说任何的话，不管怎么样，还有妈妈在，嗯？"

白妤的防线是从这一刻崩塌的。

她颤着手反抱住江雪梅，哭得哽咽。

很久很久之后。

她叫出声："妈妈……"

她说："妈妈，我好想他啊……"

夜晚，母女俩躺在一个被窝里。

江雪梅半靠着软包床头，虚看着电视节目，脑海里游走回荡的都是白妤说的话。

她把杭臣去世那天的来龙去脉讲了一遍，因为哽咽说得断断续续的，但江雪梅大概能理解。

良久，江雪梅低下脸庞，问道："那你到现在都没有联系过张阿姨吗？"

白妤面朝江雪梅侧躺着，像小时候一样，依偎在妈妈边上，摄取温暖和依靠。

她哭了好一通，眼睛又像之前那样肿得不像话，听到江雪梅的这个问题，她宣泄后好不容易得来的一点儿轻松感觉又荡然无存，红通通的眼睛迅速黯淡下来。

她轻晃脑袋，说："没有……"

江雪梅："是不知道和他们说什么吗？"

"嗯……他们比我难过比我伤心，我觉得我不应该去打扰他们。"

因为，她什么都不是。

她连帮他们处理后事的能力和资格都没有，她只能像个傻子一样在医院楼下坐一整夜，看他们天亮了把杭臣运走。

她也很害怕，她不敢看杭臣最后的模样，也不敢参加葬礼，她更不知道要对杭臣的父母说什么。

这一生，他们所有人都好不了了，所有语言都是苍白的。

白妤想起那天在医院里他们的痛苦和撕心裂肺的哭声，眼泪又开始控制不住。

她合上眼，蜷缩着身体往江雪梅身边靠了靠，江雪梅顺势揽住她，怕她着凉，掩了掩被角，将白妤的肩头处塞得严丝合缝。

江雪梅叹口气："那……你想去看看杭臣吗？你上次听到了，杭臣他……"葬在了栀花镇。

江雪梅顿了顿，似很不解："这孩子，从小就很有主意，也不知道为什么要回来。但小妤，既然他在这儿，你应该去看看他。"

白妤没有回答，只是呼吸逐渐急促，忍不住痛哭出声。

江雪梅心疼白妤的眼泪，不再多劝说，抽了几张纸，细心地给她擦眼泪。

她只说："很晚了，妈妈哄你睡觉吧。睡醒了就又是新的一天，明天妈妈带你去赶集吧，我们要添置新年用品，买一些对联蜡烛，你小时候很想放烟花，但是太贵，我总是没办法给你买。现在妈妈买得起了，明天，我们去买烟花，好不好？"

白妤抽噎着，没有明确回答。

江雪梅轻拍她的背，说："睡吧睡吧，慢慢的，慢慢的，就好了。"

熄了灯，关了电视，夜晚变得沉寂，白妤的啜泣声和不均匀的呼吸声也渐渐熄灭在梦中。

今夜，入梦之前，白妤想起的是五年前的一个普通夏天。

那时他们不以为然，天真无邪地谈论以后。

以后，如果有一天老了，他要回哪一个故乡。

他说要回栀花镇。

因为，这里回忆多一些。

她知道，也许这是他要回来的原因。

一夜噩梦，天不亮白妤就醒了，醒来后再也没睡着。

她静静地等待天亮到来。

辗转反侧，思绪重复悲伤，眼泪润过胀痛的眼角，伤口反复被感染，今天与昨天没有区别。

江雪梅一向睡得很浅，迷迷糊糊睁开眼，看见的又是泪眼朦胧的女儿。

四目相对，白妤别过眼，手忙脚乱地擦眼泪。

江雪梅温柔地看着她，曲起食指抹去白妤的眼泪，说："傻孩子。"

白妤缩着脖子，沉默。

江雪梅说："睡不着了吗？睡不着就起床吧，我们去赶集。"

白妤犹豫着，她的身体很沉重，沉重到不想做任何费力气的事，也不想面对人群。

如果可以，她想像上次一样，一直待在自己的房间里。

江雪梅看得出来她在想什么，坚持道："跟妈妈去吧，嗯？"

白妤也明白江雪梅的用意，最终，点了头。

早上六点半，两个人出发去集市。

降了霜的早晨白花花一片，到达时额角的头发被水汽打湿，像洗了把冷水脸一样，白妤从电瓶车后座跨下，站在人来人往的路边，她发觉有几个瞬间她是没有办法顾及杭臣的。

而接下来的行程，更为忙碌，也让从小不喜欢逛早集市的白妤有了新的视角和体验。

她和江雪梅穿过集市的各个区域，认真挑选品质最好价格最合适的蔬菜鱼肉。

她发现私人摊头的老人家的东西最新鲜绿色，江雪梅固定的肉摊老板会豪爽地抹零头，她吃了一整个高中的早饭馒头店，老板和老板娘原来是一对聋哑人。

买完菜，江雪梅像一位钢铁战士，左右手拎着大包小包的东西都不嫌重，白妤跟在她后头，捧着豆沙包子在啃。

她看到活着的肥硕鲫鱼在塑料袋里奋力扑腾，但江雪梅丝毫不担心，也不觉得这是一件很费力的事情。

白妤三两下吃完包子，追上去，接过几袋蔬菜，说："妈妈，我帮你拿吧。"

江雪梅说不用。

但白妤还是执拗地接了过来。

真沉啊，一颗白菜原来这么有分量。她专注地想。

江雪梅逛集市有自己的一套流程，每次买菜都会将电瓶车停在商铺前方的停车区，这样买完菜回去就可以先把东西放回车上解放双手，再然后去小商铺买点日用品，而自己的东西始终在视线之内，不用怕被别人偷走。

白妤在商铺里挑完烟花也发现了妈妈的生活小妙招。

走出商铺，天已经亮透了，今天有阳光，东方天际看起来是温暖的。

江雪梅问："要不要去超市买点零食？"

白妤想了一圈，觉得好像没什么要吃的。

可江雪梅觉得，怎么会有小孩子不爱吃零食呢，她现在有很多钱给白妤买蛋糕买零食，所以最后，在江雪梅的再三询问下，还是去了。

江雪梅一会儿问要不要新品饼干，一会儿问要不要酸奶，只要白妤目光停顿过的地方，她都恨不得立刻买下。

白妤最后拿了两包不会出错的薯片结账。

回去走的还是以前上学那条路，只不过从自行车变成了电瓶车。

行驶了一段距离，江雪梅忽然提起以前。

她说："还记得小时候妈妈送你上下学吗？"

白妤说："记得。"

"那时候我年轻，也不觉得这条路长，总感觉蹬几下就到家了，现在也不知道是老了还是人懒了，自行车已经骑不动了。前一段时间，隔壁婶婶买了个自行车说每天晚上骑车锻炼身体，我跟着她骑了两个晚上，结果呀，晚上睡觉腿都是抖的。"

白妤听得认真，但不知该作何回复，轻轻"嗯"了声，应声完，她探着脖子向前方张望，还有一点点路就要在T字形路口转弯了。

真快啊。

她生出和江雪梅不一样的感想。

小时候总觉得回家的路是很漫长的，家和学校之间仿佛隔了千万里。

可现在，其实不管是什么交通工具，她都觉得，这段路变短了。

而那个小时候她最讨厌逛的集市，其实好像也没有那么脏那么大，买菜似乎不是一件无聊的事情。

就连此刻的寒风都不再冷了，它拂过脸庞，带来的感觉是宁静的。

白妤眯了眯眼，肿胀的眼睛舒缓了许多。

江雪梅从后视镜里看到她的动作，笑着说道："不冷啊，快把脸捂好，不然吹得干裂就不好看了。妈妈开快点，一会儿就到家了。"

白妤愣了一秒，眉目却开始变得松弛，她整个身体也随着柔软下来，像小时候一样，她将脸颊贴上妈妈的后背，依靠着，免受冷风侵扰。

妈妈哪儿都是暖的。

妈妈的长发还是会打在脸上。

可，她还有妈妈，还好还有妈妈。

白妤看着飞驰在柏油路上的两个人的影子，突然说："妈妈，我中午想吃红烧鱼。"

江雪梅也愣了一下，旋即展颜一笑，说："好，红烧的！"

回到家，太阳的轮廓已十分清晰圆润，院子里休眠的花草树木沐浴着阳光，抖动着昨夜凝结的水汽。

白妤进进出出，将买的东西放入家里分类。

江雪梅用昨晚的剩饭给自己热了碗粥，三两下吃完后开始洗一大盆衣服。

冬天后院阴冷，她不像夏天时那样爱去后院，她喜欢拿张小板凳坐在门口，晒着太阳，慢悠悠地搓衣服。

白好注意到，江雪梅还给自己烧了一壶热水，洗的时候时不时倒一点在盆里维持水温。

家里只有她们两个人，衣服不算多，但冬天的衣服总是又重又厚，不好洗。

白好蹲在一旁，将一壶热水都倒了进去，说："我再去烧一壶。"

厨房里烧水壶咕咕作响，白好折回后还是蹲在边上。

又快过年了，她不禁又想到了一个人。

她盯着衣服上的泡泡，瓮声瓮气地问道："爸爸今年回来吗？"

江雪梅神情依旧，也没有丝毫要隐瞒白好的意思，回答得特别轻巧。

"联系不上他很久了，大概是不回来了。不管他。"

"啵——"泡泡破了。

白好抬起眼皮，看向江雪梅。

江雪梅的眼睛在阳光下没有任何掩饰，漾着破土重生的自由潇洒。

白好看到了一个中年女人对丈夫的绝望，对婚姻本质的看透，对自我的期待与重视。

白好说："妈，要不你们离婚吧？"

"什么？"

"我说，你们离婚吧。你和他在一起不开心，你可以去找一个让自己开心的人，那个叔叔——"

江雪梅搓着毛衣，不可思议地笑了出来："你别乱想，妈妈和那叔叔真的只是朋友，每次请他帮忙我都给钱的，照顾一下他的生意。"

白好："那你还是可以离婚的。"

江雪梅倒洗衣液，转了话锋说："水烧开了，帮妈妈拿过来吧。"

白好听懂了话外音，不再多说，起身的一瞬间，她忽然发现自己已经没有小时候那种较劲的脾气了。

这一天，白好还发现照顾一个家庭一个人原来要做这么多事情。

江雪梅晾完衣服，紧接着又去杀鱼择菜，她还养了几只下蛋的鸡，捡了鸡蛋后要喂鸡，回到屋里后开始剁馅儿做蛋饺，然后拖地扫地，就这样，到了中午了，她要准备午饭。

吃完饭，她要洗碗，洗锅，稍微休息一会儿，她要去上这周属于下午的班了，等回来就要开始准备晚饭了。

这样的日子江雪梅重复了很多年。

这一夜，白好入睡前想起的是自己很久之前的梦想——快快长大，保护妈妈。

还有……杭臣，曾经她的梦想里也有过杭臣。

次日醒来，又是新的一天，依旧是个大晴天。

白好将泪湿的枕头拿到阳台上晒，学着妈妈的样子拍了拍后干脆利落地去了卫生间洗漱。

她把马尾扎得又高又紧，换上外出的便捷大衣，飞速跑下楼，和江雪梅说她今天还要去赶集。

正准备出门的江雪梅十分惊讶，问她怎么不睡懒觉了。

白妤说："我觉得赶集很开心。"

江雪梅不想探究，拍拍后座说："上来吧。"

二人乘风而去。

大风穿透大衣纤维，带给身体薄薄的凉意，让人无法想太多。

投入地挑拣菜品和人讨价还价能让自己得到短暂的放空。

再看街上人头攒动，烟火气息浓郁，白妤知道，这就叫活着，她得找些事情做，找个方法让自己活着。

回去的路上，白妤回头望了一眼栀花镇的站台，公交车准时行驶而来，车门打开，拥下一批人。

里面没有她，也没有杭臣。

到家后，白妤揽了江雪梅一半的活，她和江雪梅一起洗衣服，学着择菜，挥舞着扫帚卖力扫地，捡鸡蛋时有巨大的满足感。

可下午独处的时候，那些教人疼痛的感受会重新席卷而来。

又过了一天，白妤决定开始学着做饭。

浪费了十几个鸡蛋，用了半桶油，扔了一垃圾桶的纸巾后，某一天，她终于学会了一些简单的家常菜。

过年那天是她下的厨，最后一道菜是红烧鱼，盛出锅，洒上葱花，关火，白妤端向饭桌后刚想和江雪梅介绍一番，却瞥见窗外有雪花在飞舞。

江雪梅将小电视机搬了下来，正在调试，打算和白妤一边看春晚，一边吃饭。

天线左摆右摆，电视屏幕都是满满当当的雪花，"吱吱吱"的，非常刺耳。

白妤正好问她："妈妈，外面是下雪了吗？"

江雪梅没听清："啊？是啊，都是雪花，我再调调看，实在不行就算了。"

白妤越过她，推开门走到了院子里，借着屋内的光，她看到，真的下雪了。

像米粒大小的雪花，并不盛大。

白妤想到2007年的第一场雪。

那时候，他们正在打电话，他说新年快乐，友谊长存，以后也要一起看雪。

可没有以后了。

白妤拂去掌心的雪花，拖着沉重的脚步回到了桌前。

电视机调不好了，江雪梅说还是攒攒钱以后买一台新的。

白妤说："好。"

江雪梅笑笑，开始品尝女儿做的年夜饭，白妤也跟着笑，但寥寥吃了几筷子就没了胃口。

她说有点累想早点休息，江雪梅从不戳破她，安慰着说："在家想怎样都行，早点睡吧。"

白妤放下筷子，上楼回了自己房间。

她锁上房门，犹豫再三，来到书桌前，从抽屉里拿出手机。

回到家后，她再也没有用过手机，连开机的电量都没有。

白妤哆嗦着手，给手机充上了电。

智能机开机利索快速，连上网，堆积半个月的消息看得人眼花。

各类群发的祝福消息，关于新年活动的平台消息，还有，到现在为止仍对杭臣感到好奇的大家的消息。

白妤打开微信，一路下滑，好久好久她才找到杭臣的微信，点进去，对话停留在2012年12月21日那晚，她对他发脾气。

她轻轻往上滑动，再往前是他的谎言。

除了这些，其他的什么都没了。

一个简单的意外就这样让他们之间的一切归零了。

看着冰冷的对话框，白妤渐渐失了力。

胸腔里一阵翻江倒海后，聚焦在屏幕的视线逐渐模糊，眼泪“啪嗒啪嗒”砸落在屏幕上，晕花了上面的文字。

白妤边流泪边抹去手机上的泪迹，手指戳动，发去信息。

她说：新年快乐。

她说：我很想你。

她说：我每天都很想你。

2012年跨至2013年的零点，白妤想起的是那天，在车站，杭臣紧紧环抱住她，说：“我也很想你，很想，很想。”

年后返校，白妤抢到了一张特价机票，她行李不多，一个人去机场没有问题，但是江雪梅坚持送她。

分别时，江雪梅目光紧紧跟随她，不断用口型提醒她：注意安全。

白妤努力装出一副自然的样子，点头挥手进了安检通道。

但与江雪梅隔绝视线的一瞬间，她的脸迅速垮了下来，恹恹地脱大衣放书包，像机器人一样站在安检员面前任其摆弄。

队伍推着人前进，等穿戴完毕，站在登机口指示牌的分岔路口时，白妤忽然产生一个念头，她想逃回去。

如果她现在折回，她还能追上妈妈，过一两个小时她们就又在家了。

可班级群与私人小群都在不停地振动弹出消息，是班导发了新学期的课表，大家讨论个不停。

新学期，新的开始。

她知道，人生是没有退路的。

两次的飞行经验让白妤对流程轻车熟路。

起飞那一刻，她思想在开小差，没想到今天的起飞很不稳，刚脱离地面飞机就剧烈摇晃，整个机舱的人都发出尖叫。

突如其来的意外和恐惧让白好心跳加速，浑身冒汗。

等颠簸消失，空姐广播安抚大家情绪时，白好仍心有余悸，她能清晰地听到自己强烈的心跳。

但这样的心跳不是因为害怕与恐惧，而是因为太过接近死亡的体验，身体机能自然而然发出的信号。

白好抓着两侧扶手，在逐渐回归正常频率的心跳声中滋生出一些不舍。

她突兀地想，如果能再来一次就好了。

可今天这趟旅程，后面再无插曲。

她只好再次神游，闭上眼反复去回味那种感觉，因为潜意识告诉她，这样最接近杭臣。

落地北京，空气中的味道一下变了，气味会定格记忆，白好不可避免地再次想起那些回忆。

但她不再回避。

后来，她甚至发现，陷在回忆里至少不会感到痛苦，还能获得短暂的幸福，回忆就像美好的乌托邦，想要的想做的在那里都有，现实不过是肉身要经历的一场浩劫。

再后来，春去秋来，白好更频繁地想起杭臣。

有一天，她终于第一次对其余人提起他。

那是大二开学的九月，白好和张巧巧去通讯营业厅做兼职售卖电话卡。

她们的摊位就在各类社团边上。

她们穿着红马甲向前来报名的新生吆喝，推销着这家通讯营业厅的办卡福利。

有一对情侣拖着行李箱，站在长龙似的社团前震惊不已，眼里流露出跃跃欲试的兴奋，他们的手紧紧握在一起，真心地希望永不分离。

白好站了一天，晒得发晕，挥动着广告扇解暑，还没完成额度的张巧巧一眼就盯准了那对情侣，冲到他们眼前，微笑着发出了解邀请。

人就这么被她忽悠了过来，白好的目光也落到了他们身上，视线自上而下落下，最终停在他们十指紧扣的手上。

她似想到了什么，挥扇子的动作逐渐慢了下来。

张巧巧巧舌如簧，很快拿下这对情侣的订单，等人走后，她抹去额头的汗，热瘫在椅子上，说："终于达标了，混一会儿，等会儿回去交差领钱。"

见白好久久没回话，张巧巧投去眼神。

夕阳炎烈，射出的万丈光芒轻轻涌动着，白好背着这份光，耳边碎发随风飞扬，张巧巧看不太清，她支起身子，眯了眯眼才发觉白好发呆似的在看那对离去的情侣。

张巧巧扯她的衣角："发什么愣呢？那两个人你认识？"

"啊？不认识……"白好意识回笼，颔首看向张巧巧，一小片阴影掠过她脸庞，勾勒出她的五官神情。

张巧巧看到白妤神色平静，嘴角勾着极淡的笑容，但依旧是一副心事重重的模样。

张巧巧心里生出一些感慨。

宿舍四个人，虽然性格各有差异，但刚认识的时候都很健谈，要顾虑的事也不多，可自从白妤男朋友走了以后，一切都变了。

白妤变得沉默，对许多事情都失了兴趣，而她们也像被迫成长一样，用自己笨拙的方式尽量照顾白妤，不是不愿意，也不是有怨言，只是有一些感慨，她们才刚刚二十岁，为什么要这么快经历这些呢？

世事真是无常，真是不讲道理。

她猜，白妤肯定是由那对情侣联想到自己了。

为了不勾起白妤的伤心事，张巧巧继续扯她衣角，说："已经五点了，还有一个小时，等会儿吃什么？去西边的食堂吃黄焖鸡还是东边的食堂吃烤肉饭？"

周围所有人善意的解围和关心，这小一年里，白妤都懂。

她们就这样，相互装傻相互演戏，将伪装的壳套得越来越深，越来越沉。

愧疚吗？

很愧疚。

白妤说不清为什么这一刻她想坦白，来不及思考，她的话就这么脱口而出。

她静静地看着张巧巧，唇瓣嗫动，说："我不认识他们，只是想到了我男朋友，去年报到的时候我们和他们一样。"

张巧巧嗓子眼一涩，肾上腺素飙升，脑海中有爆炸声，她结巴了半天，没应出一个字。

这样的反应，白妤也都懂。

她拉过身后的椅子，缓慢坐下，低头拨弄手中的扇子，随后徐徐开口道："我知道你们都知道的，没关系，巧巧，我已经好很多了。不管怎么样，他不在了，是事实，我要学着接受。谢谢你们这段时间的体谅。"

张巧巧微张大嘴巴，更不知该说什么了。

白妤说："我只是有一点想他，也有一点遗憾。早知道来得这么快，我应该不这么循规蹈矩，应该多花点时间在他身上。"

张巧巧试着安慰道："小妤……"

"没事……我就是，总是会冒出许多想法。"

"那……他以前生的病就是这个吗？"

白妤说是的。

白妤说："是啊，很早以前就生病了，但是也不知道怎么回事，总以为最坏的事情不会发生在自己身上。太自大了。去年开学的时候我们都以为有很大的胜算和机会，他还和我规划了很多以后。你知道吗，我们甚至已经想好了毕业后去留的问题。"

白妤的声音又慢又轻，混着热烈的余晖，像在播放一部老旧的电影。

张巧巧忽然发现，或许这一刻白妤是不需要她的安慰的。

旁人根本无法感同身受，她们绞尽脑汁咀嚼出的抚慰之词，当事人一定早就说过千万遍给自己听了。

她也许要的是一个专心聆听的人。

就这样，剩余的一个小时张巧巧做了一位聆听者。

而白妤，说的不是自己多难过多走不出来，她从这个九月着手，细数她和杭臣去年经历的各类小事儿。

她说的时候面容温和，偶尔会心一笑。

张巧巧很久没见到白妤这样笑了，但这样的笑反而让张巧巧深感不对劲。

白妤好像……陷在了回忆里。

第十四章 结束在了2012年的夏天

四季流转，2014年9月，白好开始大三的课程生活，她依旧揽了一堆兼职，依旧在回忆着杭臣。他的语气，他的表情，他的温度……在一次次回忆下，越发清晰透亮。

可她还是没有去看过他，和张丽娟他们也没有消息往来，像是某种默契，仿佛不联系，不提起，就等于没有发生。他们彼此都对血淋淋的真相避而不见。

又过了一年，迎来了大四，除开至关重要的毕业论文，大家讨论的还有未来。

张巧巧也是普通家庭出身，谈起毕业后的工作却一点儿都不烦恼。她说她没什么梦想，她家里开了个小民宿，她打算回去好好经营。网络越来越发达，她想利用网络让家里的生意更好。

乔菲从小在家庭的爱护下长大，所以性格温柔似水，她说爸妈希望她读研，她要试一试。

陈笑意是单亲家庭，比起白好的直接，她做事喜欢默默的，关于工作她决定留在北京，在自己的专业上去找工作，好好面试，好好努力。

说完，大家都看向白好，问道："你呢？小好。"

白好思考着论文选题，听到问话，她一时给不出答案，她也在心底问自己：你呢，白好，你的选择是什么？

你的家庭没有底气支撑你随心所欲地找工作，也没办法供你继续读书，就在自己的专业上努力奋斗吗？她并不是很喜欢自己的专业。

从前只顾着好好读书，以为高考结束就是人生的终点，后面的人生历程会如他们说的那样，轻易又顺利，可真走到这一步才发现，毕业是一道高高的门槛。

有天赋的人在大学里已闯出一番天地，有门路的人从不需要多虑，只有像她这样懂得不多、盲目尝试的人跨不过这道门槛。

能做的选择少之又少。

只是妥协的话，又有一点不甘心。

可深入思考规划，迎来的更多的是无尽的迷茫，辗转反侧，焦虑之时，白好再一次产生那种强烈的感觉，有什么在很早之前就结束了。

2016年毕业季，沉寂多年的高中班级群忽然要组织一次同学聚会，大家竟然都默契地非常想参加。

白好收到邀请之时刚从北京落地江城，姜素与马盈薇劝着她，她们确实也很久很久没见面了。

白好同意了。

聚会地点还是那家饭馆，时间定在七月一日，也就是明天晚上。

这一天，白好突然知道，是什么结束在了2012年的夏天。

是青春。

是他们无可替代的青春。

Z大的毕业流程和其他高校差不多。

清空宿舍，离开校园，四个人从东南西北而来，又在这里飘向西北东南。

张巧巧继承民宿的同时打算自学会计，乔菲还在奋战考研，陈笑意通过校招拿到了北京一家大型公司的录取通知。

白好听了江雪梅的话回了江城，拿着自考的幼儿教师资格证和保育证准备入职江城平湾镇的一家私人幼儿园。

这是她理想的工作吗？

算不上，但不排斥。细想的话，白好觉得也是有些好处的，她自认为和小朋友们打交道与演话剧没什么区别，何尝不是另一种乌托邦。

这份工作敲定得很巧合，也很意外，是江雪梅竭力促成的。

前几年，江雪梅对白好的学业不太过问，她只求她顺利毕业就好，可就在大四这一年，她忽然开始焦虑白好的就业问题。

认识的朋友听了都笑江雪梅："你紧张什么，你女儿那么厉害还会找不到工作？

以前江雪梅是不担心的，可现在，她不得不逼白好一把。

她隔三岔五地询问白好对未来有何考量。

白好也不知道。

她想，只能等到时候面试，尽可能地找一家各方面最合适的公司上班吧。

焦虑到临近过年，江雪梅抛出一个选择给白好，她内心忐忑不安地介绍那份工作的好处。

江雪梅说："那个幼儿园的园长是我现在做家政服务那家人的亲戚，很近的关系，他们听我说起你快毕业要找工作后，说要不要去幼儿园当老师。他们幼儿园正好今年要招很多老师，因为又是私立的，所以条件宽松一些。"

她说："做老师，环境简单一些，也稳定一些。妈妈不太懂在外头公司上班是什么样子，只觉得这个工作听着让人安心。而且你留在江城妈妈放心一些。你想试一试吗？"

白好说可以了解一下。

同时，她惊讶于江雪梅的人脉关系，记忆里那个整天围绕着院子打转的妈妈似乎真的不见了。

她花了十几年长大成人，她的妈妈花了十几年重新找到自我。

听起来，她们都渐入佳境。

只是，深夜失眠时，白妤心里有说不出的叹息。

白妤过完年跟随江雪梅上门拜访那位院长，因她不是学前教育专业，所以想转行做幼师需要考许多证书。白妤觉得这不算什么难事，她没什么特长，就正好会一点“死读书”而已。

开春后，白妤一边忙着答辩，一边投入了各种证书的考核。

五月，校园春季招聘开始，她去咨询了一圈，她发现大学生的含金量也不过如此，公司待遇也分地区，她感觉自己“一文不值”。

确定要入职幼儿园后，白妤并没有落实工作的轻松感，甚至失眠了好几天，她反复告诉自己，既然决定了就尽力而为。

离开北京那天，飞机起飞，她看着北京城越来越小，最终掩盖在云层之下，心底情绪复杂，莫名地流下两行眼泪。

快速擦干净后，戴上眼罩，她开始补觉。

中途又遇气流，她被晃醒，醒来的第一反应是几点了，还有多久到。

看了眼时间后，她捂着酸痛的脖子睡不着了，无所事事，只好呆呆地望着窗外没有波澜的天际。

机舱窗户若隐若现地倒映出她的脸庞，白妤和玻璃中的自己对视。

她看到自己的眼睛已不再清澈。

回到家里，江雪梅早已将她先前寄回来的衣物清洗干净，规规整整地叠好，还特意做了一桌菜祝贺她毕业。

盛夏高温欲来，黄昏都是闷热的，白妤的耐热能力一年不如一年，这顿饭吃得快速且潦草。

江雪梅知道她热，笑着说：“快去房间吧，我等会儿给你送哈密瓜上来。”

“好。”

一刻钟后，房间灯光亮起，冷气输入，白妤用鲨鱼发夹夹起半干的头发，拿着课程打印件对着空气开始演练。

江雪梅推门而入时，白妤正好压低嗓子挤出可爱的声音问空气：“那小朋友们，有没有谁知道青蛙是怎么叫呢？”

江雪梅一怔，随后笑起来，将一盘切得大小适宜的哈密瓜放在白妤的书桌上。

她说：“尝尝，这个是隔壁婶婶给的，他们下个月办孙子的满月酒，特意从新疆那边进的哈密瓜，说是特别甜。”

白妤握着课件轻叹气，插起一块哈密瓜兴致不高地塞进嘴里，像冰激凌一样入口即化，甜而不腻，确实和之前吃的不一样。

听到江雪梅的话，白妤的口吻涌起淡淡的意外，她问：“他们……孩子都生完了？”

“对，是个男孩，我看过照片，长得像妈妈。”

“这样啊。”

白好视线下移，又插起一块送入口中，窗外飞虫三两，不知疲倦地撞着玻璃。

白好回想着隔壁哥哥的模样，浮现而出的是他小学时的面孔，好像自从他上初中，开始有目的地完成人生规划后，他们就再也没有碰过面。

但他又一直精确无误地出现在她长大路上的每个节点。

不知怎么，她忽然有点怀疑，她曾经羡慕的，追随的方向是正确的吗？

可那时候她不是也和杭臣这样憧憬的吗？

是因为一个人太孤独，做什么都兴致缺缺吗？

白好不得而知。

很多问题，已没有标准答案。

江雪梅见白好爱吃，说：“明天我问问你婶婶怎么买吧，我买几个给你囤家里。夏天天热，你总吃不下饭，多吃点水果也不错，等下个月本地西瓜上市了，我给你买西瓜。”

白好的思维乘着江雪梅几十年如一日的关心飘了回来。

她笑笑说：“好啊。”

她想，没关系，她还有妈妈。

这个世界上，最好的妈妈。

她应该要感到开心，她终于长大，有了承担和保护妈妈的能力。

是的，白好，你应该要感到开心。

你曾经许的愿终于有一件要实现。

她对自己说。

但这一晚，白好还是失眠了。

一直到第二日中午，她匆匆补了两三个小时觉后梳洗换衣服，拎上白色帆布包前往沁芳路搭车。

今天是高中老同学聚会的日子。

相似的夏天，相似的时间，相似的目的，白好走向站台时不禁恍惚。

她甚至生出一些妄想，会不会，他只是和她开了一个时间很长的玩笑，现在他要如电视里的反转剧情一样，惊喜地出现在那边。

白好垂着脑袋，穿过这片水杉林，拐过那座桥，迟缓地抬眼望去。

出现在站台的是傍晚燥热的风。

风从很远的地方贴着地面卷着尘埃扑过来，将人装饰得很狼狈。

白好不由得苦涩一笑。

到饭馆门口时正好傍晚六点整，白好刚跨进就听到里面某包厢传来一声起哄，声音有些熟悉，但白好记不起来是哪位老同学的了。

如果杭臣在，他一定会记得。

推开半掩的包厢门，刚刚出声的同学还在滔滔不绝地说话，白妤自然而然先被他吸引，她多盯了几秒，终于将眼前这个染着红毛的人认了出来。

是以前坐在后排，总是吊儿郎当插科打诨的一位男同学，但在白妤心里他与其余人都是很仗义的。

只是没想到，四年一别，外貌变化这么大。

她顿在门口，又向边上的其他人看去。

曾经瘦弱得像竹竿的，如今壮得肌肉像要绷开似的。

曾经单眼皮的，如今欧式大双，扑闪的大眼睛让其好看到像女团偶像。

曾经审美受限，总是穿着朴素的人，如今衣服的胸口已印上名牌商标。

白妤怀疑她是不是进错了包厢。

可有人喊她："白妤。"

也是一道不曾忘记的声音，她左右寻找，终于在右手一桌的角落处看到一位熟悉的人。

是陆潭。

他变化倒是不大，只是他今天身着白衬衫西装，已经完全没了往日的青涩少年气。

他隔着人群远远地注视着她，黑眸沉沉，嘴角漾着一丝不易察觉的微笑。

白妤朝他点头示意，但没有走过去，她径直走向了早已给她留好位置的马盈薇与姜素。

她们俩正吐槽实习时遇到的奇葩事，火热到都没发现白妤在边上落了座。

那头的陆潭多看了几眼白妤，唇边的弧度不自觉加深。

身边有人问他："看什么呢？人都到齐了没啊？你是班长，去点点，到齐了咱们就上菜吧，饿了！"

有人附和道："对！饿了！迟到的人没饭吃，等会儿只能喝酒！哎，刘总，你爸还有什么好酒赶紧掏出来！"

在闹哄哄中，陆潭挽起衬衫袖口，解了粒扣子，从电脑包里掏出一份班级名单和一支笔。

他说："传下去，来了的打个钩吧。"

众人又是一阵起哄。

"今天沉浸式聚餐啊，这也太像当时还在铭德的时候了吧。"

那头白妤喝着冰凉的橙汁饮料，听了一耳朵姜素的糟糕实习生活。

她凑过去问道："之前怎么没听你提起？"

突如其来的声音把姜素与马盈薇吓了一跳，看见是白妤后，立刻把不开心的事抛到了脑后，姜素激动地拉住她的手像土拨鼠一样尖叫起来。

马盈薇端坐着，望着白妤笑。

打断姐妹热聊的是陆潭那份班级名单。

白妤接了过来，将她们三个人的名字打了钩，顺带扫了眼其他的，想看看是不是真的全部人都来了，可却扫到了杭臣的名字。

他当时入学名列前茅，分配到五班，成绩是第一，自然而然学号也是第一，班长也成了他的职位。

这份名单一定是陆潭问班主任江应要的，又或者是他还保留着杭臣休学之前的月考名单，复制下来的。

白妤抚摸着杭臣的名字，想起许多那时候的片段。

她都没有忘记。

只是，居然已经是七年前的事情了。

菜上齐后，大伙儿怂恿着陆潭说几句。

这么多年过去，他仍不是个热络性子，只是已出校园，人不再那么紧绷。

他站在几十道目光之中，墨黑瞳仁流转几许，在白妤身上停顿片刻后举起酒杯，象征性地说了几句。

他说谢谢大家还惦记着五班的情谊，愿意一聚。

他说大家即将步入下一个人生阶段，希望一切顺利。

他说希望若干年后还能再相聚。

话落，大家配合地举杯隔空回敬。

宴席开始，三四个人形成一个小圈子，各说各的。

偶尔话题窜到小圈子外的某个人身上，不太关心地调侃几句后又窜到别处。

话掩着话，酒催着酒。

白妤抬起酒杯，咽下最后一口橙汁，透过杯壁看了他们一眼。

这就是毕业后他们的第一次相聚吗？

白妤难掩沉默，不再关注他们，专心地夹菜吃。

招牌菜还是那几个，味道却变了，白妤渐渐收了筷。

环顾一圈，她发现大家吃得很香。

她忽地明白，菜品味道没变，变的是她的口味。

北京四年，她吃惯了淡口，如今这些重油重辣的，对她来说过于刺激了。

时间浸染着他们，不知不觉，只能在某个瞬间感慨一句，你我变了。

可谁能保证永远不变？

白妤想起杭臣。

如果他今天在这里，会是什么样子呢？

晚上七点半，已无太多共同话题的他们早早散场。

大家互相挥着手客气地说拜拜，再见。

一些男生喝了许多酒，吐了一地。

再无当年的热忱与青涩。

这一次，男生中只有陆潭清醒着，他在有条不紊地安排着大家回去。

白妤看着地上的呕吐物有些厌恶，背过身，和姜素与马盈薇告别。

姜素说："以后我们又都在江城了，虽然是不同的区，有点距离，但总归和大学时不一样了，以后一起逛街吃饭啊。等我们拿到了第一笔工资就出来玩，怎么样？"

马盈薇觉得这是个不错的主意。

金钱自由能做很多事情。

白妤笑了一下，说：“好。”

她觉得今天和她们的见面是最大的收获，除了妈妈，她还有可贵的友情。

姜素与马盈薇要回各自的出租屋，路程遥远，换乘公交车太耗时间，明天还要上班，两个人咬牙叫了出租车。

白妤送别她们后，准备去赶最后一班回家的公交车。

她刻意贴着马路走，远离饭馆门口，但没走几步还是被人叫住了。

陆潭喊她：“白妤……白妤，等一下。”

连着两声，她也不好装作没有听到。

她转身看过去，只见陆潭拍拍红毛的肩膀，颔首道别后笔直地朝她的方向快步走来。

他一手拿着西装外套，另一手拎着黑色电脑包，天气炎热，额前的头发微微汗湿，但那双眼睛依然像从前一样沉静凛冽。

他气喘吁吁地停在她面前，薄唇抿了抿，沉下呼吸，问了句无关紧要的话。

“你要回家了吗？”

白妤说：“嗯。”

陆潭点了点头，但半天没说出第二句话。

他的大脑似空白着，又似欲言又止。

白妤直白地问：“你叫住我，是有事要和我说吗？”

陆潭缓缓抬起眼皮，对上白妤圆润的杏眼，她的语气是冷静的，眼神也是冷静的，特别像这几年回复他消息的感觉。

他今夜是喝了几口酒的，但没醉，只是胸膛里有一团火在窜动，这会儿，熄了。

他再次慢慢地点了点头，声线低了下来，说：“这两年没敢太打扰你，偶尔会问问张巧巧你的情况，现在还是想问问你，好点了吗？”

白妤说：“我挺好的。”

意料之中的回答。

陆潭屏住一口气，似有些不甘心，有点儿刻意地又问：“那……今天聚会开心吗？”

白妤本想说一句官方的还不错，但她不知怎么，她的心软了一下。

白妤扶了扶挎在肩上的帆布包，说：“你不着急回去的话，我们找个地方说说话？”

她的语气与眼神柔软许多，但陆潭心里的火苗却彻底燃不起来了。

两个人去了附近新建造的人工湖公园，从这条路的尽头一直拓展到铭德正门，规模之大，设计之精美。

白妤问他怎么知道有这样一个地方。

陆潭说因为他和大学室友在这附近合伙开了一家律师事务所。

白妤恍然大悟，看他今天这身打扮应该就是下班后过来的。

他为何身穿西装，毕业后去了哪家公司做什么，这些问题早有人在饭桌上问过了，甚至因为喝醉了叫唤着以后离婚官司都能找他打。

但白妤一点都没听见。

陆潭又明白了一些。

或者说，他早明白了。

他低头看着两个人并排在一起的影子，换了个话题。

他说："今天那份名单是我故意的，但我不是为了刺激你，你——"

白妤说："我知道，我没有，我觉得挺好的。"

是好意，因为在他们男生那一桌，还给杭臣留了一个位置。

但整顿饭没有人提起杭臣，也没有人特意来问她。

她知道，一定是他们商量好了的，或者现在来看的话，应该是陆潭提前打过招呼的。

白妤说："谢谢你。"

七月夜晚，蝉鸣不间断，偌大公园，行人只有三两，他们踩在小方砖铺成的人行道上，脚步声明显。

陆潭说："别那么客气，你没事就好。我思虑的还是不够周全。记得以前杭臣做班长的时候大事小事都处理得很好，我一直都比他差一点。"

"各有所长，他也不过做了三个月的班长而已，你做了三年呢。"

"还是没比上。"

话说到这儿，白妤隐隐懂了什么。

她停下脚步，停在一盏路灯下，她问："为什么？"

陆潭也停了下来。

他说："哪有那么多为什么。"

"从什么时候开始的？"

"从你开始喜欢上杭臣的时候，不对，要更早一点。"

白妤搭着背包肩带的手一颤。

记忆往前推演，白妤觉得难以相信。

她慢慢抬起脑袋，目光不加掩饰地落在陆潭的脸上。

她问他："你在开玩笑吧？"

他也毅然看向她，深沉的双眸中有光在挣扎。

陆潭摇头说："我没有开玩笑。只不过，你不记得而已，也可能只有我一个人记得。"

白妤蹙了眉，她不想再听了，转身离去，没有一丝停顿。

陆潭望着她远去的背影，忽地拔高声音，沉沉说道："初一的时候，我们一个班级，他们做那种无聊的候选，你是唯一选我的。"

白妤听到了，但她走得更快。

陆潭这才追了上去，一把扯住白妤的胳膊，怕弄疼她，又立刻松开。

他低下头，说："你在生气什么？你觉得我乘虚而入？"

"不是吗？如果你真的很早就喜欢我，为什么在大一时我说要介绍室友给你认识，你要答应？万一我的朋友真的对你不能自拔，我成了什么？她成了什么？你是不是觉得杭臣死了，他死了，甚至死了好几年了，他不重要了是吗？"白妤几乎是咬着牙说的，但眼泪还是扑簌簌地掉了下来。

她大声质问陆潭："那份名单，是对我的测试吗？你在利用杭臣让我对你产生好感吗？你凭什么也这么自以为是？"

"我没有。我只是在陈述事实。"陆潭微顿，"对于杭臣，我把他当作尊重的朋友；对于你，我喜欢你，但我也尊重你，白妤。还有，我和你的室友张巧巧认识之后没有任何暧昧话语，保持着普通朋友该有的距离。"

白妤看着他，眼泪更汹涌，她哭得不能控制。

为残酷的时间，为她的情绪失控。

她捂上额头，似疲倦到站不住了，弯下腰蹲在了地上，嘴里呢喃着道歉："对不起……对不起……陆潭，对不起……"

"没关系，我知道你难过，我都知道。"

陆潭将西装外套与电脑包扔在一旁，缓缓蹲在白妤面前，掰开她掩面的手，将一块干净崭新的手帕塞进她手里。

"今天不开心，对不对？大家都变了很多，这不是你想参加的同学聚会吧。"他问。

白妤回了声带哭腔的"嗯"。

陆潭伸出手，想摸一摸她的脑袋，但动作僵硬在半空中。最终，他的手落在她肩头，拍了拍，他说："别哭了。"

白妤还在说对不起。

陆潭说没关系。

白妤最后打了辆车回去，陆潭目送她上车。

他说路上小心，到家发消息。

白妤说你也是。

他们维持着成年人的体面，假装什么都没发生。

白妤让司机师傅开到了家门口，车灯在漆黑一片的院子闪烁。

她思绪混沌，没有发现她的家异常寂静，直到掏出钥匙打开门，习惯性按下所有电灯开关。

在全屋明亮的情况下，她没有听到妈妈下楼迎接她的声音。

白妤静静等了一会儿，还是没听到楼梯间有任何动静。

她看了眼地上的鞋，妈妈的日常鞋都在，妈妈夏天常穿的红色拖鞋不在。

她又侧头向车棚那边望了一眼，电动车也都在。

是睡着了吗？

白妤揉了揉发胀的太阳穴，准备换鞋上楼。

但是——

院子里忽然响起一道着急的脚步声，还伴随着一声恐慌的喊声：“小妤！

“小妤！你回来了啊！快点，赶紧的，你妈被救护车送去医院了，走了半个小时了！你赶紧过去！”

白妤被这个消息钉在原地，耳边鸣噪，好半晌她才反应过来。

“什么？”

邻居婶婶想一口气把今天的前因后果说清楚，但这事儿三言两语说不明白。

她“哎”了几声，扯着白妤上楼拿证件，话赶话说道：

“我等会儿再和你说，先去医院。

“你知道你妈平常放证件的地方吧？

“知道吧？咱也别太仔细找了，有什么都带着，省得等会儿缺这缺那。你和你爸有联系吗？如果有，给他打个电话。”

这些句子落入白妤耳中时是被打乱的，她什么都听不见了，包括自己的心跳声。

整个过程，她思绪混乱地被婶婶带着跑。

两个人来到二楼江雪梅的房间，打开柜子第二个抽屉，家里的证件都放在这个抽屉里。她们手忙脚乱地翻找，全部塞进白妤清空的帆布包里。

接着，她们又一路狂奔到楼下，邻居婶婶扯着嗓子喊自己儿子将车开出来，两个人又猛地跳进车子里。

“砰”的一声，车门关上，油门一踩，飞速前进。

白妤坐在后排，抱着鼓鼓的帆布包，隐在黑暗里纹丝不动，只有指尖在不安抽动。

等红绿灯时，坐副驾驶座的婶婶从后视镜里打量白妤，确认她似乎已接受了这个突如其来的消息后，把自己知道的从头到尾讲了一遍。

今天，江雪梅其实和以往没什么区别。

上午，白妤在补眠时，江雪梅在楼下轻手轻脚地做家务，中午她给自己简单做了个午餐，稍作休息后下午去做家政工作，傍晚回家，因白妤不在家吃饭，所以她的晚饭依旧简单。

去隔壁串门时，江雪梅向邻居询问哈密瓜的购买方式，婶婶热情地让她再拿几个回去，江雪梅连连拒绝。

散步一圈回去时已经晚上七点半，江雪梅洗澡洗头。

吹风机“嗡嗡嗡”工作时，江雪梅听到楼下有人喊她名字。她关了吹风机，侧耳倾听，果然有人在叫她，是邻居婶婶。

她匆匆下楼，打开门一瞧，心里感动得不行。

真是远亲不如近邻。

邻居婶婶双臂捧着三个盒装的哈密瓜，豪爽地说：“我们怕办酒不够吃，特意多买了些，所以给你拿过来了。”

江雪梅反复道谢，迎着人进屋，洗了一碗艳红饱满的樱桃招待。

这是她本来想晚上洗给白好吃的，不过没事，她想，还好多买了点。

两个妇人就这样又聊起家长里短。

晚上八点出头，邻居婶婶见江雪梅有点疲倦，心里有数地说回家去了，要哄孙子去了。

江雪梅起身相送。

谁知，等人一走，她面色骤变，双手扒扶着门框，感觉气急缺氧，身体无力，一点点如瘫软的泥般下滑。

邻居婶婶走了几步路，想起还有个事儿没说，一拍手一跺脚，掉头返回。

她踏进白家院子，就看见了这一幕。

邻居婶婶的脸色也突变，哆嗦着跑过去，搀起江雪梅："雪梅？雪梅！你怎么了？"

江雪梅彼时还有意识，习惯性地说："我没事，我休息会儿就好了。"

但一分钟过去，情况反而越来越糟糕。

邻居婶婶将江雪梅扶到竹编的躺椅上，跑回家喊儿子。

儿子赶紧过来一看，拨打了120。

仔仔细细说完，婶婶回头，问："小好，你妈平常看着没什么问题，还是你知道你妈有什么隐形疾病？"

白好脑海中还在播放婶婶刚刚说的场景，明明她不在现场，但每一帧都清晰得仿佛自己全程见证。

她将画面暂停放大在江雪梅扶着门框喘不上气那里。

是什么病？发生了什么？

她也问自己。

这是怎么了？

可她什么都不知道。

她心中突然冒出一个念头，她不知道的不仅仅这件事，她对妈妈其实一无所知。

邻居婶婶察觉到了一丝微妙的异样，话锋一转，安慰道："没事，等会儿去了医院就都知道了。也许不是什么大病。我看你妈啊，就是太拼了，对自己又太节俭，累到了。现在你毕业了，她可以松口气了，这两天你正好劝劝她。"

白好点头，也这样安慰自己。

但后排空调通风口正对着她，炎炎夏日，她还是被吹出了一身冷汗。

到医院时，她手脚已冰冷无知觉。

报了信息，三个人来到抢救室外，电子显示屏上滚动着：江雪梅手术中。

手术已进行了一段时间，他们没等多久手术就结束了，医生让家属先去病房等着。

是重症病房。

邻居婶婶和她儿子下楼帮忙处理缴费等事宜，她对白好说："你等你妈妈出来，其余的婶子帮你弄。"

白好将沾着汗、抓得皱巴巴的帆布包双手递给他们，轻声道谢。

一刻钟后，江雪梅被推进ICU病房里。

术后的江雪梅看起来像是瘦了一大圈，脸颊微微凹陷，肤色呈不健康的淡黄色，眼角的皱纹如摊开的折扇，再也抹不平。

而她身上也插满了各类管子。

眼前的画面隐约有些熟悉，白好不禁往后退了一步，心脏猛地狠狠地抽搐了一下，差点儿脚一软当场倒下。

好在她及时扶住了身边的椅子。

护士在检查安置仪器，见家属还在这儿，提醒道："江雪梅家属是吧？你现在快去医生办公室吧，出病房右拐，找张医生。"

白好不懂医院的流程，第一次面对这些，二十多年所学的知识道理仿佛都被按了空白键，她不太能理解护士的话。

护士见多了，不急不躁，重复了一遍，加重语气提醒她快去。

白好不知道去找那位医生是做什么，但她只能照办，看了眼江雪梅后就转身往医生办公室走去。

白好在门口停顿了一下，礼貌敲了两下门才拧动把手，推门而入。

已是深夜，值班医生脸上也有些淡淡的疲惫，见她前来，拾起精神柔声问道："是江雪梅的家属吧？"

白好点头。

他说："你坐下，我和你说下她的病情，你是她女儿吧？"

"嗯。"

"你成年了吧？"

"成年了……"

医生扶了扶眼镜："那就好，不过这个事儿还需要你通知其余家属。小姑娘，你要有个心理准备。"

白好屁股刚挨到凳子就听到这个话，她不敢置信地猛地又站了起来。

医生说："你坐下，你听我慢慢说。"

半个小时后，白好顶着苍白如纸的面孔出来，她每一步都走得极其缓慢，好似脚下有千斤重。

她走到江雪梅病房门口，远远地看着，垂在身侧的双手攥紧，指甲深深嵌入掌心，但这种疼痛却不如心中的千分之一。

邻居婶婶缴完费回来一直守着江雪梅，见到白好回来，冲过去问道："怎么样？医生怎么说？"

白好还未开口，眼泪就如断了线的珠子滑落。

大家顿时明白了什么。

一夜无眠到天亮，白妤守在床边，时不时掉出几滴眼泪，晨光照进来时她红肿酸胀的眼睛在光下无所遁形。

邻居婶婶后半夜回去了，四处问人要白袁的联系方式，可这人好几年没和江雪梅联系了，早不知道死哪儿去了。

早晨出发去医院前，邻居婶婶对着自个儿老公破口大骂。

“他个没良心的，人不回来就算了，孩子上大学他出过一分钱吗？都是雪梅这儿搞一点那儿搞一点省出来的，小妤呢，寒假打工暑假也打工，平常上学还打工。

“现在好了，这娘俩好日子都没过上呢，一个就要没了。

“我说她当时怎么……怎么一下子人不对劲。她当时肝破了，肚子里都是水。你知道吗？昨晚我走之前护士都不知道给抽了多少了。她那个肝年轻时就不好了，拖到现在，医生说晚期了，没救了，就这么几天的事情。

“也不知道现在人醒了没……”

说完，婶婶已泣不成声。

江雪梅一直没有醒。

两天后的傍晚，白妤给江雪梅擦拭嘴唇时，心电监护仪发出警报，心率以极快的速度下降，没等白妤反应过来，已是一条直线。

假装冷静了几天的白妤在这一刻情绪全然失控。

她拼命摇晃江雪梅的双肩：“妈妈……

“妈妈。

“妈妈！”

她喊得一声比一声响，眼泪顷刻间布满整张面孔。

可无论怎么呼唤，江雪梅都毫无反应。

医生护士听到警报声已经用最快的速度赶来，却无力回天，他们尽量温柔地拉开白妤，因为他们要进行最后的确认。

几天没睡没吃饭的白妤不知道哪儿来的力气，竖起身上的刺，推开所有人，扑进江雪梅怀里。

她还在喊她。

“妈妈……

“妈妈。

“妈妈。”

她哭着乞求，每一个字从心底撕裂而出。

“妈妈，你不要走……

“我还没给你治好头疼病，还没赚很多钱给你买很多东西……我马上就可以做到了。

“我马上就可以做到了，你不要走，妈妈……

“妈妈！

“妈！求求你！不要。”

白妤紧紧抱着她，像孩子要不到糖果一样着急得跺脚撒泼，呜咽声浸着眼泪，发苦发涩。

妈妈没有回答，也没有像小时候一样将她搂入怀中，轻轻哄着。

妈妈的味道越来越淡，妈妈的体温越来越冷。

她再也没有妈妈了。

夏天黄昏的光影静静流淌在病房里，哪儿都覆上一层薄薄的暖橘色。

白妤站在一侧，被一名护士轻轻拦着。

医护人员确认无误后下达了死亡通知，维持江雪梅生命体征的仪器也陆续被收回。

他们例行公事，告诉白妤他们等会儿要把亡者先运至太平间，她自己需要联系好殡仪馆来接运遗体，她还需要去办理死亡证明，再办理医疗结算。

一系列的陌生流程冲击着白妤滚烫的眼泪。

这一刻，她连哭都不能尽情。

可她从哪儿能知道殡仪馆的联系电话？

她又该怎么处理后续？

她妈妈就这样，就这样走了吗？

白妤痛苦地摇着头，情绪又一次崩溃。

医护人员简单安抚后，人性化地留了一个小时给家属缓冲。

病房里安静了下来，只剩每分每秒都在变化的余晖在涌动。

明亮的暖光仿佛相机中的锐化功能，将江雪梅温柔的面孔照得清晰又斑驳。

白妤在泪眼蒙眬中最后一次仔细看江雪梅。

她忽地渐渐平静下来。

她想起大学离家四年，每一次回家妈妈的变化。

妈妈越来越深的鱼尾纹，星星点点冒出来的斑点，越来越多的白头发。

妈妈也恐惧着，所以洗漱台上逐渐多了不知名的美白霜，五块钱三盒的面膜，一根掰成三次用的染发膏。

而她呢？她不以为然，陷在自己的情绪里，把这当作一个人正常的衰老，每次回来，无关紧要地，轻飘飘地说：“这些都是微商产品，都是骗人的。”

妈妈不好意思地笑着。

她想起，四年里，妈妈很少主动联系她，可等她拨去电话，妈妈总是秒接。

很多时候，都是妈妈在问在说。

妈妈好奇她在北京的一切，那边的天那边的夜，她吃的菜她穿的衣。

还记得，大一的立冬，她久违地想起妈妈，拨去电话，兴致勃勃地说饺子，说话剧，说期待的北京大雪。

妈妈从不让话掉地上，直到，她说：“妈妈……立冬快乐呀，我、我有点想你。”

妈妈沉默很久，她隐约听到哭声。

可妈妈很快回答说："傻孩子，这么大了还想妈妈呀。"

她又想起，大四那年，她本该察觉到的异样。

妈妈催促她找工作，到处找关系，在超出她认知的世界里摸索着，尽量再为她托举起一条道路。

她本该察觉到的。

本该察觉到的，那时候妈妈的身体已经出现了问题。

日暮西沉时，病房里的光影被一缕缕收走，白妤握着江雪梅的手趴在病床上不停抽泣着。

后面的几天，白妤再也没空流泪和独处。

她学着操办江雪梅的后事，处理丧事期间所有大小事儿，统计家里的存款，归还邻居婶婶垫付的费用，整理按照习俗要烧掉或扔掉的遗物。

在葬礼期间，白妤觉得自己像一个被不断撑大的人形气球，最后那天，到达临界点，她感觉终于要爆炸。

她拖着沉重摇晃的身体护送妈妈上路。

在殡仪馆做最后的告别时，亲戚们哭作一团，她睁着肿胀的眼睛却是一滴眼泪都流不出来。

她透过透明棺椁认认真真地看着妈妈，眼也不眨一下。

妈妈化了妆，戴上了她买的钻石戒指，还染回了黑发，美丽又年轻。

妈妈安详地睡着，再也不会因偏头痛而彻夜难眠，再也不用为谁付出为谁妥协。

殡仪司仪最后说："向江雪梅同志遗体告别。"

她是江雪梅。

白妤抱着骨灰盒返回时，开了一点车子的玻璃窗，持续晴朗的夏天空气闷热无比，如热浪一般扑来，吹得她喘不上气。

混在灼热空气里的还有浓郁的栀子花香。

久违又熟悉的味道如千万根银针扎在身上。

扎得她千疮百孔。

挺了这么多天的精神化作气流通过这些小孔从她身体里溜走。

白妤紧紧抱着骨灰盒，身体越来越瑟缩，绝无仅有的疲惫侵占每一个细胞。

真正处理完所有后事，人群离场，院子里只剩弥留的酒肉香烛味时，白妤耗尽了最后一缕精力。

她什么也管不了了，她回到自己的房间，带着一身的湿汗与灰尘缩在床上，沉沉睡去。

失去意识前，她想的是，有没有人帮帮她。

或者，就这样死去也不错。

白妤再醒来已是三天后。迷迷糊糊醒来后，她迟迟没有出声，以至于守着的人隔了许久才发觉。

她脸色苍白地盯着斜上方的吊瓶，看药液一滴滴地流入她的身体。

她分辨着，这是只有她一个人的世界，还是这是杭臣和妈妈在的世界，又或者她这几年只是做了一个冗长的梦，现在是他们都在的哪一年呢？

是高一那年呢？

不，她不想回到那一年。

这是噩梦的开始，是她人生的分割线，她不要回去。

她不要……

可比这更残酷的是，有人喊她："小妤，你醒了啊。"

是很久没听到的声音，她循声挪去目光，看到一张透着陌生又熟悉的脸庞。

瞳仁聚焦，眼前的面孔逐渐和记忆里的对上。

是白袁。

"小妤，你怎么样？

"怎么了，不认识我了吗？

"我是爸爸啊，傻孩子。"

是爸爸吗？

可爸爸也在她十六岁那年离开了。

她不愿意承认，偏头躲开白袁明晃晃的视线。

白袁没当回事儿，拉过一旁的椅子坐下，自顾自地说："你醒了就好，没什么大事，太累了晕倒了。你啊，还好我那天正好回来，不然就真要出事了。我知道你心里怪爸爸，但爸爸在外头其实……算了，不说这个，大人的烦恼你还不懂。你妈出事，我知道的时候就往回赶了，也还是没赶上，你这几天受累了。"

白妤还是不愿意看他。

白袁敞开双腿，手撑在大腿之上，身体前倾，说："爸爸这次回来了就不走了，真的不走了，家里的事你别管，好好做你自己的事情。

"爸爸说真的，爸爸想好好补偿你。"

白妤原本不该相信，可白袁的话像一根救命稻草伸向了初出茅庐且遭人生变故的她。

追根溯源，他始终是她爸爸，是现在和她唯一有血缘关系的人。

血缘关系催使她放下戒备，她疲惫地回头看他，睫毛颤抖着和白袁对视。

她和他有一双相似的眼睛，褶皱分明的大双眼皮，眼珠是似黑曜石的颜色，竭力想证明自己真诚的时候，也如黑曜石一样，眼中会有星点光芒。

可她现在已无法通过眼睛分辨一个人是否真心。

这世上还有一种东西叫演技。

不爱你的人，早把它用得炉火纯青。

她回以白袁沉默。

但他潇洒地拍腿，像在生意场上谈判似的说："爸爸说到做到，你放心。"

白袁这几年确实日子过得不太好，他去广东闯荡没多久，电商行业兴起，他看不上这种模式，嗤之以鼻，结果亏得有苦说不出。

也是这时候，他渐渐不和家里往来了，大学生的费用哪能和小学生比，他光是想想那个学费就头疼。

现在回来，一是因为家里走了个人，这儿终归是他的家，他要回来主持局面；二是他年岁上来了，手里攒了一些钱，想回来做点小生意养老。

他自觉对白妤，不算多亲近，但从小他打也没打过，骂也没骂过，有能力的时候也养着，左右都是不可分割的父女关系。

爸爸和女儿不都这样？

父爱嘛，像山。

接白妤出院回家后，白袁挥手一个劲儿地让白妤只管上楼休息，其余的爸爸来。

左邻右舍闻着讯息的味道过来探望白妤，白袁笑脸相迎，跟着叹气，说：“是是是，这次真是苦了我女儿了。

“对对对，这孩子是真长大了，雪梅的事她办得很体面。

“哦，小妤啊，她去休息了，没事儿，我和你说，她过段时间就好了。”

白妤听着楼下吵吵闹闹的声音，看着空了的妈妈的房间，头痛欲裂。

白袁兴冲冲地做完晚餐，喊白妤下楼吃饭却得不到回应，上楼一看，白妤正抱着脑袋缩在墙角一动不动。

白袁当然知道，这样的行为无论怎么解读答案都是“痛苦”二字，他的女儿正处于一种极端又迷茫的痛苦中。

可他有自己的理解。

这种痛苦对她来说无非是因为太年轻。

他拉起白妤，正色道：“你妈已经走了，你也二十几岁的人了，过完这个夏天你就要去上班了，要学会调节自己的情绪，难道以后遇到问题就这么甩脸色给你的领导看？”

白妤抬起头，双眸布满血丝，她淡淡地看着他，似乎连计较的力气都没有，她没有反驳。

白袁：“好了，这些话爸爸也不想说的。爸爸煮了面，下去吃几口。”

白袁的厨艺有限，在广东生活几年后唯一学会的就是广式清汤面。

白妤食不知味，只抿了几小口，准备缩回自己的房间时，她瞥见垃圾桶里有一袋烂了的樱桃。

她怔住。

白袁解释说：“买了也不吃，都不知道放了多久了，都烂了。你妈买的吧？她也是真舍得，樱桃这玩意儿这么贵。”

白妤将它捡了起来，摊开袋子，数了数，一共有二十四颗，颗颗个头都很大。

她没有洗，抓起一颗、两颗、三颗……不留空隙地往嘴里塞。

白袁急道："你这是干什么！你不是疯了吧？"

白妤早已泪流不止，这么多天，终于和白袁说了第一句话。

她艰难吞着，颤着声线，低低地道："这是妈妈买的。

"妈妈买的……"

这个夏天持续高温，江城的河流江滩水位不断下降，万物奄奄一息。

白妤房间的空调二十四小时运转，她躺在床上抱着留有江雪梅味道的被子蜷缩再蜷缩，像那些樱桃一样，萎缩、腐烂、发酵。

外面的世界斗转星移，偶尔暴雨，偶尔烈日，后窗户外的三棵水杉树十几年如一日。

但她听不到妈妈熟悉的上楼脚步声，无法计算还有几秒她即将敲响她的房门，预测不了今天饭后水果是桃子还是葡萄。

她跑遍整个家，都不会再寻到妈妈的身影与声音。

像是一种慢镜头特效，闭上眼，白妤看见江雪梅一帧一帧消失。

她消失在夏天树影摇晃的乘凉后院，消失在冬天温暖扎实的前门摇椅上，消失在秋天飘着烟火气的厨房前，消失在春天骑车穿过栀子花丛的街道上。

这种摸不到听不见的感觉将人的心挖空，钝痛如在山谷敲击巨鼓，阵阵回响，震耳欲聋。

日落日出，时间无情流逝，清醒时分，白妤和自己较劲的还是同一个问题。

她不明白自己为什么会觉得妈妈会永远在家里等她。

时至今日，为什么她还是那么自以为是。

夏天结束时，栀子花彻底凋零，白妤也彻底和她的学生时代划清界限。

她擦干眼泪，换上得体的衣服，拖着行囊前往幼儿园报到。

随后，她一个人联系中介看房，一个人搬家，一个人收拾行李。

一个人上班，一个人下班。

填补时间的是忙碌，她非常忙碌。

白天要帮这个小朋友穿衣服帮那个小朋友擦屁股，上课的时候左手弹钢琴，右手画画，嘴角扬起的弧度从不敢懈怠，一直保持到把小朋友安全交到家长手里，保持到和同事挥手说再见。

她回到来不及好好收拾的合租房，买一份简餐，就着几分钟的老剧吃完，接着洗完澡，躺在床上，手机不用刷几下就困了。

身体和精神的双重疲惫让她来不及想许多事情。

这种忙碌在很多年后她回想起来，其实和酒精类似。

强制的生活变动，不得不前进的人生，无法情绪化处理的环境，都是精神麻药，短暂地让人忘记一切。

等缓过神来，已到了2017年的新年。

幼儿园放假早，结束工作的那一刻，白妤回到出租屋大睡特睡了几天，醒来后她看见江城在下大暴雨。

冰冷雨水冲刷这座城市，气温一降再降，冷到每个毛孔都快结霜。

白好裹紧被子冷得瑟瑟发抖，她想起妈妈每到换季都会准备相应重量的被褥，想起妈妈为了让她不那么冷从小到大尝试的各种取暖工具。

第二天上午，白好冒雨出门，在附近的卖场超市添置了十斤重的厚实棉被和一床电热毯。

但她还是因那一夜的降温感冒了。

出租屋里烧水壶“咕噜咕噜”响着，热气飘着，白好爬起来吃了几颗药，躺回被窝后什么声音都没了，这个小小房间安静得仿佛不存在于这个世界。

一周后身体渐愈，她塞了几件换洗衣物进背包里，坐上回栀花镇的公交车，换乘几次，路程漫长，她刷着勾人瘾的短视频，偶尔看一眼窗外到了哪里。

回到家，家里空无一人。

白袁这半年忙着他所谓的小生意，串街走巷，时刻不停歇。

白好不曾问过，她知道他这个人秉性就是如此，真正安静养老是不可能的。

晚饭时分，白袁夹着他的真皮公文包像一位成功人士一样脚步匆匆地归来。

他见白好回来了，一扫脸上的愁容，开怀大笑道：“回来啦！怎么没提前给爸爸发个微信？家里都没菜了，我去买个菜。”

白好说不用了。

隔壁婶婶下午见到她，给了她一筐白菜，白好说炒个白菜粉丝吃一下就行。

白袁很是惊讶：“出去小半年自己都会做饭了？”

“嗯。”

做饭？大学的那个冬天她就学会了，是妈妈教给她的。

可她不想说过多的话。

白袁乐呵道：“那正好，这段时间我回来就有热饭吃了，你不知道，你不在家，我都是下面条吃的，都快吃吐了。”

白好手一顿，语气生硬地说：“我不会给你做饭的……今天是例外。”

白袁还在笑：“那你自己不吃了？”

第一次争吵是在这里开始的。

白好甩了筷子，目光似冷箭射向白袁，她低声问道：“你不是说要回来补偿我吗？让我像妈妈一样伺候你，就是补偿我吗？”

白袁韧性十足，哼笑一声：“你这孩子怎么说话的。”

“那你打算怎么补偿我？”

“喏。”白袁从公文包里掏出一沓人民币砸在桌上，“给你的新年红包。”

数字支付快速发展的这几年，白好已经很久没看见这么多纸币了。曾经和杭臣出去吃饭带钱包的回忆仿佛又浮现。

她双眸暗下来，转身离开之前说：“你自己留着用吧。”

白袁不甚在意地说：“爸爸给了啊，你自己不要的！别后悔啊！”

白好已经上了楼。

她的房间和半年前没有太大区别，但白袁从来没有帮她打扫过，以至于哪儿都蒙上了一层灰。

白妤想起，大学四年每次回来，房间都是干干净净的。

冬去春来，她勉强过完了这个新年。

开春后，气候回暖，白妤感觉心情平静了一些。

可生活的历练才刚刚开始。

她带的班级里有两位小朋友因抢玩具打了起来，小朋友打架的时候都特别用劲，以至于一个额头撞出了血，一个半边脸都肿了起来。

现在的家长也不是江雪梅那个年代的性格了，接到电话，气势汹汹地冲到学校，要赔偿要道歉，要整个幼儿园都开展儿童心理课程，以及换老师。

调解过程中，家长也互相动起了手，白妤劝架时还挨了一巴掌。

事后，园长单独找她谈话，语气温柔却话里有话。

最后，她被扣了一个月工资作为给家长的交代。

携着一身伤回去，白妤趴在床上打开微信，看见高中与大学的好友群消息99+，点开一看，各有各的职场烦恼。

白妤只发了个表情包以表自己已阅。

接踵而来的还是疲惫。

她翻个身，埋着脑袋，在咸湿的眼泪中入睡。

睡到一半，她被微信语音通话吵醒，是班里一位小朋友的妈妈打来的。

她说："喂，白老师，听说今天班里有两个小朋友打架打得很严重，我孩子回来后一直哭，她都吓坏了。你们不能只关注打架的人，这样恶劣的事情对其余小朋友来说伤害也是很大的。"

白妤愣了一下，扶了扶额头，用友好的语气缓缓地解释。

对方仍喋喋不休许久。

白妤对这份工作的信仰是在这里开始崩塌的。

入职那天，她曾默默发誓，她一定不让她的班级里再有"白妤"。

可现在的白妤怎么做都是错的。

六月，迎来小朋友们最喜欢的六一儿童节，白妤和其他老师剪了许多窗花布置教室。

闲聊时，有人好奇起她的感情生活，知道她没有对象后，热情地要给她介绍男朋友。

问白妤有什么要求。

白妤剪了一个粉色的贝壳，她举起来，比画着贴在哪儿最好看，明媚阳光透过窗花空隙照在她脸上。

她浅浅地笑了下，酒窝明显，她用一种哄小朋友的口吻，真假难辨地说："想找一个会送我贝壳的男生。"

周围几个老师蒙了一下，随即大笑起来。

有人说："什么贝壳？梵克雅宝的贝母吗？"

大家笑得更合不拢嘴。

白妤也笑，笑出了眼泪。

等暑期到了，她再次收拾行囊回家。

江雪梅的忌日就在眼前，她学着家乡的传统操办起来。

但她好累啊，所以她对白袁说："你可以帮帮我吗？"

白袁最近在为他又一次失败的生意抓耳挠腮，听到白妤的话，他说："你妈的忌日爸爸肯定放在心上的，什么帮不帮，不过倒是你……能不能帮帮爸爸？"

白妤没明白。

白袁连连叹气，把他生意失败的过程从头到尾讲述了一遍。

简而言之，他现在欠了三十万，能不能先帮他还一点，等他追回了别人欠他的，就不用再连累她了。

白妤异常平静，她数着要烧给江雪梅的黄纸，问白袁："这就是你说的补偿我吗？"

白袁难得恼羞成怒，他猛地站起来："我上次赚了钱是要给你的，你自己不要的，爸爸难道对你很小气吗？小时候你妈这省那省，我回来一看，你瘦得像个猴一样，我不心疼？我叮嘱你吃点好的，喝点好的，我不关心你吗？你大学那几年我在外面……算了，你不愿意就算了！就当我以前给你花的钱是我欠你的债！"

白妤没有理会他，所以，第二天的忌日白袁没有在家。

白妤对家的概念发生变化是在这里开始的。

妈妈不在的地方就无法成为家。

她似乎没有家了。

这个夏天，白妤没有留在"家"里，她为了避开白袁，回到了出租屋。

小区里的孩子也都放了假，头顶烈日，不知疲倦地追逐打闹，尖叫声刺得太阳穴突突直跳。

有一天，白妤心情不佳地拉开窗帘从二楼探头向下寻望，她看见碧绿草地漾着光，褪色的塑料木马左右摇晃，年岁不一的小朋友聚在一起，为了一只从树上掉下来的蝉又哭又笑。

她不理解，一只蝉而已。

她想让他们安静一点，可这样的念头刚冒出来，她忽地震了震，电光石火间，她想起自己的小时候。

她曾为了一篇课文斤斤计较，若要说遗忘，她没有，她始终没有忘记那些深刻的记忆。

只是这一天，她想起的是那篇课文里表姑所说的累，那篇《一千张糖纸》。

白妤靠在窗边，阳光将她的脸晒得发红发烫，她像一个说了谎被狠狠拆穿的小孩。

小孩很久以前暗暗发誓，以后绝对不要成为这样的大人。
“唰——”
白妤抖着手快速拉上窗帘，将自己藏匿于阴影之下。
可她还是久久抬不起头。

如果故事有终点，白妤觉得那一定是当一个人的梦想开始破碎。

那个夏天之后，关于过往的记忆如洪水猛兽一样袭来。

当她朝九晚五，每天必须准时上班时，她想起杭臣曾捧着地理书说要和她环游世界。

当她反复因为工作被迫道歉时，她想起读书时只要努力就能得到夸奖。

当她看病一个人，吃饭一个人时，她想起无时无刻不在身后的妈妈。

曾经的每一个美好画面，每一句壮志凌云的话都在提醒她现在的人生在不停坠落。

时间禁锢她的灵魂，工作抹平她的棱角，孤独加重她的病症。

日复一日，麻木的种子在身体里扎根乱窜。

她说不清自己到底是在哪一个瞬间开始萎缩的。

等反应过来，好像已经无药可救。

2020年夏，她二十七岁，照镜子的时候眼角滋生出了淡淡的细纹，脸庞也不如二十五岁之前饱满丰盈。

但是比年龄增长、胶原蛋白消失得更快的是她的勇气。

出门需要勇气，社交需要勇气，尝试新事物需要勇气，十年前给铭德留下群架传说，不卑不亢的白妤像是一场梦，十六年前那个扛着扫帚追着奶奶满街跑的小女孩也是上辈子的事情了。

一个深夜，她问杭臣，这就是她要走的另一条路吗？

可她没有觉得自己在走路，她只是在活着。

也是这一年开始，白袁开始张罗白妤的婚姻大事。

这几年，白妤已只在过年时才回去，并不是因为对白袁有所牵挂，只是有时候被回忆牵动，想回去看看自己的房间，翻一翻自己的书桌，看一看曾经的笔记。

关上房门，她还能把这里当作所谓的家。

可逐渐，这种小小愿望也成了奢侈，她一回去便会被各种相亲事宜填满。

她再三拒绝，白袁却永远活在自己的价值观里，叹气时像足了一个真操心的老父亲。

她深感无力又摆脱不掉时，白袁出了一场车祸，说严重不严重，说轻不轻，只是不能再东奔西跑。

他没有过分恼怒，也许是年纪上来了，担心自己的养老生活，养病时第一次低声下气地说了些软话。

可说来说去，无非是他的欠款没有还完，以后赚钱难，压力大。

白妤很少和他说长句，这一次破天荒地说了话。

她疲惫万分地问他，是不是她帮他还了这笔钱他们就两清了？

白袁啧了声，默认了。

白妤离开时说："我欠你的，我还，我只求你别再打扰我了。"

他不满道："怎么是打扰，爸爸是真的为你操心！"

白妤早已走远，或者说逃远。

2020年至2023年，白妤只在中间回去过一次，她和白袁的关系看上去缓和了下来，可她十分确信，她没有家了，心里那盏留在童年的灯白袁也修不好了。

2023年，她即将迎来人生的三十岁，给了她三年清静的白袁再次操心起她的婚姻大事。

与此同时，白妤发觉自己很难在工作时间保持最基本的素养与状态，私下时更是糟糕透顶。

她在教小朋友唱歌时，会突然流泪。

弹钢琴时会忽然记不清下一个音符，曲子中断，她努力回想，脑海浮起的是白茫茫的雾。

辗转失眠时，她躺在单人床上，窗外有清辉透进，她用力呼吸，呵出的热气在月光照耀下呈现不规律的运动，耳膜隔绝一切声音，只能听到自己空洞的心跳声和连接过往频道的杂音。

天亮时，她按掉闹钟开始重复的一天，推开窗户的一刹那，她想起十几岁时看过的书，书上写：窗外是佛罗伦萨，桌上是死。

是的，窗外是佛罗伦萨，桌上是死。

她的人生进退两难。

三月的一天，细雨朦胧，白妤忘记带伞，淋着雨回去，冲热水澡的时候，她乏力地蹲在地上，勉强抱住自己。

无法追根溯源的痛苦与疲惫将她包围。

她一个人啜泣了许久。

洗完澡吹头发时，她看着镜子里的自己倍感陌生。

这双眼睛，这副面孔，是她吗？

白妤恍惚着，不知不觉又失去行动能力。她蜷缩在沙发上，发呆出神。

四周静悄悄的，岑寂之下诞生了荒谬的想法。

她一个人，是不是今夜发生任何事情，都不会有人在意？

就是这样的想法让白妤察觉到了自己的异样。

很快，她请了假挂了一个心理医生的号。

要做的测试真多，医生看了结果后给她开了一些药。

一想到每天都要吃药这件事，白妤连走出医院的力气都没了。

她坐在医院走廊的长椅上，看人来人往，直到灯暗下来。

她内心在问：白妤，你该怎么办？

夜晚，她躺在小床上，再一次失眠，再一次痛哭流涕。

这些年来，流泪的日子已经超过开心的日子。

她也很久没试过开心的感觉了。

追剧很无聊，吃东西很乏味，出门很疲顿。

活着到底是为了什么。

妈妈你说，这就是长大吗？

可是妈妈，我好累。

我也好想你。

你可以回来吗？

你可以像从前那样哄我睡觉吗？

妈妈。

2023年3月的最后一天，临近清明，是多雨的日子，幼儿园组织了家长会。

白妤用尽全部力气完成了这项工作，也打算和园长说辞职的事，她快坚持不下去了，但因为她的爸爸白袁，她不得不回一次栀花镇。

时隔一年多再回来，感觉这儿又蒙了一层灰，大雨都冲刷不掉。

她的青春与童年又离她远了一步。

可她从来没有忘记过。

她反复回忆，将它们洗得干净发亮，它们支撑着她过完了七年如一日的生活。

只是她再也回不去了。

他们的夏天就那样结束了。

她也要结束了。

大雨滂沱的夜，白妤在冷风中站了许久，深夜才回到出租屋，她没有率先处理湿透的衣服，而是坐在书桌前颤颤巍巍地写了封辞职信。

雨下了一整夜，白妤封存好辞职信后呆坐到天明，毫无意外，她又高烧了，可她格外清明。

她等，等着假期结束，去幼儿园递交辞呈。

几天后的早上，园长看完辞呈，没有挽留也没有过多情绪变化，只问她："你想好了？"

白妤点头。

“行，你去办手续吧。”

“嗯。”

这几年生育率下降，孩子越来越少，私立幼儿园靠着高品质服务勉强还能存活，但陆陆续续也开始裁员了。

白妤知道，自己不算什么。

她注定无法成为一个了不起的人。

回到那间狭小的出租屋，白妤环顾四周，问自己：有什么东西是需要留给别人的吗？

她回答自己：没有了。

她对自己说：那……就把这里清空，然后和朋友道一声再见，就去找杭臣和妈妈吧。

四月多雨，但白妤收拾物品时心里却升起了阳光，久违的解脱感让她的身体变得轻盈起来，她不禁哼起妈妈最爱的歌曲。

“别的那样哟，别的那样哟，我的青春小鸟一样不回来。”

在轻快的小曲中，白妤将捆绑好的日常用品堆到门口，收拾角落时还捡到了先前遗失的一根指挥棒。

她举起它，左右观摩，忽地一笑，学着童年武侠剧里的剑客，一刺一挥。

梦中的远方，心中的江湖，他口中的未来即将触手可及。

他们会永远在一起。

她的心情又好了一些。

可当她收拾完最后一点东西，准备运到楼下时，一个邮政包裹正好送上门，快递员打她电话，她口袋里手机振动，两个人站在电梯口你看着我我看着你。

快递员说：“你是白妤吧？”

“我是。”

“这是你的包裹，签收一下。”

白妤迟疑地接过，不是什么大件，是一个文件袋和一个鞋盒大小的盒子，分量不轻。

习惯性道谢后，白妤把要扔的物品放回原位，捧着快递进了出租房。

关上房门，拆开快递，映着窗外鲜活的绿意，白妤看到里面是两封信和一个相机。

一个信封封面写着“我最亲爱的小白亲启”。

一个信封封面写着“白妤亲启”。

而这个索尼相机……

白妤的瞳仁倏地暗了下来，翻出记忆档案，2012年夏天她见过这个相机。

这是那两年杭臣给自己找的兴趣爱好，他拍下生活中大大小小的事物，那天在船上一张张展示给她看。

她不敢置信地按开机键，找到相册，加载后跳出来的几排不是当年那些照片，而是张丽娟和杭大勇在各地的旅游照。

往上翻，他们去了欧洲各国，去了土耳其，去了马尔代夫，去了非洲，还去了……杭臣最想去的位于加拿大的尼亚加拉。

时间跨度整整有七年，从2014年到2022年。

上千张照片过后，从2014年直接跨到2012年，2012年最新一张照片是她和杭臣在那艘船上拍的照片。

他们笑着，他搂着她肩膀，她不太好意思地比耶。

白好盯着这张照片，呼吸不自觉地急促起来，眼眶泛红。

她放下相机，颤抖着手去拆信。

第一封信是杭臣写的，信纸已泛黄，他遒劲有力的字体在纸上飞扬，洋洋洒洒一整页。

我最亲爱的小白：

我最最最最亲爱的小白，当你看到这封信的时候，我应该已经走了。

今天是2012年12月10日，复发住院已有一段时间，情况比我想象的严重，原谅我没有勇气及时告诉你。

我也希望剩余的时间每天都能看见你，我也希望上天对我不是那么残忍，可我们都无能为力，我知道我不应该再占据你人生过多的时间。

你还有好几个二十年要走，我只是陪你走过了第一个二十年而已，我无足轻重。

但我了解你，你一定比我接受治疗时还要痛苦百倍，你一定经常睡不着，你一定很想很想我。但是你别怕，别哭，有一天你想起我，你会发现，轻舟已过万重山，我只是你某个阶段的过客。

你一定要勇敢，再勇敢一点。

你还记得暑假我们看的电影吗？你当时为“泰坦尼克号”的沉没可惜，为Rose与Jack的爱情惋惜，为结局不平，不知当你拿到信的这一刻是否能够理解Rose的一生。如果你明白了，你一定要像她一样，勇敢地过完一生。

而我如今，也终于明白，Jack那句“赢得那张船票是我遇到过的最好的事情”是何意义。

我最近总是会想起很多以前的事情，如你当时的心情一样，有点可惜，有点惋惜。

总想着，如果我对你再好一点，再好一点就好了。

我还没来得及带你去我的江湖，还没和你观赏不同城市的一年四季，你想看的雪不知道我能不能挺到它下。

有时候又觉得，我这样差劲也是一件好事。

我开始幻想你以后相伴一生的人的模样，是否如我们小时候说的那样？

我依旧觉得他应该是一个有担当，性格好，长相顺眼，对你百依百顺的人。

还有，他不会让你哭。

真希望，这个“他”能快快出现，我愿意被“他”就这样抹去。

你看到这里一定又哭了吧，你一定在暗暗发誓，你才不会忘记我，你会永远爱我。

不要这样，我希望我出现在你的世界是给你带来好运的，而不是无尽的枷锁。

如果很久以后你还记得我，还想念我，那你就笑一笑，我最喜欢看你笑起来的样子。

别哭，别害怕，我们说好的。

——杭臣，2012年12月10日

第二封信是张丽娟写的。

小好，你好：

小好，阿姨很抱歉，过了十年才将臣臣的这封信寄给你。原谅阿姨不知怎么面对你，所以只好多方打听得到你的地址，将信与相机寄给你。

臣臣写给你的信本应该在那时候就转交给你，可丧子之痛太过突然，阿姨和叔叔无暇顾及。办完葬礼，收拾遗物才想起他还有这样一个遗愿，随后我们才想起你。

我们决定不把这封信给你，我们也不打算联系你，内心默念着，希望你们的回忆到那一刻为止，希望你趁着年华尚好，早点走出阴霾，过自己的人生。

可十年过去，每次我们回到栀花镇陪伴杭臣，每次对你的消息旁敲侧击时，听到的都不算太好。

如今你快步入而立之年，他不应该再耽误你的人生，希望这封信与那台相机可以缓解你的心结。

也听闻雪梅去世的噩耗，想过你的不易，阿姨想告诉你，不管怎样，我们都要活着，只有活着，四季流转之时才会有人想起他们。

小好，盼好。

——张丽娟，2023年4月3日

外面春风拍着细雨，密密麻麻落下，白好捧着信件眼泪也不间断地落下。
可有什么在心里生根发芽。

三个多月后，2023年夏天，白好迎来自己三十岁的生日。

她订了江城最贵的江景餐厅给自己庆生，邀请了她人生里最珍贵的几个朋友。

陈笑意、张巧巧、乔菲都从四面八方飞来，姜素与马盈薇也请假挪出时间。

白妤闭眼吹蜡烛许愿完，睁开眼的一刹那，众多礼物伴随着999朵弗洛伊德玫瑰递到她眼前。

大家齐声高喊：“生日快乐！”

白妤说：“谢谢。”

切开黑天鹅蛋糕，姜素小心翼翼地品尝了一口，为美妙的口感跺脚。

她撑着下巴，边吃边问白妤：“前几年都不过生日，今年怎么这么隆重？赚大钱啦？”

白妤抿着奶油，浅浅笑道：“都辞职很久了，哪儿来的赚大钱。”

“那你这是……”

白妤：“我想重新开始。”

马盈薇：“好啊，三十岁就该是人生的新起点。”

白妤说：“所以……我要走了。”

众人都惊讶。

白妤解释说：“明天，从江城出发，我的第一站是加拿大。”

“你不工作啦？”

“不工作了。”

“你钱用完了怎么办？”

“我可以从头开始。”

我花光所有积蓄，我可以从头开始。

我抛开所有枷锁，我不惧沉默与眼泪。

我就这样，成为我人生中最了不起的人。

如果故事有起点，白妤觉得那一定是当一个人开始有梦想。

这一天。

白妤的梦想是——

-正文完-

番外

寻梦环游记

2023年8月初，加拿大签证下来后，白好收拾行囊从江城出发，经广州中转，历经三十五个小时后在多伦多落地。

八月的多伦多和国内大多城市差不多，高温炎热，安大略湖的湖水在阳光照射下呈现一种静谧纯净的蓝，帆船漂浮在上，湖边天鹅优雅地伸着脖子，人类点缀其中，到处好风光。

第一次长途旅行的轻微疲惫就这么被异国风情抚平。

白好站在长租的公寓窗前盯着外面的街道发呆许久。

她问自己，这是一场梦吗？

十几岁的时候觉得这是遥不可及的梦想，可这真的是很难的事情吗？她要来，一眨眼就已经到了。

她抬手摸上玻璃，感受到一阵被阳光光顾过的暖流，像爱她的人的体温。

她眼中泪光闪烁。

这一夜，入睡前，白好想的是：杭臣，我们终于到了童年时憧憬的江湖。

第二天一早，白好简装出行，戴上米棕色的遮阳帽，出发去尼亚加拉瀑布，她坐的是九点零三分的那班最早的火车。

两个半小时的车程，沿路是茂盛翠绿的树木和大大小小的湖泊，她举起杭臣的相机，拍下一张又一张照片。

毕业后第一次，第一次那颗沉寂的心有了些许跳动的真切感。

到站后，又坐了两个小时巴士，白好才抵达瀑布边，她站在人群中间，听到涌动在人声中的瀑布流淌声，日光炎炎，她有轻微的眩晕，等回过神，能听到的只有自己紧张的心跳声。

紧张什么？她也说不上来，可双腿就这样情不自禁地颤抖起来，眼泪不受控地流下。

白好低下头，荷叶边似的巨大帽檐遮住她的脸，她深呼吸吐气，深呼吸吐气，笑着抹去眼泪，虽然眼泪越抹越多。

在原地哭了小半个小时后，白妤的心情才渐渐平复，抬头望去，艳阳依旧，瀑布声依旧，她舒展开五官，豁然一笑，紧了紧双肩包的背带，融入人群前往观景地。

夏天是瀑布最好的观赏季节，天气温暖瀑布水量大，最为壮观。

白妤还未走到最尽头就被眼前的景象震撼得愣在原地。

瀑布凹出一个弧度，仿若一个巨大的马蹄漩涡，蔚蓝且碧绿的河水奔腾而下，冲出白云般的水沫，彩虹高高伫立在蒸腾的水汽之上。

广阔无垠的河面仿若世界尽头，震耳欲聋的响声足以覆盖任何有关痛苦的呐喊。

他们是这样渺小，可来到这里的他们又是这样伟大。

白妤的双眸流转，一寸寸柔软下来，她挪动脚步，迎着风，缓慢前行。

每靠近一点，她的心脏就鲜活一点。

关于梦想关于自己，都在被逐渐冲刷干净，走到靠得最近的护栏边上，白妤的睫毛颤了颤，她双手紧紧扒着护栏，双唇张合，喉咙里涌动着千言万语，却久久汇不成她真正的心中所想。

她在这儿站了一下午，看瀑布底下游船一批批地换游客，听他们放肆欢快的呐喊，看云彩变幻，瀑布一缕缕融入昏黄的夜中。

天黑下来那刻，灯光秀亮起，夜晚十点，烟花秀开启。

白妤已经站得有些腿发麻，可她还是昂着头，一瞬不瞬地仰望夜空。

夜风拂过她耳边，她泪光闪烁地突兀地大喊了一声："我好想你！"

周围是来自各国的人，他们说着不同的语言，谁也听不懂谁的。

白妤无端地感到轻松。

她抹去眼泪，唇瓣翕动，反复呢喃着"我好想你"。

我好想你。

好想回到过去。

白妤在加拿大从夏天待到了秋季来临，枫叶落满街头时，激情昂扬的夏季音乐节悄悄退场，她觉得自己该回去了，可没想到她的旅途被意外延长。

那天，将近九月底，魁北克的阳光宁静温和，白妤坐在芳堤娜城堡对面的草坪坡上，放空地遥望。

落叶纷飞，白鸽飞翔，游客仍然络绎不绝。

她绕在脖子上的红围巾被一阵大风吹起，她也忍不住撇过头试图挡住异物往眼睛里飘，但还是有颗粒状的沙子混了进去。

在她专心致志地揉眼睛时，她听到几句中文。

异国他乡，熟悉的语言总是能格外吸引同胞。

白妤眯着眼循声望去，她看见不远处有三男两女在看着她。

他们看起来也都是二十出头的年轻人，穿着打扮时尚靓丽。

像是某种默契，对视上后，两个女生朝她径直走了过来。

白妤不由得警惕起来，生怕是什么高级骗局。

但那两个女生反复表示只是想借她的红围巾拍照，再一了解，白妤才知道这片草坪这个城堡原来是某韩剧的打卡点，红围巾是女主的标志物品。

白妤存着几分疑心，摘下围巾借给了她们。

她仍坐在那儿，远远地看着两个女生轮流拍照。这五个人里有两对情侣，女孩子向男生撒娇不满，表示拍得不好看。

多出来的那个男生左等右等，始终等不到拍摄结束就干脆和白妤一样，往外走了几步一屁股坐下，百般无聊地玩手机。

夕阳已有了些苗头，光晕变得绵长，不远处的圣劳伦斯河河面泛起碎金般的光点。

那个男生在夕阳下成了一抹剪影，微风吹动他额前的碎发，白妤看得出神，因为他的轮廓有几分像杭臣。

这是这些年来，她第一次幻视，在他人身上看出几分杭臣的影子。仔细想想，白妤觉得也许和她的社交圈子有关，她的工作单位不会有这样少年气的人，租房就租在隔壁，也没机会搭地铁坐公交车回去，而前往栀花镇的公交车多数是老人。

记忆被拉得老远，白妤收回目光，视线落在金光灿灿的河面上。

半个小时后，两个女生来归还围巾，反复道歉，因为有一块地方沾上了她们的粉底液。

白妤觉得没关系，这本就是从国内带来的一条便宜围巾，但他们一行人一会儿提出赔偿，一会儿说请她吃个晚餐，一会儿又说要买点小礼物给她道歉，郑重其事的样子让白妤一时不知该说什么。

最终还是那个男生听得不耐烦了，他站到其余人面前，对白妤说："围巾多少钱，我们双倍赔偿，收人民币还是加元？"

挨得很近，白妤仰着脑袋，看到他的瞳仁颜色是和杭臣一样稀有的纯正琥珀色。

但他的气质与眼神和杭臣是截然相反的，杭臣像火，光辉炽热，这个男生像冰，眸光冷淡。

白妤敛了神思，想尽快了结这个插曲。她说："人民币吧，三十五元，不用双倍。"

男生掏出手机，点开微信："我加你？我转你？"

"行。"

添加完好友，白妤还是收到了七十元转账。

白妤尴尬地点头微笑后，抱着围巾要走。那两个女生叫住她，明媚地说道："小姐姐，多谢了！你要是在魁北克有什么事情就找我哥，就是他，加你微信的男的，你给他发消息，我们能帮的一定帮！"

白妤客套地一笑，迅速离去。

身后传来他们隐隐约约的对话声。

加她微信的男生无奈地说："过几天就走了，什么要是在魁北克就给我哥发消息，对方是好人还是坏人你都不知道，就瞎热心。"

他妹妹说："我又不傻，我也会看人的。"

"你要是真不傻，就不会把一个行李箱丢在渥太华了。"

"你别再说我了行不行，我丢了一箱子衣服呢，我也很烦。"

"小屁孩。"

人声越来越小，后面他们再说什么白好听不见了。

她不太在意地想，也许他们是好人吧，还好不是骗局。

十月到来，国内迎来假期，马盈薇她们都回了老家过节，也终于能够喘口气。

微信群里吐槽工作的消息少了很多，大家三三两两地分享着家里的豪华中餐，这让啃着百吉饼的白好嘴馋不已。

也是这时候，她才发现，从前的生活不是那么不幸，她能吃到美味的食物，租着便宜的小房子，有可以推心置腹的好友，她从前的工资也能支撑起她许多渴望。

时间再往前推，她小时候最想要的不就是不写作业看电视，吃很多好吃的，穿裙子留头发……

而现在追求的，从一开始她就拥有了。

也许人总是这样，失去了才知当时可贵。

白好啃完最后一口百吉饼，叹口气，准备买回国的机票。

好友群也正在问她什么时候回来，她说就这几天。

回完，她习惯性地去刷朋友圈，点开第一条是那天加的那个男生，他发了个九宫格，和加拿大的旅程告别，说下一站是墨西哥的亡灵节。

白好想起那天他们的对话，心想，原来他们是要去墨西哥。

可亡灵节是什么，她只知道墨西哥鸡肉卷。

一查阅，她才知道亡灵节类似于中元节，但它又十分特别，它一点儿都不悲伤，它更像是一种关于祭奠亡故亲人的隆重盛会。

顺着推送，这晚，白好看完了2017年上映的《寻梦环游记》，里面关于"忘记"的含义冲击着她的思想。她不由得想，她从来没有忘记过妈妈与杭臣，是不是他们在那个世界好好活着？

她失眠到天亮，心中生出一个冲动，等回过神，她的手指已经给那位男生发出消息。

她问他：打扰一下，你们去墨西哥的旅游攻略方便给我一份吗？

男生回复：可以，我整理一下。你也要去？

白好说：想去，使用过的加签去墨西哥不需要再办签证，比较方便。

男生：是的。

一个小时后，他发来一份旅游攻略，从墨西哥城的景点到圣米格尔小镇的路线，再到电影原型小镇的瓜纳华托。路线清晰明朗，景点介绍详细。

白好这两个月都是一个人，这样的热心帮助让她的心有了一些波动。

她说谢谢，万分感谢。

那头显示“对方正在输入中”，但隔了很久才发来。

他说：你一个人吗？要不要一起？墨西哥那边女生一个人不安全，有些地方治安不好，容易有抢劫和勒索。

白好迟疑着。

他似乎知道她在想什么，又发来消息说：我们不是坏人，可以交换身份信息。或者你可以跟着我们一起坐交通工具，到景点后你自己去逛。

白好思虑许久，最终婉拒。

比起未知的抢劫和勒索，她更害怕别人过分的好意。

然而三天后，在前往墨西哥的飞机上，白好与这行人意外相遇。

她起初没有认出他们，但落座后，她感受到身边的女生似乎总是在偷看她。她有点儿介意地看过去，视线相撞，那女生惊喜出声：“呀，红围巾小姐姐，真的是你呀！”

白好愣了一下，环视一圈，认出了他们五个人。

她身边坐的是那两个女生，后面一排坐的是那三个男生，她正后面就是加微信的那个男生。

比起他们的惊喜，白好更多的是怀疑，世界上真有这么巧的事情吗？她不会是遇上了什么为她量身定制的骗局吧？

但也是这趟旅途，白好得知了他们的身份信息。

他们五个人都来自淮城，四个人刚大学毕业，加她微信的男生是其中一个女生的亲哥，比他们大几岁，因不放心他们出国游玩，搁了手里的工作陪他们出来的。

和她热情吐槽亲哥的女生叫黎梨。

黎梨说：“他都三十岁的人了，不好好稳固事业，非要挤在我们年轻人中间，当了一路电灯泡可碍事了。”

黎梨说：“我知道他那天想邀请你一起同游，他就是想有个人能说说话，因为呀，他是个电灯泡。”

黎梨说：“小姐姐，你真不用担心，我们都是好人，你是吗？”

白好说：“我是……”

后面的男生听不下去了，摘下眼罩，眼神如箭从后面射过来，冷冷地说：“黎梨，上辈子是哑巴吗？这辈子这么爱说话。”

黎梨不甘示弱，压低声道：“那黎炎，你上辈子是毒蛇吗，这辈子这么毒舌。”

白好忍俊不禁，但微微笑过后席卷她的是漫长的恍惚。

她又想起杭臣。

她以前和杭臣也是这样相互打趣。

如果杭臣还在的话，是不是也如这个叫黎炎的男生一样，年近三十却仍富有朝气。

在飞机上昏昏欲睡过去，白妤并未察觉，她的眼角溢出了些许眼泪。

亡灵节在十一月初举行，距离节日的到来还有不到一个月，白妤和他们五个人一核对行程，发现他们都打算先把墨西哥玩一遍，白妤壮着胆子，最终和他们五个人约定一起游逛。

互相添加完联系方式，两批人前往不同的酒店方向。

黎梨热情告别，和白妤说："虽然酒店隔得不远，但还是注意安全哦，明天见。"

白妤笑着说："明天见。"

接下来的一个月，他们换上春装，戴上编织太阳帽，穿过墨西哥城的大街小巷，看金字塔坐热气球，坐缆车看日落，左手塔可右手卷饼。

在温和的热带气候下，持续的温暖让人感到心绪平和，明快的橙黄色建筑驱散了心中的阴霾。

十月底，关于"亡灵节"的装饰布置横空出世，骷髅和万寿菊填满每条街道，入夜，色彩明亮欢快的灯光摇曳，传统的墨西哥音乐响起，人们跟着轻轻摇摆哼唱。

白妤已有些挪不开眼，但十一月初她被黎梨他们拽进了一个更为震撼的地方，就是电影原型的瓜纳华托小镇。

画上骷髅面部彩绘，换上当地特色长裙，随着街头表演一起旋转前行，轻快欢愉的歌唱声可以维持一整晚。

白妤起初有点拘谨，但黎梨一直催促她："白妤姐姐，快点呀，一起呀！"

半推半搡着，白妤提起裙摆迈入了队伍，像喝醉了酒，她的身体在音乐的发酵下越来越轻盈，直到最后，她忘情地旋转大笑。

她仰着脖颈，看到如钻石一般的光晕，看到不停绽放的烟花，看到小时候那个一往无前的自己。

白妤转得晕头转向，在一个上坡时，她崴脚扎进了跟在她们旁边的黎炎怀中。

他是他们几个人中唯一没有画彩绘的，是街道上为数不多的正常面孔。

白妤双手搭在他双臂上，仰头望着他，他的脸有点模糊不清，以至于……是这么像杭臣。

她笑了下，眼泪淌下，转而双手向上，踮脚，一把搂住了黎炎的脖子。

她哽咽着说："我好想你啊。"

人潮前进，歌声远去，哭得肩膀微微颤抖的白妤听到黎炎的声音。

他说："那个人……也一定很想你。"说完，他象征性地拍了拍白妤的后背。

白妤如梦初醒，慌忙拉开距离，局促地抹着眼泪。

"对不起，我……我……黎炎，对不起。"

"没关系，我能够理解你。"

白妤咬着唇，轻笑一声。

黎炎从口袋里摸出一包纸巾递给她，很随意地问道：“是谁？”

“什么？”

“让你这么思念的人是谁？亲人？恋人？朋友？”

白妤垂下脑袋，挣扎许久，回答说：“恋人。”

黎炎点点头：“然后呢？”

白妤说：“他离开这个世界快十一年了。所以……”

“我懂了。”黎炎双手抄进外套口袋里，转了话锋说，“往前走吗？他们在前面。”

“走吧。”

前方人流量大，街头表演队伍多支，大家都奇装异服，兜转几圈，都没找到黎梨他们。

最终，两个人拐入了一个筑在小山坡上的开放式特色露台，向下看，是小镇繁华的夜景。

黎炎说：“等人少点我们再回酒店。”

白妤说：“好。”

两个人靠在栏杆上，吹着夜风，良久无言。

还是黎炎先开的口：“我和他长得很像吗？”

白妤愣了一下，她忽然发现，她已经很久没有开口谈论起杭臣，她也不明白自己在压抑些什么。

又或者，在那个繁忙的国度，光是生活就够疲倦了，关于遥远的梦想与思念，说出来，说多了，再亲近的人也没有能量可以反复消化。

于是，一个接一个，学会了伪装与沉默。

黎炎见她出神，拿捏着语气试探地问道：“我是不是不该问这个？”

白妤连连摇头：“不是。你和他不是很像，是我刚刚情绪上头了，对不起啊，黎炎。”

“没事，人嘛，不就是偶尔感性偶尔理性。”

黎炎说的时候望向远方，眼睛微眯，没了往日和黎梨斗嘴时的稚气。

白妤忽然觉得这样的他多了几分可靠的感觉。

于是，她突兀地问他：“黎炎，你说亡灵节是真的吗？”

黎炎笑：“如果是假的，我们怎么会在这里呢？”

“我从来没有忘记过他们，他们真的，真的，在另外一个世界活着吗？”

“真的。”

“真的吗……”

“真的。”

“那他们过得好吗？”

黎炎站直，回答道：“这得自己问他们。”

白妤：“问？”

“对，要你自己问。”

“好像有点‘中二’。”

可话音刚落，白妤也站直身体，双手扩在嘴边，大喊道：“杭臣，妈妈，你们过得好吗？”

回应白妤的是一阵温暖的风，吹得她热泪盈眶。

白妤哭着，再次大喊问道：“你们过得好吗？”

“赵与姜，你过得好吗？”一旁的黎炎也大声问道。

回答他们的是璀璨的夜与温柔的轻风。

这晚，白妤稍微了解了一点这个陌生的旅游搭子。那位赵与姜是黎炎最好的朋友，几个月前在工作中因心脏骤停去世，而他也不是单纯地陪妹妹出来旅游，是他自己这几个月过得极其不痛快，很想出来散散心。

所以，他很能理解白妤那一刹那的感性。

两个人对望着，短暂生出点惺惺相惜的感觉。

亡灵节落幕，黎炎他们要前往下一个国家，邀白妤同去。白妤摇头拒绝。

黎梨十分可惜地叹气，挽着白妤的胳膊说：“别走啊，白妤姐姐，得多有缘分才能认识，一起游山玩水。”

白妤还是摇头，说：“要入冬了，我要回去看一个故人。”

黎梨：“故人？”

“黎梨，好了，别任性了。”黎炎打断她，取代黎梨站在白妤面前说，“什么时候走？”

白妤说：“明天的飞机。”

黎炎说：“一路平安，回国落地了给我们发个消息吧。”

白妤“嗯”了一声。

告别远去，白妤听到黎梨在和黎炎抱怨：“哥，你为什么不留一下啊？你们不是……不是相处得很好吗？”

黎炎语气里满是坦然：“有缘自然会再相聚。”

白妤笑了下，没有停下脚步。

第二天清晨，飞往江城的航班起飞，白妤起了个大早，困意不断，系好安全带后她问空姐要了一条毛毯准备补觉。

飞机滑行，在阵阵轰鸣声中冲入云霄，正值日出，灼热耀眼的光芒透过舷窗洒进来，白妤歪着脑袋睡眼惺忪地睁开眼，怔了好一会儿。

她再次想起那些回忆，但这一次，白妤想起的不是那些沉痛的离别，而是泛着糖浆般琥珀色的炙热过往。

她摊开手掌，握住这抹光芒，轻轻呢喃道：“杭臣，明天见。”